未名湖畔好读书

北大中华经典名篇诵读文本

杨虎 主编

北京大学出版社

图书在版编目(CIP)数据

未名湖畔好读书：北大中华经典名篇诵读文本／杨虎主编．—北京：北京大学出版社，2018.8

ISBN 978-7-301-29742-1

Ⅰ．①未… Ⅱ．①杨… Ⅲ．①中国文学—作品综合集 Ⅳ．①I211

中国版本图书馆CIP数据核字（2018）第177117号

书　　　名	未名湖畔好读书——北大中华经典名篇诵读文本 WEIMINGHUPAN HAO DUSHU —— BEIDA ZHONGHUA JINGDIAN MINGPIAN SONGDU WENBEN
著作责任者	杨　虎　主编
责任编辑	胡利国
标准书号	ISBN 978-7-301-29742-1
出版发行	北京大学出版社
地　　址	北京市海淀区成府路205号　100871
网　　址	http://www.pup.cn　新浪微博：@北京大学出版社
微信公众号	ss_book
电子信箱	ss@pup.pku.edu.cn
电　　话	邮购部 62752015　发行部 62750672　编辑部 62753121
印刷者	北京中科印刷有限公司
经销者	新华书店 650毫米×980毫米　16开本　26.25印张　317千字 2018年8月第1版　2021年6月第4次印刷
定　　价	79.00元

未经许可，不得以任何方式复制或抄袭本书之部分或全部内容。
版权所有，侵权必究
举报电话：010-62752024　电子信箱：fd@pup.pku.edu.cn
图书如有印装质量问题，请与出版部联系，电话：010-62756370

主　　编：杨　虎

副 主 编：周　婧　王逸鸣

参编人员：杨　虎　周　婧　王逸鸣　刘　卉
　　　　　户国栋　王　蓓　张　勇　张新平
　　　　　瞿毅臻

审　　读：聂震宁　李国新　张　积

卷 首 语

吾所抄书,今若干卷,将汇而目之。饥读之以当肉,寒读之以当裘,孤寂读之以当友朋,幽忧读之以当金石琴瑟也。

——(南宋)尤袤

读书者不贱,守田者不饥,积德者不倾,择交者不败。

——(清)张英

君子有三乐:读书声出金石,飘飘意远,一乐也;宏奖人才,诱人日进,二乐也;勤劳而后憩息,三乐也。

——(清)曾国藩

在中等以上的教育里,经典训练应该是一个必要的项目。经典训练的价值不在实用,而在文化。

——(现代)朱自清

序　言

聂震宁

　　一个全民阅读的热潮正在我国形成。各行各业各地区，乃至众多家庭，正在散发出浓浓书香。阅读正在丰富着人们的生活，阅读正在激发着人们的创新激情，阅读正在悄然改变着国民的气质，学习型社会建设正在成为我们看得见的现实。

　　一个阅读经典名篇的热潮也正在形成。这是全民阅读顺理成章推动而成的。为了有价值的阅读，人们要么回顾既往，寻找光彩永在的经典名篇，要么立足当下，迎接激动人心的创新篇章，二者相辅相成，不可或缺。相比较而言，作为更为可靠的阅读，经典名篇往往受到更多读者的亲近。经典名篇经受过漫长历史的检验和汰洗，业已成为中华民族共同的文化符号和集体的精神记忆，在大众性阅读活动中，是最能受到广泛接受的阅读内容。记得在一次阅读论坛上我说过这样的意思：当有人说不知道读什么书时，那么，告诉他："读经典"；当有人说一时没有好书读时，那么，告诉他："读经典"；当有人说书读完了怎么办时，那么，告诉他："读经典"——因为经典是读不完的，因为"好书不厌百回读"，经典是常读常新的。

随着经典名篇阅读热潮的到来,经典名篇的诵读也正在蔚成风气。《未名湖畔好读书:北大中华经典名篇诵读文本》的编选出版,正是在阅读经典名篇的热潮和热烈的诵读风气中应运而生。

诵读经典名篇,当今有的读者或许以为这是阅读活动为了壮声势、振精神、造影响的一种表演形式,其实不然。虽然大众集会,登台诵读,不无表演成分,可是,其缘由和意义,远不是所谓表演形式可以涵盖的。在人类阅读史上,诵读是早于默读的,或者说,人类的阅读是从诵读开始的。有文献记载,在古希腊和古罗马时期,图书馆里人声嘈杂,阅读的人都在出声朗读,并没有人为此发出埋怨。至于通常的默读,作为一种阅读方式,一直到公元10世纪才在西方普及。而我国早在先秦时期也是一片诵读之声,直到唐宋,依然诵读成风。中国的孔子与远在希腊的苏格拉底,所处时代相近,不约而同地都是"述而不作"。典故"述而不作"的释义是只叙述和阐明前人的学说而自己不创作,窃以为从这一典故亦可窥见彼时大声诵读的情状。只有一部、几部竹简或羊皮书,老师不大声念出,更多学生如何阅读?

我国唐宋时期,文学相当繁荣,读者阅读量陡增,却也依然以诵读为主。唐代诗人翁承赞,诗作遗存不多,其中有《书斋谩兴二首》因为写读书,却有些名气。其一:"池塘四五尺深水,篱落两三般样花。过客不须频问姓,读书声里是吾家。"其二:"官事归来衣雪埋,儿童灯火小茅斋。人家不必论贫富,惟有读书声最佳。"其中"读书声里是吾家"和"惟有读书声最佳"两句流传较广,应当正是当时平常人家诵读成风的真实写照。

唐宋时期的文人自然过的是熟读成诵的读书生活。唐宋八大家之一的散文家、诗人韩愈"口不绝吟于六艺之文,手不停披于百家之编"。南宋教育家朱熹,十七八岁时读《中庸》《大学》,每天早起第一件事就是诵读十遍。晚年退居山林,依然坚持读书诵咏,和他的学生一起挟书而诵,大声诵读《诗经》《楚辞》。《朱子读书法》中就有朱子教授诵读的章句:"读诗之法,须扫荡胸次净尽,然后吟哦上下,讽咏从容,使人感发,方为有功。"正因为是诵读为主,古人读书便有多种诵读方法,大约有歌、唱、诵、读、吟、咏、哦、叹、哼、呻、讽、念,等等。这些方法或有旋律,或无旋律,但都是发声而读。那么,试想,倘若要把古人的书读懂读活读出感觉,是不是今人也应当如此这般地去诵去读呢?

答案当然是肯定的。古人写作诗文,原本就预备与人诵读,在写作中对诵读效果也就会有所预设,不作诵读如何体会得到古诗文中那些内容、意蕴、审美、语言、音韵、节奏等?古人说"书读百遍,其义自见",认为诵读过程就是理解的过程。现代语言学家吕叔湘曾经指出:"讲到读书,中国的传统是讲读的,特别是古文,有一定的说法,一定的腔调。"当代编辑家周振甫也发表过类似的见解,认为诵读可以"使我之心与古人之心契合于无间,然后能深契自然之妙"。

很长一个时期以来,我一直是非常赞成在全民阅读中更多地开展诵读活动的。开展诵读,不仅可以读好经典古诗文,而且能读好中外现代文化文学名篇。诵读可以振奋精神,诵读可以愉悦心情,诵读有助于阅读理解,诵读有益于身心健康,诵读可以激发我们的想象力,诵读可以带动更多人参与到阅读中来。2008年3月,在全国政协十一届一次会议上,我曾提出过一份关于开展大学生晨读活动的提案。尽管我知道这样的提案是不可能得到真正有效的接受和落实的,但我相信还是会对阅读社会产生良好影响。为此,我还写了一篇随笔《青年日新从晨读做起》,发表在《人民日报》(海外版)上。后来,我在2017年3月出版的拙著《阅读力》一书中,更是专节讲述了"朗读早于默读"和读书要"动口"的道理和好处。我相信,一个开展全民阅读的社会,诵读是最为值得提倡的阅读方法,全民阅读的"广场效应"可以在大众诵读的朗朗书声中得以实现。这些年来,眼见得在各地全民阅读活动中有了越来越多的经典诵读,微信公众号"为你读诗"下载量惊人,央视一套的"朗读者"节目创下很高收视率,不用说,诵读正在我们社会蔚成一种良好风尚。

前面我们说到,《未名湖畔好读书:北大中华经典名篇诵读文本》是在阅读经典名篇的热潮和热烈的诵读风气中应运而生,而事实上,更值得注意的是,此书的编选出版,还是在我国最著名的高校北京大学对经典古诗文诵读方法的充分认识和重视的基础上,而且付诸实践多年后得以实现。据此书主编、北京大学继续教育学院副院长杨虎博士介绍,2013年以来,北大继续教育学院在培训班上推广晨读经典活动,每天清晨在开课前15分钟,全体培训学员放声诵读一篇经典诗文。琅琅书声,在未名湖畔形成一道别样的人文风景。培训班学员多是在职的公务人员、企业高管和各界专业人士,这项活动受到学员们空前的欢迎。活动甚至还得到了授课老师的一致好评,很多授课老师主动参与到活动中来。此书就是在这项活动中,经过多年的实践,反复编选、搜校、诵读、修改、增补、完善而编成。

对于《未名湖畔好读书:北大中华经典名篇诵读文本》的编选工作,自然有不少值得称道之处。譬如选文分类,不是拘泥于古人"修身、齐家、治国、平天下"的自然顺序,而是反向以"平天下、治国、齐家、修身"为序,列出"家国天下""官箴政道"等十个专题,足可看出编选者立足高端人才培养的北大气象。又譬如,为了所选文章便于今人诵读,编选者对于过长的古文采取节选的办法,控制篇幅于千字左右,显得相当务实认真。因为是古诗文诵读本,对于文中较为生僻的字词,编选者随文标出读音,着实方便了许多诵读者。凡此种种,无不看出编选者的匠心独运。在全民阅读特别是经典阅读的热潮中,我国出版业已经出版过一些经典阅读选本,可是相比较而言,北京大学出版社的这部《未名湖畔好读书:北大中华经典名篇诵读文本》,因为突出了诵读的主张,尤其值得赞赏,又由于编选颇具匠心,更让我赞佩。

作为一位较早提出开展全民阅读活动提案的全国政协委员,我还特别要表达一份感激的意思,感谢北京大学和北京大学出版社,它们并不以我国最著名的高等学府自居从而对全民阅读活动有所轻视,恰恰相反,它们对这一活动寄予了很大的热情。北京大学不仅在大学生阅读方面已经做出表率,还努力让未名湖畔的琅琅读书声传向全社会,以此激发全民族更大的阅读热情,从而又一次表现了北大学子以天下为己任的家国情怀。《未名湖畔好读书:北大中华经典名篇诵读文本》的出版就是这样一个让我们感到亲切、值得人们称道的例证。

2018年5月16日于北京民旺园

[聂震宁,毕业于北京大学中文系。第十、十一、十二届全国政协委员,曾任中国出版集团公司总裁、人民文学出版社社长兼总编辑,现为韬奋基金会理事长、中国出版协会副理事长。2007年3月在全国政协十届五次会议上作为第一提案人提出"关于开展全民阅读活动的建议",是全国政协最早关于开展全民阅读活动的提案。其阅读学专著《阅读力》(生活·读书·新知三联书店)获原国家新闻出版广电总局评为2017年度"受大众喜爱的50本好书"。]

目 录

经典选读

一、家国天下 ………………………………… 003
  兼　爱 ……………………………………… 005
  《孟子》二则 ……………………………… 009
  大同与小康 ………………………………… 013
  大学之道 …………………………………… 017
  察　今 ……………………………………… 020
  史记·货殖列传序 ………………………… 024
  君道二则 …………………………………… 027
  茅屋为秋风所破歌 ………………………… 031
  五代史·伶官传序 ………………………… 033
  原　强 ……………………………………… 036
  少年中国说 ………………………………… 040
  望大陆 ……………………………………… 045
  毛泽东诗词三首 …………………………… 047

二、官箴政道 ………………………………… 052
  政之所兴　在顺民心 ……………………… 054
  孔子论政十则 ……………………………… 056

邹忌讽齐王纳谏…………………… 059
去　私………………………………… 062
苛政猛于虎…………………………… 064
杨震"四知"却金……………………… 066
岳阳楼记……………………………… 068
清慎勤忍……………………………… 071
陆游诗三首…………………………… 073
廉　耻………………………………… 075
郑燮诗二首…………………………… 077
林则徐诗二首………………………… 079
明清名臣官箴四则…………………… 082

三、知人用人 ………………………… 085
谏逐客书……………………………… 087
刘邦论用人…………………………… 089
短歌行………………………………… 092
知人性………………………………… 094
择官之道……………………………… 096
陆贽论用人二则……………………… 098
马　说………………………………… 102
白居易诗二首………………………… 104
朋党论………………………………… 107
司马光论才与德……………………… 109
读《孟尝君传》……………………… 112
思想自由　兼容并包………………… 114

四、家风家训 ………………………… 117
周公诫子……………………………… 119

诸葛亮诫子书 …………………… 121
诫当阳公大心书 ………………… 122
教　子 …………………………… 124
训俭示康 ………………………… 127
朱熹家训 ………………………… 130
朱子治家格言 …………………… 132
范县署中寄舍弟墨第四书 ……… 135
为学一首示子侄 ………………… 138
新治家格言 ……………………… 140

五、人间真情 …………………… 143
《诗经》二首 …………………… 145
伯牙绝弦 ………………………… 148
陶渊明诗二首 …………………… 150
兄　弟 …………………………… 152
送杜少府之任蜀州 ……………… 155
回乡偶书二首 …………………… 157
王维诗二首 ……………………… 159
李白诗二首 ……………………… 161
杜甫诗三首 ……………………… 164
游子吟 …………………………… 167
燕诗示刘叟 ……………………… 169
与妻书 …………………………… 171

六、修身励志 …………………… 175
《老子》十则 …………………… 176
《论语》四则 …………………… 180
君子必慎其所与处者 …………… 182

富贵不能淫 …………………………… 184
君子素其位而行 ……………………… 186
荀子论修身三则 ……………………… 188
上古天真论 …………………………… 191
运命论 ………………………………… 194
乐羊子妻 ……………………………… 196
爱莲说 ………………………………… 199
王安石诗二首 ………………………… 201
文天祥诗二首 ………………………… 203
王冕诗二首 …………………………… 208
曾国藩论修身三则 …………………… 210

七、读书问学 …………………………… 212

《论语》十则 ………………………… 214
博学、审问、慎思、明辨、笃行 …… 217
学不可以已 …………………………… 219
长歌行 ………………………………… 223
典论·论文 …………………………… 225
读《山海经》 ………………………… 227
师　说 ………………………………… 229
唐宋读书诗四首 ……………………… 233
教条示龙场诸生 ……………………… 236
顾炎武论学四则 ……………………… 241
康熙论读书为学六则 ………………… 246
七　十 ………………………………… 249
曾国藩论读书二则 …………………… 253

八、雄武气象 ········· 255
 无　衣 ················ 256
 国　殇 ················ 258
 白马篇 ················ 260
 木兰诗 ················ 262
 王昌龄诗二首 ········· 265
 白雪歌送武判官归京 ··· 267
 江城子·密州出猎 ····· 269
 满江红·写怀 ········· 271
 金错刀行 ·············· 273
 辛弃疾词二首 ········· 275
 谭嗣同诗二首 ········· 277
 秋瑾诗词三首 ········· 280
 毛泽东诗二首 ········· 282

九、挫折应对 ········· 285
 生于忧患　死于安乐 ··· 287
 圣人之勇 ·············· 289
 报任安书 ·············· 292
 赠从弟 ················ 296
 愚公移山 ·············· 298
 李白诗二首 ··········· 301
 苏轼词二首 ··········· 304
 郑燮诗二首 ··········· 307
 忧虞之际　蓄气长志 ··· 308
 西南联合大学校歌 ····· 310
 毛泽东诗词二首 ······· 312

十、闲情偶寄 ································· 314
    观沧海 ································· 316
    归去来兮辞 ··························· 317
    与朱元思书 ··························· 321
    孟浩然诗二首 ························ 323
    王维诗二首 ··························· 325
    杜甫诗二首 ··························· 327
    白居易诗二首 ························ 329
    陋室铭 ································· 331
    钴鉧潭西小丘记 ····················· 333
    苏轼诗二首 ··························· 336
    黄庭坚诗二首 ························ 338
    陆游诗二首 ··························· 340
    满井游记 ····························· 342
    湖心亭看雪 ··························· 345

附录　理论参考

经典的选择与阅读之法 ····················· 349

由导读书目看中国经典著作与传统文化 ········ 377

参考文献 ······································· 391
后　记 ··· 395

经典选读

一、家国天下

"赫赫始祖,吾华肇造;胄衍祀绵,岳峨河浩。聪明睿智,光被遐荒;建此伟业,雄立东方。"伟大的人文初祖轩辕黄帝肇造了伟大的中华民族,伟大的中华民族书写了伟大的中华文明,伟大的中华文明涵育了伟大的家国情怀。数千年来,上至帝王将相,下至贩夫走卒,自强不息、厚德载物的中国人民无不渴望和追求天下太平,国家富强,人民幸福。一代又一代的政治家、思想家、文学家对"家国天下"这个重大命题进行了深入的探讨,提出了治国理政的宝贵方略,总结了历史兴替的普遍规律,抒发了兼济天下的强烈愿望,形成了爱国爱民的优秀传统。这些丰厚而珍贵的历史遗产,都可统归于中华民族永恒而历久弥新的家国情怀。

"为什么我的眼里常含泪水?因为我对这土地爱得深沉。"家国情怀是每一位国民对其民族和国家所饱含的深情大爱。这种感人至深的情怀,在无数杰出的中华儿女那里,得到了最为充分的展示。长河浩荡,功垂竹帛。他们的故事荡气回肠,他们的精神凝聚力量,他们的思想绽放光芒,他们的语言催人奋进。本章所收内容,有对大同与小康理想社会的无限向往,有对"天下为公""兼相爱,交相利"的积极倡导,有明德亲民、修齐治平、君临天下的"内圣外王"之学,有以民为本、先富后教、与时俱进的治国理政之道,有推己及人、关爱寒士的人间大爱,有"忧劳可以兴国,逸豫可以亡身"的历史教训,有"开眼看世界,强我中华"的开阔胸襟,有"以少年精神再造少年中国"的激情呐喊,有"还我山河,卫我国权;此物此志,永矢勿谖"的卫国之志,有难忘故土、渴望祖国统一的思乡绝唱,有对江山如此多娇,代有才人出的热情讴歌。这些脍炙人口的经典之作,展示了中华民族博大精深的文明之源,再现了中华儿女代代相承的爱国之心,足以垂范百世,与天不老。

"古人日以远,青史字不泯",前人的智慧为我们指明了方向,树立了榜样,今天的我们更要熟稔历史发展的基本规律,常存以天下为己任的家国情怀,以国为重,以民为重,常念民之冷暖,常思国之兴衰,为万方安和、民族复兴、人民幸福贡献自己的力量。

一、家国天下

兼 爱

《墨子》

圣人以治天下为事者也,必知乱之所自起,焉能①治之;不知乱之所自起,则不能治。譬之如医之攻②人之疾者然:必知疾之所自起,焉能攻之;不知疾之所自起,则弗能攻。治乱者何独不然? 必知乱之所自起,焉能治之;不知乱之所自起,则弗能治。圣人以治天下为事者也,不可不察乱之所自起。

当③(cháng)察乱何自起? 起不相爱。臣子之不孝君父,所谓乱也。子自爱,不爱父,故亏父而自利;弟自爱,不爱兄,故亏兄而自利;臣自爱,不爱君,故亏君而自利,此所谓乱也。虽父之不慈子,兄之不慈弟,君之不慈臣,此亦天下之所谓乱也。父自爱也,不爱子,故亏子而自利;兄自爱也,不爱弟,故亏弟而自利;君自爱也,不爱臣,故亏臣而自利。是何也? 皆起不相爱。

虽至天下之为盗贼者亦然:盗爱其室,不爱异室,故窃

---

① 焉能:乃能,才可以。下文"焉能攻之",亦同此意。
② 攻:治。
③ 当:尝试。"当"之繁体为"當",应为"嘗",简体为"尝"。

异室以利其室；贼爱其身，不爱人，故贼人以利其身。此何也？皆起不相爱。虽至大夫之相乱家、诸侯之相攻国者，亦然。大夫各爱其家，不爱异家，故乱异家以利其家；诸侯各爱其国，不爱异国，故攻异国以利其国。天下之乱物，具此而已矣①。察此何自起？皆起不相爱。

若使天下兼相爱，爱人若爱其身，犹有不孝者乎？视父兄与君若其身，恶②(wū)施不孝？犹有不慈者乎？视弟子与臣若其身，恶(wū)施不慈？故不孝不慈亡③(wú)有。犹有盗贼乎？视人之室若其室，谁窃？视人身若其身，谁贼？故盗贼亡(wú)有。犹有大夫之相乱家、诸侯之相攻国者乎？视人家若其家，谁乱？视人国若其国，谁攻？故大夫之相乱家、诸侯之相攻国者亡(wú)有。若使天下兼相爱，国与国不相攻，家与家不相乱，盗贼无有，君臣父子皆能孝慈，若此则天下治。

故圣人以治天下为事者，恶得不禁恶而劝爱？故天下兼相爱则治，交相恶则乱。故子墨子曰：不可以不劝爱人者，此也。

【浅解】

本文选自《墨子·兼爱上》。《墨子》是战国时期墨家学派的著作总集，由墨子及其弟子在不同时期编撰。墨子(约前468—前376

---

① 天下之乱物，具此而已矣：天下动乱之事，毕尽于此。物：事。
② 恶：疑问代词，怎么。
③ 亡：同"无"，没有。

年),姓墨,名翟(dí),战国初期著名思想家、政治家,墨家学派创始人。《兼爱》有上、中、下三篇,此为上篇,是墨子最有代表性的理论篇章之一,观点明确,逻辑清晰,语言质朴。

春秋战国时期(前770—前221年)是我国历史上一个天翻地覆的大动乱、大变革时期,也是一个从治到乱,再从乱到治的特殊时期。时代的最大命题就是如何让社会从乱转治。针对这个问题,中国的古圣先贤纷纷提出自己的解决方案,他们从现实出发,游说人君,传道授业,著书立说,因此而形成了百家争鸣、百花齐放的局面,由此而奠定了中国文化的根基,形成了中国文化发展的第一个高峰,这个时期也正是雅思贝尔斯所称的"轴心时代"。在这些学派中,墨家和儒家并称"显学",影响甚大。

在解答"天下为何而乱?天下如何而治?"时,以墨子为代表的墨家提出了兼爱、非攻、尚贤、尚同、节用、节丧、非乐、非命、尊天、事鬼等十大主张,其核心思想为兼爱。所谓兼爱,就是"兼相爱,交相利",主张每个人都本着互相有利的原则,来处理各种社会关系,没有等差地互助互爱,造就和睦相处、没有矛盾的社会环境。在墨子看来,社会动乱起于人与人之间的不相爱,君臣、父子、兄弟都只爱自己,彼此之间却不慈不孝、不友不恭,损害别人而自己获利,所以出现诸侯因"封国"之利而互相攻伐,大夫因"家族"之利而互相侵扰,这是天下不安定的根本原因。如果天下皆"兼相爱":"视人之国,若视其国;视人之家,若视其家;视人之身,若视其身",则天下就可以安定太平。墨家学派不仅是这样认为的,还建立起严密的组织,积极践行。对于有利于天下的正义之事,墨家会"日夜不休,以自苦为极",赴汤蹈火,死不旋踵,因此古代有"墨子之门多勇士"之说。

墨子主张消除阶级高低、身份贵贱、势力强弱、智慧高下甚至血缘的差别,积极提倡和践行兼爱的思想,体现了朴素的平等观念和民主意识，在当时历史背景下具有非常浓厚的理想主义色彩，在现实中很难实现。所以在汉代以后，就逐渐成为"绝学"。直到近代，其重要价值才被重新认识。以今人的观点来看，墨家思想虽然有"乌托邦"的色彩，但其提出"天下之乱，皆起于不相爱"的独到观点，还是比较深刻的。他描绘的互相关爱、消除矛盾、和谐共处的社会状态也十分让人向往，现代社会所倡导的"我为人人，人人为我"，在一定程度上，也与墨家思想有相通之处。而其"自苦以利天下"的自我牺牲精神，以及"有力者疾以助人，有财者勉以分人，有道者劝以教人"的担当意识，都让人敬佩不已。

《孟子》二则

齐桓晋文之事

老吾老①,以及人之老;幼吾幼②,以及人之幼,天下可运于掌。诗③云:"刑于寡妻④,至于兄弟,以御⑤于家邦。"言举斯心加诸彼而已。故推恩足以保四海,不推恩无以保妻子。古之人所以大过人者⑥,无他焉,善推其所为而已矣。

无恒产而有恒心者,惟士为能。若民,则无恒产,因无恒心。苟无恒心,放辟邪侈,无不为已⑦。及陷于罪,然后从而刑之,是罔民⑧也。焉有仁人在位,罔民而可为也?是故明君制民之产,必使仰足以事父母,俯足以畜妻子,乐岁终

---

① 老吾老:尊敬、赡养自己的长辈。第一个"老"为动词,第二个"老"为名词。
② 幼吾幼:爱护、抚养自己的孩童。第一个"幼"为动词,第二个"幼"为名词。
③ 诗:《诗经》。以下三句见于《诗经·大雅·思齐篇》。
④ 刑于寡妻:先给自己的妻子做榜样。刑,通"型",给某某做榜样。寡妻:诸侯对自己妻子的谦称。
⑤ 御:治理。
⑥ 大过人者:远远超过一般人,比一般人高明许多。
⑦ 放辟邪侈,无不为已:不遵守规矩,做违法乱纪的事。放:放纵。辟:同"僻",行为不端。邪:和"僻"同义。侈:和"放"同义。
⑧ 罔民:蒙蔽、陷害老百姓。罔:同"网"。

身饱,凶年免于死亡。然后驱而之善①,故民之从之也轻②。今也制民之产,仰不足以事父母,俯不足以畜妻子,乐岁终身苦,凶年不免于死亡。此惟救死而恐不赡③(shàn),奚暇④治礼义哉？王欲行之,则盍(hé)反其本⑤矣。五亩之宅,树之以桑,五十者可以衣帛矣；鸡豚⑥(tún)狗彘⑦(zhì)之畜,无失其时,七十者可以食肉矣；百亩之田,勿夺其时,八口之家可以无饥矣。谨庠(xiáng)序之教⑧,申之以孝悌之义,颁白者不负戴于道路矣⑨。老者衣帛食肉,黎民不饥不寒；然而不王⑩(wàng)者,未之有也。

得道多助　失道寡助

天时不如地利,地利不如人和。三里之城⑪,七里之郭⑫,环⑬而攻之而不胜。夫环而攻之,必有得天时者矣。然

---

① 驱而之善:引导他们向善。
② 从之也轻:容易服从,轻易听从。
③ 赡:足够。
④ 奚暇:哪里有空闲时间。奚:哪里。
⑤ 盍反其本:何不回归到根本。盍:何不,表示反问或疑问。
⑥ 豚:小猪。
⑦ 彘:大猪。
⑧ 谨庠序之教:认真地抓教育。谨:谨慎,认真。庠序:泛指学校。
⑨ 颁白者不负戴于道路矣:须发花白的人就不会头顶着、背负着重物件在路上行走了。颁白:须发半白,也作"斑白"。
⑩ 王:称王。
⑪ 城:指内城。
⑫ 郭:指外城。
⑬ 环:包围。

而不胜者,是天时不如地利也。城非不高也,池非不深也,兵革①非不坚利也,米粟非不多也;委②而去之,是地利不如人和也。故曰:域民③不以封疆之界,固国不以山溪之险,威天下不以兵革之利。得道④者多助,失道者寡助。寡助之至,亲戚畔⑤之;多助之至,天下顺之。以天下之所顺,攻亲戚之所畔,故君子有⑥不战,战必胜矣。

【浅解】

《齐桓晋文之事》节选自《孟子·梁惠王上》。孟子(约前372—约前289年),名轲,字子舆,邹(今山东邹城东南)人,战国时期伟大的思想家、教育家,是儒家的重要代表人物,他将孔子的"仁学"思想,发展为"仁政"学说,对后世影响极大,被尊称为"亚圣",与孔子并称孔孟。《孟子》是儒家主要经典著作之一,名列"十三经"与"四书"之中,由孟子及其弟子编著,书中主要记载了孟子的思想学说和政治活动。除了具有深刻的思想性以外,《孟子》的文学成就还非常高,郭沫若曾以《孟子》《庄子》《荀子》《韩非子》为先秦散文的"四大台柱",其言云:"孟文的犀利,庄文的恣肆,荀文的浑厚,韩文的峻峭,单拿文章来讲,实在是各有千秋。"

《齐桓晋文之事》记载了齐宣王与孟子的一段对话,是《孟子》中篇幅最长的一章,全面论述了孟子的政治主张。孟子主张"性善论",

---

① 兵革:兵器与甲胄,泛指武器装备。
② 委:放弃。
③ 域民:使人民居留在国界之内。
④ 得道:意指得治国之道,即指行仁政。
⑤ 畔:通"叛",背叛。
⑥ 有:或,要么。

认为人皆有恻隐之心，一个国家的最高统治者也不例外，如果将这种由己及人的恻隐之心推广到治理国家，就是仁政和王道。所谓"老吾老，以及人之老；幼吾幼，以及人之幼，天下可运于掌"。因此他终生"倡王道而黜霸道"。齐桓公和晋文公是春秋时期的霸主，齐宣王有志成就像他们一样的霸业，向孟子请教。孟子没有正面回应齐宣王欲凭借武力称霸的"霸道"思想，而是从维护长远利益的角度出发，引导齐宣王实行"王道"和仁政，推恩百姓，实施"制民之产"和"谨庠序之教"的富民和教民政策，这样才能长治久安。在文中，孟子还为齐宣王描述了农业社会的理想生活状况和治理模式，对后世影响极大。全文以对话形式阐述政论，善用比喻，循循善诱，因势利导，具有很强的说服力。

《得道多助，失道寡助》选自《孟子·公孙丑下》。孟子从仁政思想出发，他主张"民为贵，社稷次之，君为轻"，这种以民为本的可贵思想几乎贯穿于他的所有政治言论之中。在本文中，孟子以作战为喻，阐述了天时、地利、人和的关系，虽然三者都很重要，但是最重要的还是"人和"。孟子认为，战争的胜败，主要取决于人心向背，而人心向背，取决于统治者是否推行"仁政"。在孟子看来，小到一场战争的胜败，大到一个国家的兴衰，都与是否施行"仁政"、是否得民心密切相关，正所谓"得民心者得天下"，历史已经证明，这就是人类社会发展的一条普遍规律。这篇文章虽然篇幅短小，但是观点鲜明，逻辑缜密，气盛言宜，是孟子影响深远、流传广泛的代表作品之一。

大同与小康

《礼记》

　　大道之行也,天下为公,选贤与①(jǔ)能,讲信修睦。故人不独亲其亲,不独子其子,使老有所终,壮有所用,幼有所长,矜(guān)寡孤独废疾者②皆有所养。男有分③(fèn),女有归④。货恶(wù)其弃于地也,不必藏于己;力恶其不出于身也,不必为己。是故谋闭而不兴,盗窃乱贼而不作,故外户而不闭。是谓大同。

　　今大道既隐,天下为家,各亲其亲,各子其子,货力为己,大人世及⑤以为礼,城郭沟池以为固,礼义以为纪。以正君臣,以笃父子,以睦兄弟,以和夫妇,以设制度,以立田里,以贤勇知⑥(zhì),以功为己。故谋用是作,而兵由此起⑦。

---

① 与:通"举",举荐。
② 矜寡孤独废疾者:矜:通"鳏",老而无妻之人。寡:年老无夫之人。孤:年幼丧父之人。独:年老无子女之人。废疾:残废和长期患病之人。
③ 男有分:男子有职业。分:职分,职业,职守。
④ 女有归:女子有家室。归:女子到了适婚年龄都能出嫁。
⑤ 大人世及:天子诸侯按照血缘关系世袭。世:父子相传。及:兄弟相传。
⑥ 知:通"智",智慧,智谋。
⑦ 故谋用是作,而兵由此起:所以阴谋诡计因此兴起,战争也由此产生。

禹、汤、文、武、成王、周公,由此其选也。此六君子者,未有不谨于礼者也。以著①其义,以考其信,著有过,刑仁②讲让,示民有常。如有不由此者,在执③(shì)者去,众以为殃。是谓小康。

夫礼,先王以承天之道,以治人之情。故失之者死,得之者生。《诗》曰:"相鼠有体,人而无礼? 人而无礼,胡不遄(chuán)死?"④是故夫礼,必本于天,殽⑤(xiào)于地,列于鬼神,达于丧、祭、射、御、冠⑥、昏⑦、朝⑧、聘⑨。故圣人以礼示之,故天下国家可得而正也。

故圣人耐⑩(néng)以天下为一家,以中国为一人者,非意⑪之也,必知其情,辟⑫于其义,明于其利,达于其患,然后能为之。何谓人情? 喜、怒、哀、惧、爱、恶(wù)、欲,七者弗学而能。何谓人义? 父慈、子孝、兄良、弟弟⑬、夫义、妇听、

---

① 著:显露。
② 刑仁:以仁为模式,把仁当成法则。刑:通"型"。
③ 执:通"势",势位,权势。
④ 相鼠有体,人而无礼。人而无礼,胡不遄死:看那老鼠还有四体,一个人却不知守礼。一个人不知守礼,为何不快一点死呢? 胡:为何。遄:迅速。
⑤ 殽:通"效",仿效,效法。
⑥ 冠:古代男子的加冠之礼,表示其成人。
⑦ 昏:通"婚",婚姻之礼。
⑧ 朝:古代臣见君之礼。
⑨ 聘:古代诸侯间相互聘问之礼。《礼记·曲礼》:"诸侯使大夫问于诸侯曰聘。"
⑩ 耐:通"能",能够。
⑪ 意:通"臆",臆断,缺乏客观根据地推测。
⑫ 辟:通晓,透彻。
⑬ 弟弟:弟悌。第二个"弟"字通"悌",指敬爱兄长。

长惠、幼顺、君仁、臣忠,十者谓之人义。讲信修睦,谓之人利。争夺相杀,谓之人患。故圣人所以治人七情,修十义,讲信修睦,尚辞让,去争夺,舍礼何以治之?饮食男女,人之大欲存焉。死亡贫苦,人之大恶(wù)存焉。故欲恶(wù)者,心之大端也。人藏其心,不可测度①(duó)也。美恶皆在其心,不见(xiàn)其色②也,欲一以穷③之,舍礼何以哉?

【浅解】

本文节选自《礼记·礼运》。《礼记》亦称《小戴记》或《小戴礼记》,为儒家"十三经"之一,与《仪礼》《周礼》合称"三礼",是战国至西汉的儒家学者传授《仪礼》时进行解释、说明、补充、议论而形成的文章汇编。从历史上看,《礼记》虽然比《仪礼》《周礼》晚出,但其影响力却超出了《仪礼》和《周礼》。南宋理学家朱熹从《礼记》中抽出《大学》《中庸》,与《论语》《孟子》合编为"四书",成为元明清三代士子人人必读的教科书。

礼运,即礼的运行。文中借孔子之口,为人们描述了"大同"与"小康"两种社会的美好图景。大者,太也;同者,平也,和也。大同社会就是大道流行、太平安和的美好社会,这种社会以"天下为公"的思想为基础,社会秩序主要靠内部的自觉来维护,这是人们对理想社会的美好憧憬和最高期待。康者,安也,小康即小安,是仅次于"大同"的理想社会状态,这种社会以"天下为家"为基础,是人们对秩序井

---

① 测度:猜测揣度。
② 不见其色:不显露在脸色上。见:通"现",展现,显露。色:脸色,脸上的气色与神情。
③ 穷:穷尽,探究。

然、和谐相处生活的向往与追求，虽不如"天下为公"完美，却接近现实。在孔子看来，大同社会很难实现，让全社会达到小康，就成为他终生追求的目标。而要维系好这种"天下为家"的社会，最重要的手段和方法就是"礼"。礼最初是祭神的宗教仪式，后来扩展到人事，指等级社会中体现尊卑贵贱的价值观念、行为规范和仪式制度等，其作用，是用来"定亲疏，决嫌疑，别同异，明是非"的。所以在本文中，孔子强调了礼的极端重要性。

　　大同和小康是儒家思想主张的两种社会状态和政治理想，对中国历代政治思想有着巨大的影响。无数的思想家、政治家为了追求这样的理想社会，终身奋斗，矢志不渝。近代以来，康有为、孙中山的政治思想和社会发展学说，也深受《礼记·礼运》篇的影响，尤其是孙中山先生，终生以"天下为公"为革命目标。马克思主义所描绘的共产主义世界，与中国古人所提出的"大同"世界，也有许多相似之处，因而被中国的先进知识分子最先接受。今天我们建设小康社会的阶段性目标，其最初的概念也来自这篇重要的历史文献。而倡导社会各阶层的人按照新时代的"礼"和谐共处，也是建设小康社会的重要内容之一。

一、家国天下

大学之道

《大学》

大学①之道②,在明明德③,在亲民④,在止于至善。知止⑤而后有定,定而后能静,静而后能安,安而后能虑,虑而后能得。物有本末,事有终始,知所先后,则近道矣。

古之欲明明德于天下者,先治其国;欲治其国者,先齐⑥其家;欲齐其家者,先修其身;欲修其身者,先正其心;欲正其心者,先诚其意;欲诚其意者,先致其知;致知在格物⑦。物格而后知至,知至而后意诚,意诚而后心正,心正而后身修,身修而后家齐,家齐而后国治,国治而后天下平。

---

① 大学:与小学相对而言,指儒家修己安民、治国平天下的学问。根据朱熹的说法,古代男孩八岁时均入小学,学习洒扫、应对、进退之节,礼、乐、射、御、书、数之文,这些内容属于知识性、技能性、礼仪性的基础知识。十五岁时,自天子至公、卿、大夫之子及凡民之俊秀者方可入大学,学习穷理、正心、修己、治人之道。

② 道:宗旨,原则。

③ 明明德:彰明自己的光辉的德行。第一个"明"为动词,彰明,"使……显明"之意。第二个"明"为形容词,光明、光辉之意。

④ 亲民:亲爱、亲近民众,使人人都能革新改进,拥有光辉的德行。也有解释为新民,即让百姓弃旧图新,去恶从善。

⑤ 知止:知道至善的目标所在。

⑥ 齐:整齐,整顿。

⑦ 格物:穷究物理,认识、研究万事万物。格:穷究。

自天子以至于庶人，壹是①皆以修身为本，其本乱而末治者，否矣。其所厚者薄，而其所薄者厚，未之有也②。此谓知本，此谓知之至也。

【浅解】

本文选自《礼记·大学》。一般认为，《大学》为孔子的学生曾子所作。北宋程颢、程颐兄弟强调《大学》为"孔氏之遗书，而初学入德之门"，南宋朱熹更加推尊《大学》，将其重新编订，并列为"四书"之首，在元明清三代影响甚大，成为士子必读必背的儒家正统经典。大学之意，汉代郑玄解释为"记其博学可以为政矣"，朱熹则解释为"古之大学所以教人之法也"。

《大学》系统阐述了儒家"修己安民""内圣外王"的重要思想，其核心思想可以概括为"三纲八目"。三纲即三纲领，指明明德、亲民、止于至善，这是儒家一贯追求的宏伟目标。明明德，是指自身的德行修养。亲民，是指社会责任和担当。止于至善，是让个人和全社会都要达到的最高理想境界。"八目"即八条目，指格物、致知、诚意、正心、修身、齐家、治国、平天下。"八目"是达到"三纲"目标需要经历的八个阶段，就像八个阶梯，层层递进。其中，修身是承上启下的关键环节。格物、致知、诚意、正心是内修阶段，是"内圣"的必经阶段。齐家、治国、平天下是修身之后的外治境界，是"外王"的必然要求。内修和外治，是推己及人、修己安民的过程，是儒家"内圣"与"外王"思想体系的完整统一。这样的人生目标对中国历代读书人影响甚

---

① 壹是：一切，全部。
② 其所厚者薄，而其所薄者厚，未之有也：如果对应当厚待的对象却用力薄，该用力薄的却用力厚，如此想达到至善的目的，还没有过这样的情况。

大,清代曾国藩曾云:"盖人不读书则已,亦即自名曰读书人,则必从事于《大学》。《大学》之纲领有三:明德、新民、止至善,皆我分内事也。若读书不能体贴到身上去,谓此三项与我身了不相涉,则读书何用?虽使能文能诗,博雅自诩,亦只算得识字之牧猪奴耳!岂得谓之明理有用之人也乎?"这种修身与经世并重、让个人与社会都达到至善境地的思想,体现出强烈的社会责任感,在今天仍有其不可低估的价值。

2014年5月4日,习近平总书记在北京大学师生座谈会上特别指出:"古人说:'大学之道,在明明德,在亲民,在止于至善。'核心价值观,其实就是一种德,既是个人的德,也是一种大德,就是国家的德、社会的德。国无德不兴,人无德不立。如果一个民族、一个国家没有共同的核心价值观,莫衷一是,行无依归,那这个民族、这个国家就无法前进。"①习近平同志在解读中国优秀传统文化内涵的同时,对北大师生和当代青年也寄予了时代责任的殷切厚望。为政在人,为人在德,注重修己进德,修好一己之身,怀抱为民之志,才能更好地为社会、为国家贡献力量。

---

① 《习近平谈治国理政》,北京:外文出版社2014年版,第168页。

察 今

《吕氏春秋》

上①胡②不法③先王之法？非不贤也，为其不可得而法。先王之法，经乎上世而来者也，人或益之，人或损之，胡可得而法？虽人弗损益，犹若④不可得而法。东夏之命⑤，古今之法，言异而典殊。故古之命多不通乎今之言者，今之法多不合乎古之法者。

凡先王之法，有要于时⑥也。时不与法俱至，法虽今而至，犹若不可法。故择⑦(shì)先王之成法，而法其所以为法。先王之所以为法者，何也？先王之所以为法者，人也，而己亦人也。故察己则可以知人，察今则可以知古。古今一也，人与我同耳。有道之士，贵以近知远，以今知古，以益

---

① 上：国君。
② 胡：为何。
③ 法：取法，效法。
④ 犹若：仍然，还是。
⑤ 东夏之命：东夷与华夏对事物的命名。东：东夷，指东方少数民族。夏：华夏，指中原各国。
⑥ 要于时：在当时是适应需要的。要：适应……的需要。
⑦ 择：通"释"，放弃。

所见,知所不见①。故审堂下之阴,而知日月之行、阴阳之变;见瓶水之冰,而知天下之寒、鱼鳖之藏也;尝一脔(luán)肉,而知一镬(huò)之味、一鼎之调②。

故治国无法则乱,守法而弗变则悖(bèi),悖乱不可以持国。世易时移,变法宜矣。譬之若良医,病万变,药亦万变。病变而药不变,向之寿民,今为殇③子矣。故凡举事必循法以动,变法者因时而化,若此论则无过务④矣。

是故有天下七十一圣⑤,其法皆不同。非务相反也,时势异也。故曰:良剑期乎断,不期乎镆铘⑥(mò yé);良马期乎千里,不期乎骥骜⑦(jì ào)。夫成功名者,此先王之千里也。

楚人有涉江者,其剑自舟中坠于水,遽⑧(jù)契⑨(qì)其舟,曰:"是吾剑之所从坠。"舟止,从其所契者入水求之。舟已行矣,而剑不行,求剑若此,不亦惑乎?以此故法为其国,与此同。时已徙矣,而法不徙,以此为治,岂不难哉?

---

① 以益所见,知所不见:根据已经见到的推知没有见到的。一说,"益"为衍文,当删。
② 脔:通"脔",切成块状的肉。镬:古代的大锅,无足的鼎。鼎:古代的烹煮用具,一般有三足两耳。
③ 殇:未成年夭折。
④ 过务:做错的事。务:事。
⑤ 有天下七十一圣:为天下之主的历代贤德君王。七十一:不是实指,形容很多。
⑥ 镆铘:著名宝剑的名称。
⑦ 骥骜:著名千里马的名称。
⑧ 遽:马上,立刻。
⑨ 契:刻画。

有过于江上者，见人方引婴儿而欲投之江中，婴儿啼。人问其故，曰："此其父善游。"其父虽善游，其子岂遽善游哉？以此任物①，亦必悖矣。

【浅解】

本文选自《吕氏春秋·慎大览》。《吕氏春秋》又名《吕览》，由秦相吕不韦召集门客编写而成，约成书于秦王政八年（前239年）。吕不韦（？—前235年），卫国濮阳（今河南安阳滑县）人，战国末期著名商人、政治家、思想家，官至秦国丞相。据《史记·吕不韦列传》记载，战国末年，各国贵族中的养士之风盛行，当时有著名的战国四公子：魏信陵君、楚春申君、赵平原君、齐孟尝君，均以礼贤下士、门客众多著称于世。吕不韦也不甘示弱，广招门客三千人，组织他们撰写了这部"备天地万物古今之事"的《吕氏春秋》。书成之日，吕不韦将《吕氏春秋》"布咸阳市门，悬千金其上"，声称能改动一字者赏千金。这就是"一字千金"典故的来历。全书博采众家思想，融合了诸子百家各种思想中的重要内容，可谓先秦时期一部百科全书式的著作，所以《汉书·艺文志》将其列入杂家。与前秦时期的其他著作相比，《吕氏春秋》的编辑体例非常整齐而有系统，全书分8览、6论、12纪，总共26卷；每览各有8篇，每论各有6篇，每纪各有5篇，合计160篇，此外还成功地使用两级分目法（览、论、纪与篇），达到了先秦时期书籍编辑的最高水平。

除了与战国四公子争风以外，吕不韦主持编修《吕氏春秋》的主要目的是为秦国统一天下提供治国理论和借鉴，也就是为秦国的现实政治、社会进步服务。对于秦国，它比诸子百家中任何一家的理论

---

① 任物：对待事物。

都更加实用,更加符合当时的社会实际需要。本文的题目为"察今",即制定法令、制度,必须考察当下社会的客观形式与具体情况。其核心观点为"世易时移,变法宜矣",即法令制度要随着客观形势的改变而有所变化,不可固守先王之法。这种与时俱进、及时变法更制的思想,与儒家"言必称尧舜"的历史观相比,无疑具有更大的进步性。文章观点鲜明,逻辑清晰,文字明快活泼,引用了刻舟求剑、引婴投江等寓言,增强了说服力和趣味性。文中"故察己则可以知人,察今则可以知古""审堂下之阴,而知日月之行""良剑期乎断,不期乎镆铘;良马期乎千里,不期乎骥骜"等警句形象生动,发人深省,在后世广为流传。

史记·货殖列传序

（西汉）司马迁

《老子》曰："至治之极，邻国相望，鸡狗之声相闻，民各甘其食，美其服，安其俗，乐其业，至老死不相往来。"①必用此为务，挽近世，涂民耳目，则几无行矣②。

太史公曰：夫神农③以前，吾不知已。至若《诗》《书》所述虞、夏④以来，耳目欲极声色之好，口欲穷刍豢(chú huàn)之味⑤，身安逸乐而心夸矜⑥(jīn)埶⑦(shì)能之荣使⑧，俗之渐(jiān)民久矣⑨，虽户说以眇(miǎo)论⑩，终不能化。故善

---

① 此处引文与通行本《老子》第八十章原文略有不同，但意思基本相同，描绘的是老子心目中的理想社会状况。

② 必用此为务，挽近世，涂民耳目，则几无行矣：日本学者泷川资言解释说："言必用老子所言，以涂塞民耳目为务，则不可行也。"挽近世：挽救近代衰颓的风气。

③ 神农：传说中的"三皇"之一。

④ 虞、夏：虞舜、夏禹。

⑤ 刍豢之味：指牛羊犬豕等各种家畜的肉。

⑥ 夸矜：夸耀。

⑦ 埶：通"势"，权势。下文的"得埶""失埶"之"埶"，亦通"势"。

⑧ 荣使：荣光。

⑨ 渐民久矣：熏陶民心很久了。渐：浸染，熏陶。

⑩ 户说以眇论：用老子那样精妙的学说挨家挨户去劝说百姓。眇论：老子的学说思想。眇：同"妙"。

者因之,其次利道①之,其次教诲之,其次整齐②之,最下者与之争。

《周书》曰:"农不出则乏其食,工不出则乏其事,商不出则三宝③绝,虞④不出则财匮少,财匮少而山泽不辟矣。"此四者,民所衣食之原⑤也。原大则饶,原小则鲜。上则富国,下则富家。贫富之道,莫之夺予⑥,而巧者有余,拙者不足。

故曰:"仓廪实而知礼节,衣食足而知荣辱。"礼生于有而废于无。故君子富,好行其德;小人富,以适⑦其力。渊深而鱼生之,山深而兽往之,人富而仁义附焉。富者得埶(shì)益彰,失埶则客无所之,以而不乐,夷狄益甚。谚曰:"千金之子,不死于市⑧。"此非空言也。故曰:"天下熙熙,皆为利来;天下攘攘,皆为利往。"夫千乘⑨(shèng)之王,万家之侯,百室之君,尚犹患贫,而况匹夫编户之民⑩乎!

【浅解】

本文节选自《史记·货殖列传》。作者司马迁(前145—前90

---

① 道:通"导",引导。
② 整齐:用制度、法律作出整齐划一的限制与规定。
③ 三宝:农所出之食,工所成之事,虞所出之财(物料、货物)。
④ 虞:掌管、开发山林水泽资源的人。
⑤ 原:通"源",根源,基础。
⑥ 莫之夺予:没有谁能人为地夺取或给予。
⑦ 适:逞,纵。
⑧ 千金之子,不死于市:一说:"不死市者,知荣辱,耻犯法也。"另一说:富家子弟犯法,家有金钱打点,亦可使其"不死于市"。
⑨ 千乘:拥有兵车千辆的诸侯国。乘:一车四马为一乘。
⑩ 匹夫编户之民:普通百姓。编户:编入户口。

年?),字子长,西汉中期夏阳(今陕西韩城南)人,我国古代伟大的史学家、文学家、思想家。他才、学、识、德并美,创作了中国第一部纪传体通史《史记》,被日本学者吉川幸次郎称为"东方历史之父",与西方历史之父希罗多德相媲美。《史记》记载了上起轩辕黄帝,下至汉武帝太初年间共三千多年的历史,包括十二本纪、十表、八书、三十世家、七十列传等五个部分,是一部体大思精、前无古人的历史巨著,也是我国文学史上最伟大的文学著作之一。清代学者赵翼评价云:"司马迁参酌古今,发凡起例,创为全史。本纪以序帝王,世家以记侯国,十表以系时事,八书以详制度,列传以志人物,然后一代君臣政事,贤否得失,总汇于一编之中。自此例一定,历代作史者遂不能出其范围,信史家之极则也。"鲁迅先生更是将《史记》誉为"史家之绝唱,无韵之《离骚》"。《史记》与后来的《汉书》《后汉书》《三国志》合称"前四史",与北宋司马光主持编修的《资治通鉴》并称中国古代"史学双璧"。

  货殖的意思是利用货物的生产与交换,进行商业活动,从中生财求利。《史记·货殖列传》是司马迁为商人所立的类传,记载了先秦至汉代之间一些著名商人的商业经营活动,同时阐发了司马迁对商业活动的深刻认识。司马迁不赞同道家"小国寡民"和儒家"正其义不谋其利"的思想,也反对过分重视农业却抑制商业的传统观念,认为农、工、商、虞对于国计民生而言,都极为重要,尤其指出了商业流通和商业发展的必要性。可贵的是,司马迁充分肯定民众对财富的正常追求,正视商业和社会发展的基本规律,倡导政府鼓励经商而不是与民争利,强调只有民众富有,国家才能富强。当然,司马迁眼中的"求富之道"也是有差别的:"本富为上,末富为下,奸富最下"。即靠农业致富为上,靠商业致富为次,靠作奸犯科投机倒把致富则为最下等。后世班固批评司马迁"述货殖则崇势利而羞贱贫",岂不知这正是司马迁独到而深刻的"史识"之表现。

君道二则

（唐）吴兢

○ 贞观①初，太宗谓侍臣曰："为君之道，必须先存百姓。若损百姓以奉其身，犹割股以啖（dàn）腹②，腹饱而身毙。若安天下，必须先正其身，未有身正而影曲，上理③而下乱者。朕每思伤其身者不在外物，皆由嗜欲以成其祸。若耽嗜滋味，玩悦声色，所欲既多，所损亦大，既妨政事，又扰生人④。且复出一非理之言，万姓为之解体，怨讟⑤（dú）既作，离叛亦兴。朕每思此，不敢纵逸。"谏议大夫⑥魏徵⑦对

---

① 贞观：唐太宗李世民的年号，从公元627年到649年，共23年。唐太宗继位以后，励精图治，取得了天下大治的局面，为后来唐朝一百多年的盛世奠定了坚实的基础，史学家将这一时期称为"贞观之治"。

② 啖腹：让肚子吃饱。啖：让……吃。

③ 理：治。文中都用"理"字，是为了避唐高宗李治的名讳。

④ 生人：生民。此处用"人"字，是为了避唐太宗李世民的名讳。

⑤ 讟：怨恨，诽谤。

⑥ 谏议大夫：官名。秦代置谏议大夫之官，无定员，专掌议论。汉武帝元狩五年置谏大夫。东汉改称谏议大夫，魏晋时称散骑常侍，隋唐仍置谏议大夫，有左、右谏议大夫，主掌谏诤议论。魏徵任谏议大夫时，"凡二百余奏，无不剀切"。

⑦ 魏徵：(580—643年)，字玄成，祖籍巨鹿下曲阳(今河北晋州)，历任谏议大夫、秘书监、侍中等，封郑国公，世称魏郑公，谥号"文贞"，唐太宗时期著名政治家、文学家、史学家，以敢于直言纳谏著称于世。

曰："古者圣哲之主，皆亦近取诸身，故能远体诸物。昔楚聘詹何①，问其理国之要，詹何对以修身之术。楚王又问理国何如，詹何曰：'未闻身理而国乱者。'陛下所明，实同古义。"

○ 贞观十年，太宗谓侍臣曰："帝王之业，草创与守成孰难？"尚书左仆射②（yè）房玄龄③对曰："天地草昧④，群雄竞起，攻破乃降，战胜乃克。由此言之，草创为难。"魏徵对曰："帝王之起，必承衰乱，覆彼昏狡⑤，百姓乐推，四海归命，天授人与，乃不为难。然既得之后，志趣骄逸，百姓欲静，而徭役不休，百姓凋残，而侈务不息，国之衰弊，恒由此起。以斯而言，守成则难。"太宗曰："玄龄昔从我定天下，备尝艰苦，出万死而遇一生，所以见草创之难也。魏徵与我安天下，虑生骄逸之端，必践危亡之地，所以见守成之难也。今草创之难，既已往矣，守成之难者，当思与公等慎之。"

---

① 詹何：战国时期楚国道家学派的学者。《列子·说符第八》载：楚庄王问詹何曰："治国奈何？"詹何对曰："臣明于治身而不明于治国也。"楚庄王曰："寡人得奉宗庙社稷，愿学所以守之。"詹何对曰："臣未尝闻身治而国乱者也，又未尝闻身乱而国治者也。故本在身，不敢对以末。"楚王曰："善。"

② 尚书左仆射：官名。秦始置，汉因之。汉成帝建始四年，初置尚书五人，一人为仆射，位仅次尚书令，职权渐重。汉献帝建安四年，置左右仆射。唐时左右仆射为宰相之职，掌统理六官。

③ 房玄龄：(579—648年)，名乔，字玄龄，以字行于世，齐州临淄（今山东淄博东北）人。唐初著名政治家。他是李世民的得力谋士之一，李世民即位后，历任中书令、尚书左仆射、司空等职，封梁国公。逝后追赠太尉，谥号"文昭"。唐太宗时期，房玄龄与杜如晦同为宰相，房善于谋划，而杜处事果断，因此人称"房谋杜断"。后世以他和杜如晦为良相的典范，合称"房杜"。

④ 草昧：蒙昧杂乱，晦冥不清。

⑤ 覆彼昏狡：消灭昏庸狡猾之人。覆：消灭。

一、家国天下

【浅解】

本文选自《贞观政要》。作者吴兢(670—749年),汴州浚仪(今河南开封)人,唐代著名史学家。与刘知几齐名,在史馆任职30余年,以叙事简练、奋笔直书见称,《贞观政要》是其代表作。唐太宗李世民是中国历史上有名的贤明有为之君,在位23年,在房玄龄、杜如晦、魏徵等贤臣的辅佐下,实现了天下大治,其时政治清明、经济繁荣、社会稳定,史称"贞观之治"。唐太宗的治国理政之道也就成为历代政治家推崇、效法的楷模。吴兢编修《贞观政要》的主要目的,就是为了歌颂"贞观之治",总结唐太宗时代的政治得失,为后来的君主提供借鉴。全书共10卷40篇,分类辑纂了唐太宗与群臣之间的问答,以及唐太宗的诏书、众臣的谏议奏疏,内容十分广泛,比较详细地展示了这一历史时期"君明臣良"的良法美政和历史经验。全书虽偶有纰漏,但整体来看,主题明确,体例得当,叙事详赡,文字明畅,受到历代统治者的的重视。《四库全书总目提要》评价说:"此书盖出其(按:指吴兢)耄年之笔,故不能尽免渗漏。然太宗为一代令辟,其良法善政,嘉言微行,胪具是编,洵足以资法鉴。前代经筵进讲,每多及之。故《中兴书目》称历代宝传,至今无阙。"

本文所选的两段文字,均出自《贞观政要》的首篇《论君道》,都是在探讨为君之道。第一段中,唐太宗提出"为君之道,必须先存百姓""若安天下,必须先正其身",这种君与民互为依附的爱民思想、治国先修其身的理政观念,以及"寡嗜欲,谨言语"的谦谨态度,对于君临天下者而言,均是万世不变的重要法则。第二段讨论的是草创与守成,即得天下和治天下的问题。一般而言,草创虽然艰难,但经历的时间较短;守成看似容易,但面临的考验更多,稍有不慎,便会由盛转衰。因此,得天下不易,治天下更难。治天下的重点仍然是统治者要正自身,以上率下,确保政治清明,百姓生活安定,否则又将面临国家衰败的困境。这样的认识在今天仍未过时。1949年3月,在全国革命胜利之前,毛泽东同志就在中国共产党第七届中央委员会第二次全体会议上高屋建瓴、语重心长地指出,"因为胜利,党内的骄傲情绪,以功臣自居的情绪,停顿起来不求进步的情绪,贪图享乐不愿再过艰苦生活的情绪,可能生长。因为胜利,人民感谢我们,资产阶级也会出来捧场。敌人的武力是不能征服我们的,这点已经得到证明了。资产阶级的捧场则可能征服我们队伍中的意志薄弱者。可能有这样一些共产党人,他们是不曾被拿枪的敌人征服过的,他们在这些敌人面前不愧英雄的称号;但是经不起人们用糖衣裹着的炮弹的攻击,他们在糖弹面前要打败仗。我们必须预防这种情况。"① 而预防的办法,就是永远坚持两个务必:"务必使同志们继续地保持谦虚、谨慎、不骄、不躁的作风,务必使同志们继续地保持艰苦奋斗的作风。"②

---

① 《毛泽东选集》第4卷,北京:人民出版社1991年版,第1438页。
② 同上。

一、家国天下

茅屋为秋风所破歌

（唐）杜甫

八月秋高风怒号,卷我屋上三重茅。茅飞渡江洒江郊,高者挂罥①(juàn)长(cháng)林梢,下者飘转沉塘坳(ào)。南村群童欺我老无力,忍能对面为盗贼,公然抱茅入竹去。唇焦口燥呼不得,归来倚杖自叹息。俄顷②风定云墨色,秋天漠漠向昏黑。布衾多年冷似铁,娇儿恶卧③踏里裂。床头屋漏无干处,雨脚如麻未断绝。自经丧乱少睡眠,长夜沾湿何由彻④?安得广厦千万间,大庇天下寒士俱欢颜,风雨不动安如山。呜呼!何时眼前突兀见⑤(xiàn)此屋,吾庐独破受冻死亦足!

【浅解】

本诗选自《杜工部集》。杜甫(712—770年),字子美,自号少陵野老,原籍湖北襄阳(今湖北襄阳市),生于河南巩县,唐代最伟大的

---

① 挂罥:挂住,缠绕。
② 俄顷:片刻,一会儿。
③ 恶卧:睡不安稳,睡相不好。
④ 何由彻:如何才能熬到天亮呢? 彻:通,这里指结束、完结的意思。
⑤ 见:通"现",出现,显露。

现实主义诗人,被后人尊称为"诗圣",其诗被誉为"诗史",与李白合称"李杜"。曾官左拾遗、检校工部员外郎,故后世又称其为杜拾遗、杜工部。杜甫一生,经历了唐玄宗、肃宗、代宗三朝,是唐王朝由盛而衰的亲身经历者。他饱尝了那个时代的苦难,以儒家的入世精神和诗歌的艺术形式,书写了唐诗辉煌壮丽的杰出篇章。杜甫现存诗歌1400余首,忧国忧民,境界高尚,形成了以沉郁顿挫为主的艺术风格,其高尚的人格和精湛的诗艺在中国历史上产生了无与伦比的深远影响。

《茅屋为秋风所破歌》是杜甫的代表作之一,作于唐肃宗上元二年(761)寓居成都时。上元元年(760)春,在亲友的帮助下,杜甫盖起了一座茅屋,权且栖身。谁知第二年秋天,一场狂风暴雨破坏了原本就简陋不堪的茅屋,让诗人的生活无比困窘。他因此而感慨万端,夜不能寐。但是诗人并没有简单地沉湎于自己的痛苦,而是推己及人,由自己眼前的不幸遭遇,想到了普天下和自己一样的"寒士",最终发出了"安得广厦千万间,大庇天下寒士俱欢颜,风雨不动安如山"的感人呼吁,表达了诗人时穷位卑仍忧天下、宁苦己以利人的高尚情怀。传统儒家历来强调"穷则独善其身,达则兼济天下",杜甫却能在穷时渴望着兼济天下,这是一种更为难得的利他主义精神。正如北京大学中文系教授程郁缀先生所言:"杜甫圣就圣在,总是从自己的不幸想到他人的不幸。越是想到他人的不幸,越是忘记了自己的不幸。这就是他的伟大之处。"千载而下,诵读这样杰出的诗篇,领略这样伟大的精神,怎能不让人肃然起敬,为之恻然动容?

五代史·伶官传序

(北宋)欧阳修

呜呼！盛衰之理,虽曰天命,岂非人事哉！原①庄宗②之所以得天下,与其所以失之者,可以知之矣。

世言晋王③之将终也,以三矢④赐庄宗而告之曰:"梁,吾仇也。燕王⑤吾所立,契丹与吾约为兄弟⑥,而皆背晋以归梁。此三者,吾遗恨也。与尔三矢,尔其⑦无忘乃父之志！"庄宗受而藏之于庙⑧。其后用兵,则遣从事以一少牢⑨告庙,

---

① 原：推究,考察。

② 庄宗：五代时期后唐的开国皇帝李存勖(885—926年),小字亚子,晋王李克用之子。同光元年(923)称帝,同年灭后梁,同光四年(926)在兵变中被杀。

③ 晋王：李存勖之父李克用(856—908年),字翼圣,沙陀族人,神武川新城人,唐末因军功被封为晋王。长期割据河东,以复兴唐朝为名,与朱温的后梁政权争雄。

④ 三矢：三枝箭。

⑤ 燕王：指燕王刘守光的父亲刘仁恭。李克用曾向唐朝保荐刘仁恭为卢龙节度使,又帮助他击退敌军,但后来刘仁恭依附后梁,与李克用反目成仇。其子刘守光后被朱温封为燕王,实力强大以后,自称大燕皇帝。此处称刘仁恭为燕王,是笼统说法。

⑥ 契丹与吾约为兄弟：907年,李克用与契丹首领耶律阿保机结为兄弟,约定联合消灭后梁,但后来阿保机负约叛晋投梁。

⑦ 其：一定,务必。

⑧ 庙：宗庙,太庙,古代帝王祭祀祖先之所,这里指李克用的祠。

⑨ 少牢：古代祭祀,只用猪、羊为少牢。

请其矢,盛(chéng)以锦囊,负而前驱,及凯旋而纳之。

方其系①燕父子以组②,函③梁君臣之首,入于太庙,还矢先王,而告以成功,其意气之盛,可谓壮哉!及仇雠④(chóu)已灭,天下已定,一夫夜呼,乱者四应,苍皇东出,未及见贼而士卒离散,君臣相顾,不知所归。至于誓天断发,泣下沾襟,何其衰也⑤!岂得之难而失之易欤?抑本⑥其成败之迹,而皆自于人欤?《书》⑦曰:"满招损,谦得益。"忧劳可以兴国,逸豫⑧可以亡身,自然之理也。

故方其盛也,举天下之豪杰莫能与之争。及其衰也,数十伶人困之,而身死国灭⑨,为天下笑。夫祸患常积于忽微⑩,而智勇多困于所溺,岂独伶人也哉!

① 系:捆绑。
② 组:原指丝带或丝绳,这里指绳索。
③ 函:用木匣子装。
④ 仇雠:仇人,仇敌。
⑤ 一夫夜呼……何其衰也:李存勖称帝后,沉湎声色,重用伶人,治国乏术,导致怨声载道。926年,李存勖听信谗言,冤杀大将郭崇韬,另一大将李嗣源也险遭杀害,一时谣言纷起。不久,邺都发生兵变。李存勖派李嗣源前去镇压,李嗣源却在将士们的拥戴下,自立为帝,进兵京城洛阳。李存勖仓皇率军进攻李嗣源,结果走在路上,士兵们就逃走了一半,被迫折回。归途中满目凄凉,随从他的百余部将,断发向天发誓,表示忠于后唐,君臣相对大哭,境况惨然。
⑥ 本:考察原因。
⑦ 《书》:《尚书》。
⑧ 逸豫:安乐。
⑨ 数十伶人困之,而身死国灭:李嗣源起兵反叛后,李存勖回到洛阳据城固守。乐官郭从谦趁机发动兵变,在混战中李存勖中流矢而亡。伶人:也称优伶,古代音乐工作者和演员的称号。
⑩ 忽微:细小。

【浅解】

本文选自欧阳修修撰的《新五代史》。欧阳修(1007—1072年),字永叔,号醉翁、六一居士等,吉州永丰(今江西省吉安市永丰县)人。北宋著名的政治家、文学家、史学家,"唐宋八大家"之一。官至翰林学士、枢密副使、参知政事,谥号文忠,世称欧阳文忠公。欧阳修是北宋时期公认的文坛领袖,在散文、诗、词各方面都取得了杰出的成就,开创了一代文风,培养了众多著名学者,在中国文学史上有重要的地位。在史学方面,也有较高成就,曾主修《新唐书》,并独撰《新五代史》。《新五代史》原名《五代史记》,后世为区别于薛居正等官修的五代史,称为《新五代史》。它记载了自后梁开平元年(907)至后周显德七年(960)共53年的历史。此书是唐宋以后唯一一部私修正史,为"二十四史"之一,在中国史学史上有着十分重要的地位。

本文是欧阳修最著名的史论文章,被清人沈德潜誉为"《五代史》中第一篇文字"。文章在开篇便旗帜鲜明地指出,国运的兴衰在人事而非天命,然后以唐庄宗李存勖的史实来予以论证。李存勖创业初期骁勇善战、励精图治,但是国家初定后沉湎声色、重用伶人,最终导致政业荒废、民怨沸腾,被伶人出身的郭从谦杀害,身死国灭,为人耻笑。真是"其兴也勃,其亡也忽"。欧阳修是文章大家,其写史的特点是文章简约,史事详实,以微言阐述大义见长,本文就是很好的体现。作者对庄宗的兴国和亡身描写虽然简练,但形象生动,对比鲜明,抑扬顿挫,气盛言宜。通过夹叙夹议,前后对比,提出了"忧劳可以兴国,逸豫可以亡身""祸患常积于忽微,而智勇多困于所溺"的观点。他认为执政者不能像普通人一样放任自己的喜恶,沉迷音乐在普通人身上无非是闲散惰业,但是放在一国之君身上就会殃及国政,善于迎合的人便会趁机而入,小人当道后自然容易败政乱国。本文警示治国守业要居安思危,防微杜渐,古人如此,今天更是如此。

原　强

(近代)严复

　　盖生民之大要三,而强弱存亡莫不视此:一曰血气体力之强,二曰聪明智虑之强,三曰德行仁义之强。是以西洋观化言治①之家,莫不以民力、民智、民德三者断民种之高下,未有三者备而民生不优,亦未有三者备而国威不奋者也。反是而观,夫苟其民契需②(qiè nuò)恂愗③(kòu mào),各奋其私,则其群将涣。以将涣之群,而与鸷悍④(zhì hàn)多智、爱国保种之民遇,小则虏辱,大则灭亡。

　　是故国之强弱贫富治乱者,其民力、民智、民德三者之征验也,必三者既立而后其政法从之。于是一政之举,一令之施,合于其智、德、力者存,违于其智、德、力者废。当是之时,虽有英君察相⑤,苟不自其本而图之,则亦仅能补偏救

---

① 观化言治:观察进化历程与谈论治理国家。
② 契需:怯懦,迟钝。需,通"懦"。
③ 恂愗:亦作"恂瞀",愚昧无知。
④ 鸷悍:凶狠,强悍。
⑤ 英君察相:英明的君主和明察的宰相。

弊,偷①为一时之治而已矣,听其自至,浸假②将复其旧而由其常焉。且往往当其补救之时,本弊未去,而他弊丛然以生,偏于此者虽祛,而偏于彼者闯然③更见。甚矣!徒政之不足与为治也。

中国知西法之当师,不自甲午东事败衄④(nù)之后始也。海禁大开以还,所兴发者亦不少矣:译署,一也;同文馆,二也;船政,三也;出洋肄(yì)业局,四也;轮船招商,五也;制造,六也;海军,七也;海署,八也;洋操,九也;学堂,十也;出使,十一也;矿务,十二也;电邮,十三也;铁路,十四也。拉杂数之,盖不止一二十事。此中大半,皆西洋以富以强之基,而自吾人行之,则淮橘为枳⑤(zhǐ),若存若亡,不能实收其效者,则又何也?苏子瞻⑥曰:"天下之祸,莫大于上作而下不应。上作而下不应,则上亦将穷而自止。"斯宾塞尔⑦曰:"富强不可为也,政不足与治也。相其宜,动其机,培其本根,卫其成长,则其效乃不期而自立。"是故苟民力已

---

① 偷:苟且。
② 浸假:逐渐。
③ 闯然:突然进入的样子。
④ 败衄:挫败损伤,此处指中日甲午战争,清政府战事失败。
⑤ 淮橘为枳:淮南的橘树,移植到淮河以北就变为枳树。比喻环境变了,事物的性质也变了。此处比喻上述西方国家富强的新政,在中国却没有取得预期的成效。
⑥ 苏子瞻:北宋文学家、书画家、政治家苏轼(1037—1101年),字子瞻。
⑦ 斯宾塞尔:英国哲学家、社会学家赫伯特·斯宾塞(Herbert Spencer, 1820—1903年),其社会学理论的突出特点是将社会与生物有机体进行类比,认为社会的进化过程同生物进化过程一样,也是优胜劣败、适者生存,生物界生存竞争的原则在社会里也起着支配作用。因此,斯宾塞尔被称为"社会达尔文主义之父"。

茶①(nié),民智已卑,民德已薄,虽有富强之政,莫之能行。

夫如是,则中国今日之所宜为,大可见矣。夫所谓富强云者,质而言之,不外利民云尔。然政欲利民,必自民各能自利始;民各能自利,又必自皆得自由②始;欲听其皆得自由,尤必自其各能自治③始;反是且乱。顾彼民之能自治而自由者,皆其力、其智、其德诚优者也。是以今日要政,统于三端:一曰鼓民力,二曰开民智,三曰新民德。夫为一弱于群强之间,政之所施,固常有标本缓急之可论。唯是使三者诚进,则其治标而标立;三者不进,则其标虽治,终亦无功;此舍本言标者之所以为无当也。

【浅解】

本文选自《严复文选》。严复(1854—1921年),字又陵,又字几道,福建侯官(今福州)人,近代著名的翻译家、教育家、启蒙思想家,"放眼看世界"的杰出代表人物。先后毕业于福州船政学堂、英国皇家海军学校。曾任北洋水师学堂总教习、京师大学堂编译局总办。1912年中华民国成立后,任北京大学校长。甲午战争中国惨败后,严复开始从事西方名著的翻译工作,他以"信、达、雅"为准则,先后翻译《天演论》《原富》《群学肆言》等西学名著,大力传播西方先进的学术思想与科学精神,用"物竞天择,适者生存"的进化论观点启迪民智,号召国民"与天争胜",主动变法维新,救亡图存,表现出强烈的爱国主义思想,在当时的思想界引起了极大震撼。《民报》曾评论其影

---

① 茶:疲倦,精神不振。
② 自由:在法律和社会公德的规定范围内,可以按自己的意志行动。
③ 自治:自行管理,自我管理。

响说:"自严氏之书出,而物竞天择之理,厘然当于人心,中国民气为之一变。"

甲午战争失败以后,严复痛感于国势衰微,面对着亡国灭种的空前危机,开始积极提倡变法维新,探求使国家富强的自强之道。1895年,他满怀激愤,撰写了《原强》一文,深入推究考察国家强盛之道。此文最初发表于当年3月4日至9日的天津《直报》。此后,他又进行了修订,使内容更为充实和丰富。本文即节选自《原强》修订稿。在本文中,严复以达尔文、斯宾塞的社会进化思想为主要依据,认为国家的强弱存亡在根本上取决于民力、民智与民德的高下。如果民力不强,民智不开,民德不修,则一切改革措施都难以起到预期的效果。中国要救亡图存,就必须在"治标"的同时兼行"治本",即鼓民力,开民智,新民德。具体言之,鼓民力就要禁绝鸦片和女子缠足。开民智就要大力学习西学、废除科举。新民德就要强化道德教育,倡导平等、信用,开议院于京师,地方官吏实行民主选举。这样的思想反映了近代中国的先进人士对西学的真谛以及"西方为何强,中国为何弱"这些重大问题有了更为深入的理解。严复提出的观点和举措,在当时引起了强烈的反响。直到今天,我们仍不能否认提高国民素质在国家富强、民族复兴中的重要性。在建设社会主义现代化强国的过程中,如何继续"野蛮国民之体魄,文明国民之精神,高尚国民之道德",仍是需要我们面对和破解的重大时代命题。

少年中国说

（近代）梁启超

　　日本人之称我中国也,一则曰老大帝国,再则曰老大帝国。是语也,盖袭译欧西人之言也。呜呼！我中国其果老大矣乎？梁启超曰：恶①(wū)！是何言！是何言！吾心目中有一少年中国在！

　　欲言国之老少,请先言人之老少。老年人常思既往,少年人常思将来。惟思既往也,故生留恋心；惟思将来也,故生希望心。惟留恋也,故保守；惟希望也,故进取。惟保守也,故永旧；惟进取也,故日新。惟思既往也,事事皆其所已经者,故惟知照例；惟思将来也,事事皆其所未经者,故常敢破格。老年人常多忧虑,少年人常好行乐。惟多忧也,故灰心；惟行乐也,故盛气。惟灰心也,故怯懦；惟盛气也,故豪壮。惟怯懦也,故苟且；惟豪壮也,故冒险。惟苟且也,故能灭世界；惟冒险也,故能造世界。老年人常厌事,少年人常喜事。惟厌事也,故常觉一切事无可为者；惟好事也,故常觉一切事无不可为者。老年人如夕照,少年人如朝阳；老年

---

①　恶：感叹助词,相当于"唉",这里有反对的意思。

人如瘠牛,少年人如乳虎。老年人如僧,少年人如侠。老年人如字典,少年人如戏文。老年人如鸦片烟,少年人如泼兰地酒①。老年人如别行星之陨石,少年人如大洋海之珊瑚岛。老年人如埃及沙漠之金字塔,少年人如西伯利亚之铁路;老年人如秋后之柳,少年人如春前之草。老年人如死海之潴②(zhū)为泽,少年人如长江之初发源。此老年与少年性格不同之大略也。任公曰:人固有之,国亦宜然。

　　呜呼!我中国其果老大矣乎?立乎今日以指畴昔③,唐虞三代④,若何之郅(zhì)治⑤;秦皇汉武,若何之雄杰;汉唐来之文学,若何之隆盛;康乾间之武功,若何之烜赫⑥(xuǎn hè)。历史家所铺叙,词章家所讴歌,何一非我国民少年时代良辰美景、赏心乐事之陈迹哉!而今颓然老矣!昨日割五城,明日割十城,处处雀鼠尽,夜夜鸡犬惊。十八省⑦之土地财产,已为人怀中之肉;四百兆⑧之父兄子弟,已为人注籍之奴⑨,岂所谓"老大嫁作商人妇"者耶?呜呼!凭君莫话当

---

① 泼兰地酒:白兰地酒,其名最初来自荷兰文Brandewijn,意为"烧制过的酒",多为葡萄酿制,酒精浓度较高。

② 潴:水流积聚。

③ 畴昔:往日,过去。

④ 唐虞三代:唐尧、虞舜和夏、商、周三代。

⑤ 郅治:把国家治理得太平强盛。郅,极,至。

⑥ 烜赫:昭著,显赫,声势盛大。

⑦ 十八省:清代初年将全国分为十八个省。光绪末年增至二十三省,但人们习惯上仍称十八省。

⑧ 四百兆:四亿。一兆为一百万。

⑨ 注籍之奴:被列入户籍的奴隶,这里指失去自由的人。

年事,憔悴韶(sháo)光①不忍看!楚囚相对②,岌(jí)岌③顾影,人命危浅,朝不虑夕。国为待死之国,一国之民为待死之民。万事付之奈何,一切凭人作弄,亦何足怪!

造成今日之老大中国者,则中国老朽之冤业也。制出将来之少年中国者,则中国少年之责任也。彼老朽者何足道,彼与此世界作别之日不远矣,而我少年乃新来而与世界为缘。使举国之少年而果为少年也,则吾中国为未来之国,其进步未可量也。使举国之少年而亦为老大也,则吾中国为过去之国,其澌(sī)亡④可翘足而待⑤也。故今日之责任,不在他人,而全在我少年。少年智则国智,少年富则国富,少年强则国强,少年独立则国独立,少年自由则国自由,少年进步则国进步,少年胜于欧洲则国胜于欧洲,少年雄于地球则国雄于地球。红日初升,其道大光。河出伏流,一泻汪洋。潜龙腾渊,鳞爪飞扬。乳虎啸谷,百兽震惶。鹰隼(sǔn)试翼,风尘翕(xī)张⑥。奇花初胎,矞(yù)矞皇皇⑦。干将发

---

① 韶光:美好的时光。
② 楚囚相对:《左传·成公九年》载:楚人钟仪被晋国俘虏,晋人称他为"楚囚",后用以指被囚禁或处境窘迫的人。"楚囚相对"本指钟仪和他的同伴相对悲泣,后用来形容人们遭遇国难或其他变故,相对无策,徒然悲伤。
③ 岌岌:危急。
④ 澌亡:灭绝消亡。
⑤ 翘足而待:一抬脚就可等其来到,比喻时间极快。
⑥ 翕张:一合一张。
⑦ 矞矞皇皇:光明盛大,富丽堂皇。

硎（xíng），有作其芒①。天戴其苍，地履其黄。纵有千古，横有八荒。前途似海，来日方长。美哉我少年中国，与天不老！壮哉我中国少年，与国无疆！

【浅解】

本文节选自梁启超的《饮冰室合集》。梁启超（1873—1929 年），字卓如，号任公，别号饮冰室主人，广东新会（今广东省江门市新会区）人，中国近代著名的政治家、思想家和学者，与其老师康有为一起，倡导变法自强，并称"康梁"，是晚清维新变法运动的主要领袖人物之一。1898 年戊戌变法失败后流亡日本。晚年在清华大学任教，为国学研究院四大导师（王国维、梁启超、陈寅恪、赵元任）之一。梁启超学识渊博，才华横溢，著作等身，在政治、经济、哲学、历史、语言等多个方面均有建树，在近现代学术文化史上具有十分重要的地位。

梁启超流亡日本期间，曾主办《清议报》《新民丛报》《新小说》等报刊，积极宣传资产阶级改良主义与爱国主义思想。他受到日本学者德富苏峰等人善于表现欧西思想文化的日本报刊文体的影响，为了"畅其旨义"，更刻意对文体进行改革。据他在《清代学术概论》中自述："启超夙不喜桐城派古文，幼年为文，学晚汉、魏、晋，颇尚矜炼，至是自解放，务为平易畅达，时杂以俚语、韵语及外国语法，纵笔所至不检束，学者竞效之，号新文体。老辈则痛恨，诋为野狐。然其文条理明晰，笔锋常带感情，对于读者，别有一种魔力焉。"这种"新文体"的文章，因为主要发表于《新民丛报》，所以被称为"新民体"，作为一种从文言文变革为白话文的过渡性文体，在当时备受推崇，影响极

---

① 干将发硎，有作其芒：刚从磨刀石上磨砺而出的宝刀，十分锋利，光芒四射。干将：原为铸剑师之名，这里指宝剑。硎：磨刀石。

大。黄遵宪称赞说:"惊心动魄,一字千金,人人笔下所无,却为人人意中所有,虽铁石人亦应感动,从古至今文字之力之大,无过于此者矣。"

《少年中国说》写于1900年,是最能体现"新民体"特点的优秀代表作。文章以批驳"中国为老大帝国"立论,通过"老年"与"少年"的鲜明对比,由人之老少阐述国之老少,表达了作者"以少年精神再造少年中国"的强烈愿望。文章主题鲜明,思想积极,激情四射,大气磅礴,一泻千里,势不可挡,颇具有为少年的峥嵘气象。文章使用了连续不断的比喻和铺陈排比的句式,音调铿锵,语言畅达,读来琅琅上口,具有极强的感染力和鼓动性,几乎每个字都饱含爱国深情,每句话都让人热血沸腾,因此而成为近代以来唤醒国人爱国热情、激发民族自尊自信、鼓舞人民自强不息的经典名篇。

一、家国天下

望 大 陆

(现代)于右任

葬我于高山之上兮,望我故乡;故乡不可见兮,永不能忘。

葬我于高山之上兮,望我大陆;大陆不可见兮,只有痛哭。

天苍苍,野茫茫,山之上,国有殇(shāng)!

【浅解】

本诗选自《于右任诗词集》。《望大陆》又名《国殇》,公开发表于1964年11月10日。于右任(1879—1964年),原名伯循,字诱人,后以"诱人"谐音"右任"为名,陕西三原人,近现代著名的政治家、书法家、教育家和爱国诗人。于右任早年追随孙中山先生从事革命事业,是同盟会早期成员,后来长期在国民政府担任高级官员,是著名的国民党元老。1949年11月29日,于右任从重庆飞离大陆,由香港转往台湾。从此,直到他去世,再也没有回过大陆。但大陆,尤其是他的家乡三原,则成为让他终生怀想、乡愁萦绕的一方热土。晚年寓居台湾的他始终盼望着有朝一日祖国统一,自己能够叶落归根,但终未能如愿。1962年于右任病重,1月12日,他在日记中写道:"我百年之后,愿葬玉山或阿里山树木多的高处,可以时时望大陆。我之故乡是中国大陆。"又在旁边加注道："山要最高者，树要最大者。"之后，他彻夜难眠，在天明时写下此诗作为遗言。这是作者眷恋大陆家乡所写的一曲哀歌，表达了思念故土、渴望国家统一的强烈愿望，其中的怀乡思国之情溢于言表，感人至深，催人泪下。

一、家国天下

毛泽东诗词三首

沁园春·长沙

独立寒秋,湘江北去,橘子洲头。看万山红遍,层林尽染;漫江碧透,百舸(gě)争流。鹰击长空,鱼翔浅底,万类霜天竞自由。怅寥廓,问苍茫大地,谁主沉浮?

携来百侣曾游,忆往昔峥嵘岁月稠①(chóu)。恰同学少年,风华正茂;书生意气,挥斥方遒②(qiú)。指点江山,激扬文字,粪土当年万户侯。曾记否,到中流击水,浪遏③(è)飞舟?

沁园春·雪

北国风光,千里冰封,万里雪飘。望长城内外,惟余莽莽;大河上下,顿失滔滔。山舞银蛇,原驰蜡象,欲与天公试比高。须晴日,看红装素裹,分外妖娆。

江山如此多娇,引无数英雄竞折腰。惜秦皇汉武,略输

---

① 稠:多。
② 遒:强劲有力。
③ 遏:阻止。

文采;唐宗宋祖,稍逊风骚。一代天骄,成吉思汗,只识弯弓射大雕。俱往矣,数风流人物,还看今朝。

祭黄帝陵

中华民国二十六年四月五日,苏维埃政府主席毛泽东、人民抗日红军总司令朱德,敬派代表林祖涵①,以鲜花时果之仪致祭于我中华民族始祖轩辕黄帝之陵。而致词曰:

赫赫②始祖,吾华肇造③;胄(zhòu)衍祀绵④,岳峨河浩⑤。聪明睿智,光被(pī)遐荒⑥;建此伟业,雄立东方。世变沧桑,中更蹉跌⑦;越数千年,强邻蔑德⑧。琉台⑨不守,三韩⑩为墟;辽海燕冀⑪,汉奸何多!以地事敌,敌欲岂足?人

---

① 林祖涵:林伯渠(1885—1960年),时任陕甘宁边区政府主席。
② 赫赫:显著盛大,伟大。
③ 吾华肇造:创始了我们伟大的中华民族。此句为"肇造吾华"的倒装。肇:开始。
④ 胄衍祀绵:世代人丁繁衍,子孙众多。胄:后代子孙。衍:繁衍。祀绵:祭祀香火绵延不断。
⑤ 岳峨河浩:山岳巍峨,江河浩瀚。
⑥ 光被遐荒:其光辉可以照耀到边远荒僻之地。遐:远。荒:边远荒僻之地。
⑦ 中更蹉跌:在历史发展中有过挫折。更:经过,经历。蹉跌:失足摔倒在地,比喻失误,挫折。
⑧ 强邻蔑德:强暴的邻国日本无视道德。蔑:轻视,弃置。
⑨ 琉台:琉球和台湾。琉球国由琉球群岛组成,1879年日本将其改为冲绳县。1895年清政府与日本签订的《马关条约》规定,台湾全岛及所有附属各岛屿、澎湖列岛等"永远让予日本"。1945年日本战败投降后,中国恢复对台湾省行使主权。
⑩ 三韩:指整个朝鲜半岛。汉代时,朝鲜半岛南部有三个小部族:马韩、辰韩、弁辰。晋代时称弁辰为弁韩,合称三韩,后成为朝鲜的代称。中日甲午战争之前,中国是朝鲜的宗主国。甲午战争清政府战败后,被迫与日本签定了《马关条约》,确认朝鲜独立,清朝与朝鲜的宗藩关系结束。
⑪ 辽海燕冀:泛指东北、河北等地。

执笞(chī)绳①,我为奴辱。懿(yì)维我祖,命世之英②;涿鹿奋战,区宇以宁③。岂其苗裔④,不武如斯;泱泱大国,让其沦胥⑤? 东等不才,剑屦(jù)俱奋⑥;万里崎岖,为国效命。频年苦斗,备历险夷;匈奴未灭,何以家为? 各党各界,团结坚固;不论军民,不分贫富。民族阵线,救国良方;四万万众,坚决抵抗。民主共和,改革内政;亿兆一心,战则必胜。还我河山,卫我国权;此物此志,永矢勿谖⑦(xuān)。经武整军⑧,昭告列祖;实鉴临之,皇天后土。尚飨⑨!

【浅解】

这三首诗词均选自《毛泽东诗词鉴赏》。毛泽东(1893—1976年),字润之,湖南湘潭韶山冲(今属湖南省韶山市)人,中国共产党、中国人民解放军、中华人民共和国的主要缔造者,中国各族人民的伟大领袖。毛泽东是伟大的马克思主义者,伟大的无产阶级革命家、战略家、理论家,是马克思主义中国化的伟大开拓者,是近代以来中国

---

① 笞绳:均为古代刑具。这里指日本侵略者拥有的强大武力。

② 懿维我祖,命世之英:还得说我们伟大的祖先黄帝,是应天道而立于人间的大英雄。

③ 涿鹿奋战,区宇以宁:黄帝曾与蚩尤激战于涿鹿,黄帝战胜蚩尤后,天下得以太平。

④ 苗裔:后裔,后代。

⑤ 沦胥:沦陷、沦丧。胥:用于句末,无义。

⑥ 东等不才,剑屦俱奋:我们这些人,坚决奋勇行军打仗。东:毛泽东。不才:自谦之词。屦:原指用麻、葛等制成的鞋,后泛指鞋子。剑屦俱奋,化用典故"剑及屦及",形容行动坚决迅速。《左传·宣公十四年》:"楚子闻之,投袂而起,屦及于窒皇,剑及于寝门之外,车及于蒲胥之市。秋九月,楚子围宋。"

⑦ 永矢勿谖:我们宣誓永不忘记。矢:通"誓"。谖:忘记。

⑧ 经武整军:励精治武,整顿军备。

⑨ 尚飨:古代祭辞结尾常用词,"请享用我们的供奉吧"之意。

伟大的爱国者和民族英雄,是党的第一代中央领导集体的核心,是领导中国人民彻底改变自己命运和国家面貌的一代伟人。习近平总书记在纪念毛泽东诞辰120周年座谈会上的讲话中高度评价毛泽东:"在为中国人民不懈奋斗的光辉一生中,毛泽东同志表现出一个伟大革命领袖高瞻远瞩的政治远见、坚定不移的革命信念、勇于开拓的非凡魄力、炉火纯青的斗争艺术、杰出高超的领导才能。他思想博大深邃、胸怀坦荡宽广,文韬武略兼备、领导艺术高超,心系人民群众、终生艰苦奋斗,为中华民族和中国人民建立了不朽功勋。"①

毛泽东还是著名的诗人、书法家,他在古体诗词、书法方面的造诣极深,取得了非同寻常的成就。这里所选的三首诗词就是毛泽东的重要代表作。

《沁园春·长沙》作于1925年深秋。当时革命运动蓬勃发展,毛泽东要离开湖南去广州主持农民运动讲习所,在长沙停留期间重游橘子洲,写下了这首著名的词作。青年毛泽东通过对长沙秋景的描绘和对青年时代革命斗争生活的回忆,抒发了对国家命运的感慨和以天下为己任、蔑视反动统治者、改造旧中国的豪情壮志,通篇洋溢着新时代英豪人物的峥嵘气象。

《沁园春·雪》作于1936年2月。在国家和民族危急存亡之秋,毛泽东率领长征部队胜利到达陕北,准备开赴抗日前线。为了视察地形,毛泽东登上白雪覆盖的高塬,感慨万千,写下了这首气吞山河的词作。词作描绘、赞美了祖国山河的雄壮多娇,并在纵论历代英雄人物的基础上,盛赞今朝的革命英雄,抒发了毛泽东伟大的抱负,展现了博大的胸怀。1945年9月6日,毛泽东在重庆与蒋介石谈判时,曾将这首词赠给柳亚子,被柳亚子盛赞为千古绝唱。这首词在重庆

---

① 中央文献研究室:《十八大以来重要文献选编》(上册),北京:中央文献出版社2014年版,第692页。

《新华日报》上发表后,轰动一时。国民党"文胆"陈布雷盛赞此作"气势磅礴,气吞山河,可称盖世之精品"。

《祭黄帝陵文》作于1937年清明节前。黄帝是中华民族伟大的人文初祖,黄帝陵位于陕西省黄陵县城东一公里的桥山之上。传说黄帝乘龙离开人间时,百姓不舍,扯落了他的衣冠并将其埋葬在桥山,每年清明祭扫其陵墓,以怀念他开创中华民族的丰功伟绩。1936年12月12日西安事变爆发,中国共产党为了实现停止内战、与国民党组成抗日统一战线的目标,便以大局为重,竭力促成"西安事变"和平解决。在此背景下,1937年4月5日清明节,为进一步营造中国共产党和中国国民党联合抗日的社会舆论,中国共产党和国民党分别派出林祖涵、张继为公祭代表,共赴黄帝陵举行公祭仪式。二人在公祭仪式上分别宣读两党的《祭黄帝陵文》。中国共产党的《祭黄帝陵文》由毛泽东亲笔撰写。这篇祭文以四言诗的方式写成,首先赞颂黄帝的丰功伟业,继而描写多年来承受外侵内战、千疮百孔的国家现状,最后表明中国共产党一切以国家和民族命运为念的救国立场以及"还我河山,卫我国权"的铿锵誓言。任弼时同志评价这首四言诗:"这是我们共产党人奔赴前线誓死抗日的《出师表》!"

二、官箴政道

　　古往今来,学优则仕,出将入相,是无数人终生追求的梦想。一旦如愿以偿,步入仕途,承担起治国理政的重担,他们的情怀、素养、能力、境界,便与万民忧乐、风俗醇薄、国家兴衰休戚相关。是为民造福,为国效命,鞠躬尽瘁,死而后已,还是慕求虚名,追逐私利,慵懒贪墨,祸国殃民,全在官员自身的抉择。纵观史册,揆之现实,从入仕的"初心"来看,谁人不愿兼济天下,让万民称颂,青史留名? 正是这样的原初动力和价值追求,让中华民族培育出了独特的"政道官德",涌现出了不计其数的清官能吏,留下了卷帙浩繁的官箴警句。

　　君不见,善于进谏的邹忌,"四知"却金的杨震,"鞠躬尽瘁,死而后已"的诸葛亮,"先天下之忧而忧,后天下之乐而乐"的范仲淹,"位卑未敢忘忧国,事定犹须待阖棺"的陆游,"苟利国家生死以,岂因福祸避趋之"的林则徐,这些史不绝书、遗爱在民的古圣先贤、好官楷模,不仅是历代百姓渴望出现和永远爱戴的"青天",更已成为这个民族坚韧而伟岸的精神"脊梁"。还有"政治所兴,在顺民心"的民本理念,"为政以德,以上率下"的自我要求,"清慎勤忍"的当官之法,"公生明,廉生威"的公廉准则,甚至"当官不为民做主,不如回家卖红薯"的诙谐俗语,这些用作官员自律自警的至理名言,直到今天,仍持

二、官箴政道

续散发着打动人心的光芒,以至于很多官员仍将其作为修身养性、为官理政的座右铭。作为新时代的党政干部,更有理由和责任在知古鉴今的基础上,在这一方面有更好更大的作为,谱写出当代"官箴政道"的光辉篇章。

政之所兴　在顺民心

《管子》

政之所兴,在顺民心;政之所废,在逆民心。民恶(wù)忧劳①,我佚乐之②;民恶贫贱,我富贵之;民恶危坠③,我存安④之;民恶灭绝⑤,我生育⑥之。能佚乐之,则民为之忧劳;能富贵之,则民为之贫贱;能存安之,则民为之危坠;能生育之,则民为之灭绝⑦。故刑罚不足以畏其意,杀戮不足以服其心。故刑罚繁而意⑧不恐,则令不行矣;杀戮众而心⑨不服,则上位危矣!故从其四欲,则远者自亲;行其四恶,则近者叛之。故知予之为取者,政之宝也。

---

① 忧劳:忧愁劳苦。

② 我佚乐之:我使其安逸快乐。"佚乐"为使动用法,意为"使之安逸快乐"。后文的"富贵""存安""生育"均为此种用法。

③ 危坠:危险灾祸。

④ 存安:生存安定。

⑤ 灭绝:家族灭亡。

⑥ 生育:生养化育。

⑦ "能佚乐之"八句:大意谓:如果统治者能让百姓安逸快乐,百姓就会为他操劳;如果能让百姓富足显贵,百姓就会甘心为他贫困低贱;如果能让百姓生存安定,老百姓就愿意为他处于危险境地;如果能生养化育百姓,百姓就甘心为他赴死灭绝。

⑧ 意:这里指民意。

⑨ 心:这里指民心。

二、官箴政道

【浅解】

本文选自《管子·牧民》。《管子》由战国时期齐国稷下学者托名管仲所作,其中《牧民》《形势》《权修》《乘马》等篇存有管仲遗说。管仲(？—前645年),名夷吾,字仲,亦称敬仲,颍上(颍水之滨)人,春秋时期齐国著名政治家、军事家,法家代表人物,曾辅佐齐桓公成为春秋时代的第一个霸主。在本文中,管子提出,政权的兴废存亡,取决于统治者所施之政是否顺应民心。如果顺民心,从其"四欲",则政通人和,为民所亲;反之则政令废弛,为民所叛。其意就在于告诫统治者要"以百姓心为心"。在这里,管子总结了民之"四欲":佚乐、富贵、存安、生育,与之相对的,便是民之"四恶":忧劳、贫贱、危坠、灭绝。这也是对民心民意、老百姓正常追求的具体解读,对于施政者认识、顺应民心,进而制定政策,治国理政,可以提供很好的依据与借鉴。

孔子论政十则

《论语》

○ 子曰:"道①千乘(shèng)之国②,敬事而信③,节用而爱人,使民以时。"(《论语·学而第一》)

○ 子曰:"为政以德,譬如北辰居其所而众星共④之。"(《论语·为政第二》)

○ 子曰:"道⑤之以政,齐之以刑,民免⑥而无耻;道之以德,齐之以礼,有耻且格⑦。"(《论语·为政第二》)

○ 哀公问曰:"何为则民服?"孔子对曰:"举直错诸枉,则民服⑧。举枉错诸直,则民不服。"(《论语·为政第二》)

---

① 道:同"导",治理。
② 千乘之国:指拥有许多兵马的国家,即诸侯国。乘:意为辆,这里指兵马。每乘为拥有四匹马拉的兵车一辆。春秋时代,战争频仍,所以国家的强弱都用车辆的数目来计算。
③ 敬事而信:严肃认真地对待治国之事,诚信无欺。
④ 共:同"拱",环抱、环绕。
⑤ 道:治理,引导。
⑥ 免:免于罪过,免于刑罚。
⑦ 格:人心归服,亲近,向往。
⑧ 举直错诸枉,则民服:提拔正直的人,放在邪曲不正的人之上,百姓就会服从了。直:正直的人。错:放置。诸:"之于"的合音。枉:邪曲不正的人。

○ 子贡问政。子曰:"足食,足兵①,民信之矣。"子贡曰:"必不得已而去,于斯三者何先?"曰:"去兵。"子贡曰:"必不得已而去,于斯二者何先?"曰:"去食。自古皆有死,民无信不立②。"(《论语·颜渊第十二》)

○ 季康子问政于孔子。孔子对曰:"政者,正也。子帅以正,孰敢不正?"(《论语·颜渊第十二》)

○ 季康子问政于孔子曰:"如杀无道,以就③有道,何如?"孔子对曰:"子为政,焉用杀?子欲善而民善矣。君子之德风,小人之德草。草上之风,必偃④。"(《论语·颜渊第十二》)

○ 子路问政。子曰:"先之劳之。"请益。曰:"无倦。"(《论语·子路第十三》)

○ 子曰:"其身正,不令而行;其身不正,虽令不从。"(《论语·子路第十三》)

○ 子夏为莒(jǔ)父宰⑤,问政。子曰:"无欲速,无见小利。欲速,则不达,见小利,则大事不成。"(《论语·子路第十三》)

---

① 足食,足兵:粮食和军备充足。
② 民无信不立:如果人民对政府没有信任,国家根本站不住。
③ 就:亲近。
④ 偃:随风倒下。
⑤ 子夏为莒父宰:子夏做了莒父的行政长官。莒父:鲁国之一邑,现在已经不能确知其所在。《山东通志》认为在今山东高密东南。

【浅解】

孔子(前551—前479年),名丘,字仲尼,鲁国陬邑(今山东曲阜东南)人,春秋时期著名思想家、教育家、政治家,儒家学派创始人,在中国乃至世界文化发展史上占据着十分重要的地位。有人讲,孔子以前的中国文化,都收在孔子手中,孔子以后的中国文化,都是从孔子手中放出来的。《论语》一书是在孔子去世后,由孔子弟子、再传弟子等编纂而成,记录了孔子及其主要弟子的言行,是了解孔子思想学说的最可靠最重要的书籍,也是儒家经典文献之一。自汉代以来,就被历代统治者推崇,对于一些政治家而言,竟有"半部《论语》治天下"之说。钱穆先生在《孔子诞辰劝人读论语并及论语之读法》一文中说到:"若使中国人,只要有读中学的程度,每人到60岁,都读《论语》40遍到100遍,那都成圣人之徒,那时的社会也会彻底变样子。"

这里所选的十则内容均出自《论语》,内容主要涉及孔子的为政理念。孔子从仁爱思想出发,认为用道德和礼教来治国是最高境界的为政之道,他主张统治者或管理者应该修养仁德,端正自身,身体力行起表率作用,这样就会上行下效,不令而行。在具体的理政措施中,尤其应该选贤任能,取信于民,不要急于求成,急功近利。时至今日,这些名言警句和其中蕴含的宝贵思想,仍然可以作为治国理政者的为政理念和基本原则。

邹忌讽齐王纳谏

《战国策》

邹忌①修②八尺③有余,而形貌昳(yì)丽④。朝⑤(zhāo)服衣冠,窥镜,谓其妻曰:"我孰⑥与城北徐公美?"其妻曰:"君美甚,徐公何能及君也?"城北徐公,齐国之美丽者也。忌不自信,而复问其妾曰:"吾孰与徐公美?"妾曰:"徐公何能及君也?"旦日⑦,客从外来,与坐谈,问之客曰:"吾与徐公孰美?"客曰:"徐公不若君之美也。"明日,徐公来,孰视⑧之,自以为不如;窥镜而自视,又弗如远甚。暮寝而思之,曰:"吾妻之美我⑨者,私⑩我也;妾之美我者,畏我也;客之美

---

① 邹忌:(约前385—前319年),一作"驺忌",尊称"驺子",战国齐人,有辩才,以鼓琴游说齐威王,被任命为相国,辅佐威王使齐国走向强盛。

② 修:长,指身高。

③ 尺:周制一尺约合今七寸多。

④ 昳丽:光艳美丽。

⑤ 朝:早晨。

⑥ 孰:谁,哪个。

⑦ 旦日:明日。

⑧ 孰视:仔细地看。孰:通"熟"。

⑨ 美我:以我为美。

⑩ 私:偏爱。

我者,欲有求于我也。"

于是入朝见威王①,曰:"臣诚知不如徐公美。臣之妻私臣,臣之妾畏臣,臣之客欲有求于臣,皆以美于徐公。今齐地方千里,百二十城,宫妇左右②莫不私王,朝廷之臣莫不畏王,四境之内莫不有求于王:由此观之,王之蔽甚矣。"

王曰:"善。"乃下令:"群臣吏民能面刺③寡人之过者,受上赏;上书谏寡人者,受中赏;能谤讥④于市朝⑤(cháo),闻寡人之耳者,受下赏。"令初下,群臣进谏,门庭若市;数月之后,时时而间⑥(jiàn)进;期(jī)年⑦之后,虽欲言,无可进者。燕、赵、韩、魏闻之,皆朝⑧(cháo)于齐。此所谓战胜于朝廷⑨。

【浅解】

本文选自《战国策·齐策》。《战国策》又称《国策》,是一部战国时代国别史书,也是一部历史散文总集。由西汉末经学家、目录学

---

① 威王:齐威王(前378—前320年)田因齐,田齐桓公(与春秋五霸之首的姜齐桓公非一人)之子,公元前356年到公元前320年在位。在位期间,实行政治改革,整顿吏治,选贤任能,赏罚分明,因而使国力强盛,称雄于诸侯。
② 宫妇左右:宫中的妃嫔和左右侍臣。
③ 面刺:当面指责。
④ 谤讥:又作"谤议",在公开场合中指摘议论。
⑤ 市朝:市场与朝廷,指众人聚集的公共场所。
⑥ 间:间或,偶尔。
⑦ 期年:一整年。
⑧ 朝:朝见。
⑨ 战胜于朝廷:在朝廷之上取得胜利。意思是说只要治理好自己的朝政,不用武力就可以战胜别的诸侯国。

二、官箴政道

家、文学家刘向(前77—前6年)编订,共33篇,分东周、西周、秦、齐、楚、赵、魏、韩、燕、宋、卫、中山十二策。全书以战国时期谋士的游说活动为中心,表达他们的政治主张和言行策略,反映了战国初年至秦灭六国约二百四十年间各国政治、军事、外交方面的重要活动。《战国策》在我国文学史上也具有重要地位和价值,《邹忌讽齐王纳谏》就是其中的优秀代表作品之一。文章以生动简洁的语言记叙了邹忌以家庭琐事设喻劝谏齐威王和齐威王勇于纳谏,最终使齐国国势强盛、威震诸侯的故事。邹忌在身高貌美而受到众口一词的赞美时,能有自知之明,在进行反省之后,因小悟大,由己及君,以恰切的方式劝谏齐威王,体现了很好的个人品行和职业素养。与邹忌善于进谏、积极进谏相辉映的是,国君齐威王也具有虚怀若谷、善于纳谏、知而立行的美德与风格,最终使得齐国受益,真可谓君臣相得、臣善进谏而君能纳谏的良好典范。这篇文章对我们的启示是:当身居高位或功成名就时,各种各样的美誉必然会纷至沓来,在这个时候,尤其需要保持高度的清醒,明白"金无足赤,人无完人"的基本道理,咨诹善道,察纳雅言,善于反省,取长补短,避免被那些偏爱者、畏惧者、有所求者蒙蔽和"捧杀"。

去 私

《吕氏春秋》

天无私覆也,地无私载也,日月无私烛①也,四时无私行也。行其德而万物得遂②长焉。尧有子十人,不与其子而授舜;舜有子九人,不与其子而授禹,至公也。

晋平公③问于祁黄羊④曰:"南阳无令,其谁可而为之?"祁黄羊对曰:"解(xiè)狐可。"平公曰:"解狐非子之雠⑤(chóu)邪?"对曰:"君问可,非问臣之雠也。"平公曰:"善。"遂用之。国人称善焉。居有间⑥(jiàn),平公又问祁黄羊曰:"国无尉⑦,其谁可而为之?"对曰:"午可。"平公曰:"午非子之子邪?"对曰:"君问可,非问臣之子也。"平公曰:"善。"又遂用之。国人称善焉。孔子闻之曰:"善哉!祁黄羊之论也,外举不避雠,内举不避子。祁黄羊可谓公矣。"

---

① 烛:烛照,照耀。名词作动词。
② 遂:成。
③ 晋平公:姬彪,春秋末期晋国国君,前557—前532年在位。
④ 祁黄羊:晋国大夫祁奚,字黄羊。
⑤ 雠:通"仇"。
⑥ 居有间:过了一段时间。
⑦ 尉:负责军事的官职。

墨者^①有钜子^②腹䵍(tūn),居秦,其子杀人,秦惠王^③曰:"先生之年长矣,非有他子也,寡人已令吏弗诛矣,先生之以此听寡人也。"腹䵍对曰:"墨者之法曰:'杀人者死,伤人者刑。'此所以禁杀伤人也。夫禁杀伤人者,天下之大义也。王虽为之赐,而令吏弗诛,腹䵍不可不行墨子之法。"不许惠王,而遂杀之。子,人之所私也。忍所私以行大义,钜子可谓公矣。

【浅解】

本文节选自《吕氏春秋·孟春纪》的第五篇《去私》,表达的核心思想是要"去私"而"贵公":无论为君,还是为臣,都要在理政、用人、处事、行法时,摒弃一切谋取私利、满足私欲的行为,而要事事出以公心,天下为公,广纳贤才,循规而行,这样才能政通人和,取得理想的治理效果。正如孔子所云"有国有家者,不患寡而患不均",这应该是古往今来治理天下的一条十分理想但又十分现实的通则。文章从天地日月四时的"无私"讲起,分别讲述了尧舜传贤不传子、祁黄羊以公心举贤、腹䵍大义灭亲的故事,反复赞美了"去私为公"的美德。其中,祁黄羊"外举不避仇,内举不避子"、客观公正,不计个人毁誉为国举贤的典故已经成为千古美谈。而腹䵍"忍所私以行大义"的做法,看似不近人情,有些极端,但千载而下,其"不以一人乱天下法,违天下义"的做法与精神,仍然让人钦佩不已。

---

① 墨者:遵循墨家思想的人。
② 钜子:又称巨子。先秦时期,墨家学派为了贯彻其主张,常结成严密而坚强的团队,其首领被尊称为"巨子"。墨门子弟必须听命于巨子,为实施墨家的主张,舍身行道。
③ 秦惠王:嬴驷,又称秦惠文王,战国时期秦国国君,前337—前311年在位。

苛政猛于虎

《礼记》

孔子过泰山侧,有妇人哭于墓者而哀。夫子式①而听之。使子路问之曰:"子之哭也,壹似重有忧者②。"而曰:"然。昔者吾舅③死于虎,吾夫又死焉,今吾子又死焉。"夫子曰:"何为不去也?"曰:"无苛政。"夫子曰:"小子识(zhì)之④,苛政猛于虎也。"

【浅解】

本文选自《礼记·檀弓下》,是历史上深刻揭露暴政残害人民的名篇。文中所提到的祖孙三代不幸命丧虎口,令人悲悯,更为可悲的是幸存者宁愿继续忍受命丧虎口之险,也不愿居住在有"苛政"的地方。这就使得有仁爱之心的孔子不得不感慨:"苛政猛于虎!"后世柳宗元在《捕蛇者说》中的愤慨:"孰知赋敛之毒,有甚是蛇者乎!"更是对"苛政猛于虎"的沉痛呼应。这样的文字,令人读之惨然。老虎毒

---

① 式:通"轼",古代设在车厢前供乘者凭扶的横木,这里用作动词,意为扶着轼。
② 壹似重有忧者:实在像是接连遇到悲痛的事情似的。壹:孔颖达说是"决然之辞",王夫之说是甚的意思。重:迭,复。
③ 舅:古代妇女称公公为舅。
④ 小子识之:弟子们都记住。小子:年轻人,此处用以称呼弟子。识:通"志",记。

二、官箴政道

蛇,均为不通人性的兽类,政策举措,则由有人性的官吏制定实施。如果所施之政,反猛于虎,毒于蛇,则百姓何以堪?面对这样的篇章,我们不得不发问:难道有人性的人类反而不如无人性的兽类吗?所以,施政临民者,在对待百姓时,不可不慎重,不可不有恻隐之心,不可不由己及民,乐其乐而忧其忧。

杨震"四知"却金

(南朝·宋)范晔

杨震字伯起,弘农华阴①人也。少好学,受《欧阳尚书》于太常桓郁,明经博览,无不穷究。诸儒为之语曰:"关西孔子杨伯起。"常客居于湖,不答州郡礼命数十年,众人谓之晚暮,而震志愈笃。年五十,乃始仕州郡。大将军邓骘(zhì)闻其贤而辟②(bì)之,举茂才③,四迁荆州刺史、东莱太守。当之郡,道经昌邑,故所举荆州茂才王密为昌邑令,谒(yè)见④,至夜怀金十斤以遗⑤(wèi)震。震曰:"故人知君,君不知故人,何也?"密曰:"暮夜无知者。"震曰:"天知,神知,我知,子知。何谓无知!"密愧而出。后转涿郡太守。性公廉,不受私谒。子孙常蔬食步行,故旧长者或欲令为开产业,震不肯,曰:"使后世称为清白吏子孙,以此遗之,不亦厚乎!"

---

① 弘农华阴:今陕西华阴。
② 辟:征召来授予官职。
③ 茂才:秀才,因避东汉光武帝刘秀讳,而改称茂才。
④ 谒见:拜见地位或辈分高的人。
⑤ 遗:给予,赠送。

【浅解】

本文节选自《后汉书·杨震列传》,作者范晔(398—445年),字蔚宗,南朝宋顺阳(今河南南阳)人,著名史学家、文学家。才华横溢,尤具史才,撰修的记述东汉一代史实的纪传体史书《后汉书》体大思精,文笔颇佳,被誉为"良史",与《史记》《汉书》《三国志》并称"前四史"。

杨震(?—124年),字伯起,东汉弘农华阴(今陕西华阴东南)人。为官清廉,刚正不阿,不畏权贵,不受私谒,是历史上著名的清官典范。"四知却金"的典故更让他赢得了"四知先生"的美誉。杨震的故事,提示后人"官有所畏,业有所成",为官者有所"畏",才能清廉自律,抗得住诱惑,守得住清贫。难得的是,杨震不仅洁身自好,而且言传身教,作育后世子孙,培养良好家风,使得子孙后代中贤良辈出。其子杨秉、孙杨赐、曾孙杨彪先后在东汉晚期出任太尉,品德高尚,为官清廉,不愧为"清白吏子孙"的美誉。从杨震到杨彪,四世太尉,德业相继,在当时传为佳话,真可谓"积善之家,必有余庆"。对此,近代史家蔡东藩在《后汉演义》中称赞并感慨道:"杨震不受遗金,四知之言,可质天地;并欲清白传子孙,卒能贻泽后人,休光四世。后之为子孙计者,何其熏心富贵,但知贻殃,未知贻德耶?"

岳阳楼记

(北宋)范仲淹

庆历四年①春,滕子京②谪(zhé)守巴陵郡。越明年③,政通人和,百废俱兴。乃重修岳阳楼,增其旧制,刻唐贤、今人诗赋于其上。属④(zhǔ)予作文以记之。

予观夫(fú)巴陵胜状,在洞庭一湖。衔远山,吞长江,浩浩汤(shāng)汤⑤,横无际涯;朝晖夕阴,气象万千。此则岳阳楼之大观也,前人之述备矣。然则北通巫峡,南极潇湘,迁客骚人⑥,多会于此,览物之情,得无异乎?

若夫霪雨⑦霏霏,连月不开,阴风怒号,浊浪排空,日星隐耀,山岳潜形,商旅不行,樯⑧(qiáng)倾楫摧,薄暮⑨冥冥,

---

① 庆历四年:公元1044年。庆历为宋仁宗年号(1041—1048年)。
② 滕子京(990—1047年),名宗谅,字子京,河南洛阳人,北宋官员,与范仲淹为同科进士,当时因政敌诬告,被贬为岳州巴陵郡(郡治在岳阳)知州。
③ 越明年:到了第二年。
④ 属:通"嘱",嘱托。
⑤ 浩浩汤汤:形容水势壮阔的样子。
⑥ 迁客:贬官外调的官员。骚人:诗人,指忧愁失意的文人学士。
⑦ 霪雨:连绵不断的雨。
⑧ 樯:帆船上挂风帆的桅杆。
⑨ 薄暮:傍晚。

虎啸猿啼。登斯楼也,则有去国①怀乡,忧谗畏讥,满目萧然,感极而悲者矣。

至若春和景明,波澜不惊,上下天光,一碧万顷,沙鸥翔集,锦鳞②游泳,岸芷汀③(tīng)兰,郁郁青青。而或长烟一空,皓月千里,浮光耀金,静影沉璧,渔歌互答,此乐何极!登斯楼也,则有心旷神怡,宠辱皆忘,把酒临风,其喜洋洋者矣。

嗟夫!予尝求古仁人之心,或异二者之为。何哉?不以物喜,不以己悲④。居庙堂⑤之高,则忧其民;处江湖⑥之远,则忧其君。是进亦忧,退亦忧。然则何时而乐耶?其必曰:"先天下之忧而忧,后天下之乐而乐"欤(yú)?噫!微⑦斯人,吾谁与归?

【浅解】

本文选自《范仲淹全集》。范仲淹(989—1052年),字希文,江苏吴县(今江苏苏州)人,北宋著名的政治家、思想家、军事家、文学家,官至参知政事(副宰相),谥号"文正",世称范文正公,为一代贤相。南宋著名学者吕中说:"先儒论宋朝人物,以范仲淹为第一。"毛泽东

---

① 去国:离开京城。国:国都。
② 锦鳞:鱼的美称。
③ 汀:岸边平地。
④ 不以物喜,不以己悲:不因外物之优和个人之得而喜,也不因外物之劣和个人之失而悲。
⑤ 庙堂:指朝廷。
⑥ 江湖:指民间,不在朝廷做官。
⑦ 微:无。

评价说:"中国历史上有些知识分子是文武双全,不但能够下笔千言,而且是知兵善战。范仲淹就是这样的一个典型。"[1]范仲淹一生,虽然仕途坎坷,但他从不消极遁世,而是发扬蹈厉,积极作为,不坠凌云之志,不忘兼济天下之责,是中国传统士大夫的杰出代表。

  这篇传世名作是作者在"庆历新政"失败后贬居外地时,应友人滕子京之约而写的。全文通过简明扼要的叙事,生动传神的写景,真切高迈的议论,阐述了传统优秀士大夫的进退忧乐观。与那些以一己之得失为忧乐的迁客骚人不同,范仲淹特别表彰了"不以物喜,不以己悲"、时刻以天下为念的宏大抱负。特别是"先天下之忧而忧,后天下之乐而乐"的家国情怀和人文精神,更加使文章的思想性超迈古今,闪耀着永恒的光芒,对后世产生了极为深远的影响。

---

[1] 孙宝义、刘春增、邹桂兰:《毛泽东的读书人生》,北京:中央文献出版社2006年版,第113页。

清慎勤忍

（南宋）吕本中

○ 当官之法，唯有三事，曰清、曰慎、曰勤。知此三者，可以保禄位，可以远耻辱，可以得上之知，可以得下之援。然世之仕者，临财当事，不能自克，常自以为不必败；持不必败之意，则无所不为矣。然事常至于败而不能自已。故设心处事，戒之在初，不可不察。借使役用权智，百端补治，幸而得免，所损已多，不若初不为之为愈也。司马子微《坐忘论》云："与其巧持于末，孰若拙戒于初？"此天下之要言。当官处事之大法，用力简而见功多，无如此言者。人能思之，岂复有悔吝①耶？

○ 忍之一字，众妙之门，当官处事，尤是先务，若能于清、慎、勤之外，更行一忍，何事不办？《书》曰："必有忍，其乃有济。"此处事之本也。谚曰："忍事敌灾星。"少陵诗曰："忍过事堪喜。"此皆切于事理，为世大法，非空言也。王沂

---

① 悔吝：悔恨，忧虑，灾祸。出自《易·系辞上》："悔吝者，忧虞之象也。"

公①常说:"吃得三斗酽②(yàn)醋,方做得宰相。"盖言忍受得事。

【浅解】

本文选自南宋吕本中所著的《官箴》。吕本中(1084—1145 年),字居仁,世称东莱先生,寿州(今安徽凤台)人,南宋文学家、道学家,江西诗派代表诗人。其所著《官箴》一卷,共三十三条,主要记载做官的规诫,其中有不少格言警句。开篇即指出清廉、谨慎、勤勉对为官者的重要性。《四库全书总目提要》称:"此书多阅历有得之言,可以见诸实事。书首即揭清、慎、勤三字,以为当官之法,其言千古不可易。"在清代,清、慎、勤三字几乎就是各级官员通用的官箴。梁启超在《新民说·论公德》中说:"近世官箴,最脍炙人口者三字,曰清、慎、勤。"

除了清、慎、勤之外,《官箴》中还特别提到"忍"字,这里的忍是指忍耐、容忍、耐烦。为什么要忍,要耐? 因为居官之人面临的政务繁重,人事众多,越是情况复杂,就越需要平心静气来对待,如果不能忍耐,一味冲动急躁,势必会因小失大,把事情办砸。明代名臣耿定向曾言:"居官以耐烦为第一要义。"清代名臣曾国藩对此十分推崇,曾对家人说:"吾服官多年,亦常在'耐劳忍气'四字上做工夫也。"可见,在这一点上,不同时代的几位名臣真是心有灵犀,所见略同。可以说,清、慎、勤、忍四字,对于今天的各级官员来说,仍有教育、约束、警示的价值,因此,这样的官箴并未过时。

---

① 王沂公:王曾(978—1038 年),字孝先,青州益都(今山东青州)人,北宋仁宗时名相,被封沂国公。

② 酽:浓,味厚。

二、官箴政道

陆游诗三首

病起书怀①

病骨支离②纱帽宽,孤臣万里客江干③(gān)。位卑未敢忘忧国,事定犹须待阖棺。天地神灵扶庙社④,京华父老望和銮⑤。出师一表通今古,夜半挑灯更细看。

十一月四日风雨大作⑥

僵卧孤村不自哀,尚思为国戍(shù)轮台⑦。夜阑⑧卧听风吹雨,铁马冰河入梦来。

---

① 此诗为陆游被免官后于淳熙三年(1176)四月在成都所作。
② 支离:衰残瘦弱之貌。
③ 江干:江边。
④ 庙社:宗庙社稷,指国家朝廷。
⑤ 和銮:天子的车驾。
⑥ 此诗为南宋绍熙三年(1192)十一月陆游退居家乡山阴时所作。
⑦ 戍轮台:指戍守边关。戍:守卫。轮台:在今新疆境内,是古代边防重地。此代指边关。
⑧ 夜阑:夜深。

示儿①

死去元②知万事空,但悲不见九州同。王师北定中原日,家祭无忘告乃翁。

【浅解】

这三首诗选自《陆游诗词选》。陆游(1125—1210年),字务观,号放翁,越州山阴(今浙江绍兴)人,南宋著名的文学家、史学家、爱国诗人。他的一生,经历了南宋高宗、孝宗、光宗、宁宗四朝,在朝廷积弱积贫、忍辱求和的时代氛围中,陆游却高举爱国主义的大旗,"平生铁石心,忘家思报国",终生志在抗金杀敌、收复疆土。由于坚持抗金主张,他屡遭奸臣陷害,仕途不顺,一腔爱国之志无处报效,因此,他的人生充满了"报国欲死无战场"的豪壮与悲愤。陆游一生,笔耕不辍,诗词文均取得了极高的成就。其诗兼具李白的雄奇奔放与杜甫的沉郁顿挫,又有自己的独特风格。现存诗歌九千四百多首,是我国古代现存作品最多的诗人。其中始终贯穿着一条十分鲜明的主线:强烈的爱国思想和伟岸的人格力量。

这里所选的三首诗均饱含着诗人深沉的爱国情怀、强烈的报国之志。无论是病骨支离、位卑言微之日,还是行将就木、奄奄一息之时,诗人心中念念不忘的还是恢复中原,国家统一。这样炙热的家国情怀,这样持久的深情倾诉,不由人不肃然起敬,不能不让人永远追怀。后世顾炎武"天下兴亡,匹夫有责"的思想,与第一首中的名句"位卑未敢忘忧国",可谓一脉相承,千百年来,激励了无数中华好儿女为国效命,矢志不渝,书写了一篇又一篇感人至深的爱国史诗。

---

① 此诗作于宁宗嘉定三年(1210),为陆游的绝笔。
② 元:通"原",本来,原本。

廉　耻

（清）顾炎武

《五代史·冯道传》论曰："礼义廉耻，国之四维。四维不张，国乃灭亡。善乎，管生①之能言也！礼义，治人之大法；廉耻，立人之大节。盖不廉则无所不取，不耻则无所不为。人而如此，则祸败乱亡亦无所不至。况为大臣，而无所不取，无所不为，则天下其有不乱，国家其有不亡者乎！"然而四者之中，耻尤为要。故夫子之论士曰："行己有耻"②。孟子曰："人不可以无耻，无耻之耻，无耻矣"③。又曰："耻之于人大矣，为机变④之巧者，无所用耻焉"。所以然者，人之不廉而至于悖礼犯义，其原皆生于无耻也。故士大夫之无耻，是谓国耻。

吾观三代⑤以下，世衰道微，弃礼义，捐⑥廉耻，非一朝一

---

① 管生：管仲。"礼义廉耻……国乃灭亡"，出自《管子·牧民》。
② 行己有耻：语出《论语·子路》，指用羞恶之心来约束自己的行为。
③ 人不可以无耻，无耻之耻，无耻矣：人不可以没有羞耻，不知羞耻的那种羞耻，真是不知羞耻呀！语出《孟子·尽心》。
④ 机变：巧伪变诈。
⑤ 三代：夏、商、周三个朝代。
⑥ 捐：抛弃。

夕之故。然而松柏后凋于岁寒,鸡鸣不已于风雨①,彼昏②之日,固未尝无独醒之人也!顷读《颜氏家训》有云:"齐朝一士夫,尝谓吾曰:'我有一儿,年已十七,颇晓书疏,教其鲜卑语及弹琵琶,稍欲通解,以此伏事公卿,无不宠爱。'吾时俯而不答。异哉,此人之教子也!若由此业自致卿相,亦不愿汝曹③为之。"嗟乎!之推不得已而仕于乱世,犹为此言,尚有《小宛》④诗人之意,彼阉然⑤媚于世者,能无愧哉?

【浅解】

本文选自顾炎武的《日知录》。顾炎武(1613—1682年),初名绛,后改炎武,字宁人,号亭林,昆山(今江苏昆山)人,明末清初著名思想家、史学家、语言学家、文学家,被后人誉为"清代开国儒宗"和"一代儒林之冠"。《日知录》是顾炎武积三十余年心力编纂而成的一部学术名著。本文是《日知录》卷十三《廉耻》中的选段。自管仲以来,以"礼义廉耻"作为治国纲纪的观点,在士大夫阶层可谓深入人心。顾炎武在继承这一观点的基础上,独具慧眼地强调了"耻"的重要性。耻者,羞愧之心也,能有此心,则会有底线,有节操,守大义,礼义廉三者会随之并举。反之则悖礼犯义,无所不为,而礼义廉三者也会荡然无存。为官者身居高位,肩负兼济天下之责,应为国家栋梁,道德楷模,其人无耻,则士风败坏,为祸尤烈,堪为国家之耻。"士大夫之无耻,是谓国耻",这一结论可谓振聋发聩。

---

① 松柏后凋于岁寒:参见《论语·子罕》:"岁寒,然后知松柏之后凋也。"鸡鸣不已于风雨:参见《诗经·政风·风雨》:"风雨如晦,鸡鸣不已。"岁寒、风雨均指乱世。

② 昏:暗而无光,指政治黑暗的乱世。

③ 汝曹:你们。

④ 《小宛》:《诗经·小雅》所收的一首诗歌的篇名,诗歌主旨是父母离世后劝告兄弟小心避祸。朱熹《诗集传》云:"此大夫遭时之乱,而兄弟相戒以免祸之诗。"

⑤ 阉然:曲意逢迎,毫无操守。

郑燮诗二首

潍县署中画竹呈年伯①包大中丞括

衙斋卧听萧萧竹,疑是民间疾苦声。些小②吾曹③州县吏,一枝一叶总关情。

予告归里,画竹别潍县绅士民

乌纱掷去不为官,囊橐④(náng tuó)萧萧两袖寒。写取一枝清瘦竹,秋风江上作钓竿。

【浅解】

这两首诗选自《郑板桥全集》。郑燮(xiè)(1693—1765年),字克柔,号理庵,又号板桥,人称板桥先生,江苏兴化人,清代著名文学家、书画家。乾隆元年(1736)进士。曾任山东范县、潍县县令,居官清廉,政绩显著,后客居扬州,以卖画为生,为"扬州八怪"之一。

---

① 年伯:封建社会称同一年考取进士的人为"同年",后辈称与父辈同一年考上的人为"年伯"。后以"年伯"泛指父辈。
② 些小:细小,微小。
③ 吾曹:我辈,我们。
④ 囊橐:装行李财物的袋子。

郑燮出身寒微,对下层人民的疾苦有比较深刻的了解,诗文书画创作也特别强调写百姓之心声,道民间之疾苦,因此长期以来深受世人的敬重和爱戴。他居官时不以官小而避责,而是时时处处心系百姓,忧民瘼,解民疾。这里所选的第一首诗,是他在潍县知县任上赠给署理山东巡抚包括的题画诗,托物言志,表达了时刻心系百姓冷暖安危的感人情怀。他去官时既能留下良法美政,又能做到两袖清风,保持读书人的高尚气节。这里所选的第二首诗,就是他"乌纱掷去不为官"时的人生告白、"囊橐萧萧两袖寒"的清廉美德和"写取一枝清瘦竹"的傲岸气节,让人肃然起敬。

二、官箴政道

林则徐诗二首

赴戍登程口占①示家人（其二）

力微任重久神疲,再竭衰庸定不支。苟利国家生死以,岂因祸福避趋之②。谪居正是君恩厚,养拙刚③于戍卒宜。戏与山妻谈故事,试吟断送老头皮④。

---

① 口占:作诗文不起草稿,随口而成。
② 苟利国家生死以,岂因祸福避趋之:只要对国家有利,我将不顾生死去做,难道能因为有祸就躲避、有福就上前迎受吗？上句典出《左传·昭公四年》,春秋时期郑国大夫子产改革军赋,受到时人非议,子产曰:"何害！苟利社稷,死生以之。"以:为,用,去做。
③ 刚:正好,正宜于。
④ 戏与山妻谈故事,试吟断送老头皮:作者自注:宋真宗闻隐者杨朴能诗,召对问:"此来有人作诗送卿否？"对曰:臣妻有一首,云"更休落魄耽杯酒,且莫猖狂爱咏诗。今日捉将官里去,这回断送老头皮。"上大笑,放还山。东坡赴诏狱,妻子送出门皆哭。坡顾谓曰:"子独不能如杨处士妻作一首诗送我乎？"妻子失笑,坡乃出。这两句诗用此典故,表达了作者的旷达胸襟。山妻:对自己妻子的谦称。故事:旧事,典故。

子茂簿君自兰泉送余至凉州①，且赋七律四章赠行，次韵②奉答（其一）

送我凉州浃（jiā）日③程，自驱薄笨④短辕轻⑤。高谈痛饮同西笑⑥，切愤沉吟似《北征》⑦。小丑跳梁⑧谁殄（tiǎn）灭？中原揽辔（pèi）望澄清⑨。关山万里残宵梦，犹听江东战鼓声⑩。

【浅解】

这两首诗选自《林则徐选集》。林则徐（1785—1850 年），字元抚，又字少穆、石麟，福建侯官（今福州市）人，清代著名政治家、思想家、诗人。林则徐一生为官三十余年，历官十四省，官居一品高位，始终恪守心系天下、勤政为民、清廉正直的为官之道，所到之处，政绩卓著，被百姓誉为"林青天"。曾被道光帝任命为钦差大臣，往广东禁烟，主持虎门销烟，力抗西方入侵，同时积极学习西方的先进科技文

---

① 子茂簿君：林则徐的友人甘肃安定县主簿陈德培，字子茂，从兰州陪送林则徐到凉州。兰泉：兰州。
② 次韵：古代诗人和诗的一种方式，也称步韵，就是依次用原韵、原字按原次序相和。
③ 浃日：十天。古代以干支纪日，从甲到癸称浃日，共十天。
④ 薄笨：指薄笨车，一种制作粗简而行驶不快的车子。
⑤ 轻：因有友人相伴，便觉一路轻松愉悦。
⑥ 高谈痛饮同西笑：两人一同向西而行，一路高声谈笑，痛快饮酒。
⑦ 切愤沉吟似《北征》：两人对时局十分愤慨，低声吟诗，就像当年西汉末年班彪避居河西作《北征赋》的境况，充满忧国之思和兴国之望。
⑧ 小丑：指英国侵略军。跳梁：跋扈、猖獗。
⑨ 中原揽辔望澄清：后汉时范滂"登车揽辔，慨然有澄清天下之志"。后来表示澄清天下的抱负。揽辔：坐上车子，拿起缰绳，指走马上任。澄清：指通过努力肃清混乱局面，使天下从乱到治。
⑩ 江东战鼓声：指发生在东南沿海的清军与英国侵略军之间的战事。

化,是我国近代史上高举反帝斗争旗帜和"睁眼看世界"的第一人,是近代著名的禁毒先驱和民族英雄。他一生虽不以诗名世,但鸦片战争后,为时局激荡,创作了不少抒发爱国激情和关心时局的优秀诗作。这里所选的两首诗即为其代表作。

第一首诗作于道光二十二年(1842)。此前一年,林则徐因主张禁烟遭受迫害,受到道光帝"发往新疆伊犁,效力赎罪"的处分。在前往伊犁途中,他仍忧国忧民,关心时局,并不为个人的坎坷境遇而自悲自怜。当他从西安启程赴伊犁、与妻子告别时,以满腔的热情和豁达的态度写下了这首最为著名的爱国诗篇。其中,"苟利国家生死以,岂因祸福避趋之"已成为百余年来广为传颂的名句,集中表达了作者不计个人得失、愿意为国献身的爱国情怀和崇高品德。

第二首诗也作于道光二十二年,作者被发配伊犁途中。其时,其友人甘肃安定县主簿陈德培(字子茂)从兰州陪送林则徐到凉州,一路上二人饮酒畅谈,吟诗酬唱。这是林则徐步陈德培诗韵所作的两首和诗之一,诗中表达了作者对时局的关切忧虑和立志消灭英国侵略者的强烈愿望,充满了慷慨悲歌的豪壮志气。最后两句"关山万里残宵梦,犹听江东战鼓声",与陆游的名句"夜阑卧听风吹雨,铁马冰河入梦来",有后先辉映、异曲同工之妙,真是做到了"居庙堂之高则忧其民,处江湖之远则忧其君"。

明清名臣官箴四则

公生明,廉生威
(明)年富

吏不畏吾严而畏吾廉,民不服吾能而服吾公。廉则吏不敢慢,公则民不敢欺。公生明,廉生威。

禁止馈送檄(xí)
(清)张伯行

一丝一粒,我之名节;一厘一毫,民之脂膏。宽一分,民受赐不止一分;取一文,我为人不值一文。谁云交际之常,廉耻实伤;倘非不义之财,此物何来?本都院既冰蘖①(niè)盟心,各司道亦激扬同志。务期苞苴②(bāo jū)永杜,庶几风化日隆。

---

① 冰蘖:喻寒苦而有操守。语出唐刘言史《初下东周赠孟郊》:"素坚冰蘖心,洁持保贤贞。"
② 苞苴:原指包装鱼肉等用的草袋。后指馈赠之礼,又指贿赂,古代行贿恐怕为人所知,故以草苇包裹掩饰。

居官八约

（清）孙嘉淦(gàn)

事君笃而不显，与人共而不骄，势避其所争，功藏于无名，事止于能去，言删其无用，以守独避人，以清费廉取。

居官以不要钱为本

（清）曾国藩

读书以训诂为本，诗文以声调为本，事亲以得欢心为本，养生以少恼怒为本，立身以不妄语为本，居家以不晏起为本，居官以不要钱为本，行军以不扰民为本。古人格言尽多，要之每事有第一义，必不可不竭力为之者，得之如探骊得珠①，失之如舍根本而图枝叶。

【浅解】

"公生明，廉生威"是明清官吏用以修身理政的著名官箴，意思是只有处事公正才能明辨是非，只有廉洁自律才能树立威信。这句话最早出自明初学者曹端（1376—1434年）倡导的"公廉"理念。据《明史》记载，曹端任霍州学正时，知府郭晟向其咨询为政之道，曹端说："其公廉乎。公，则民不敢谩；廉，则吏不敢欺。"后来，山东巡抚年富（1395—1464年）对这句话进行完善，首次提出"公生明，廉生威"，作为自己为官的座右铭。泰安知州顾景祥于弘治十四年（1501）将《官箴》刻碑立于府衙，以儆官员。清代乾隆年间的泰安知府颜希深甚至将其作为家训传诸后代。这则官箴虽然篇幅不长，但其强调的"公"

---

① 探骊得珠：在骊龙的颔下取得宝珠。原指冒大险得大利，后喻撰文能紧扣主题，抓住要点。骊：古指黑龙。

"廉"二字，在任何时代都不会过时。

张伯行（1651—1725年），字孝先，号恕斋，晚号敬庵，河南仪封（今河南兰考）人。康熙二十四年（1685）进士，历官福建巡抚、江苏巡抚、礼部尚书，以清廉刚直著称，被康熙誉为"天下第一清官"。在福建巡抚任上，张伯行为了拒绝送礼者，特意撰写了《禁止馈送檄》，张贴在居所辕门及巡抚衙门，很快就不胫而走，传颂甚广，被誉为从政者的"金绳铁矩"。这种廉洁自好、杜绝贿赂、激浊扬清的风范也可作为当今从政者的楷模。

孙嘉淦（1683—1753年），字锡公，又字懿斋，号静轩，赐谥文定，山西兴县人。康熙五十二年进士，历任学政、盐务、河工等要差，官至工、刑二部尚书，协办大学士。历仕康熙、雍正、乾隆三朝，受到三朝皇上的赏识与重用，是康乾之际敢言直谏的名臣。《居官八约》仅有短短的42个字，但高度概括了事君共人、避争藏功、止事要言、守独清廉等内容，被看成是为官做人的八项基本原则。

曾国藩（1811—1872年），原名子城，字伯涵，号涤生，湖南湘乡白杨坪（今属双峰）人，湖南长沙府湘乡县人，与李鸿章、左宗棠、张之洞并称"晚清中兴四大名臣"。由于他在立德、立功、立言方面都取得了很大的成绩，所以被有些人誉为"千古完人"，但他忠于清室镇压太平天国又饱受争议。对他比较中允的态度，应该是既不能神化，也不能丑化，而是应该辩证地分析。他的为官之道在后世影响很大，一些重要的为官理念在给兄弟子侄的书信中多有提及，在这里他一针见血地指出"居官以不要钱为本"，为官不能以谋取钱财为目的，而应以清廉自律为本，如果想着为一己求私利，就会贪赃枉法。这句话和其他的"七本"，语言直白，直抓根本，融为一体，可以作为修身养性、齐家理政的重要指导原则。

三、知人用人

古往今来，无论是治国理政，还是干事创业，人永远都是决定性的因素，正所谓"非常之功，必待非常之人"。诸葛亮云："亲贤臣，远小人，此先汉所以兴隆也；亲小人，远贤臣，此后汉所以倾颓也。"他一针见血地指出了用人之道与国家兴衰的密切关系。邓小平说："中国的事情能不能办好，社会主义和改革开放能不能坚持，经济能不能快一点发展起来，国家能不能长治久安，从一定意义上说，关键在人。"①这个论述深刻地阐述了人才因素对党和国家事业兴旺发达的极端重要性。习近平总书记更是在党的十九大报告中指出，要"以识才的慧眼、爱才的诚意、用才的胆识、容才的雅量、聚才的良方，把党内和党外、国内和国外各方面优秀人才集聚到党和人民的伟大奋斗中来"。②

对每个人而言，要想在激烈的社会竞争中取得进步和成功，永远立于不败之地，单打独斗、只逞匹夫之勇不行，孤芳自赏、"老子天下第一"更不行，而是应该积极地见贤思齐、求贤自辅、团结共进。对于

---

① 《邓小平文选》第3卷，北京：人民出版社1993年版，第380页。
② 《中国共产党第十九次全国代表大会文件汇编》，北京：人民出版社2017年版，第52页。

身负管理职责的领导者而言,尤其需要树立强烈的人才意识,通过有效的方法和途径,栽培、选拔、任用、团结人才。在一定意义上,识人用人的能力也是衡量领导者管理水平、决定其管理效果的重要指标之一。

本章主要讲的是领导者应具备的识人之法、用人之道和育人之术,选取了李斯、刘邦、曹操、诸葛亮、李世民、魏徵、陆贽、韩愈、白居易、欧阳修、司马光、王安石、蔡元培等著名政治家、文学家、史学家、教育家论述识人用人的著名篇章。总结他们的人才观,大致有五点特别值得今人借鉴和效法:一是要求贤若渴,爱才惜才,善于尊重和团结人才;二是要兼容并包,知人善用,用其长而舍其短;三是要亲贤臣,远小人,坚持德才兼备,以德为先;四是要重培养,精考察,坚持谨慎使用,赏罚分明;五是不问出身,重视基层,选拔寒俊,热情为他们提供施展才华的机会和平台。

如果我们能够鉴古知今,古为今用,就必然能营造出"人人渴望成才、人人努力成才、人人皆可成才、人人尽展其才"的可喜局面。

谏逐客书

（秦）李斯

臣闻吏议逐客，窃以为过矣。

臣闻地广者粟多，国大者人众，兵强则士勇。是以泰山不让①土壤，故能成其大；河海不择细流，故能就其深；王者不却②众庶，故能明其德。是以地无四方，民无异国，四时充美，鬼神降福，此五帝、三王③之所以无敌也。今乃弃黔首④以资敌国，却宾客以业⑤诸侯。使天下之士退而不敢西向，裹足不入秦，此所谓藉(jiè)寇兵而赍(jī)盗粮⑥者也。

夫物不产于秦，可宝者多；士不产于秦，而愿忠者众。今逐客以资敌国，损民以益雠⑦(chóu)，内自虚而外树怨于诸侯，求国无危，不可得也。

---

① 让：推辞，拒斥。
② 却：推却，拒绝。
③ 五帝、三王：指古代贤明的君主。五帝：一般指上古传说中的五位帝王：黄帝、颛顼、帝喾、唐尧、虞舜。三王：一般指夏禹、商汤、周武王。
④ 黔首：战国和秦朝时期对黎民百姓的称呼。黔：黑巾。当时普通老百姓以黑巾覆头，故称为黔首。
⑤ 业：成就，造就。
⑥ 藉寇兵而赍盗粮：供给敌寇兵器与粮食。藉：通"借"。兵：兵器。赍：送给，供给。
⑦ 雠：通"仇"，仇敌。

【浅解】

本文选自《史记·李斯列传》。李斯(约前284—前208年),楚国上蔡(今河南上蔡西南)人,战国末期到秦朝时期的著名政治家。曾跟随荀子学习"帝王之术",后从楚入秦,辅佐秦王嬴政统一天下,确立了秦王朝的中央集权制。秦朝统一后,担任丞相。在秦王朝的兴衰过程中,发挥了十分关键的作用。

李斯任秦国客卿时,韩国派水工郑国到秦国主持兴修水利,以消耗秦国国力,阻碍秦国伐韩的进度。事情泄露后,秦国的宗室大臣认为来自其他诸侯国的客卿都是奸细,并建言秦王驱逐一切客卿。逐客令下达后,李斯也在被逐之列,遂写此奏章劝谏秦王收回逐客令。文章总结了秦国重用客卿、变法图强的历史经验,陈述了天下色乐珠宝等"玩好"之物汇集于秦宫的现实,指出现在不问是非曲直,将客卿一概驱逐,是"重物轻人"的做法,这绝非志在"跨海内,制诸侯"、统一天下的君主所应该采取的举措。最后总结说,王者只有像泰山、河海那样,拥有包容万物的博大胸怀,不论国别,用人唯贤,才能成就大业。如果仅以国别为区分、评判人才的标准,尽逐客卿,这些人才就会为诸侯所用,对于秦国来说,无异于"藉寇兵而赍盗粮",让自己处于十分危险的境地。文章观点鲜明、推理严密、辞采华美,展现了李斯高超的劝谏艺术,同时也为秦王提出了不论国别、用人唯贤的用人总方针。秦王读了这份奏折后,便废除了逐客令,恢复了李斯的官职,并采用这一方针,"二十余年,竟并天下"。从这个角度来看,李斯的这封奏折也为秦朝的统一事业做出了不可低估的贡献。另外,这个事件也反映出秦王嬴政虚心纳谏、知错即改、任人唯贤的可贵品德与素养,这恐怕也是他能统一天下、被称为"千古一帝"的重要原因之一吧。

三、知人用人

刘邦论用人

(西汉)司马迁

高祖①置酒洛阳南宫,曰:"列侯诸将无敢隐朕,皆言其情。吾所以有天下者何?项氏②之所以失天下者何?"

高起、王陵对曰:"陛下慢而侮人,项羽仁而爱人。然陛下使人攻城略地,所降下者因以予之,与天下同利也。项羽妒贤嫉能,有功者害③之,贤者疑之,战胜而不予人功,得地而不予人利,此所以失天下也。"

高祖曰:"公知其一,未知其二。夫运筹策帷帐之中,决胜于千里之外,吾不如子房④。镇国家,抚百姓,给(jǐ)馈

---

① 高祖:指汉太祖高皇帝刘邦(前256—前195年),沛丰邑中阳里(在今江苏丰县)人,汉朝开国皇帝。庙号太祖,谥号高皇帝。出身平民,秦末起兵反秦,秦灭后,被封为汉王。随后与项羽展开了历时四年的楚汉战争,最终击败项羽,统一天下,公元前202年即皇帝位,开创西汉王朝。
② 项氏:指项羽(前232—前202年),项氏,名籍,字羽,楚国下相(今江苏宿迁)人,楚国名将项燕之孙。项羽早年随叔父项梁起兵反秦。秦亡后称西楚霸王,号令天下。之后与刘邦争夺天下,被刘邦消灭。
③ 害:嫉恨。
④ 子房:张良(约前250—前186年),字子房,河南颍川城父(今河南宝丰)人,刘邦重要的谋臣,与韩信、萧何并称"汉初三杰"。

饷①，不绝粮道，吾不如萧何②。连百万之军，战必胜，攻必取，吾不如韩信③。此三者，皆人杰也，吾能用之，此吾所以取天下也。项羽有一范增④而不能用，此其所以为我擒也。"

【浅解】

本文节选自《史记·高祖本纪》。秦朝灭亡以后，楚汉相争四年，最终刘邦战胜项羽，统一天下，建立西汉王朝。这是中国历史上十分重大的历史事件。刘邦登上皇位后，曾和群臣一起分析汉兴楚亡的原因。大臣认为是因为刘邦能与天下同利，而项羽则恰恰相反。刘邦则认为，根本原因在于他和项羽的用人思想和方法不同。项羽刚愎自用，逞匹夫之勇和一己之能，有一范增而不能用，最终只能成为孤家寡人，走向失败。而刘邦知人善任，因人成事，他团结和带领各有所长的张良、萧何、韩信等一批"人杰"而赢得天下。他在《大风歌》中写道"大风起兮云飞扬，威加海内兮归故乡，安得猛士兮守四方。"这充分地表达了其求贤若渴的心声。所以，在楚汉相争中，项羽就像是一条"独龙"，而刘邦则是带着"群龙"与其相争，最终结果可想而知。刘邦也因此成为古代善于知人用人的典范，他识人的慧眼、容人的雅量以及用人的谋略都给后人留下了很多启示。毛泽东曾评

---

① 给馈饷：供应粮饷。
② 萧何：(前257—前193年)，沛丰邑(今江苏丰县)人，辅佐刘邦建立西汉，汉初丞相，史称"萧相国"。
③ 韩信：(约前231—前196年)，淮阴(今江苏淮安市淮阴区)人，中国历史上杰出军事家，西汉开国功臣。
④ 范增：(前277—前204年)，居鄛(今安徽巢湖西南)人，项羽的主要谋士，被项羽尊为"亚父"。范增随项羽攻入关中后，劝项羽消灭刘邦势力，未被采纳。后被项羽猜忌，辞官归里，途中病死。

价项羽与刘邦说:"项王非政治家。汉王则为一位高明的政治家。"①"刘邦是在封建时代被历史学家称为'豁达大度,从谏如流'的英雄人物。刘邦同项羽打了好几年仗,结果刘邦胜了,项羽败了,不是偶然的。"刘邦得天下"一因决策对头,二因用人得当。"②这说明刘邦的成功与他的用人智慧有直接关系。这也启示我们,作为领导,绝不可能十全十能,总有自己的不足之处,因此,不一定每件事都亲力亲为,一定要独具慧眼,选择好、团结好能干的人,将其放在最合适的岗位上,充分尊重,大胆使用,让其充分发挥自己的优点与长处,最终可达到"用人杰而成事"的效果。

---

① 中央文献研究室:《毛泽东读文史古籍批语集》,北京:中央文献出版社1993年版,第121页。

② 《毛泽东著作选读》下册,北京:人民出版社1986年版,第821页。

短 歌 行

(东汉)曹操

对酒当歌,人生几何!譬如朝露,去日苦多。慨当以慷,忧思难忘。何以解忧?唯有杜康。青青子衿(jīn),悠悠我心①。但为君故,沉吟至今。呦(yōu)呦鹿鸣,食野之苹。我有嘉宾,鼓瑟吹笙②。明明如月,何时可掇③?忧从中来,不可断绝。越陌度阡,枉用相存④。契阔谈䜩⑤,心念旧恩。月明星稀,乌鹊南飞。绕树三匝(zā),何枝可依?山不厌⑥

---

① 青青子衿,悠悠我心:出自《诗经·郑风·子衿》。原写女子因思念情人而焦灼不安,这里比喻渴望得到贤才相辅。子:古代对男子的尊称。衿:衣领。青衿:周代读书人的服装,这里代指有学识的贤才。悠悠:长久的样子,形容思虑连绵不断。

② 呦呦鹿鸣,食野之苹。我有嘉宾,鼓瑟吹笙:出自《诗经·小雅·鹿鸣》。大意谓:群鹿呦呦欢鸣,啃食着原野的艾蒿。高贵的宾客光临舍下,我便弹起瑟吹起笙宴请嘉宾。

③ 何时可掇:什么时候可以停止呢?掇:停止。一作掇(duō):拾取,摘取。何时可掇,意思就是什么时候可以摘取呢?

④ 越陌度阡,枉用相存:指贤才穿过纵横交错的田间小路,屈驾来访。陌:东西向田间小路。阡:南北向田间小路。枉:枉驾。用:以。存:省视,问候。

⑤ 契阔谈䜩:两情契合,谈心宴饮。契:投合。阔:疏远。契阔是偏义复词,偏用契字的意义,表示情义投合。

⑥ 厌:满足。

高,海不厌深。周公吐哺①,天下归心。

【浅解】

本诗选自《曹操集》。曹操(155—220年),字孟德,小字阿瞒,沛国谯县(今安徽亳州)人,东汉末年杰出的政治家、军事家、文学家。其子曹丕称帝后,追尊曹操为武皇帝,庙号太祖。陈寿《三国志》评其为"非常之人,超世之杰"。曹操的诗文造诣非常高,是"建安风骨"的杰出代表,与其子曹丕、曹植并称"三曹"。鲁迅评价其为"改造文章的祖师",毛泽东赞扬他的诗文"气魄雄伟,慷慨悲凉,是真男子,大手笔"。

这首《短歌行》是曹操的代表作。身处动乱之世,为了增强自己的实力,巩固自己的统治基础,曹操明确提出了"唯才是举""任天下之智力"的用人思想,并多次颁布"求贤令"来吸引、选拔、任用有才之士,后世称其账下"猛将如云,谋臣如雨",曹操也因此以爱才惜才而著称于世。这首诗实际上也是曹操撰写的一曲"求贤歌",全诗主题鲜明,行文流畅,充满韵律感,引经据典而无堆砌之感,感情真挚而有英雄气概,表现了作者渴望群贤毕至、辅佐他一统天下的强烈愿望和雄心壮志,具有独特的感染力和强大的号召力。可以说,曹操之所以能够统一北方,建立霸业,与他求贤若渴、爱才惜才、善用人才的胸怀与能力是分不开的。

---

① 周公吐哺:表示礼贤下士,热情接待贤才。周公:周文王第四子,武王之弟,成王之叔,周初著名政治家。周公曾自言:"一沐三握发,一饭三吐哺,犹恐失天下之士。"即在洗一次头发的过程中,不得不多次握着头发立即接见来访者;有时在吃一顿饭的时间里,不得不多次吐掉口里的食物,立即接见来访者。

知 人 性

（三国·蜀）诸葛亮

夫知人之性，最难察焉。美恶既殊，情貌不一，有温良而为诈者，有外恭而内欺者，有外勇而内怯者，有尽力而不忠者。然知人之道有七焉：一曰，问之以是非而观其志；二曰，穷之以辞辩而观其变；三曰，咨之以计谋而观其识；四曰，告之以祸难而观其勇；五曰，醉之以酒而观其性；六曰，临之以利而观其廉；七曰，期之以事而观其信。

【浅解】

本文选自《诸葛亮集》。诸葛亮（181—234年），字孔明，号卧龙（也作伏龙），琅琊阳都（今山东临沂市沂南县）人，三国时期杰出的政治家、军事家。早年隐居襄阳隆中，后辅佐刘备建立蜀汉政权，与曹魏、孙吴形成三足鼎立之势。被封为丞相、武乡侯，为了实现兴复汉室的政治理想，呕心沥血，鞠躬尽瘁，死而后已。去世后被追谥为忠武侯，后世尊称其为武侯或诸葛武侯，是传统文化中忠臣的楷模、智慧的化身。陈寿在《三国志》中评价诸葛亮为"识治之良才，管（管仲）、萧（萧何）之亚匹。"清代乾隆帝赞其为"三代以下第一流人物"。诸葛亮的传世代表作有《出师表》《诫子书》等，他在《出师表》中提出"亲贤臣，远小人，此先汉所以兴隆也；亲小人，远贤臣，此后汉所以倾颣也",道出了古今识人用人的大道要义。

在本文中,诸葛亮指出明察人的本性、特点,非常困难,因为人的美恶不同、情貌不同、表里不同,甚至有表里相反者,正所谓"知人知面难知心"。而用人的前提则是正确地认识人,为此,他总结出了识别人才的七种具体方法,后世称之为"七观"。这"七观"看似简单,也有一定的时代局限性,但整体上来看,操作简便易行,可以透过现象看本质,窥一斑而见全豹,如果运用得当,在一定程度上可以达到由表及里、去伪存真的识人效果,因此对后世影响颇大。比如,晚清中兴名臣胡林翼的知人用人之法,显然就深受这篇文章的影响:"众无大小,推诚相与。咨之以谋,而观其识;告之以祸,而观其勇;临之以利,而观其廉;期之以事,而观其信;知人任人,不外是矣。"

这里需要指出,后世也有人认为《知人性》不是诸葛亮的作品,而是后人伪托之作,对于这个问题至今仍有争论。不论如何,我们都不能轻易否定这篇文章自身的重要价值。

择官之道

(唐)吴兢

贞观六年,太宗谓魏徵曰:"古人云,王者须为官择人,不可造次①即用。朕今行一事,则为天下所观;出一言,则为天下所听。用得正人,为善者皆劝②;误用恶人,不善者竞进。赏当其劳,无功者自退;罚当其罪,为恶者戒惧。故知赏罚不可轻行,用人弥③须慎择。"

徵对曰:"知人之事,自古为难,故考绩黜陟④(chù zhì),察其善恶。今欲求人,必须审访其行。若知其善,然后用之,设令此人不能济事,只是才力不及,不为大害,误用恶人,假令强干⑤,为害极多。但乱代⑥惟求其才,不顾其行。太平之时,必须才行俱兼,始可任用。"

---

① 造次:轻率,随便。
② 劝:劝勉,鼓励。
③ 弥:更加。
④ 考绩黜陟:按照一定标准考核官吏,根据考核的结果决定官员的升降。考绩:按一定标准考核官吏的成绩。黜陟:指人才的进退、官吏的升降。黜:罢免,降职。陟:提职。
⑤ 假令强干:假使其精明干练。
⑥ 乱代:乱世,用"代"代"世",是为了避李世民的名讳。

三、知人用人

【浅解】

本文选自《贞观政要·论择官》,是唐太宗与魏徵关于甄选任用官员的一段对话。唐太宗认为用人要十分谨慎,帝王用人的标准实际上就是吏治的风向标,用正人而善者受到勉励,用恶人而不善者就会竞进不止。同时还要赏罚得当,扬善惩恶。实事求是地奖赏那些真正有功劳的人,无功的人自然就会退缩;客观中正地惩罚有罪的人,其他做恶之人就引以为戒了。只有这样才能营造出公平、公正的用人环境。魏徵则提出用人之前必须要仔细考察其品行。任用品行优良的善人,即便能力欠佳,也不会造成多大的危害。任用精明干练但品行有亏的恶人,往往会造成极大的祸害。在动乱之时,用人往往优先考虑其才干,不考虑品行。太平年代,用人则要坚持德才兼备的原则。唐太宗与魏徵的择人用人观,直到今天也不过时。

陆贽论用人二则

○ 理①乱之戒,前哲备言之矣;安危之效,历代尝试之矣。旧典尽在,殷鉴②足征③,其于措置施为,在陛下④明识所择耳。伏愿广接下之道,开奖善之门,宏纳谏之怀,励推诚之美。

其接下也,待之以礼,煦之以和;虚心以尽其言,端意以详其理;不御人以给⑤(jǐ),不自眩以明;不以先觉为能,不以臆度⑥(duó)为智;不形好恶以招谄,不大声色以示威。如权衡⑦之悬,不作其轻重,故轻重自辨,无从而诈也;如水镜之设,无意於妍蚩⑧(chī),而妍蚩自彰,莫得而怨也。有犯颜

---

① 理:治。以"理"代"治",是为了避唐高宗李治的名讳。
② 殷鉴:泛指可以作为后人鉴戒的往事。《诗·大雅·荡》:"殷鉴不远,在夏后之世。"意思是殷人灭夏,殷人的子孙,应该以夏的灭亡作为鉴戒。
③ 征:验证,证明。
④ 陛下:指唐德宗李适(kuò)(742—805年),唐朝第九位皇帝(779—805年在位)。
⑤ 御人以给:"御人以口给"的减缩语,指用伶牙俐齿来应对人。御:对付,应辩。口给:伶牙俐齿,应对敏捷,口中随时有供给。
⑥ 臆:主观推测。
⑦ 权衡:称量物体轻重的器具。权:秤砣;衡:秤杆。
⑧ 妍蚩:美好与丑恶。

谠(dǎng)直①者,奖而亲之;有利口②谗佞者,疏而斥之。自然物无壅(yōng)情,言不苟进,君子之道浸③长,小人之态日消,何忧乎少忠良?何有乎作威福?何患乎妄说是非?如此,则接下之要备矣。

其奖善也,求之若不及,用之惧不周,如梓人④之任材,曲直当分;如沧海之归水,洪涓必容。能小事则处之以小官,立大劳则报之以大利,不忌怨,不避亲,不抉瑕,不求备,不以人废举,不以己格⑤人。闻其才必试以事,能其事乃进以班⑥,自然无不用之才,亦无不实之举。如此则奖善之道得矣。

其纳谏也,以补过为心,以求过为急,以能改其过为善,以得闻其过为明。故谏者多,表我之能好(hào);谏者直,示我之能贤;谏者之狂诬,明我之能恕;谏者之漏泄,彰我之能从。有一于斯,皆为盛德。是则人君之与谏者交相益之道也。谏者有爵赏之利,君亦有理安之利;谏者得献替⑦之名,君亦得采纳之名。然犹谏者有失中,而君无不美。唯恐谠言之不切,天下之不闻,如此,则纳谏之德光矣。

---

① 谠直:正直。
② 利口:能说会道。
③ 浸:逐渐。
④ 梓人:古代木工。
⑤ 格:纠正,匡正。
⑥ 班:职位等次,位次。
⑦ 献替:"献可替否"的省语,进献可行者,废去不可行者。谓对君主进谏,劝善规过。亦泛指议论国事兴革。

其推诚也,在彰信,在任人。彰信不务于尽言,所贵乎出言则可复①;任人不可以无择,所贵乎已择则不疑。言而必诚,然后可求人之听命;任而勿贰,然后可责人之成功。诚信一亏,则百事无不纰缪②(pī miù);疑贰③一起,则群下莫不忧虞④。是故言或乖⑤宜,可引过以改其言,而不可苟也;任或乖当,可求贤以代其任,而不可疑也。如此则推诚之义孚⑥(fú)矣。(《奉天请数对群臣兼许令论事状》)

○ 人之才行,自昔罕全,苟有所长,必有所短。若录长补短,则天下无不用之人;责短舍长,则天下无不弃之士。加以情有爱憎,趣有异同,假使圣如伊、周⑦,贤如墨、杨⑧,求诸物议⑨,孰免讥嫌?昔子贡问于孔子曰:"乡人皆好(hào)之,何如?"子曰:"未可也。""乡人皆恶(wù)之,何如?"子曰:"未可也。不如乡人之善者好之,其不善者恶之。"盖以小人君子,意必相反,其在小人之恶君子,亦如君子之恶小

---

① 复:履行、实践其言。
② 纰缪:差错,谬误。
③ 疑贰:亦作"疑二",指因猜忌而生异心。
④ 忧虞:忧虑。
⑤ 乖:违背,不和谐。
⑥ 孚:为人所信服。
⑦ 伊、周:"伊"指伊尹,为商初辅相;"周"指周公,为西周辅相。二人均为先秦时期杰出政治家。
⑧ 墨、杨:"墨"指墨家学派创始人墨翟;"杨"指杨朱学派创始人杨朱。二人均为先秦时期著名思想家。
⑨ 物议:众人的议论,多指非议。

人。将察其情,在审其听。听君子则小人道废,听小人则君子道消。(《请许台省长官举荐属吏状》)

【浅解】

本文选自《陆贽集》。陆贽(754—805 年),字敬舆,苏州嘉兴(今浙江嘉兴)人,谥号"宣",后世称"陆宣公",唐代著名政治家、文学家。陆贽为唐德宗时期的贤相,其学养才能、品德风范深得当时及后世称赞,苏轼称赞他"才本王佐,学为帝师。论深切于事情,言不离于道德。智如子房而文则过,辨如贾谊而术不疏,上以格君心之非,下以通天下之志。"陆贽长于制诰奏议之作,虽然形式上仍用骈体,但言之有物,明白畅达,成为后世许多名臣仿效的范本。《四库全书总目提要》云:"其文虽多出于一时匡救规切之语,而于古今来政治得失之故,无不深切著明,有足为万世龟鉴者,故历代宝重焉。"

本文所选两则内容,均出自陆贽给唐德宗的奏折,主题为劝谏唐德宗知人用人。第一部分劝诫德宗应该做到"广接下之道,开奖善之门,宏纳谏之怀,励推诚之美",并对如何做到这四点分别作了系统、详尽的论述,所提意见均有很强的指导性和操作性。第二部分则提出人非十全十美,而是有长有短,君主应该宽容大度,知人善用,而不是过分苛求,求全责备,只要用其长,舍其短,天下就无不可用之人;察其情,审其听,则可分辨君子小人。陆贽的这些可贵的知人用人思想在今天仍未过时,尤其对身居上位者具有很强的指导和参考价值。

马 说

（唐）韩愈

世有伯乐①，然后有千里马。千里马常有，而伯乐不常有。故虽有名马，只辱于奴隶人之手，骈（pián）死②于槽枥之间，不以千里称也。

马之千里者，一食（shí）或尽粟一石（dàn）。食③（sì）马者不知其能千里而食（sì）也。是马也，虽有千里之能，食（shí）不饱，力不足，才美不外见④（xiàn），且欲与常马等不可得，安求其能千里也？

策⑤之不以其道，食（sì）之不能尽其材，鸣之而不能通其意，执策⑥而临之，曰："天下无马！"呜呼！其真无马邪⑦？其真不知马也！

---

① 伯乐：姓孙名阳，字伯乐，春秋秦穆公时人，善于相马，以识千里马闻名于世。
② 骈死：相比连而死。
③ 食：凡读 sì 者，均通"饲"，喂养之意。
④ 见：通"现"，显现、表现。
⑤ 策：动词，鞭打，驾驭。
⑥ 策：名词，马鞭。
⑦ 邪：通"耶"，表示疑问，相当于"吗"。

三、知人用人

【浅解】

本文选自《韩昌黎文集注释》。韩愈(768—824年),字退之,河南河阳(今河南孟州)人,祖籍河北昌黎,世称韩昌黎,晚年任吏部侍郎,谥号"文",又称韩吏部、韩文公,唐代杰出的文学家、思想家,位列"唐宋八大家"之首。韩愈是唐代古文运动的领袖,主张"文以载道",学习先秦两汉的散文语言,变骈为散,增强文言文的表达功能。在学术思想上推崇儒家道统,尊儒反佛。苏轼称他"文起八代之衰,而道济天下之溺",在中国文学史和思想史上具有极为重要的影响。

《马说》是韩愈广为传颂的名篇佳作之一,是他结合自己坎坷的仕途,借伯乐相马的典故讽喻当时人才得不到重视的现象。开篇即以"千里马常有,而伯乐不常有"借物寓人,叹息统治者漠视人才,用人却不识人。又从策之、食之、鸣之三个方面揭示了人才被埋没的原因,最后用"无马"与"不知马"作强烈对比,讽刺居上位者的昏庸,表达了作者怀才不遇、不平则鸣的悲愤之情。全文旨在警示和劝诫为国选才者,要爱才惜才,慧眼识千里马,善于栽培和使用千里马,而不是一方面感慨天下无马,一方面却任由千里马"骈死于槽枥之间"。千载而下,这样的观点和情感,特别能引起怀才不遇者的共鸣。明人孙琮点评此文:"借伯乐相马隐喻世无知我,开口一句便已说破,下只承此意,反写二段,然后重提笔起,写出一段感慨淋漓的文字来。遥遥千古,同声一叹。"

白居易诗二首

涧 底 松
——念寒俊也

有松百尺大十围,生在涧底寒且卑。涧深山险人路绝,老死不逢工度①(duó)之。天子明堂②欠梁木,此求彼有两不知。谁谕③苍苍造物意,但与之材不与地。金张世禄原宪贫④,牛衣寒贱貂蝉贵⑤。貂蝉与牛衣,高下虽有殊。高者未必贤,下者未必愚。君不见沉沉海底生珊瑚,历历天上种白榆⑥。

---

① 度:度量,勘测。
② 明堂:古代帝王所建的最隆重的建筑物。
③ 谕:明白,知晓。
④ 金张世禄原宪贫:金即金日䃅(dī),张即张安士,两人均为西汉时贵族。此处泛指世族。原宪:孔子弟子,有贤德而生活困顿,终生安贫乐道。
⑤ 牛衣寒贱貂蝉贵:牛衣:给牛御寒用的覆盖物,这里指寒士身上披的草帘。貂蝉:官帽上的装饰品。
⑥ 历历天上种白榆:《陇西行》:"天上何所有,历历种白榆。"历历:分明。白榆:一种榆木,材质没有太大用处。

放言①诗

赠君一法决狐疑②,不用钻龟与祝蓍③(shī)。试玉要烧三日满,辨材须待七年期。周公恐惧流言日④,王莽谦恭未篡时⑤。向使当初身便死,一生真伪复谁知?

【浅解】

这两首诗均选自《白氏长庆集》。白居易(772—846年),字乐天,晚号香山居士,祖籍太原(今山西太原市西南),后迁居下邽(今陕西渭南北),唐代继李白、杜甫之后最伟大的诗人,在文学创作中主张"文章合为时而著,歌诗合为事而作"。诗歌题材广泛,形式多样,语言平易通俗,风行海内外。

《涧底松》作于元和四年(809),当时白居易任左拾遗,以谏诤为职,除了对唐宪宗"有阙必规,有违必谏"以外,还创作了大量讽谕诗,道民疾苦,拾遗补缺。《涧底松》就是其中的一首。这首诗既是为寒俊之士鸣不平之作,也是对最高统治者的真诚建议。唐朝时虽已实行科举制,但由于历史上长期存在的门阀制度的影响,寒贱之士如果

---

① 放言:放纵其言、高谈阔论、不受拘束的意思。
② 狐疑:狐性多疑,每渡冰河,且听且渡。后用以称遇事犹豫不决。这里指疑惑、疑问。
③ 钻龟、祝蓍:古人占断吉凶之法。
④ 周公恐惧流言日:周成王年幼登基,由其叔父周公旦摄政辅佐。管叔等人散布流言,说周公要加害成王。于是周公不得不躲避起来。后成王辨明流言为假,迎接周公回来。后来的史实也证明了周公的忠诚。
⑤ 王莽谦恭未篡时:西汉末年,王莽在篡汉之前,为了收买人心,常以谦恭退让示人,《汉书·王莽传》说他:"爵位愈尊,节操愈谦",后来却篡汉自立,改国号为"新",证明之前的谦恭都是伪装出来的。

没有达官显宦的荐引,仍然很难为国家重用,这样就势必埋没大量的有用之才。本诗以物喻人,通过针砭涧底松既寒且卑和"老死不逢工度之"的现象,提出"高者未必贤,下者未必愚"的正确观点,具有很强的现实意义。

　　元和十年(815),白居易因得罪权贵被贬为江州司马,贬官途中作《放言诗》五首,这首是其中的第三首,也是流传最广的一首。诗人巧用史事,通过正反对比的方式告诫世人,想要真正全面地认识一个人必须要经过长时间的考验、多方面的了解,不能一叶障目,根据一时一事的现象急于下结论,否则容易使好人蒙冤,让小人得意。正所谓:"路遥知马力,日久见人心"。

朋 党 论

(北宋)欧阳修

臣闻朋党之说,自古有之,惟幸①人君辨其君子、小人而已。大凡君子与君子,以同道为朋;小人与小人,以同利为朋,此自然之理也。

然臣谓小人无朋,惟君子则有之,其故何哉?小人所好者,禄利也;所贪者,货财也。当其同利之时,暂相党引②以为朋者,伪也;及其见利而争先,或利尽而交疏,则反相贼害③,虽其兄弟亲戚,不能相保。故臣谓小人无朋,其暂为朋者,伪也。君子则不然,所守者道义,所行者忠信,所惜者名节。以之修身,则同道而相益;以之事国,则同心而共济,终始如一。此君子之朋也。故为人君者,但当退小人之伪朋,用君子之真朋,则天下治矣。

【浅解】

本文选自《欧阳修集》。北宋仁宗年间,社会危机日益严重。范

---

① 幸:希望。
② 党引:结党互为援引。
③ 贼害:残害,祸害。

仲淹、富弼、韩琦等人上台执政后,提出一系列改革主张,史称"庆历新政"。当时,欧阳修作为谏官,支持和参与新政。新政的改革措施触动了守旧派的利益,守旧派因此大造舆论,攻击革新派自立朋党,危害极大。对此,欧阳修十分气愤,便于庆历四年(1044)向宋仁宗上奏此文,对政敌的"朋党"之说予以驳斥。

"朋党"在中国传统政治中往往含有贬义,多指为争夺权利、排斥异己互相勾结而成的集团或派别,政治上对立双方往往会指斥对方结党营私。皇帝一般也对朋党持否定与打击态度。欧阳修没有囿于传统观念,而是另辟蹊径,明确指出,朋党之说自古就有,这并不奇怪,关键在于君主要能分辨出君子朋党和小人朋党。从本质上讲,小人无朋,君子有朋:小人因利结党,利尽而散,而君子因道义、忠信、名节、国事结朋,是国之大幸。进而提醒最高统治者应该独具慧眼和魄力,不要惧怕出现朋党,而是要亲贤臣,远小人,重用君子之真朋,斥退小人之伪朋,则天下可治。本文体现了欧阳修政论文的鲜明特点,观点明确,论述透彻,不徐不疾,有理有据,是一篇功用与文采巧妙结合的力作。

三、知人用人

司马光论才与德

臣光曰:智伯①之亡也,才胜德也。夫才与德异,而世俗莫之能辨,通②谓之贤,此其所以失人也。夫聪察强毅③之谓才,正直中和之谓德。才者,德之资也;德者,才之帅④也。云梦之竹,天下之劲也;然而不矫揉⑤,不羽括⑥,则不能以入坚。棠谿⑦(xī)之金,天下之利也;然而不熔范⑧,不砥砺,则不能以击强。是故才德全尽谓之"圣人",才德兼亡(wú)谓之"愚人",德胜才谓之"君子",才胜德谓之"小人"。凡取人之术,苟不得圣人、君子而与之,与其得小人,不若得愚

---

① 智伯:(？—前453年),姬姓,名瑶,又称荀瑶,春秋末年晋国四卿(智、韩、赵、魏)之首。公元前475年成为晋国执政,其家族是当时晋国最具权势的卿大夫家族。因欲灭赵、魏、韩三家并取代晋国,反被三家联合消灭。

② 通:都。

③ 聪察强毅:聪明,观察力强,做事果决、有毅力。

④ 帅:统帅,统领。

⑤ 矫揉:矫正,整饬。

⑥ 羽括:在箭的末端装上羽毛,使其发射更快,更准。后比喻对人的锻炼、磨砺。括:箭的末端。

⑦ 棠谿:今河南驻马店一带,古时以生产宝剑而闻名。

⑧ 熔范:铸器之模型。不熔范:不经过铸造。

人。何则？君子挟才以为善，小人挟才以为恶。挟才以为善者，善无不至矣；挟才以为恶者，恶亦无不至矣。愚者虽欲为不善，智不能周①，力不能胜，譬如乳狗搏人，人得而制之。小人智足以遂②其奸，勇足以决③其暴，是虎而翼者也，其为害岂不多哉！夫德者人之所严④，而才者人之所爱；爱者易亲，严者易疏，是以察者多蔽于才而遗于德。自古昔以来，国之乱臣，家之败子，才有馀而德不足，以至于颠覆者多矣，岂特⑤智伯哉！故为国为家者，苟能审于才德之分而知所先后，又何失人之足患哉！

【浅解】

本文选自司马光主持编修的《资治通鉴》。司马光（1019—1086年），字君实，号迂叟，陕州夏县（今属山西）涑水人，世称涑水先生，北宋著名的政治家和杰出的史学家。主持编修了我国第一部编年体通史《资治通鉴》，全书共294卷，约300万字，历时19年完成。《资治通鉴》以时间为纲、事件为目，记载了从周威烈王二十三年（前403）到五代后周世宗显德六年（959）共计1362年的历史，旨在帮助统治者从历代治乱兴衰之中汲取鉴戒，具有极高的史学价值和很大的资政作用，与司马迁的《史记》合称"史学双璧"。

本文是司马光针对春秋末期赵、魏、韩三家消灭智伯及其家族这

---

① 周：周全，完备。
② 遂：成。
③ 决：完成。
④ 严：尊敬，畏惧。
⑤ 特：只是，仅仅。

一重大历史事件所发表的议论。史载智伯才华超凡,能力出众,却无仁德,虽然在智、赵、魏、韩四家中实力最强,最终却被其他三家联合消灭,身亡族灭,结局悲惨。在司马光看来,这就是才胜于德导致的必然结果。围绕着这一看法,司马光系统地论述了才与德的关系,并据此将人分为四类:才德全尽的"圣人"、才德皆无的"愚人"、德胜才的"君子"、才胜德的"小人"。在用人的标准上,理想的情况当然是德才兼备,当德与才不能兼得时,应该更注重德行修养,因为"才者,德之资也;德者,才之帅也"。为了防止小人"挟才以为恶",就应当宁用愚人,而不用小人。如果违背了这个原则,就会造成国家乱臣奸佞当道、家族无良浪子败家的局面。可以说,这是一篇我国古代论述德才关系以及用人标准最为系统、最为深刻的史论文。今天,我们在培养、识别、选拔人才时,一贯强调"德才兼备,以德为先"的原则,这也与司马光的用人观念十分接近。至于如何做到,司马光的论述可以为我们提供很好的借鉴。尤其是在当下社会,我们更多地重视了创新、奋斗,强调了个人的工作能力和效率,而相对忽视或淡化了道德信仰的重要性,正所谓"自强不息有余,厚德载物不足",面对这样的现象,再次重温司马光的德才观和用人观,也具有很强的现实意义。

读《孟尝君传》

（北宋）王安石

世皆称孟尝君①能得士，士以故归之，而卒赖②其力以脱于虎豹之秦。嗟乎！孟尝君特③鸡鸣狗盗④之雄耳，岂足以言得士？不然，擅齐之强，得一士焉，宜可以南面而制秦，尚何取鸡鸣狗盗之力哉？夫鸡鸣狗盗之出其门，此士之所以不至也。

【浅解】

本文选自《王安石集》。王安石（1021—1086年），字介甫，号半山，谥文，封荆国公，世称王文公、王荆公，抚州临川（今江西抚州）人，

---

① 孟尝君：本名田文，号孟尝君，战国时齐国贵族，好礼贤下士，门下食客数千人，与魏国信陵君魏无忌、赵国平原君赵胜、楚国春申君黄歇齐名，同称"战国四公子"。秦昭王认为孟尝君有才能和声望，将其召至秦国，欲聘为丞相。但最终被陷害，借助身边食客之力，逃回齐国。

② 卒赖：最终依仗。

③ 特：只不过。

④ 鸡鸣狗盗：孟尝君在秦被囚时，食客中有一人在夜里装成狗混入秦宫，偷来狐裘贿赂秦昭王的宠妃，使其得以逃走。逃至函谷关时，正值夜半，城门紧闭，他的食客中有一人装鸡叫，骗得城门提前开放，得以出关。现在是成语，寓贬义，指偷偷摸摸、不光明正大的行为。

北宋著名政治家、文学家、思想家、改革家。宋神宗年间，以宰相身份主持"熙宁变法"，有"三不足"名言传世："天变不足畏，祖宗不足法，人言不足恤"。在文学方面，诗、词、文兼善，为唐宋八大家之一，欧阳修曾将其与李白、韩愈相比，作诗称赞道："翰林风月三千首，吏部文章二百年。老去自怜心尚在，后来谁与子争先。"

　　王安石的论说文，往往论点鲜明，新见叠出，逻辑严密，简洁峻切，具有"瘦硬通神"的独特风格，这篇文章即为其中的突出代表。《孟尝君传》出自《史记》，司马迁认为孟尝君善招贤纳士，得士之心，所以在困难时能得其用。而王安石从国家选才的高度，指出真正的"士"应该具备的是安邦济世的雄才大略，而非鸡鸣狗盗之能。本文是一篇广为传颂的翻案文章，虽然短小，但立意高远，观点犀利，一针见血，行文流畅，跌宕起伏，兼有哲理、情趣、气势、音韵之美，颇有"尺幅千里"之势，堪称古代短文中的精品力作。

思想自由　兼容并包

(近代)蔡元培

弟在大学,则有两种主张如下:

(一)对于学说,仿世界各大学通例,循"思想自由"原则,取兼容并包主义,与公①所提出之"圆通广大"四字,颇不相背也。无论为何种学派,苟其言之成理,持之有故,尚不达自然淘汰之运命者,虽彼此相反,而悉听其自由发展。

(二)对于教员,以学诣为主。在校讲授,以无背于第一种之主张为界限。其在校外之言动,悉听自由,本校从不过问,亦不能代负责任。例如复辟主义,民国所排斥也,本校教员中,有拖长辫而持复辟论者②,以其所授为英国文学,与政治无涉,则听之。筹安会之发起人③,清议④所指为罪人

---

① 公:指林纾(1852—1924年),字琴南,福建福州人,近代著名文学家、翻译家,工诗古文辞,以意译外国名家小说见称于时。

② 拖长辫而持复辟论者:指辜鸿铭(1857—1928年),字汤生,祖籍福建惠安,近现代著名学者。学贯中西,号称"怪杰",曾在清朝任职。辛亥革命后,仍留辫不去,直至去世。他于1917年参与了张勋拥戴宣统复辟的闹剧。

③ 筹安会之发起人:指刘师培(1884—1919年),字申叔,江苏仪征人,近现代著名学者。1915年,刘师培与杨度、孙毓筠、严复、李燮和、胡瑛等六人成立筹安会,公开支持当时的中华民国大总统袁世凯恢复帝制。

④ 清议:公正的评论,古时指乡里或学校中对官吏的褒贬评价,后泛指社会舆论。

者也,本校教员中有其人,以其所授为古代文学,与政治无涉,则听之。嫖、赌、娶妾等事,本校进德会①所戒也,教员中间有喜作侧艳②之诗词,以纳妾、狎妓为韵事,以赌为消遣者,苟其功课不荒,并不诱学生而与之堕落,则姑听之。夫人才至为难得,若求全责备,则学校殆难成立。且公私之间,自有天然界限。革新一派,即偶有过激之论,苟于校课无涉,亦何必强以其责任归之于学校耶?

【浅解】

本文节选自蔡元培先生的《致〈公言报〉函并答林琴南函》。蔡元培(1868—1940年),字鹤卿,又字仲申、民友、孑民,浙江绍兴人,近现代著名革命家、教育家、政治家,被毛泽东誉为"学界泰斗,人世楷模"。蔡先生为清光绪十八年(1892)进士,曾任翰林院庶吉士、编修。1898年戊戌变法失败后,辞官从事新式教育事业,后加入同盟会,追随孙中山先生从事民主革命事业。1912年中华民国成立时,担任首任教育总长。1916年至1927年任北京大学校长,被誉为北京大学"永远的校长"。任职期间,遵循"思想自由,兼容并包"的办学方针,提倡学术民主,采取了一系列富有成效的改革举措,使得北京大学风气为之一新。在选聘教员方面,坚持以学问造诣为标准,不问出身、资历、政治立场、学术派别,因此而网罗了大批优秀学者来北京大学传道授业解惑,使得北京大学迅速成为新文化运动的中心和学

---

① 进德会:蔡元培先生在1918年为规范北大教职员工和学生的道德行为、净化校风而成立的社团组织。入会者需遵循不嫖、不赌、不纳妾等戒条。他希望会员通过努力"进德",与社会浊流作斗争,为北大树新风。

② 侧艳:文辞艳丽而流于浮华。

术研究的重镇。

  蔡先生的改革举措,曾受到旧派人物的非议。1919年,林纾曾在《公言报》上公开致信蔡元培,在缺乏事实根据的前提下,指责北京大学"覆孔、孟,铲伦常""尽废古书,行用土语为文字"。针对这些非难,蔡先生立即撰写《致〈公言报〉函并答林琴南函》一文予以发表,在一一批驳林纾的观点之后,明确阐述了自己的办学主张和用人标准。蔡先生的回信既让林纾心服口服,也让他"思想自由,兼容并包"的办学理念更加广为人知,深受好评。这一办学理念对北京大学产生了极为深远的影响,在今日北大的课堂内外,仍能领略到其流风余韵。原北大副校长朱德熙先生曾撰文《北大的校风与学风》,谈到新时期北大的学术空气和学术民主:"北大老中青各代学者各有所长。很少有学术上的压制与干涉。所以有的中年教员才敢说:老先生的文章功力深厚,我写不出;年轻人的文章敏锐新颖,我也写不出;不过,我的文章,他们也写不出。"这种"百花齐放,万紫千红"的学术风气的形成,显然得益于蔡元培先生"思想自由,兼容并包"的办学理念。

四、家风家训

家庭是个人成长的摇篮,也是社会的基本单位。家和万事兴,家国本一体,良好的家风是融化在我们每个人血液中的精神气质,是沉淀在我们骨髓里的文化品格,是形成积极向上的民风社风的重要前提,更是社会和谐文明的重要根基。千千万万个家庭的家风好,社会风气好才会有广泛而扎实的基础。

习近平总书记曾在多个场合强调家风的重要性。他说:"家庭是社会的基本细胞,是人生的第一所学校。不论时代发生多大变化,不论生活格局发生多大变化,我们都要重视家庭建设,注重家庭、注重家教、注重家风,紧密结合培育和弘扬社会主义核心价值观,发扬光大中华民族传统家庭美德,促进家庭和睦,促进亲人相亲相爱,促进下一代健康成长,促进老年人老有所养,使千千万万个家庭成为国家发展、民族进步、社会和谐的重要基点。"①

名家多有好家训,百年未改旧家风,脍炙人口的家训家规、福泽绵长的家教家风是优秀传统文化经典的精华内容,是我们修身齐家

---

① 习近平:《在2015年春节团拜会上的讲话》,新华网,http://www.xinhuanet.com/2015-02/17/c_1114401712.htm。

的宝贵教科书,更是我们这个民族共同的永恒精神家园。《诸葛亮诫子书》《颜氏家训》《朱熹家训》《朱伯庐家训》等著名家训,虽然是作者为教育自家子孙、端正本门家风而作,却广泽后世,成为普世皆可适用的道德警言。让我们以古人为楷模,与时代同进步,携手共建当代的爱国之家、积德之家、勤俭之家、书香之家、和谐之家、美丽之家。

周公诫子

(西汉)韩婴

成王①封伯禽②于鲁,周公③诫之曰:"往矣!子无以鲁国骄士。吾文王之子,武王之弟,成王之叔父也,又相天子,吾于天下亦不轻矣。然一沐三握发,一饭三吐哺,犹恐失天下之士。吾闻:德行宽裕,守之以恭者,荣;土地广大,守之以俭者,安;禄位尊盛,守之以卑者,贵;人众兵强,守之以畏者,胜;聪明睿智,守之以愚者,哲;博闻强记,守之以浅者,智。夫此六者,皆谦德也。夫贵为天子,富有四海,由④此德也。不谦而失天下,亡其身者,桀、纣是也,可不慎欤!故《易》有一道,大足以守天下,中足以守其国家,近足以守其身,谦之谓也。"

---

① 成王:周成王姬诵,西周王朝第二位君主。周武王姬发之子,成王继位时年幼,由其叔父周公姬旦摄政当国。

② 伯禽:姬禽,伯是其排行,周公旦长子。当时周公旦受封鲁国,但因其在镐京辅佐周成王,故派伯禽代其受封鲁国,伯禽因此成为鲁国的第一任国君。

③ 周公:姬旦,周文王之子,周武王之弟。因其采邑在周,爵为上公,故称周公。西周初期杰出的政治家、思想家、教育家,被尊为"元圣"和儒学先驱。曾两次辅佐周武王东伐纣王,并制作礼乐。武王死后,其子成王年幼,由他摄政当国,为周王朝的建立及巩固立下了不可磨灭的功劳。

④ 由:因为。

【浅解】

本文选自《韩诗外传》,作者韩婴,燕(郡治在今北京)人,西汉前期著名儒家学者。本文是中国著名的家训之一,讲述了周公告诫其子伯禽,以谦虚的美德修身、礼士、齐家、治国的深刻道理。谦受益,满招损,对于身居上位者而言,尤其要时刻戒骄戒盈,以谦自律。文章言简意赅,起承转合,先摆出论点,然后从正反两方面论证,最后得出结论,落脚到《周易》谦卦之益。

谦卦是《周易》的第十五卦,卦体中上卦为坤,代表地,下卦为艮,代表山。艮下坤上,为地下有山之象。山本高大,却居于地之下,象征着以崇高之德而自觉处于卑下的谦谦君子。谦卦是《周易》六十四卦中最特殊的一卦,此卦的卦辞和爻辞均为"吉"。尤其是九三爻辞云:"劳谦君子,有终吉。"《象辞》云:"劳谦君子,万民服也。"劳者,勤劳、奋勉、有功业;谦者,不骄傲、不张扬、能退让,有此美德的君子总会处于吉祥的状态,得到万民的爱戴和景仰。曾国藩曾对此卦赞叹、推崇不已,曾言:"天下古今之庸人,皆以一'惰'字致败;天下古今之才人,皆以一'傲'字致败。"而"劳""谦"二字正好可以医治"惰""傲"之病。

四、家风家训

诸葛亮诫子书

夫君子之行,静以修身,俭以养德,非澹(dàn)泊无以明志,非宁静无以致远。夫学须静也,才须学也,非学无以广才,非志无以成学。慆(tāo)慢①则不能励精②,险躁则不能冶性③。年与时驰,意与岁去,遂成枯落,多不接世,悲守穷庐④,将复何及!

【浅解】

本文选自《诸葛亮集》。《诫子书》是诸葛亮晚年写给儿子诸葛瞻的一封家书。全文通过充满智慧理性、高度凝练的文字,真切地表达了一代贤臣对子女的教育理念和殷切期望。从中既能体味出为人父者的浓浓爱子情,也能看出诸葛亮作为"贤相"和"君子"的为人风范。因此,这篇短文不仅是一篇字字珠玑、言约义丰的教子名篇,更是历代好学者藉以修身养性、进德修业的励志美文。这封家书中出现的"静以修身""俭以养德""淡泊明志""宁静致远"等名言警句,一直以来,都是很多人诵之于口、笔之于书、悬之于壁、铭之于心的座右铭。

---

① 慆慢:怠惰。
② 励精:振奋精神,奋勉有为。
③ 冶性:陶冶性情。
④ 穷庐:破旧的房子。

诫当阳公大心书

（南朝·梁）萧纲

汝年时尚幼,所阙者学,可久可大,其唯学欤！所以孔丘言:"吾尝终日不食,终夜不寝,以思,无益,不如学也。"若使墙面而立①,沐猴而冠②,吾所不取。立身之道,与文章异:立身先须谨重,文章且须放荡③。

【浅解】

本文选自《梁文纪》,是萧纲写给其子萧大心的一封书信。萧纲（503—551年）,即南朝梁简文帝,公元549—551年在位,字世缵,小字六通,南兰陵（今江苏武进）人,梁武帝第三子,著名文学家。萧大心,字仁恕,萧纲第二子,梁武帝时,以皇孙被封为当阳县公,后封浔阳王。在这封家书中,萧纲强调了学习的重要性,即便身为皇室贵胄,也要在年幼之时认识到学习的重要性:"可久可大,其唯学欤"。因此他叮嘱儿子,要抓紧时间,勤奋学习,避免出现不学无术、一无所知、徒有其表的情况。尤其是在最后提出了立身与文章的不同:做人

---

① 墙面而立:面对墙壁站立,一无所见。
② 沐猴而冠:猕猴带上帽子,徒具人形。比喻人之虚有仪表,实无人性。沐猴:猕猴。
③ 放荡:放纵,不受拘束,洒脱活泼。

要谨慎持重,为文却要洒脱活泼,这应该是自己为人为文的真切体会。当代作家二月河的座右铭是:"拿起笔来老子天下第一,放下笔来夹着尾巴做人。"莫言也说:"做人要谦卑,写作要颐指气使,甚至是独断专行。"真可谓:古今文坛英雄,所见略同也!

教 子

(北齐)颜之推

上智不教而成,下愚虽教无益,中庸之人,不教不知也。古者,圣王有胎教之法:怀子三月,出居别宫,目不邪视,耳不妄听,音声滋味,以礼节之。书之玉版,藏诸金匮。子生孩提,师保①固明孝仁礼义,导习之矣。

凡庶(shù)纵不能尔,当及婴稚,识人颜色,知人喜怒,便加教诲,使为则为,使止则止。比及数岁,可省笞(chī)罚。父母威严而有慈,则子女畏慎而生孝矣。

吾见世间,无教而有爱,每不能然;饮食运为②,恣(zì)其所欲,宜诫翻奖,应诃③(hē)反笑,至有识知,谓法当尔。骄慢已习,方复制之,捶挞(tà)至死而无威,忿怒日隆而增怨,逮于成长,终为败德。孔子云:"少成若天性,习惯如自然"。④ 是也。俗谚曰:"教妇初来,教儿婴孩。"诚哉斯语!

---

① 师保:古时辅弼帝王和教导王室子弟的官,有师有保,统称"师保"。后泛指老师,亦有教养之意。

② 运为:所作所为。

③ 诃:同"呵",怒责。

④ 少成若天性,习惯如自然:少年时期养成的习惯就像人的天性一样牢固,很难改变。久而久之,习惯就成为很自然的事了。

四、家风家训

凡人不能教子女者,亦非欲陷其罪恶,但重①于诃怒,伤其颜色,不忍楚②挞惨其肌肤耳。当以疾病为谕,安得不用汤药针艾③救之哉?又宜思勤督训者,岂愿苛虐于骨肉乎?诚不得已也。

【浅解】

本文是《颜氏家训》第二篇的选段。作者颜之推(531—约595年),字介,琅琊临沂人,南北朝后期至隋代初期著名的文学家、教育家,因在北齐官至黄门侍郎,所以世称"颜黄门"。《颜氏家训》共20篇,是颜之推为了教育子孙"务先王之道,绍家世之业"而撰写的一部系统完整的家庭教育教科书。此书是我国家庭教育史上一部十分重要的历史文献,是颜之推一生立身、治家、处事、为学的经验总结,在传统士大夫阶层具有很大的影响力。明代袁衷称:"六朝颜之推家法最正,相传最远。"清代王钺说:"北齐黄门颜之推《家训》二十篇,篇篇药石,言言龟鉴,凡为人子弟者,当家置一册,奉为明训,不独颜氏。"本文主要阐述了关于子女的教育理念,他重视儿童的早期教育,认为"当及婴稚,识人颜色,知人喜怒,便加教诲"。在教育方法上,则强调了一定要处理好严教和慈爱的关系,反对对子女过分溺爱。在原文中,他还列举了严教受益、娇惯受祸的实例来支持自己的观点,读来令人信服,让人想起民谚"惯子如杀子"。无论时代如何变迁,教育子女永远都是"齐家"事业中的重中之重。现在,由于独生子女的增多以及家庭物质生活水平的不断提高,国人在教育子女方面的问

---

① 重:李善注《文选·喻巴蜀檄》"重烦百姓"之"重",为"难"之意。
② 楚:实施体罚的荆条。
③ 艾:草本植物,叶有香味,可制成艾绒,供灸病用。

题也越来越多样,越来越突出,其中一点便是多慈爱少严教,甚至只有溺爱而无管教。这种做法最终对子女、对父母、对家庭,甚至对整个社会都无益处,由此而上演了不少人间悲剧。而颜之推在本文中提出的观点不啻为针砭时弊、发人深省的一剂良药。

训俭示康

（北宋）司马光

吾本寒家，世以清白相承。吾性不喜华靡，自为乳儿，长者加以金银华美之服，辄羞赧①（nǎn）弃去之。二十忝（tiǎn）科名②，闻喜宴③独不戴花。同年④曰："君赐不可违也。"乃簪一花。平生衣取蔽寒，食取充腹；亦不敢服垢弊以矫俗干名⑤，但顺吾性而已。众人皆以奢靡为荣，吾心独以俭素为美。人皆嗤吾固陋，吾不以为病。应之曰："孔子称'与其不逊也，宁固⑥'；又曰'以约失之者鲜矣⑦'；又曰'士志于道，而耻恶⑧（è）衣恶食者，未足与议也'"。

---

① 羞赧：害羞。赧：因羞惭而脸红。
② 二十忝科名：二十岁考中进士。忝：谦辞，字义为辱，有愧于。
③ 闻喜宴：唐代制度，进士中榜后，要在曲江宴饮庆贺，称曲江宴，亦称闻喜宴。宋太宗端拱元年定由朝廷置宴，皇帝及大臣赐诗以示宠异，参加者要在帽檐上插花。
④ 同年：科举时代同榜或同一年考中者互称为"同年"。
⑤ 矫俗干名：故意用不同流俗的姿态来猎取名誉。
⑥ 与其不逊也，宁固：与其骄纵不逊，宁可寒酸固陋。见《论语·述而》。
⑦ 以约失之者鲜矣：因为对自己节制、约束而有犯过失的，这种事情总不会多。见《论语·里仁》。
⑧ 恶：粗劣的。

张文节①为相,自奉养如为河阳掌书记时,所亲或规之曰:"公今受俸不少,而自奉若此,公虽自信清约,外人颇有公孙布被之讥②。公宜少从众。"公叹曰:"吾今日之俸,虽举家锦衣玉食,何患不能?顾人之常情,由俭入奢易,由奢入俭难。吾今日之俸岂能常存,身岂能常存?一旦异于今日,家人习奢已久,不能顿俭,必致失所,岂若吾居位去位、身存身亡,常如一日乎?"呜呼,大贤之深谋远虑,岂庸人所及哉?

御孙③曰:"俭,德之共也;侈,恶之大也。"共,同也。言有德者,皆由俭来也。夫俭则寡欲,君子寡欲则不役于物,可以直道而行。小人寡欲,则能谨身节用,远罪丰家。故曰"俭,德之共也"。侈则多欲,君子多欲则贪慕富贵,枉道速祸;小人多欲则多求妄用,败家丧身。是以居官必贿,居乡必盗,故曰"侈,恶之大也"。

【浅解】

本文选自南宋理学家、文学家吕祖谦(1137—1181年)编的《皇朝文鉴》,是司马光写给自己儿子司马康的家训选段,其主题思想是教育司马康崇尚节俭,反对奢靡,以简素持家处世。在这篇家训中,

---

① 张文节:张知白(?—1028年),字用晦,沧州清池(今河北沧州东南)人,宋真宗时为河阳节度判官,宋仁宗初年为宰相。政声颇佳,虽然显贵,但仍清约如寒士,死后谥号"文节"。

② 公孙布被之讥:公孙,指公孙弘,汉武帝时为丞相,封平津候。《汉书·公孙弘传》载,汲黯说:"(公孙)弘位在三公,俸禄甚多,然为布被,此诈也。"意思是说,公孙弘已位列三公,俸禄很多,但仍然盖布被,这只不过是矫情作伪、故作姿态而已。后用以讽刺富贵人家故意显示节俭、以博取别人赞誉的做法。

③ 御孙:春秋时期鲁国大夫。

四、家风家训

司马光结合自身的生活经验和切身体会,从正反对比的角度,列举事例,征引名言,言之谆谆,为儿子讲授俭约有益、奢侈多害的道理。其中所征引的张知白的名言"由俭入奢易,由奢入俭难",尤其对世人有警示作用。司马康也没有辜负其父的教诲和期望,《宋史》载:司马康为人廉洁,口不言财,端正严谨,不妄言笑,孝敬父母,勤学过人,博通群书,是旧时代一名典型的正人君子,这显然与司马光的悉心教导分不开。另外,像御孙、张知白、司马光这样身居高位仍然以俭约之风修身持家处世,无论是在过去还是在现在,都是难能可贵的,因此值得大力倡导。

朱熹家训

君之所贵者,仁也。臣之所贵者,忠也。父之所贵者,慈也。子之所贵者,孝也。兄之所贵者,友也。弟之所贵者,恭也。夫之所贵者,和也。妇之所贵者,柔也。事师长贵乎礼也,交朋友贵乎信也。

见老者,敬之;见幼者,爱之。有德者,年虽下于我,我必尊之;不肖者,年虽高于我,我必远之。慎勿谈人之短,切莫矜(jīn)己①之长。仇者以义解之,怨者以直报之,随所遇而安之。人有小过,含容而忍之;人有大过,以理而谕之。勿以善小而不为,勿以恶小而为之。人有恶,则掩之;人有善,则扬之。

处世无私仇,治家无私法。勿损人而利己,勿妒贤而嫉能。勿逞忿而报横逆,勿非礼而害物命。见不义之财勿取,遇合理之事则从。诗书不可不读,礼义不可不知。子孙不可不教,童仆不可不恤。斯文不可不敬,患难不可不扶。守我之分者,礼也;听我之命者,天也。人能如是,天必相②

---

① 矜己:夸耀自己。
② 相:辅佐,扶助。

(xiàng)之。此乃日用常行之道,若衣服之于身体,饮食之于口腹,不可一日无也,可不慎哉!

【浅解】

朱熹(1130—1200年),字元晦,号晦庵,别称紫阳,祖籍南宋徽州府婺源县(今江西省)。南宋著名的理学家、思想家、哲学家、教育家、诗人,闽学派的代表人物,是宋代理学集大成者,后人尊称朱子,被誉为孔子、孟子以来最杰出的弘扬儒学的大师。

《朱熹家训》又称《朱子家训》,原载《紫阳朱氏宗谱》,是朱熹以儒家伦理思想为准绳,为朱氏家族子弟阐述修身、齐家、处世之道,教育他们恪守"日用常行之道"的经典篇章,堪称朱熹治家、做人思想的浓缩。这篇家训倡导重德修身、人际和谐、家庭亲睦、互助友爱,内容积极向上,充满正能量,父慈子孝、兄友弟恭、夫和妇柔、礼事师长、信交朋友、敬老爱幼、尊崇德者等教诲,在今天仍有认真遵循、大力提倡的重要价值。在行文上,《朱熹家训》善用排比、对仗等修辞手法,通俗易懂,诵读起来琅琅上口,颇有声调铿锵、文简意丰之美。

朱子治家格言

(清)朱柏庐

黎明即起,洒扫庭除①,要内外整洁;既昏便息,关锁门户,必亲自检点。一粥一饭,当思来之不易;半丝半缕,恒念物力维艰。

宜未雨而绸缪②,毋临渴而掘井。自奉必须俭约,宴客切勿留连。器具质而洁,瓦缶(fǒu)胜金玉。饮食约而精,园蔬胜珍馐。勿营华屋,勿谋良田。

祖宗虽远,祭祀不可不诚;子孙虽愚,经书不可不读。居身务期质朴,教子要有义方。勿贪意外之财,勿饮过量之酒。与肩挑③贸易,勿占便宜;见贫苦亲邻,须多温恤。刻薄成家,理无久享。伦常乖舛④(chuǎn),立见消亡。兄弟叔侄,须分多润寡;长幼内外,宜法肃辞严。嫁女择贤婿,毋索重聘;娶媳求淑女,毋计厚奁⑤(lián)。

---

① 庭除:庭阶,庭院。
② 未雨绸缪:原指鸱鸮在下雨前,就已修补窝巢。后喻事先预备,防患未然。
③ 肩挑:指挑担货物从事小本生意的人,亦借指工役。
④ 乖舛:谬误。
⑤ 奁:古代女子梳妆用的镜匣,泛指陪嫁的嫁妆。

见富贵而生谗容者,最可耻;遇贫穷而作骄态者,贱莫甚。居家戒争讼,讼则终凶;处世戒多言,言多必失。毋恃势力而凌逼孤寡,勿贪口腹而恣(zì)杀牲禽。乖僻自是,悔误必多;颓惰自甘,家道难成。

狎昵(xiá nì)恶少,久必受其累;屈志老成,急则可相依。

轻听发言,安知非人之谮(zèn)诉①,当忍耐三思;因事相争,安知非我之不是,须平心暗想。施惠勿念,受恩莫忘。凡事当留余地,得意不宜再往。

人有喜庆,不可生妒忌心;人有祸患,不可生喜幸心。善欲人见,不是真善;恶恐人知,便是大恶。家门和顺,虽饔飧②(yōng sūn)不继,亦有余欢;国课③早完,即囊橐④(náng tuó)无余,自得至乐。

读书志在圣贤,为官心存君国。守分安命,顺时听天。为人若此,庶乎近焉⑤。

【浅解】

本文节选自《治家格言绎义》。朱伯庐(1627—1698年),名用纯,字致一,自号柏庐,清江南昆山(今属江苏)人,明末清初著名理学家、教育家。《治家格言》又称《朱子治家格言》《朱子家训》,与朱熹

---

① 谮诉:诬蔑人的坏话。
② 饔飧:早饭和晚饭。
③ 国课:国家的赋税。
④ 囊橐:口袋,借指粮仓。
⑤ 庶乎近焉:那就差不多和圣贤做人的道理相合了。

的《朱子家训》有别。全文虽然篇幅不长,但是一篇家教名作,"举凡修身齐家、匹夫匹妇可行之事,皆言之甚悉。其后盛传于世,几乎家喻户晓,于三百年间化民成俗,不无小补"。因此,它被很多人尊为"治家之经",清至民国年间一度成为童蒙必读课本之一,至今在民间仍有很强的生命力。其为人处世、修身治家的理念在当下仍有非常积极的现实意义。如"一粥一饭,当思来之不易;半丝半缕,恒念物力维艰""宜未雨而绸缪,毋临渴而掘井""凡事当留余地,得意不宜再往"等许多名言警句至今仍脍炙人口,传诵不绝。当然其中也有一些"因时立教之语",具有一定的历史局限性,已不适用于今天,所以在选录时进行了必要的删节。

四、家风家训

范县署中寄舍弟墨第四书

(清)郑燮

十月二十六日得家书,知新置田获秋稼五百斛①(hú),甚喜。而今而后,堪为农夫以没(mò)世②矣!

我想天地间第一等人,只有农夫,而士为四民③之末。农夫上者种地百亩,其次七八十亩,其次五六十亩,皆苦其身,勤其力,耕种收获,以养天下之人。使天下无农夫,举世皆饿死矣。

我辈读书人,入则孝,出则弟④,守先待后⑤,得志泽加于民,不得志修身见于世,所以又高于农夫一等。今则不然,一捧书本,便想中举、中进士、作官,如何攫取金钱,造大房屋,置多产田。起手便走错了路头,后来越做越坏,总没有个好结果。其不能发达者,乡里作恶,小头锐面⑥,更不

---

① 斛:旧量器名,也是容量单位,一斛本为十斗,后来改为五斗。
② 没世:到死,终身。
③ 四民:指士、农、工、商。《汉书·食货志上》:"士农工商,四民有业",传统观念以士为四民之首。
④ 弟:同"悌",敬重兄长。
⑤ 守先待后:守先贤之道,传之后人。
⑥ 小头锐面:尖头小面,形容善于钻营,无孔不入。

可当。

　　夫束修自好①者,岂无其人?经济自期②,抗怀③千古者,亦所在多有。而好人为坏人所累,遂令我辈开不得口。一开口,人便笑曰:"汝辈书生,总是会说,他日居官,便不如此说了。"所以忍气吞声,只得捱人笑骂。工人制器利用,贾(gǔ)人④搬有运无,皆有便民之处。而士独于民大不便,无怪乎居四民之末也!且求居四民之末,而亦不可得也。

　　愚兄平生最重农夫,新招佃地人,必须待之以礼。彼称我为主人,我称彼为客户,主客原是对待之义,我何贵而彼何贱乎?要体貌他,要怜悯他;有所借贷,要周全他;不能偿还,要宽让他。尝笑唐人《七夕》诗,咏牛郎织女,皆作会别可怜之语,殊失命名本旨。织女,衣之源也,牵牛,食之本也,在天星为最贵;天顾重之,而人反不重乎?其务本勤民,呈象⑤昭昭可鉴矣。

【浅解】

　　本文选自《郑板桥全集》。郑燮任河南范县知县时,曾给弟弟郑墨写过五封家书,本文节选自第四封家书,写于乾隆九年(1744)。在这封家书中,郑燮一反"士为四民之首"的传统观念,提出农夫才是"天地间第一等人",而"士为四民之末"。他称赞农夫终身勤苦,不

---

① 束修自好:约束自我,注重修养,洁身自好。
② 经济自期:以经世济民自我期许。
③ 抗怀:怀抱高远的理想,坚守高尚的情怀。
④ 贾人:商人。
⑤ 呈象:上天所呈现的现象。

仅自食其力,还兼养天下之人。而对只知追名逐利甚至在乡里作恶、终生钻营的"士人"予以辛辣的嘲讽和批评。这样的独到见解也可看作郑燮对士风日下的愤激之辞,但其作为封建时代的政府官员,能有如此真挚深沉的重农、爱农、敬农、惠农思想,却极为难能可贵。而他所批评的"士人之习":"一捧书本,便想中举、中进士、作官,如何攫取金钱,造大房屋,置多产田",在当今的现实生活中,似乎也不少见,不由人不佩服郑燮的独到眼光和深刻分析。这封家书从日常家事谈起,语言平实流畅,感情真挚亲切,观点独出机杼,让人过目难忘,深受感染。

为学一首示子侄

(清)彭端淑

天下事有难易乎？为之，则难者亦易矣；不为，则易者亦难矣。人之为学有难易乎？学之，则难者亦易矣；不学，则易者亦难矣。

吾资之昏，不逮①人也；吾材之庸，不逮人也；旦旦而学之，久而不怠焉，迄乎成，而亦不知其昏与庸也。吾资之聪，倍人也，吾材之敏，倍人也；屏②(bǐng)弃而不用，其昏与庸无以异也。圣人之道，卒于鲁也传之③，然则昏庸聪敏之用，岂有常哉！

蜀之鄙④有二僧：其一贫，其一富。贫者语于富者曰："吾欲之⑤南海，何如？"富者曰："子何恃而往？"曰："吾一瓶一钵足矣。"富者曰："吾数年来欲买舟而下，犹未能也。子

---

① 不逮：不及，不如。
② 屏：同"摒"，除去，排除。
③ 圣人之道，卒于鲁也传之：孔子的学问，最终是靠不怎么聪明的曾参传下来的。卒：终于、最终。鲁：迟钝、不聪明。《论语·先进》载：孔子评价"参也鲁"，是说曾参迟钝。
④ 鄙：郊野，边境。
⑤ 之：动词，往，到。

何恃而往？"越①明年，贫者自南海还，以告富者，富者有惭色。西蜀之去南海，不知几千里也，僧之富者不能至，而贫者至焉。人之立志，顾不如蜀鄙之僧哉？

是故聪与敏，可恃而不可恃也；自恃其聪与敏而不学者，自败者也。昏与庸，可限而不可限也；不自限其昏与庸而力学不倦者，自力者也。

【浅解】

本文选自清人李祖陶（1776—1858年）编纂的《国朝文录》。彭端淑（1699—1779年），字乐斋，号仪一，四川丹棱（今四川省丹棱县）人，清代著名学者、散文家、教育家，清代"蜀中三才子"之一。《为学一首示子侄》又名《为学》，这篇文章曾入选中小学语文教材，相信很多读者都在青春年少时熟读乃至背诵过，因此并不会陌生。本文通过议论与叙事结合、通篇用对比、多用排比对偶等论述方式，娓娓道来，语重心长、深入浅出地阐述了为学之道关键在于后天的勤奋努力，而不是依赖天赋的道理。办事为学，当然有难易之别，人的先天禀赋，也自然有昏庸聪敏之别，但先天的、外部的因素并非决定成败的因素，主要的决定因素应该是后天的立志，以及为了实现志向而不懈努力、知难而进的奋斗与实干精神。如果天资甚好而不知努力，最终也只能是一事无成的"废品"；如果天资一般但力学不倦，最终也会成为不可限量的"人才"。正所谓"勤耕种无多有少，多读书不圣也贤"。作者对难易、昏庸聪敏、成败的辩证认识，让人深深折服，对资质天赋不同的人都能起到积极的警醒和勉励作用，不愧为一篇励志求学的传世佳作。

---

① 越：及，到。

新治家格言
——仿朱柏庐体，兼补其所未备

（近代）张元济

为人之道，修身为本。一日之计在于寅①，诸宜乘早；七有不堪②总由懒，切莫贪闲。体肤毋任染污，汤沐必具；精神务期活泼，运动宜勤。冠服不尚奢华，而容仪不可不饬（chì）；饮食不求丰美，而营养不可不良。卫生具有常识，可以防病于未病；迷信必当破除，不作无益害有益。求知识莫离书报，谋生存好自经营。常川服劳③，朝聚暮散，均当确守时光；每逢休假，玩水游山，随处可求学问。人贵自立，须知有志竟成；民生在勤，漫冀④不求而获。

修身之要既尽，齐家之事宜详。兄弟不必同居，而父母在上，自宜竭诚孝养；婚嫁各由自愿，而男女双方，要当共保

---

① 寅：寅时为凌晨三点至五点。
② 七有不堪：三国魏嵇康撰写《与山巨源绝交书》，文中列陈自己不当官的原因，"有必不堪者七，甚不可者二。"后人把"七不堪"作为疏懒或才能不称的代词。
③ 常川服劳：常川：经常，连续不断，取川流不息之意。服劳：服侍效劳。
④ 漫冀：不要徒劳地期望。

贞操。逮居亲丧,毋徇俗尚。麻衣草屦,何必墨守古风;礼忏①(chàn)诵经,亟(jí)宜革除陋习。厚殓非礼,还防盗贼生心;入土为安,休信堪舆②谬说。火葬最为解脱;公墓亦可安宁。顾彼童蒙,首在教育。选科目宜顺其天性,择学校尤贵有良师。毋信无才是德之谣。女子宜习专业;毋蹈数典忘祖之弊,游学遂变于夷。家有雇佣,并宜善视。曾侍先代,当以伯叔相尊;若在少年,视如子弟之列。昔为主仆,今同主宾。至若亲旧往还,重在礼意。宴会毋及博戏③,庆吊勿侈多仪。此为改造旧家庭,更求适应新社会。

四民无分阶级,先除贵贱之见。两性无妨交际,宜宽内外之防。谋互助,故尚合群;急公益,故重服务。勿谓小人斯劳力,唯工业始足兴邦;勿谓好汉不当兵,唯公勇真能卫国。国家有我一分子,民主无任再落伍。在选举场中,勿为威胁利诱所动;至会议席上,却以心平气和自持。不尚党争,尊重对方意见;取决公论,服从多数主张。行动固可自由,必须遵奉国法;信仰各有主义,仍当顺应舆情。事在人为,莫言天命。四海皆兄弟,愿世界进于大同;五福攸(yōu)好德④,即禽兽亦当恩及。庸言庸行⑤,窃思勉焉。

---

① 礼忏:礼拜与忏悔的简称,又作拜忏。即礼拜诸佛、菩萨,忏悔所造诸恶业。大抵藉由礼佛、诵读经文,以为忏悔之意。

② 堪舆:堪:天道;舆:地道。堪舆即民间所说的风水。

③ 博戏:赌输赢、角胜负的游戏。

④ 五福攸好德:《尚书·洪范》载:"一曰寿、二曰富、三曰康宁、四曰攸好德、五曰考终命。"五福离不开身心健康,而根在积德行善。

⑤ 庸言庸行:平平常常的言行。

未名湖畔好读书——北大中华经典名篇诵读文本

【浅解】

　　本文选自张舜徽(1911—1992年)先生的《爱晚庐随笔之一·学林脞录》。张元济(1867—1959年),字菊生,号筱斋,浙江海盐人,我国近现代著名的出版家、教育家、学者。光绪十八年(1892)进士,后在总理事务衙门任章京。1902年,进入商务印书馆,历任编译所所长、经理、监理、董事长等职。新中国成立后,担任上海文史馆馆长,继任商务印书馆董事长。他以"昌明教育平生愿,故向书林努力来"为人生理念,在图书出版、古籍整理、版本目录学、校勘学、藏书和图书馆等领域取得了卓著的成就。执掌商务印书馆馆务时,将其由一个名不见经传的印刷所发展成中国近现代史上影响最大的出版文化机构。张舜徽先生评价云:"近世学人,如海盐张元济之博学通识,清节高行,一生致力文化出版事业,至老忘疲,而卓然取得巨大成绩者,实不多见。"这里所选的《新治家格言》作于1948年,其形式虽然仿效的是朱伯庐治家格言的旧体,但内容与精神充满了新时代的进步气息,是张元济先生人生经验和处世思想的概括和总结。全文字句工整,博古通今,思想通达,对新时期的修身、交友、齐家、治国、平天下等问题予以精辟的阐述,几乎句句可以遵循,堪为文化创作方面"守正出新"的典范之作。

五、人间真情

　　生命之所以美丽,是因为它有血有肉的过程中,始终高扬着一个永恒的主题;生命的底蕴中,始终流动着人类对世界最纯粹的良知与渴望。岁月更迭,悲欢交织,命运的跌宕起伏,让我们早已深深懂得生命中最为值得珍惜的是什么,那就是人世间至深至爱的真情。

　　历史不阻断,时间不倒退,一切都会衰老,唯有真情永在。李泽厚先生曾言:"美在深情",浓抹也罢,淡妆也罢,总归逃不过一个真字,所以美在真情,感人也在真情。情是彼此的连结,情是生命的温度,情是灵魂的养料,情是人性的光辉。真挚的感情弥足珍贵,它不仅能令生命饱满,更可触及灵魂,从而成为历代文人墨客追求与赞颂的永恒主题。

　　重拾经典,穿越字里行间领略作品的情感;一眼千年,隔空对话体悟作者的苦乐悲欢。选文中有"自伯之东,首如飞蓬"的美好爱情;有知音难寻、高山流水的不朽友情;有同气连枝、形影相顾的手足之情;有邻曲时来、共数晨夕的邻里之情;有谆谆诫勉、不忍苛责的如山父爱;也有细致温暖、不顾己身的无私母爱。作品中可以感受"海内存知己,天涯若比邻"的豁达,体会"挥手自兹去"的潇洒,领略"新丰美酒斗十千"的意气风发,感怀"牺牲百死而不辞"的英雄史话。

这些爱情、友情、亲情、乡里情、家国情,汇聚成我们最为宝贵的人间真情,拥有真情的人生才算是完整的人生,才称得上是名副其实的美好人生。然而,倘若不能正确处理好各种关系,也会陷入为情所累、为情所误的困境。珍视真情,善待真情,用好真情,最重要的还是修正己身,从正道出发,忠心报效国家、尽心孝敬父母、全心呵护亲人、真心关爱朋友、用心教养儿女,并以自己的模范行为和高尚品性影响身边的人。只有这样,我们才能体悟到真情带来的感动和快乐,在真情中得到温暖和力量,让我们的生命更加绚烂丰盈。

五、人间真情

《诗经》二首

关 雎

关关①雎鸠②(jū jiū),在河之洲③;窈窕④(yǎo tiǎo)淑女⑤,君子好(hǎo)逑⑥(qiú)。

参差荇(xìng)菜⑦,左右流之⑧;窈窕淑女,寤寐⑨(wù mèi)求之。

求之不得,寤寐思服⑩;悠哉⑪悠哉,辗转反侧。

参差荇菜,左右采之;窈窕淑女,琴瑟友⑫之。

---

① 关关:象声词,雌雄水鸟相应的叫声。
② 雎鸠:水鸟的名字,一说是鹗,一说是鱼鹰。相传"生有定偶而不相乱,偶常并游而不相狎"。
③ 洲:河中的沙洲陆地。
④ 窈窕:内心和体貌美好的样子。美心为窈,美状为窕。
⑤ 淑女:善良贤淑的女子。淑:善。
⑥ 逑:配偶。
⑦ 荇菜:一种水草的名字,嫩叶可食用。
⑧ 左右流之:时而向左、时而向右地采摘。流:择取,采摘。
⑨ 寤:醒着。寐:睡着了。
⑩ 思:发语词,无实际意义。服:思念。
⑪ 悠哉:忧思不绝。
⑫ 友:做动词用,友爱、亲近的意思。

参差荇菜,左右芼①(mào)之;窈窕淑女,钟鼓乐②(yuè)之。

伯 兮

伯③兮朅④(qiè)兮,邦之桀⑤兮。伯也执殳⑥(shū),为王前驱。

自伯之⑦东,首如飞蓬。岂无膏沐?谁适⑧为容!

其雨其雨,杲(gǎo)杲⑨日出。愿言思伯,甘心首疾。

焉得谖(xuān)草⑩?言树之背⑪。愿言思伯。使我心痗⑫(mèi)。

【浅解】

《诗经》是我国第一部诗歌总集,收入西周早期至春秋中期的诗歌共305篇,分为《风》《雅》《颂》三部分。《风》是周代各诸侯国的地方歌谣;《雅》是周王朝直辖地区的音乐,即所谓的正声雅乐;《颂》是周王室和贵族祭祀演奏的音乐,包括一部分舞曲。《诗经》具有极高

---

① 芼:选择,挑选。
② 乐:使其喜乐的意思。
③ 伯:兄弟排行中的大哥,这里指的是诗中女子对丈夫的称谓。
④ 朅:健壮威武的样子。
⑤ 桀:通"杰",才智杰出之人。
⑥ 殳:古代的一种兵器。
⑦ 之:动词,去往。
⑧ 适:悦。
⑨ 其雨其雨,杲杲日出:天下事往往不如意,希望老天下雨,偏偏出太阳,暗含的意思是希望丈夫回来,却偏偏回不来。杲杲:明亮的样子。
⑩ 谖草:萱草,又名忘忧草,食之可以使人忘忧。
⑪ 言树之背:种在房后。言:语助词。背:房屋之后。
⑫ 痗:病,疾。

的文学艺术价值,对后世两千多年的文学发展有着深远的影响,也是研究西周到春秋时期政治制度、社会生活的重要史料文献,在我国古代文化典籍中具有十分重要的地位,孔子评价其说"诗三百,一言以蔽之,思无邪"。《诗经》最初在先秦时期被称为《诗》或《诗三百》,在战国末期始称为六经之一。西汉时"罢黜百家,独尊儒术",《诗》被尊为儒家经典,《诗经》的叫法开始普遍,并沿用至今。

《关雎》选自《诗经·国风·周南》,是《诗经》的首篇,用比兴的手法形象生动地描绘出青年男子对心上人的追求和相思之情。诗中男子对心上人的爱慕简单纯粹,发乎情、止乎礼,诗中有画、画中传情。

《伯兮》选自《诗经·国风·卫风》,如果说《关雎》是未婚男女的一首恋歌,那么《伯兮》便描写出已婚妻子对丈夫的忠贞与爱恋。丈夫出征未归,妻子忧思成疾,无心打扮,都说"女为悦己者容",而今"悦己者"远在他乡,又哪有心思梳妆打扮呢?从文学角度分析,邋遢的形象与其对丈夫的强烈思念形成了鲜明的反差,以丑的形象来写美的感情,可谓神来之笔。

《关雎》中男子的爱恋热情似火,但又患得患失;《伯兮》中女子的情感如鲛丝,坚韧而缠绵不断。两首诗的切入角度虽有不同,却都表现出对男女之间美好爱情的赞颂。在中国传统伦理思想中,夫妻是人伦之始,是其他人伦关系的基础,有了夫妻才会有父子、兄弟、君臣、朋友,夫妻关系和谐是社会和谐的前提。而爱情是夫妻关系的源头,懂得珍惜,用心经营,才能培养出幸福美满的婚姻,让爱情之花持久绽放。

伯牙绝弦

《吕氏春秋》

伯牙鼓①琴,钟子期听之。方②鼓琴而志在太山③,钟子期曰:"善哉乎鼓琴!巍巍乎④若太山。"少选⑤之间,而志在流水,钟子期又曰:"善哉乎鼓琴!汤(shāng)汤⑥乎若流水。"钟子期死,伯牙破琴绝弦(xián),终身不复鼓琴,以为世无足复为鼓琴者。

【浅解】

本文节选自《吕氏春秋·孝行览·本味》,讲述了伯牙善鼓琴、钟子期善听琴,二人成为知音的故事。伯牙以琴音为引,用高超的琴艺表达自己高尚的精神志趣;钟子期以心为凭,从中品味个中趣旨,并与之产生共鸣。正可谓"音实难知,知实难逢,逢其知音,千载其一乎!"钟子期死后,伯牙悲痛欲绝,认为世上再无人能像钟子期一样理

---

① 鼓:弹奏。
② 方:刚刚。
③ 志在太山:志在攀登高山。太山:大山。
④ 巍巍乎:巍峨高大的样子。
⑤ 少选:一会儿。
⑥ 汤汤:水势浩大、流速很快的样子。

解他鼓琴的意境,于是"破琴绝弦,终身不复鼓琴",体现了伯牙和钟子期相知相交的深厚情谊和伯牙痛失知音的极度哀伤。

这个故事也记载于《列子》等古书中,"知音"二字也正是源于伯牙和钟子期的这段千古佳话。高山流水,相知可贵;千金易得,知音难求。千百年来,伯牙绝弦的故事广为传诵,让无数人对知音和真挚友谊产生了无限的向往和追求,更引发了无数人对知音难觅的感慨和共鸣。清代学者何溱有名联云,"人生得一知己足矣,斯世当以同怀视之",正是对这种情感的绝好描述。

陶渊明诗二首

责 子

白发被①(pī)两鬓,肌肤②不复实③。虽有五男儿,总不好(hào)纸笔。阿舒已二八,懒惰故④无匹⑤。阿宣行志学⑥,而不爱文术。雍端年十三,不识六与七。通子垂⑦九龄,但⑧觅梨与栗。天运苟如此,且进杯中物。

移 居

昔欲居南村⑨,非为卜其宅⑩。闻多素心人⑪,乐与数晨

---

① 被:通"披",覆盖,下垂。
② 肌肤:指身体。
③ 实:结实。
④ 故:通"固",本来,一向。
⑤ 无匹:无人能比。
⑥ 行志学:将近十五岁。行:将近。志学:十五岁。《论语·为政》:"吾十有五,而志于学。"后人便以十五岁为志学之年。
⑦ 垂:即将。
⑧ 但:只是。
⑨ 南村:浔阳负郭,今江西九江市西南郊。
⑩ 非为卜其宅:意指自己迁来南村,并非是为了选取吉宅,而是为这里的好邻居而来。其意源自《左传·昭公三年》:"非宅是卜,惟邻是卜。"
⑪ 素心人:心地纯正、朴实的人。

夕。怀此①颇有年,今日从兹役②。敝庐③何必广,取足蔽床席。邻曲④时时来,抗言⑤谈在昔。奇文共欣赏,疑义相与⑥析。

【浅解】

这两首诗选自《陶渊明集》。陶渊明(365—427年),一名潜,字元亮,世称靖节先生,浔阳柴桑(今江西九江)人,东晋著名诗人、辞赋家,田园诗歌的创始人。曾任江州祭酒、镇军参军、彭泽县令等职,因不愿"为五斗米折腰",任彭泽县令八十多天便去职归隐,躬耕田园。陶渊明长于诗文辞赋,其语言质朴精炼,不事雕琢,自然天成,却富有情趣,意境高远。南朝文学批评家钟嵘称其为"古今隐逸诗人之宗",对后世文学的发展有着深远的影响。

《责子》一诗中,诗人以风趣幽默的口吻描写了五个儿子不学无术的情形,看似责备实则饱含怜爱之意。诗的结尾"天运苟如此,且进杯中物",更是在叹息中流露出几分顺其自然、不忍苛责的意味,体现了慈父对儿子深沉、真挚的爱。

《移居》原有二首,此选一。此诗作于陶渊明移居南村后不久,阐述的是诗人返璞归真的初衷,描写了邻里过往、和谐相处的场景,字里行间洋溢着诗人轻松喜悦的心情,反映出农家生活的简单快乐和邻里之间淳朴真挚的感情,体现了诗人不求广厦华堂,但求内心之乐的旷达志趣。"奇文共欣赏,疑义相与析"更是成为传世名句,为历代文论家所引用。

---

① 此:指移居南村的愿望。
② 从兹役:指移居到南村。从:从事,做。兹役:此次劳役,指移居。
③ 敝庐:陋室,指南村新居。敝:自谦之词。
④ 邻曲:邻居。
⑤ 抗言:对面交谈。
⑥ 相与:一起,共同。

兄　弟

（北齐）颜之推

夫有人民而后有夫妇，有夫妇而后有父子，有父子而后有兄弟，一家之亲，此三而已矣。自兹以往，至于九族①，皆本于三亲②焉，故于人伦为重者也，不可不笃③(dǔ)。

兄弟者，分形连气④之人也。方其幼也，父母左提右挈(qiè)，前襟后裾(jū)，食则同案，衣则传服，学则连业⑤，游则共方，虽有悖乱之人，不能不相爱也。及其壮也，各妻其妻，各子其子，虽有笃厚之人，不能不少衰⑥也。娣姒⑦(dì sì)之比兄弟，则疏薄⑧矣。今使疏薄之人，而节量⑨亲厚之

---

① 九族：指高祖、曾祖、祖父、父亲、己身、子、孙、曾孙、玄孙，共九代亲属。或指父族四、母族三、妻族二，合为九族。
② 三亲：夫妇、父子、兄弟三种亲属关系。
③ 笃：忠实，在此为重视之意。
④ 分形连气：指兄弟间虽形体各异，但气息相通。
⑤ 学则连业：指兄长用过的书籍再传给弟弟用。
⑥ 少衰：渐渐减弱。
⑦ 娣姒：妯娌。兄嫂为姒，弟媳为娣。
⑧ 疏薄：疏远淡薄。
⑨ 节量：节制度量。

恩,犹方底而圆盖,必不合矣。惟友悌①深至,不为旁人②之所移者,免夫!

二亲既殁(mò),兄弟相顾③,当如形之与影,声之与响,爱先人之遗体④,惜已身之分气⑤,非兄弟何念哉?兄弟之际,异于他人,望⑥深则易怨,地亲⑦则易弭⑧(mǐ)。譬犹居室,一穴则塞之,一隙则涂之,则无颓毁之虑;如雀鼠之不恤⑨(xù),风雨之不防,壁陷楹⑩(yíng)沦,无可救矣。

兄弟不睦,则子侄不爱;子侄不爱,则群从⑪疏薄;群从疏薄,则僮仆为仇敌矣。如此,则行路皆踖⑫(jí)其面而蹈⑬其心,谁救之哉?人或交天下之士,皆有欢爱,而失敬于兄者,何其能多而不能少也⑭;人或将(jiàng)数万之师,得其死

---

① 友悌:友:哥哥友爱弟弟;悌:弟弟敬爱兄长。
② 旁人:指兄弟的妻子。
③ 顾:照顾,照看。
④ 先人之遗体:父母所给予的身体。先人:指已去世的父母。遗体:旧谓子女的身体为父母所生,因称子女的身体为父母的遗体。《礼记·祭义》:"身也者,父母之遗体也。"
⑤ 分气:分得父母的血气。
⑥ 望:期望、希图。
⑦ 地亲:关系亲近。
⑧ 弭:消除、消弭。
⑨ 恤:忧虑、顾及,此处有提防之意。
⑩ 楹:厅堂前部的柱子。
⑪ 群从:指族中弟子。
⑫ 踖:踩,踏。
⑬ 蹈:践踏,踩。
⑭ 何其能多而不能少也:为何能做到和善对待天下多数人,而不能善待少数的兄弟呢?

力①,而失恩于弟者,何其能疏而不能亲也!

【浅解】

  本文选自《颜氏家训》第三篇,主要讲述的是兄弟之情,并论述了兄弟之间的相处之道。文中开篇即点明兄弟是仅次于夫妇、父子之后最为重要的人伦关系。接下来用具有强烈画面感的语言描写了同胞兄弟在父母的照顾下,从蹒跚学步、同游共学到长大成人、成家立业一路相依相伴的过程。此文告诫后人:父母健在时兄弟应相亲相爱,不可因各自成家而影响亲情;父母过世后要彼此照顾,随时消除隔阂,做到兄友弟恭,家庭和睦。在现实生活中,只有懂得尊敬兄长的人,才懂得如何礼敬上级与同侪;只有知道友爱幼弟的人,才知道如何关心员工与部属。

---

① 得其死力:指能使部属为自己拼死效力。

送杜少府之任蜀州

（唐）王勃

城阙①辅三秦②,风烟望五津③。与君离别意,同是宦游人。海内存知己,天涯若比邻。无为④在岐路⑤,儿女共沾巾。

【浅解】

本诗选自《唐诗鉴赏辞典》。王勃(650—676年),字子安,绛州龙门(今山西河津)人,唐代著名文学家。与杨炯、卢照邻、骆宾王并称"初唐四杰"。

《送杜少府之任蜀州》是送别诗中的名篇。当时王勃供职长安,他的杜姓友人从长安前往蜀州做县尉(少府即当时对县尉的通称),

---

① 城阙:指唐代都城长安的城郭宫阙。
② 辅三秦:以三秦为辅。指长安城被辽阔的三秦之地所护卫。辅:夹辅,护卫。三秦:秦亡后,项羽将其地分为雍、塞、翟三国,故称"三秦"。这里泛指当时长安附近的关中之地。
③ 风烟望五津:从长安遥望杜少府前往的目的地,但见风烟杳渺。五津:指岷江的五大渡口:白华津、万里津、江首津、涉头津、江南津,合称五津。这里泛指蜀州(治所在今四川崇州),即杜少府即将宦游之地。
④ 无为:"无"通"毋","无为"即是"不要"的意思。
⑤ 岐路:岔路,古人送行常在大路分岔处分手。

临别之际，作者作诗以赠。诗人跳出前人窠臼，一改"黯然销魂"的悲酸之态，将送别诗歌写得开朗疏阔，展现了初唐意气风发、积极进取的时代气象，是盛唐之音的前奏。诗人用远近交织的写作手法，营造出富于变化的多层视角，生动立体地展现了离别的场景。第一联中的"辅"字道尽了长安地势之雄伟，"望"字将遥距千里的蜀地与秦地隔空相连。眼前两个送别之人，一样的客居他乡，一个"同"字隐含了多少旅居为官的复杂心情。然而，诗人并未让离愁别绪过分铺展，"海内存知己，天涯若比邻"又将眼光放得更加长远，悲凉之意一扫而空，洋溢着奋发有为的昂扬精神。"无为在歧路，儿女共沾巾"一句既是劝慰友人，也在安慰自己，将全诗的思想又归结到送别的题意上来。

回乡偶书二首

(唐)贺知章

其 一

少小离家老大回,乡音无改鬓毛衰①(cuī)。儿童相见不相识,笑问客从何处来。

其 二

离别家乡岁月多,近来人事半消磨。惟有门前镜湖水,春风不改旧时波。

【浅解】

这两首诗选自《唐诗鉴赏辞典》。贺知章(659—744年),字季真,自号"四明狂客",越州永兴(今浙江萧山)人,唐代著名诗人。唐玄宗天宝三年(744),贺知章上疏自请还乡,得玄宗允准。他37岁中进士,在此之前就离开故乡,回乡之时已年逾八十,久客返乡,感慨万千,作诗二首。

第一首当中,"少小离家"与"老大回"的句中对比,道出了诗人久居他乡的事实,"乡音未改"但"鬓毛衰",声音的不变与容颜的变

---

① 衰:疏落,减少。

化相对比,让人不禁生出韶华易逝的感叹。后一句中,可爱稚童的天真之问,无疑引发了年迈诗人的心灵触动,一个"客"字,令返乡的诗人五味杂陈。首篇至此虽戛然而止,但其所流露出的久客伤老之情却余韵不绝。

　　第二首是第一首的承续之作,也写得含蓄蕴藉,耐人寻味。作者多年在外漂泊为官,返乡后欲访旧人,却发现"近来人事半消磨"。再比照自身现状,其内心的感慨与唏嘘可以想见,唯有门前湖水一如从前般微波荡漾,诗人以"不改"反衬"消磨",物是人非的感叹愈发强烈,全诗意境也更加幽远深沉。

王维诗二首

九月九日忆山东兄弟

独在异乡为异客,每逢佳节倍思亲。遥知兄弟登高处,遍插茱萸①(zhū yú)少一人。

少年行

新丰②美酒斗十千③,咸阳④游侠多少年。相逢意气为君饮,系马高楼垂柳边。

【浅解】

这两首诗选自《王维诗集》。王维(701—761年),字摩诘,河东蒲州(今山西永济西南)人,祖籍山西祁县,唐代著名诗人、画家,官至尚书右丞,世称"王右丞"。苏轼称其"诗中有画,画中有诗"。与孟浩然合称"王孟"。

---

① 茱萸:又名"越椒""艾子",一种常绿带香的植物,可以杀虫消毒,逐寒祛风。古代风俗,每年九月九日重阳节佩带茱萸囊登高,认为可以避灾。
② 新丰:故址在今陕西临潼东北,是唐代产美酒的地方。
③ 斗十千:一斗酒价值十千文钱,极言美酒之贵。
④ 咸阳:指唐代都城长安。

《九月九日忆山东兄弟》系作者因重阳节思念家乡亲人而作,是王维十七岁时的作品。诗中山东指蒲县(今山西永济县),在函谷关与华山以东,故曰山东。当时诗人孤身一人客居长安,举目无亲,在重阳节热闹的气氛下更显得自己孤清异常。前两句直接写诗人对亲人的思念,"每逢佳节倍思亲"已经成为人人意中皆有,然而人人笔下皆无,而今人人口中传诵的千古名句。后两句诗人将视角进行了转换,反写家中兄弟因未能团聚而对自己更加惦念,曲折有致、出乎常情,却更真挚深沉。

《少年行》是王维的七绝组诗,共四首,本诗是第一首,描写了少年游侠高楼欢聚、畅快纵饮的豪壮场面,通篇洋溢着浓郁的生活气息和朝气蓬勃的青春活力,表现了游侠少年意气相交、坦荡率真的人生态度和豪迈气概,也展现出王维"恬淡山水"之外大气豪放的一面。

李白诗二首

送友人

　　青山横北郭①,白水绕东城。此地一为别,孤蓬②万里征。浮云③游子意,落日故人情。挥手自兹去,萧萧④班马⑤鸣。

寄东鲁二稚子

　　吴地⑥桑叶绿,吴蚕已三眠⑦。我家寄东鲁⑧,谁种龟阴⑨田？春事已不及,江行复茫然。南风吹归心,飞堕酒楼

---

① 北郭:北城外。
② 孤蓬:比喻孤身漂泊的人。蓬:蓬草,遇风吹散,飞转无定,常用来比喻游子。
③ 浮云:浮云来去无定,如漂泊不定的游子。
④ 萧萧:马嘶鸣的声音。
⑤ 班马:离群的马。
⑥ 吴地:金陵,今江苏南京,春秋时属吴国。
⑦ 三眠:指春蚕将老。蚕在蜕皮时卧而不食称眠,凡四眠即结茧。
⑧ 东鲁:李白大约在开元二十四年(736)从湖北安陆移家到东鲁兖州任城(今山东济宁市)。
⑨ 龟阴:龟山北边,即李白家所在地。龟山在山东新泰县西南。

前。楼东一株桃,枝叶拂青烟。此树我所种,别来向①三年。桃今与楼齐,我行尚未旋②。娇女字平阳,折花倚桃边。折花不见我,泪下如流泉。小儿名伯禽,与姊亦齐肩。双行桃树下,抚背复谁怜?念此失次第③,肝肠日忧煎。裂素④写远意,因之⑤汶阳⑥川。

【浅解】

这两首诗选自《李白诗选》。李白(701—762年),字太白,号青莲居士,自称祖籍陇西成纪(今甘肃静宁西南),隋末其先人流寓碎叶(唐时属安西都护府,今吉尔吉斯斯坦北部托克马克附近),幼时随父迁居绵州昌隆(今四川江油)青莲乡,唐代最伟大的浪漫主义诗人。李白年少时即展现出不凡的天赋,吟诗作赋、博学广览。二十五岁离蜀后,游历各地、行侠仗义,饱览名山大川,结交天下豪杰。虽才华横溢,但仕途失意,曾供奉翰林却受权贵谗毁离开长安;安史之乱中又为李璘所累,流放夜郎,中途遇赦得还。李白一生潇洒狂傲、纵情诗酒,留下许多千古名篇。其诗风时而豪迈奔放,时而清新飘逸,语言高妙、意境不凡,代表了盛唐诗歌艺术的巅峰,与杜甫并称为"李杜",被后人誉为"诗仙",对后世产生了极为深远的影响。

《送友人》意境清新,开阔豁达。诗歌首联不仅点明了送别的地点,其中"横""绕"二字,更是塑造出大气豪阔的场景。在这样的场

---

① 向:将近。
② 旋:回。
③ 失次第:失去常态,指心绪不定。
④ 素:绢素,古代作书画用的白绢。
⑤ 之:动词,到。
⑥ 汶阳:汶水之北,今山东泰安西南一带。

景之中,"孤蓬""浮云"等意象的运用使画风一转,令诗歌中充满着漂浮不定的意味与此身不由自主的感叹。由"落日"渲染的黄昏,透着与"故人"依依惜别之情。然而送君千里,终须一别,"挥手自兹去"在描写挥别动作的同时,透着一丝潇洒与豪迈。"萧萧班马鸣"句是化用《诗经·车攻》"萧萧马鸣",李白著一"班"字,为原句平添新意,将惜别之情推上了新的高度。

若《送友人》承托的是李白潇洒豪放的"诗仙"之态,那么《寄东鲁二稚子》一诗则让这位谪仙似的人物带上了一丝人间烟火之气。在此诗当中,诗人以生动的笔触,细致地描写、抒发了思念儿女的骨肉深情。诗人远在吴地,看着眼前的景色,心思早已飞跃千山万水回到东鲁家中。在对家中的天地、酒楼、桃树回忆之后,旋即就将笔触落于儿女之上。"倚桃边""亦齐肩"等句对小儿女情态刻画细致,入木三分,思亲之情跃然纸上,让人感受到诗人对儿女深切的父爱,读来感人至深。

杜甫诗三首

春日忆李白

白也诗无敌,飘然思不群①。清新庾开府②,俊逸鲍参军③。渭北春天树,江东日暮云④。何时一樽酒,重与细论文⑤。

月　夜

今夜鄜(fū)州⑥月,闺中只独看。遥怜小儿女,未解忆长安。香雾云鬟(huán)湿,清辉玉臂寒。何时倚虚幌⑦(huǎng),双照泪痕干。

---

① 不群:不平凡。
② 庾开府:庾信,南北朝时期著名文学家,在北周为骠骑大将军,开府仪同三司。
③ 鲍参军:鲍照,南北朝时期著名文学家,刘宋时曾为前军参军。
④ 渭北:杜甫当时所在的地方。江东:李白当时所在的地方。
⑤ 论文:萧涤非先生认为,论文即论诗,六朝以来,通谓诗为文。
⑥ 鄜州:今陕西富县。
⑦ 虚幌:透明的窗帷。

又示宗武

觅句新知律①,摊书解满床。试吟青玉案②,莫羡紫罗囊③。暇日从时饮,明年共我长。应须饱经术,已似爱文章。十五男儿志④,三千弟子⑤行(háng)。曾参⑥与游夏⑦,达者得升堂⑧。

【浅解】

这三首诗选自《杜工部集》。《春日忆李白》是天宝七年(747)春杜甫到长安不久后所作,开篇即是对李白诗歌真挚热烈的赞颂,接下来通过对李白和杜甫所处两地景色的描写,反衬出对李白的思念,最后"何时一樽酒,重与细论文"表达了对他日重逢的热切期盼,也流露出与友人远隔千里的怅恨之感。曹丕云:"文人相轻,自古而然。"而杜甫对李白只有钦佩敬仰之意、惺惺相惜之情,全无文人相轻之陋

---

① 律:旧诗的一种体裁,如五言律诗、七言律诗。
② 青玉案:词牌名,取自东汉张衡《四愁诗》:"美人赠我锦绣段,何以报之青玉案。"这里代指古诗。
③ 紫罗囊:用紫罗缝制的香囊,这里指儿童嬉戏的玩具。《晋书·谢玄传》:"玄少好佩紫罗香囊,安患之,而不欲伤其意,因戏赌取,即焚之。"
④ 十五男儿志:《论语·为政》中有云:"吾十有五,而志于学。"后人便以十五岁为志学之年。
⑤ 三千弟子:指孔门弟子。《史记·孔子世家》:"孔子以诗书礼乐教,弟子盖三千焉。"
⑥ 曾参:孔子著名弟子,儒家学派重要代表人物,被后世尊称为曾子。
⑦ 游夏:子游和子夏,均为孔子门下优秀的弟子。
⑧ 升堂:古代宫室,堂为正厅,室为内室。先入门,次升堂,后入室,代表学习的几个阶段。升堂表示学问或技能从浅至深,达到比较高的水平。《论语·先进》:"(仲)由也升堂矣,未入于室也。"

习,这让"李杜"之间的友情更显得弥足珍贵,也反映出杜甫谦逊的美德。

《月夜》作于天宝十五年(756),安史叛军攻进潼关,杜甫携带家小逃到鄜州,当其安顿好家人、欲赶到灵武为平叛效力时,却在启程不久被叛军俘获,押至沦陷的长安。他在长安望月思亲,愁肠百结,作下此诗。浦起龙评此诗的构思:"心已驰神到彼,诗从对面飞来。"诗中不表自己睹月思人,却从妻子思念自己的角度下笔,将化实为虚、虚实结合的艺术表现手法用到极致。用小儿女的懵懂加以陪衬,更显诗人对妻子儿女的深情厚爱。"独看"与"双照"相互映衬,由虚入实,寄望将来,见微知著,用一家之团圆寓意四海之升平。

《又示宗武》是大历三年(768)元日所作,通篇皆是对幼子宗武的告诫与勉励,本诗结构层层递进,"新知律"先点出宗武知学,而后为其布置"读书作业",要求幼子"应须饱经术,已似爱文章"。最后激励儿子效法先贤,不断提高自身修为。如果说陶渊明的《责子》是笑骂儿子们"不成材",展现的是慈父形象,那么杜甫的《又示宗武》可谓是肃颜训示,展现了一位望子成龙的严父形象。

游 子 吟

(唐)孟 郊

慈母手中线,游子身上衣。临行密密缝,意恐迟迟归。谁言寸草心,报得三春晖①。

【浅解】

本诗选自《唐诗鉴赏辞典》。孟郊(751—814年),字东野,湖州武康(今浙江德清)人,唐代著名诗人。生性孤直,不阿世媚俗,《唐才子传》评其一生"拙于生事,一贫彻骨,裘褐悬结,未尝俯眉为可怜之色"。其诗感伤遭遇,多苦寒之音,用字造句力避平庸浅率,追求瘦硬。与贾岛齐名,有"郊寒岛瘦"之称。

《游子吟》是孟郊五十岁任溧阳尉迎养母亲时所作,诗中勾画出一幅母亲为即将远行的儿子缝制衣服的场景,"密密""迟迟"两个叠词的运用,非常形象而恰切地传达出母亲对孩子怜爱备至、依依难舍的复杂心情。"谁言寸草心,报得三春晖"将伟大无私的母爱比作春天和煦的阳光,将子女比作承接阳光恩惠的小草,如此悬殊的对比,颇有"欲报之德,昊天罔极"之感,也寄托了一片赤子的拳拳之心。本诗语言质朴,情感真挚,是孟郊的代表诗作,也是古代最著名的歌颂

---

① 晖:阳光。

母爱的诗篇,千百年来广为传诵,引发了无数读者的共鸣。程郁缀先生在赏析此诗时谈到:我们每个人的某些身份会随着时间的改变而改变,但"人子"这个身份始终不会改变。作为"人子",心里要始终记得父母。"我们每个人都有三位母亲:一位母亲给了我们身躯和血肉,那是生母;一位是给了我们知识和本领的母亲,那是母校;一位是给了我们尊严和精神的母亲,那就是祖国!对这三位母亲,我们当知恩、感恩、报恩。"

五、人间真情

燕诗示刘叟

（唐）白居易

梁上有双燕,翩翩雄与雌。衔泥两椽(chuán)间,一巢生四儿。四儿日夜长,索食声孜孜(zī)。青虫不易捕,黄口①无饱期。觜(zī)爪②虽欲敝③,心力不知疲。须臾十来往,犹恐巢中饥。辛勤三十日,母瘦雏渐肥。喃喃教言语,一一刷毛衣。一旦羽翼成,引上庭树枝。举翅不回顾,随风四散飞。雌雄空中鸣,声尽呼不归。却入空巢里,啁啾④(zhōu jiū)终夜悲。燕燕尔勿悲,尔当返自思。思尔为雏日,高飞背母时。当时父母念,今日尔应知。

【浅解】

本诗选自《白氏长庆集》,是白居易写给一位刘姓老者的五言排律诗,开篇轻快活泼,双燕翩翩而飞,筑巢生儿,正如一对新婚夫妇组建家庭,孕育后代。但随着乳燕成长,大量需要随之而来。父母不辞

---

① 黄口:小儿,这里指雏燕。《淮南子·汜论训》:"古之伐国,不杀黄口。"高诱注:"黄口,幼也。"
② 觜爪:指鸟类的爪和嘴。
③ 敝:这里指疲惫,困乏,衰败。
④ 啁啾:形容鸟叫声。

劳苦地寻找食物,抚养雏燕,诗歌将父母抚育子女的辛劳与不易刻画得淋漓尽致。后半段画风突转,一改前面的温情绵绵,描述小燕羽翼渐丰、离家而去的场景,任凭父母如何呼唤,也决意离开,不再回头,只留双亲在空巢里"啁啾终夜悲"。然而,在诗人的眼中,双燕晚景凄凉的处境并非没有原因:"思尔为雏日,高飞背母时。当时父母念,今日尔应知。"当年双燕也是这样背弃父母离巢而出,现今的悲凉不过是体会当年父母的感觉罢了。诗人借燕子的遭遇劝谕世人,父母是子女的榜样,育人还需先育己,在子女面前,应当以身作则,向父母尽孝。乌鸦反哺,羔羊跪乳,乌鸦为禽,羔羊为兽,禽兽尚有孝行,更何况为"万物之灵"的人乎?

与 妻 书

(近代)林觉民

意映卿卿如晤①:

吾今以此书与汝永别矣!吾作此书时,尚是世中一人;汝看此书时,吾已成为阴间一鬼。吾作此书,泪珠和笔墨齐下,不能竟书而欲搁笔,又恐汝不察吾衷,谓吾忍舍汝而死,谓吾不知汝之不欲吾死也,故遂忍悲为汝言之。

吾至爱汝,即此爱汝一念,使吾勇于就死也。吾自遇汝以来,常愿天下有情人都成眷属;然遍地腥云,满街狼犬,称心快意,几家能够?司马青衫②,吾不能学太上之忘情③也。语云:仁者"老吾老,以及人之老;幼吾幼,以及人之幼"。吾充吾爱汝之心,助天下人爱其所爱,所以敢先汝而死,不顾汝也。汝体吾此心,于啼泣之余,亦以天下人为念,当亦乐牺牲吾身与汝身之福利,为天下人谋永福也。汝其勿悲!

---

① 意映卿卿如晤:爱妻意映见信如见面。意映:林觉民之妻陈意映。卿卿:古时夫妻之间的爱称。如晤:如同见面,旧时书信常用语。

② 司马青衫:指自己看到国家内忧外患,伤心落泪。用白居易任江州司马时同情琵琶女而泪湿青衫的典故,见《琵琶行》:"座中泣下谁最多,江州司马青衫湿"。

③ 太上之忘情:圣人忘情,不为情绪所动,不为情感所扰。《世说新语·伤逝》:王戎曰:"圣人忘情,最下不及情,情之所钟,正在我辈。"

汝忆否？四五年前某夕，吾尝语曰："与其使吾先死也，无宁汝先我而死。"汝初闻言而怒，后经吾婉解，虽不谓吾言为是，而亦无词相答。吾之意，盖谓以汝之弱，必不能禁失吾之悲，吾先死，留苦与汝，吾心不忍，故宁请汝先死，吾担悲也。嗟夫！谁知吾卒先汝而死乎？

吾真真不能忘汝也！回忆后街之屋，入门穿廊，过前后厅。又三四折，有小厅，厅旁一室，为吾与汝双栖之所。初婚三四个月，适冬之望日①前后，窗外疏梅筛月影，依稀掩映；吾与汝并肩携手，低低切切，何事不语？何情不诉？及今思之，空余泪痕。又回忆六七年前，吾之逃家复归也，汝泣告我："望今后有远行，必以告妾，妾愿随君行。"吾亦既许汝矣。前十余日回家，即欲乘便以此行之事语汝，及与汝相对，又不能启口。且以汝之有身②也，更恐不胜悲，故惟日日呼酒买醉。嗟夫！当时余心之悲，盖不能以寸管③形容之。

吾诚愿与汝相守以死，第④以今日事势观之，天灾可以死，盗贼可以死，瓜分之日可以死，奸官污吏虐民可以死，吾辈处今日之中国，国中无地无时不可以死，到那时使吾眼睁睁看汝死，或使汝眼睁睁看吾死，吾能之乎？抑汝能之乎？即可不死，而离散不相见，徒使两地眼成穿而骨化石，试问古来几曾见破镜能重圆？则较死为苦也，将奈之何？今日

---

① 望日：指月亮圆的那一天。通常指阴历每月十五日。
② 有身：怀孕。
③ 寸管：笔。
④ 第：但。

吾与汝幸双健。天下人不当死而死与不愿离而离者,不可数计,钟情如我辈者,能忍之乎？此吾所以敢率性就死不顾汝也。吾今死无余憾,国事成不成自有同事者在。依新①已五岁,转眼成人,汝其善抚之,使之肖②我。汝腹中之物,吾疑其女也,女必像汝,吾心甚慰。或又是男,则亦教其以父志为志,则我死后尚有二意洞在也。甚幸,甚幸！吾家后日当甚贫,贫无所苦,清静过日而已。

吾今与汝无言矣。吾居九泉之下,遥闻汝哭声,当哭相和也。吾平日不信有鬼,今则又望其真有;今人又言心电感应有道,吾亦望其言是实,则吾之死,吾灵尚依依旁③汝也,汝不必以无侣悲。

吾平生未尝以吾所志语汝,是吾不是处；然语之,又恐汝日日为吾担忧。吾牺牲百死而不辞,而使汝担忧,的的④(dí dí)非吾所忍。吾爱汝至,所以为汝谋者惟恐未尽。汝幸而偶我,又何不幸而生今日中国！吾幸而得汝,又何不幸而生今日之中国！卒不忍独善其身。嗟夫！巾短情长,所未尽者尚有万千,汝可模拟得之。吾今不能见汝矣！汝不能舍吾,其时时于梦中得我乎！一恸⑤(tòng)！

辛未三月廿六夜四鼓,意洞手书。家中诸母皆通文,有不解处,望请其指教,当尽吾意为幸。

---

① 依新:林觉民的儿子。
② 肖:像。
③ 旁:通"傍",靠近,陪伴。
④ 的的:的确。
⑤ 恸:极度悲哀,大哭。

【浅解】

本文选自《中华传家读本：经典古文解读》。林觉民（1887—1911年），字意洞，号抖飞、天外生，福建闽县（今福建福州）人，近代伟大的民主革命先驱，黄花岗七十二烈士之一。林觉民在1911年参加黄花岗起义时受伤被俘。时任两广总督的张鸣岐在审问林觉民时，也不由赞叹道："惜哉，林觉民！面貌如玉，肝肠如铁，心地光明如雪。"林觉民殉国时，年仅24岁。《与妻书》又名《与妻诀别书》，是林觉民参加起义前三日，写给爱妻陈意映的绝笔书，文章情真意切，字字泣血，至今读来，仍觉气贯长虹，感人至深。

本文通过对生活点滴的回忆，表达出作者对妻子的爱恋和对生命的珍视，正是由于这种情感，使他义无反顾地投入到革命事业当中，把儿女之情升华到了更高的家国之爱。其缠绵悱恻的爱情令人动容，而其为国捐躯的豪情令人钦佩。"吾与汝并肩携手，低低切切""汝不能舍吾，其时时于梦中得我乎"，展现的是革命志士铮铮铁骨下的柔情。而"吾充吾爱汝之心，助天下人爱其所爱"，"牺牲吾身与汝身之福利，为天下人谋永福也"则充分体现出作者先公后私、先人后己、舍小家为大家的高尚情操，在儿女情长中更见英雄本色。此人此文，真可"与天壤而同久，共三光而永光！"

六、修身励志

《大学》云:"自天子以至于庶人,壹是皆以修身为本。"修齐治平是中华民族古圣先贤智慧的凝练与总结。修身是齐家、治国、平天下的根本,待人接物、干事创业、为官理政的基础,所谓"修其心治其身,而后可以为政于天下"。进入新时代,习近平总书记更是对党员干部提出"三严三实"的要求,其中"严以修身"排在第一位。严以修身,重在修高尚之德;严以修身,重在立高远之志;严以修身,重在干为民之事。

人的一生,需要思考、面对、处理很多问题,诸如贫富、贵贱、荣辱、雅俗、真假、善恶、美丑、忠奸、正邪、生死,等等。每个人都会根据自己的志趣修为,做出不同的选择,而在进退取舍之间,就显示出了人生境界与格局的不同,进而影响功业的大小甚至成败。不论何时何地,身处何种地位,立高尚之德,养浩然之气,修正大光明之身,励独立进取之志,都应该成为我们永恒的自觉追求。

"哲人日已远,典刑在夙昔",众多古圣先贤修身励志的感人事迹和优美诗文,为我们提供了取法学习的人生教科书。本章所收,皆是提高修养的经典名言、砥砺德行的睿智警句,倘能得其精华,取法乎上,终生奉行不懈,便足以跬步千里,在潜移默化中达到高远之境,最终成为让自己心无愧怍、让别人敬佩怀念的新君子、好同志。

《老子》十则

○ 天下皆知美之为美,斯恶已①;皆知善之为善,斯不善已。故有无相生②,难易相成,长短相形,高下相倾,音声相和③,前后相随,恒也。是以圣人处无为之事④,行不言⑤之教;万物作而弗始,生而弗有,为而弗恃,功成而弗居。夫唯弗居,是以不去⑥。(第二章)

○ 天长地久。天地所以能长且久者,以其不自生⑦,故能长生。是以圣人后其身而身先⑧,外其身而身存⑨。非以其无私耶?故能成其私⑩。(第七章)

---

① 斯恶已:就显露出丑了。斯:则,就。恶:丑陋,与美相反。已:表肯定的语气词,相当于"了"。
② 相生:相互依存。生:存。
③ 音声相和:音与声互相和谐。音,组合音。声,始发声。
④ 圣人处无为之事:圣人用无为的方式处事。圣人:老子理想中的具有道行的统治者。无为:不妄为,顺其自然,无为而治。
⑤ 不言:不用言词,不用发号施令。
⑥ 去:离。与"居"相反。
⑦ 不自生:不为自己而生。
⑧ 后其身而身先:把自身置于众人之后,却能得到大家的推崇而占先。
⑨ 外其身而身存:把自身置于度外,却能保存自己。
⑩ 成其私:成就自己。

六、修身励志

○ 持而盈之,不如其已①;揣而锐之②,不可长保。金玉满堂,莫之能守;富贵而骄,自遗其咎。功遂身退,天之道也。(第九章)

○ 曲则全,枉则直③,洼则盈,敝则新,少则得,多则惑。是以圣人抱一,为天下式④。不自见(xiàn),故明⑤;不自是,故彰;不自伐⑥,故有功;不自矜⑦,故长。夫唯不争,故天下莫能与之争。古之所谓"曲则全"者,岂虚言哉?诚全而归之。(第二十二章)

○ 知人者智,自知者明。胜人者有力,自胜者强。知足者富。强行者⑧有志。不失其所⑨者久。死而不亡者⑩寿。(第三十三章)

○ 名与身孰亲?身与货孰多⑪?得与亡孰病⑫?甚爱必大费,多藏必厚亡。故知足不辱,知止不殆,可以长久。(第四十四章)

---

① 不如其已:不如趁早停止。
② 揣而锐之:捶击而使它锐利。
③ 枉则直:委屈才能伸直。
④ 圣人抱一,为天下式:圣人坚守大道为天下的楷模。式:法式,楷模。
⑤ 不自见,故明:不自我表现,因此聪明。见,同"现",显现。明:聪明。
⑥ 伐:夸,炫耀。
⑦ 矜:矜夸,骄傲。
⑧ 强行者:顽强坚持的人。
⑨ 所:根本。
⑩ 死而不亡者:身死而精神不亡的人。
⑪ 多:贵重。
⑫ 病:痛苦。

○ 为无为,事无事,味无味。大小多少①。报怨以德。图难于其易,为大于其细。天下难事,必作于易;天下大事,必作于细。是以圣人终不为大②,故能成其大。夫轻诺必寡信,多易必多难③。是以圣人犹④难之,故终无难矣。(第六十三章)

○ 江海所以能为百谷王⑤者,以其善下之,故能为百谷王。是以圣人欲上民,必以言下之;欲先民,必以身后之。是以圣人处上而民不重,处前而民不害,是以天下乐推而不厌。以其不争,故天下莫能与之争。(第六十六章)

○ 人之生也柔弱,其死也坚强;草木之生也柔脆,其死也枯槁。故坚强者死之徒,柔弱者生之徒。是以兵强则灭,木强则折。强大处下,柔弱处上。(第七十六章)

○ 信言不美,美言不信。善者不辩,辩者不善。知⑥者不博,博者不知。圣人不积⑦,既⑧以为人,己愈有;既以与人,己愈多。天之道,利而不害;圣人之道,为而不争。(第八十一章)

---

① 大小多少:大生于小,多起于少。
② 终不为大:始终不自以为大。
③ 多易必多难:把事情看得太容易必然会遭受很多困难。
④ 犹:均,都。
⑤ 百谷王:百川的首领,河流的汇聚之地。谷:川。
⑥ 知:通"智"。
⑦ 不积:不积累财物。
⑧ 既:尽,全部。

六、修身励志

【浅解】

《老子》又名《道德经》,相传是老子所作,现一般认为成书时间不晚于战国中期偏晚之前,是先秦时期道家学派的主要经典。其中反映出的哲学思想,既是一种"君人南面之术"的政治哲学,也是一种安身立命的人生哲学。老子(前571?—前471年?),姓李名耳,字伯阳,字聃,楚国苦县(今河南鹿邑东,一说为今安徽涡阳)人,先秦时期著名哲学家、思想家,道家学派的创始人,对中国哲学发展影响极大,又被道教尊为始祖。

老子认为,"道"是一切存在的始源,没有实体却真实存在,创造万物并存在于万物之中。他提出事物都是相反相成的观念,如"天下皆知美之为美,斯恶已",即知道什么是"美","丑"的观念就产生了。他也注意到事物对立面间的相互转化,如"天下难事,必做于易;天下大事,必做于细"。这些都体现出朴素的辩证法思想。在探寻形而上的"道"的同时,他也对社会充满关怀,主张道法自然,用"天之道"指导"人之道",而"天之道"是"为而不争"。"不争"是一种低姿态的作为,表现为谦逊、取后、居下、柔弱等处事风格,所谓"上善若水"。正如《汉书·艺文志》所评价的那样"秉要执本,清虚以自守,卑弱以自持"。从修身的角度来看,"为而不争"并不是消极,"不争"的前提还是要先去"为",要去发挥主观能动性,"为"而"功成"后再采取"不争"的态度。老子认为世间的一切纷争皆起源于"相争",而居高位者往往更有机会去占有,因此"为而不争"是要唤醒人贡献力量却不占有成果。从这个角度来讲,老子主要是为身居高位者"说法"的。本篇所选内容主要体现了老子"为而不争""功遂身退"、珍重生命等重要思想,对今人特别是身居高位的成功者而言,尤其具有借鉴价值。

《论语》四则

○ 子贡曰:"贫而无谄,富而无骄,何如?"子曰:"可也;未若贫而乐,富而好礼者也。"(《论语·学而第一》)

○ 子曰:"富与贵,是人之所欲也,不以其道得之,不处也。贫与贱,是人之所恶也,不以其道得之,不去也①。君子去仁,恶(wū)乎成名?君子无终食之间违仁,造次必于是,颠沛必于是。"(《论语·里仁第四》)

○ 子曰:"富而可求也,虽执鞭之士②,吾亦为之。如不可求,从吾所好。"(《论语·述而第七》)

○ 子曰:"饭疏食③,饮水,曲肱④(gōng)而枕之,乐亦在其中矣。不义而富且贵,于我如浮云。"(《论语·述而第七》)

---

① 贫与贱,是人之所恶也,不以其道得之,不去也:关于这句话有不同解释。孙钦善先生认为第一个"不"字为衍字,当删;杨伯峻先生认为"得之"应改为"去之"。
② 执鞭之士:从事低贱职业的人。
③ 疏食:粗粮。
④ 曲肱:弯着胳膊。肱:胳膊由肩至肘的部位。

六、修身励志

【浅解】

本篇所选内容均与"富贵贫贱"这个主题相关。财富的多寡决定一个人的富与贫,地位的高低决定一个人的贵与贱。古往今来,喜富贵而厌贫贱,是人人皆有的共同心理,但追求富贵、摆脱贫贱的途径不同,则会导致人生境界的差别。孔子充分肯定人们对富贵的正常追求,在这一前提下,他强调追求富贵的手段应该是合于自己所推崇的正道。如果坚守"道",最终的结果无论是富贵还是贫贱,都会欣然接受,安之若素。如果是通过"不义"的方式获得富贵,就绝对不值得肯定和推崇。在他看来,贫穷仍能乐道、富贵仍然好礼更值得敬重。我们可以把孔子这方面的思想总结为:"君子爱财,取之有道。如不可求,从吾所好。"对于身处名利场中的人而言,这样的富贵观,不啻为一剂难得的清凉散。

君子必慎其所与处者

《孔子家语》

孔子曰:"吾死之后,则商①也日益,赐②也日损。"

曾子③曰:"何谓也?"

子曰:"商也好与贤己者处,赐也好说④不若己者。不知其子,视其父;不知其人,视其友;不知其君,视其所使⑤;不知其地,视其草木。故曰:与善人居,如入芝兰之室,久而不闻其香,即与之化矣;与不善人居,如入鲍鱼之肆,久而不闻其臭,亦与之化矣。丹之所藏者赤,漆之所藏者黑。是以君子必慎其所与处者焉。"

【浅解】

本文选自《孔子家语·六本》。《孔子家语》又名《孔氏家语》,简称《家语》,是一部记录孔子及孔门弟子思想言行的著作。过去有很多人认为此书是三国曹魏时期王肃编纂的伪书。但也有一些学者根

---

① 商:卜商,字子夏,孔子弟子。
② 赐:端木赐,字子贡,孔子弟子。
③ 曾子:曾参,字子舆,孔子弟子。
④ 说:通"悦",取悦于。
⑤ 使:任命的大臣。

据近些年的考古发现证明,此书并非伪书,应为先秦旧籍。在本文中,孔子对子夏和子贡的择友观进行了对比,认为子夏喜欢结交比自己优秀的贤人,所以会日有所益,进步不止,子贡喜欢与不如自己的人相处,所以日有所损,容易退步。进而形象地分析了"与善人居""与不善人居"之间的重大区别,阐述了"近朱者赤,近墨者黑"的修身道理,强调环境对人的影响,提醒人们在选择所处环境或择友时务必慎重。本文观点与荀子"蓬生麻中,不扶而直;白沙在涅,与之俱黑""君子居必择乡,游必就士,所以防邪僻而近中正也"有相似之处。广为流传的"孟母三迁"的故事也体现了这个道理。当然,我们也要辩证地看待环境对人的影响。外在的环境固然非常重要,但人也有强大的主观能动性。在不如意甚至恶劣的环境中,如果能够立志拔于流俗,困知勉行,依然可以保持高洁的品格,出淤泥而不染,成就一番事业。

富贵不能淫

《孟子》

景春①曰:"公孙衍、张仪②岂不诚大丈夫哉?一怒而诸侯惧,安居而天下熄③。"

孟子曰:"是焉得为大丈夫乎?子未学礼乎?丈夫之冠④也,父命⑤之;女子之嫁也,母命之,往送之门,戒之曰:'往之女⑥(rǔ)家,必敬必戒,无违夫子!'以顺为正者,妾妇之道也。居天下之广居⑦,立天下之正位⑧,行天下之大道⑨;得志,与民由⑩之;不得志,独行其道。富贵不能淫,贫贱不能移,威武不能屈,此之谓大丈夫。"

---

① 景春:战国时纵横家,与孟子同时代。
② 公孙衍、张仪:均为魏国人,战国中期著名纵横家。
③ 熄:安宁。
④ 冠:古时男子年二十行加冠礼,表示成年。
⑤ 命:教导、训示。
⑥ 女:通"汝",你。
⑦ 广居:宽大的房子,孟子用来比喻"仁"。
⑧ 正位:正确的位置,孟子用来比喻"礼"。
⑨ 大道:光明的大路,孟子用来比喻"义"。
⑩ 由:遵循,即沿着大道走。

六、修身励志

【浅解】

本文选自《孟子·滕文公下》。文中孟子与景春就"何谓大丈夫"进行了讨论,孟子语言犀利、逻辑清晰,展现了战国时期的雄辩家风采。孟子大力表彰的大丈夫人格,与"以顺为正"的"妾妇之道",形成了鲜明对比,成为后世无数志士仁人坚守的高贵情操。"富贵不能淫,贫贱不能移,威武不能屈,此之谓大丈夫",更是成为涵养和塑造中华民族精神的千古名句。现代史学家吴晗先生撰写的《谈骨气》,就以孟子所论述的大丈夫行为为立论依据,结合事例,深入论述了"我们中国人是有骨气的"这一核心观点,并特别指出,"孟子的这些话,虽然是在2000多年以前说的,但直到现在,还有它积极的意义。当然我们无产阶级有自己的英雄气概,有自己的骨气,这就是决不向任何困难低头,压不扁,折不弯,顶得住,吓不倒,为了社会主义、共产主义建设的胜利,我们一定能够克服任何困难,奋勇前进!"学习此文可以让我们对大丈夫这种高远的人生境界,有更加深入的理解。

君子素其位而行

《中庸》

子曰:"道不远人。人之为道而远人,不可以为道。忠恕违①道不远,施诸己而不愿,亦勿施于人。君子之道四,丘未能一焉:所求乎子以事父,未能也;所求乎臣以事君,未能也;所求乎弟以事兄,未能也;所求乎朋友先施之,未能也。庸②德之行,庸言之谨,有所不足,不敢不勉,有余不敢尽。言顾行,行顾言,君子胡不慥(zào)慥③尔!"

君子素④其位而行,不愿⑤乎其外。素富贵,行乎富贵;素贫贱,行乎贫贱;素夷狄,行乎夷狄;素患难,行乎患难。君子无入⑥而不自得焉。在上位,不陵⑦下;在下位,不援⑧上。正己而不求于人,则无怨。上不怨天,下不尤⑨人,故君

---

① 违:离。
② 庸:平常的。
③ 慥慥:忠厚诚实的样子。
④ 素:按照、依据。
⑤ 愿:羡慕。
⑥ 无入:无论在什么情况下。
⑦ 陵:欺凌。
⑧ 援:攀援。本指抓着东西向上爬,引申为投靠有势力的人。
⑨ 尤:抱怨。

子居易①以俟(sì)命②,小人行险以徼(jiǎo)幸。子曰:"射③有似乎君子,失诸正鹄④(gǔ),反求诸其身。"

【浅解】

本文节选自《中庸》,《中庸》原为《礼记》篇章之一,相传为子思所作,自宋代以来,与《大学》《论语》《孟子》并称"四书"。子思(前483—前402年),姓孔名伋,孔子之孙,战国初期哲学家。曾师从孔子门人曾参,其门人又教导了孟子,对儒学发展有承上启下的重要作用,被尊为"述圣"。其学术核心思想就是"中庸",按照宋代理学家朱熹的解释,"中"是"不偏不倚,无过不及之名","庸"是"平常"之意。可见,中庸并非简单的中立、平庸,也不是不问是非的骑墙,而是为人处世不偏不倚、无过无不及的理想境界,是道德行为的最高标准。看似容易,其实很难达到,正如孔子所言:"天下国家可均也,爵禄可辞也,白刃可蹈也,中庸不可能也"。

本文提出君子应践行推己及人的忠恕之道:"施诸己而不愿,亦勿施于人",即"己所不欲,勿施于人"。同时要"素其位而行,不愿乎其外",凡事多从自身着力用功,不怨天尤人,不"陵下援上",达到无时无处不安然自得的状态。正所谓"君子坦荡荡,小人常戚戚"。这都是我们修身进德、处理好人际关系的重要准则。

---

① 居易:居于平易安全的境地,也就是安居现状的意思。易:平地。
② 俟命:等待天命。
③ 射:射箭。
④ 正鹄:箭靶的中心。

荀子论修身三则

《荀子》

○ 见善，修然①必以自存②也；见不善，愀（qiǎo）然③必以自省也。善在身，介然④必以自好也；不善在身，菑（zāi）然⑤必以自恶（wù）也。故非我而当者，吾师也；是我而当者，吾友也；谄谀我者，吾贼也。故君子隆师而亲友，以致恶其贼。好善无厌，受谏而能诫，虽欲无进，得乎哉！（《荀子·修身第二》）

○ 兼服天下之心：高上尊贵不以骄人，聪明圣知不以穷人⑥，齐给速通⑦不争先人，刚毅勇敢不以伤人；不知则问，不能则学，虽能必让，然后为德。遇君则修臣下之义，遇乡则修长幼之义，遇长则修子弟之义，遇友则修礼节辞让之义，遇贱而少者则修告导宽容之义。无不爱也，无不敬也，无与

---

① 修然：整饬的样子。
② 存：察。
③ 愀然：忧虑恐惧的样子。
④ 介然：意志坚定的样子。
⑤ 菑然：灾害在身的样子。菑：同"灾"。
⑥ 穷人：使人难堪。
⑦ 齐给速通：口才流利，反应敏捷。

人争也,恢然①如天地之苞②万物。如是,则贤者贵之,不肖者亲之。(《荀子·非十二子第六》)

○ 君子能为可贵,不能使人必贵己;能为可信,不能使人必信己;能为可用,不能使人必用己。故君子耻不修③,不耻见④污;耻不信,不耻不见信;耻不能,不耻不见用。是以不诱于誉,不恐于诽,率⑤道而行,端然正己,不为物倾侧,夫是之谓诚君子。《诗》云:"温温恭人,维德之基。"此之谓也。(《荀子·非十二子第六》)

【浅解】

本文节选自《荀子》。《荀子》是儒家经典著作之一,由荀子及弟子所著。荀子(约前313—前238年),名况,时人尊而号为"卿",战国末期赵国人,著名的思想家、教育家,是继孔子、孟子之后的儒家思想集大成者。荀子所处时代与孔孟时代大不相同,在经历了几百年的诸侯征战、列强争霸后,战国末期已逐渐向中央集权社会发展。这一时期,文风出现了明显的转变,原来的雄辩风格开始被严密说理的形式取代。《荀子》一书就充分体现了这一特点。

荀子吸收了道家、墨家、名家、法家的多种思想,对儒家思想进行了发展创新。与孟子的"性善论"不同,荀子认为"人之性恶,其善者伪也","性恶论"是他整个思想体系的根基。他认为人之本性并不

---

① 恢然:广大的样子。
② 苞:通"包",包括,包容。
③ 修:善。
④ 见:被。
⑤ 率:循。

完善，需要通过后天的学习、"礼"的教化、"法"的约束才能化性起伪，达到至善之境。这一思想虽然受到不少非议，但也有其进步意义，它强调了后天修养对人的极端重要性，认为只要努力，人皆可以为尧舜。本篇所节选的三篇短文，所阐述的"见善自存，见不善自省""无不爱也，无不敬也，无与人争也""率道而行，端然正己"等加强自身修养的思想和方法，在今天仍未过时，仍有很强的借鉴和指导价值。

上古天真论

《黄帝内经》

昔在黄帝,生而神灵①,弱②而能言,幼而徇(xùn)齐③,长而敦敏④,成而登天⑤。乃问于天师曰:"余闻上古之人,春秋⑥皆度百岁,而动作不衰;今时之人,年半百而动作皆衰者。时世异耶?人将失之耶?"

岐伯⑦对曰:"上古之人,其知道⑧者,法于阴阳,和于术数,食饮有节,起居有常,不妄作劳,故能形与神俱⑨,而尽终其天年⑩,度百岁乃去。今时之人不然也,以酒为浆,以妄为

---

① 神灵:特别聪明。
② 弱:幼弱之时。
③ 徇齐:思维敏捷,理解事物迅速。徇:迅疾。齐:敏捷。
④ 长而敦敏:戴冠之年就已敦厚而聪敏。长:戴冠之年,十二岁。
⑤ 登天:登上天子之位。
⑥ 春秋:年龄。
⑦ 岐伯:传说中我国上古时期著名医学家。《黄帝内经·素问》基本上是黄帝询问,岐伯作答,以阐述医学理论,显示了岐伯高深的医学造诣,中医因此素称"岐黄之术"。
⑧ 道:养生之道。
⑨ 形与神俱:身体与精神协调。
⑩ 天年:自然寿数。

常,醉以入房,以欲竭其精,以耗散其真①,不知持满,不时御神②,务快其心,逆于生乐,起居无节,故半百而衰也。

　　夫上古圣人之教下也,皆谓之虚邪贼风,避之有时,恬惔(dàn)虚无,真气从之,精神内守,病安从来。是以志闲而少欲,心安而不惧,形劳而不倦,气从以顺,各从其欲,皆得所愿。故美其食,任其服,乐其俗,高下不相慕,其民故曰朴。是以嗜欲不能劳其目,淫邪不能惑其心,愚智贤不肖,不惧于物③,故合于道。所以能年皆度百岁,而动作不衰者,以其德全不危④也。"

【浅解】

　　本文选自《黄帝内经》,《黄帝内经》又称《内经》,分为《素问》和《灵枢》两部分,相传为黄帝所作,故以其命名。但后世较公认的说法是,此书最终成形于西汉,成书非一时,作者亦非一人。它是我国现存最早的医学经典,被称为"医之始祖",也是一本传统文化巨著,涵盖了自然科学、医学、哲学、社会学、政治学等多方面内容。

　　本文是《素问》第一篇《上古天真论》的篇首,通过黄帝与岐伯的对话,阐述了生活习惯、精神心性与身体健康之间的关系。天真是指天赋予人的真情真气,气是生命之本源,保持天真,保守真气,是让我们健康长寿的重要保障。正所谓"真气从之,精神内守,病安从来"。我们经常赞美"腹有诗书气自华"的人,推崇"一心只读圣贤书"的生

---

① 真:真元,精气。
② 不时御神:不善于调养精神活动。
③ 不惧于物:不为外物所惊扰。
④ 德全不危:全面掌握养身之道而不受到危害。

六、修身励志

活方式,重视了精神层面的修身养性,却往往忽略了强身健体的养生之道。然而,没有健康的身体作为载体,精神就会无所依从。当然,一味追求身体强健,却没有高尚的思想道德,又与禽兽何异?针对这样的问题,毛泽东同志曾提出"文明其精神,野蛮其体魄",强调德智体应全面发展,以全面提升国民的整体素质。本文正是从强身养生的角度,告诫人们要"食饮有节,起居有常,不妄作劳",这样才能"形与神俱""终其天年"。这对我们树立正确的健康观念、养成良好的生活习惯仍有很强的借鉴和指导意义。

运 命 论

(三国·魏)李康

然则圣人所以为圣者,盖在乎乐天知命①矣。故遇之而不怨,居之而不疑也。其身可抑②,而道不可屈;其位可排,而名不可夺。譬如水也,通之斯为川焉,塞之斯为渊焉,升之于云则雨施,沉之于地则土润。体清以洗物,不乱于浊;受浊以济物③,不伤于清。是以圣人处穷达如一也。夫忠直之迕(wǔ)于主,独立之负于俗,理势然也。故木秀于林,风必摧之;堆出于岸,流必湍之;行高于人,众必非之。前监④不远,覆车继轨。然而志士仁人,犹蹈之而弗悔,操之而弗失,何哉?将以遂志而成名也。求遂其志,而冒风波于险涂⑤;求成其名,而历谤议于当时。彼所以处之,盖有算⑥矣。

---

① 乐天知命:安于命运,自得其乐。
② 抑:屈。
③ 济物:洗涤东西。
④ 监:通"鉴"。
⑤ 涂:通"途"。
⑥ 算:计谋,考虑。

六、修身励志

【浅解】

本文选自《文选》。李康(生卒年不详),字萧远,中山(今河北定县一带)人,三国曹魏文学家,《运命论》是其代表作之一。作者在本文中主要探讨了国家治乱、时运遭际与士人出处之间的关系。他在文章开篇即感叹道"治乱,运也;穷达,命也;贵贱,时也",国家的治乱循环、个人穷达贵贱都取决于"运命",是不可以改变的。然而,"圣人"所以为圣,在于对待命运的态度——乐天知命。这种态度,不是消极地认命、无所作为,而是无论遇到什么状况,都能够做到"处穷达如一",蕴含着一种积极的人生态度。

文中提到的"木秀于林,风必摧之;堆出于岸,流必湍之;行高于人,众必非之",是流传至今的名句。作者指出这种看似比较普遍的自然和社会现象,并不是要我们遇到困难、诋毁时就隐忍退缩、明哲保身,而是要不忘初心,始终如一,坚持自己的志向和理想。同时,我们也要反思为什么会出现"木秀于林,风必摧之"的情况?作为管理者,为了不使有才能的人被埋没、被排挤、被诋毁,就应该努力创造健康的组织环境与良好的成才氛围,赞赏、呵护、支持、提携杰出人才,给予其更广阔的发展空间,鼓励更多的"木秀于林"。作为个体,当发现优秀人才时,则要"见贤而思齐""就有道而正焉",积极主动地向其学习,争取不断进步,也让自己尽可能成为"秀于林"的嘉木、"出于众"的贤才。

乐羊子妻

(南朝·宋)范晔

河南①乐(yuè)羊子之妻者,不知何氏之女也。

羊子尝行路,得遗金一饼,还以与妻。妻曰:"妾闻志士不饮盗泉之水②,廉者不受嗟来之食③,况拾遗求利以污其行乎!"羊子大惭,乃捐④金于野,而远寻师学。

一年归来,妻跪问其故,羊子曰:"久行怀思,无它异也。"妻乃引刀趋机⑤而言曰:"此织生自蚕茧,成于机杼。一丝而累,以至于寸,累寸不已,遂成丈匹。今若断斯织也,则捐失⑥成功,稽废⑦时日。夫子积学,当'日知其所亡(wú)',

---

① 河南:东汉河南郡,范围在今河南省西北部。
② 志士不饮盗泉之水:有志气的人因为厌恶盗泉的名字,即便口渴也不喝其水。《尸子》:"孔子过于盗泉,渴而不饮,恶其名也。"
③ 廉者不受嗟来之食:廉洁方正的人不接受没有礼貌的"嗟来之食"。《礼记·檀弓》:"齐大饥。黔敖为食于路,以待饿者而食之。有饿者,蒙袂辑屦,贸贸然来。黔敖左奉食,右执饮,曰:'嗟!来食!'扬其目而视之,曰:'予唯不食嗟来之食,以至于斯也!'从而谢焉,终不食而死。"
④ 捐:扔掉,丢弃。
⑤ 机:织丝机。
⑥ 捐失:失去。
⑦ 稽废:迁延荒废。

以就①懿(yì)德②。若中道而归,何异断斯织乎?"羊子感其言,复还终业,遂七年不反。妻常躬勤养姑③,又远馈④羊子。

尝有它舍鸡谬入园中,姑盗杀而食之,妻对鸡不餐而泣。姑怪问其故。妻曰:"自伤居贫,使食有它肉。"姑竟弃之。

后盗欲有犯⑤妻者,乃先劫其姑。妻闻,操刀而出。盗人曰:"释汝刀从⑥我者可全,不从我者,则杀汝姑。"妻仰天而叹,举刀刎颈而死。盗亦不杀其姑。太守闻之,即捕杀贼盗,而赐妻缣(jiān)帛,以礼葬之,号曰"贞义"。

【浅解】

本文选自《后汉书·列女传》。在《后汉书》中,范晔首次在纪传体史书中设置《列女传》,专门记述东汉一代"才行高秀"的优秀女性的嘉言懿行,体现了他非凡的史识。这一做法也为后世修史者所遵循,清代学者邵晋涵评价说:"范氏所增《文苑》《列女》诸传,诸史相沿,莫能刊削。"

在本文中,作者通过记述四个小故事,赞扬了乐羊子妻子的高洁品德、过人才识以及勇烈之气。当丈夫捡来意外之财时,她以"志士不饮盗泉之水,廉者不受嗟来之食"的典故劝说丈夫,不要贪小利而失大节,以致损污德行。当丈夫久行怀思、中途而归时,她以织丝活

---

① 就:成就。
② 懿德:美好的德行。
③ 姑:旧时妻子称丈夫的母亲,俗称"婆婆"。
④ 馈:赠送,供给。
⑤ 犯:冒犯,欺凌,非礼。
⑥ 从:依从,顺从。

动作喻，形象地说明了学习必须专心致志、持之以恒的道理。这说明她有才有识。当婆婆贪食它舍之鸡时，她又不餐而泣，婉言相劝，让婆婆知错而改。当盗贼逼凌威胁婆婆和她时，她又举刀相向，不为所屈，最终自刎而亡。这说明她有智有勇。此外，文中还记述，当乐羊子在外求学时，她操持家务，孝养婆婆，供给丈夫，说明她有德有能。如此有才有识、有智有勇、有德有能的优秀女子，乃是古代贤妻的楷模，虽然无名无姓，但流芳千古。而她劝诫丈夫和婆婆的至理名言，对于今人而言，也有很强的警示、启发意义。

爱莲说

(北宋)周敦颐

水陆草木之花,可爱者甚蕃①(fán)。晋陶渊明独爱菊。自李唐来,世人甚爱牡丹。予独爱莲之出淤泥而不染,濯②(zhuó)清涟而不妖,中通外直,不蔓不枝,香远益清,亭亭净植,可远观而不可亵③(xiè)玩焉。

予谓菊,花之隐逸者也。牡丹,花之富贵者也。莲,花之君子者也。噫!菊之爱,陶后鲜有闻。莲之爱,同予者何人?牡丹之爱,宜乎众矣!

【浅解】

本文选自《周元公集》。周敦颐(1017—1073年),字茂叔,晚号濂溪先生,道州营道(今湖南道县)人,北宋著名哲学家,宋代程朱理学的开创者。当时追求富贵、享乐之风盛行,但作者为人正直,为官清廉。黄庭坚曾赞其"人品甚高,胸中洒落,如光风霁月"。本文是一篇借物咏志、文短意丰的名作。与世人对牡丹的热爱(世俗之爱)和

---

① 蕃:多。
② 濯:洗涤。
③ 亵:亲近,有轻慢侮弄之意。

陶渊明对菊花的热爱(隐逸者之爱)不同,作者以莲花自喻,不刻意逃避现实,也不与世俗同流,在浊世中仍坚持洁身自爱。自古以来,"近朱者赤,近墨者黑"者居多,"出淤泥而不染,濯清涟而不妖"的处世之道和人格风范才更显难能可贵。

王安石诗二首

登飞来峰

飞来峰①上千寻②塔,闻说鸡鸣见日升。不畏浮云③遮望眼④,只缘⑤身在最高层。

北陂杏花

一陂⑥(bēi)春水绕花身,花影妖娆各占春。纵被春风吹作雪,绝胜南陌碾成尘。

【浅解】

这两首诗选自《王安石集》。《登飞来峰》是王安石的早期作品,写于他意气风发、满怀抱负的壮年时期。虽是登临游览之作,却并未

---

① 飞来峰:一作"飞来山"。一说在浙江绍兴城外的林山,一说在今浙江杭州西湖灵隐寺前。
② 寻:古时长度单位,八尺为一寻。
③ 浮云:比喻奸邪小人,如《新语·慎微篇》:"故邪臣之蔽贤,犹浮云之障日也。"
④ 望眼:视线。
⑤ 只缘:一作"自缘"。缘:因为。
⑥ 陂:池塘。

着意写景，而是重在抒发登临时的感受。从"日升""不畏"两词可见诗人对前途充满希望，但并不盲目乐观，也预料到必然会遇到阻碍，展现了他在政治上的高瞻远瞩，以及不畏艰险、勇往直前的决心和勇气。"不畏浮云遮望眼，只缘身在最高层"，与李白的"总为浮云能蔽日，长安不见使人愁"，同用"浮云"这个意象，但反其意而用之，更有"身在最高层"的开阔眼界和乐观精神。

《北陂杏花》写于王安石第二次被罢相贬居江宁之时。虽然推行新法失败，诗人被迫远离朝堂，却仍坚信"天变不足畏，祖宗不足法，人言不足恤"。这首托物言志的七绝体现了他晚年作品"遗情世外，其悲壮即寓闲淡之中"的艺术特色。诗中对杏花品性之美的描写有寄情世外、孤芳自赏的意味，"纵被春风吹作雪，绝胜南陌碾成尘"则表现出诗人在变法受挫之后，变法图强的信念始终如一，在一定程度上也体现了作者高洁独立的人格，《宋诗精华录》评价"末二句恰是自己身份"，非常中肯。

文天祥诗二首

过零丁洋

辛苦遭逢起一经①,干戈寥落②四周星。山河破碎风飘絮,身世浮沉雨打萍。惶恐滩③头说惶恐,零丁洋④里叹零丁。人生自古谁无死,留取丹心照汗青⑤。

正气歌

天地有正气,杂然赋流形⑥。下则为河岳,上则为日星。于人曰浩然,沛乎⑦塞(sè)苍冥⑧。皇路⑨当清夷⑩,含和吐

---

① 起一经:因精通某一经籍而通过科举考试得官。文天祥在宋理宗宝佑四年(1256)以进士第一名及第入仕,遭逢宋元易代的坎坷经历。

② 寥落:冷清,冷落。这里指在国难当头之际,能够像他那样坚持御敌者越来越少,暗含着对苟且偷生者的愤慨之意。

③ 惶恐滩:在今江西万安县,是赣江十八滩最险的一滩,使渡滩人惊恐万分。

④ 零丁洋:"伶丁洋",现在广东省珠江口外。

⑤ 汗青:古代以竹木为书写载体时整治竹简的程序之一。新竹有水分,治简时,以火炙烤青竹,使其出汁,然后再书写文字,可避虫蠹,便于久存,故也称杀青、汗简。这里借指史册。

⑥ 流形:各种品类、形体,指宇宙间的万物。

⑦ 沛乎:盛大之貌。

⑧ 苍冥:天空。

⑨ 皇路:国运政局。

⑩ 清夷:清明而太平。

明庭①。时穷节乃见,一一垂丹青。

在齐太史简②,在晋董狐笔③,在秦张良椎④,在汉苏武节⑤;为严将军头⑥,为嵇侍中血⑦,为张睢(suī)阳齿⑧,为颜常山舌⑨;或为辽东帽⑩,清操厉冰雪;或为《出师表》,鬼神泣壮烈;或为渡江楫⑪,慷慨吞胡羯(jié);或为击贼笏⑫(hù),逆竖头破裂。是气所磅礴,凛烈万古存。当其贯日

---

① 明庭:圣明的朝廷。

② 齐太史简:春秋时,齐国大夫崔杼杀齐庄公,齐国太史及其两个弟弟坚持如实记载,先后被崔杼杀死后,第三个弟弟仍坚持秉笔直书,崔杼才作罢。

③ 晋董狐笔:春秋时,赵穿杀晋灵公,晋大夫赵盾没有处置他,太史董狐就在史书上写"赵盾弑其君",被孔子誉为"良史"笔法。

④ 秦张良椎:秦灭韩国后,祖上为韩国人的张良找人持大椎伏击出巡的秦始皇,未击中。后张良辅佐刘邦建立汉朝。

⑤ 汉苏武节:汉武帝时,苏武出使匈奴,拒绝投降,被流放到北海牧羊,持汉节十九年,始终坚贞不屈,最终回到汉朝。

⑥ 严将军头:东汉末年,严颜在刘璋手下做将军,镇守巴郡,被张飞捉住,拒绝投降说:"我州但有断头将军,无降将军!"

⑦ 嵇侍中血:晋惠帝永兴元年,皇室内乱,侍卫皆散,侍中嵇绍为护惠帝而死,血溅惠帝衣。事后,左右欲取衣洗净,惠帝说:"此嵇侍中血,勿去!"

⑧ 张睢阳齿:唐朝安史之乱时,张巡固守睢阳(今河南省商丘市),每次与叛军作战,皆眦裂齿碎,最后城破被俘,不屈而死。

⑨ 颜常山舌:安史之乱时,时任常山太守的颜杲卿起兵讨伐叛军,后城破被俘,当面大骂安禄山,被钩断舌头,仍不屈,被杀死。

⑩ 辽东帽:汉末管宁避乱世于辽东,常着黑帽,自励清操,终身不仕。

⑪ 渡江楫:东晋元帝时,祖逖率兵北伐,渡至江中,敲着船桨发誓必定收复中原,慷慨励志。后来终于收复黄河以南失地。

⑫ 击贼笏:唐德宗时,朱泚谋反,太尉段秀实不肯同流合污,用笏把朱泚打得头破血流,破口大骂,最终被害。

月,生死安足论!地维①赖以立,天柱②赖以尊。三纲③实系命,道义为之根。

嗟予遘(gòu)阳九④,隶⑤也实不力。楚囚缨其冠⑥,传车⑦送穷北⑧。鼎镬⑨(huò)甘如饴(yí),求之不可得。阴房⑩阒⑪(qù)鬼火,春院闭⑫(bì)天黑。牛骥同一皂⑬,鸡栖凤凰食。一朝蒙雾露⑭,分⑮(fèn)作沟中瘠⑯。如此再寒暑⑰,百沴⑱(lì)自辟易⑲。哀哉沮洳(rù)场⑳,为我安乐国。岂有他谬巧,阴阳不能贼!顾此耿耿在,仰视浮云白。悠悠

---

① 地维:古时以为大地四方,四角有粗绳维系,故称地维。

② 天柱:古人相传,天有八柱承之,故称天柱。

③ 三纲:指汉代以来儒家推崇的纲常伦理"君为臣纲,父为子纲,夫为妻纲"(见《白虎通义》),用以维持社会与家庭的等级秩序。

④ 遘阳九:遭逢厄运。阳九:厄运,道家以天厄为阳九。

⑤ 隶:仆役。这里是作者对自己的谦称。

⑥ 楚囚缨其冠:《左传·成公九年》载,春秋时被俘往晋国的楚国俘虏钟仪戴着一种楚国帽子,表示不忘祖国。作者用此典,表示虽为元朝俘虏,但仍不忘宋朝。

⑦ 传车:驿车。

⑧ 穷北:荒远的地方,这里指元大都(今北京)。

⑨ 鼎镬:大锅一类的器皿。古代有用鼎镬将人煮死的酷刑。

⑩ 阴房:囚室。

⑪ 阒:寂静。

⑫ 闭:锁闭。

⑬ 皂:马槽。

⑭ 蒙雾露:指受雾露风寒所侵感染疾病。

⑮ 分:料想,估量。

⑯ 瘠:枯骨。

⑰ 再寒暑:指在这样的环境里度过了两年。

⑱ 百沴:各种邪恶之气。

⑲ 辟易:退避。

⑳ 沮洳场:低湿之地。

我心忧,苍天曷(hé)有极。哲人日已远,典刑在夙昔①。风檐展书读,古道照颜色。

【浅解】

  这两首诗选自《文天祥全集》。文天祥(1236—1283年),字宋瑞,号文山,吉州庐陵(今江西吉安)人,南宋末期著名的政治家、文学家,伟大的民族英雄。文天祥于宝佑四年(1256)以进士第一名及第,从此步入仕途。德祐元年(1275),元军沿长江东下,文天祥罄家财为军资,招勤王兵5万人,入卫临安(今浙江杭州)。从此坚持抗元,直到祥兴元年(1278)在五坡岭(今广东海丰北)兵败被俘。次年,被押解至元大都。元世祖忽必烈亲自劝降,许以中书宰相之职。文天祥始终不为所动。元朝统治者在多次劝降无果后,遂将其囚禁在环境极为恶劣的兵马司土室中长达三年,文天祥大义凛然,宁死不屈,于元至元十九年十二月九日(1283年1月9日),在大都从容就义。就义后,人们在他的衣带上发现一首遗诗:"孔曰成仁,孟曰取义;惟其义尽,所以仁至。读圣贤书,所学何事!而今而后,庶几无愧!"文天祥用自己的一生,践行了儒家所推崇的"杀身成仁""舍生取义",诠释了"岁寒,然后知松柏之后凋"的真谛,数百年而下,其浩然正气,凛然犹存。而他用浩然正气和满腔热血书写的诗文名篇,也成为教育和激励一代又一代中华儿女的宝贵精神财富。《过零丁洋》和《正气歌》就是其中的杰出代表。

  《过零丁洋》约作于祥兴二年(1279)。在文天祥被俘后,元军元帅张弘范一再逼他写信招降抗元名将张世杰,他出示此诗以明志节。全诗在回顾生平、描述时局的基础上,表明了"舍生取义"的坚定抉

---

① 典刑:通"典型",榜样,模范。夙昔:过去,从前。

择:"人生自古谁无死,留取丹心照汗青",表现了激昂慷慨的爱国热情和视死如归的高风亮节。据说张弘范看到这首诗后,也不由连连称赞:"好人,好诗!"

《正气歌》是文天祥就义前一年在狱中所作。国亡被俘,囚系土室,环境恶劣,艰苦备尝,但文天祥仍坚持气节,以羸弱之身,顽强地对抗着这些常人根本无法忍受的艰难困苦。他认为是孟子所说的浩然之气支撑着他战胜了种种邪气,这种至大至刚的浩然之气,就是天地之正气,因此以"正气"为题,写下了这首千古绝唱。全诗可分为三大段:从"天地有正气"到"一一垂丹青"为第一大段,是对浩然之气的热情礼赞。从"在齐太史简"到"道义为之根"为第二大段。诗人列举了历史上十二位忠臣义士的壮烈之举,来写浩然正气所发挥的巨大力量。从"嗟余遘阳九"到"古道照颜色"为第三大段,由古人转向自身,在描写身遭厄运之后,点明了作诗主旨:效法先哲,满怀正气,舍生取义。全诗主题鲜明,巧用典故,叙述与议论密切结合,充满了惊天地、泣鬼神的浩然之气,表现了作者"富贵不能淫,贫贱不能移,威武不能屈"的大丈夫气象,因此具有极强的感染力。清代康熙皇帝对《正气歌》推崇备至,赞叹道:"斯篇出于至性,慷慨凄恻。朕每于披读之际,不觉泪下数行,其忠君忧国之诚,洵足以弥宇宙而贯金石。"

王冕诗二首

白　梅

冰雪林中著(zhuó)此身，不同桃李混芳尘。忽然一夜清香发，散作乾坤万里春。

墨　梅

我家洗砚池头树，朵朵花开淡墨痕。不要人夸颜色好，只留清气满乾坤。

【浅解】

这两首诗选自王冕的《竹斋集》。王冕(1287—1359年)，字元章，号煮石山农，诸暨(今属浙江)人，元代著名画家、诗人。他一生喜爱梅花，以种梅、咏梅、画梅为乐，曾自题茅屋为"梅花书屋"，据当代学者谢琰统计，在王冕的《竹斋集》中，仅七言绝句，就有《素梅》58首，《红梅》19首，《墨梅》4首，而且均取得了很高的艺术成就。《四库全书简明目录》评价王冕诗风："天才纵逸，其体排宕纵横，不可拘以常格。"这两首诗均是咏梅诗，诗人以梅自喻，通过歌颂梅花不与凡花争艳、不靠颜色争宠的高洁品质，表达了自己不媚流俗、坚守气节的人生态度。清人翁方纲说王冕的题画诗"如冷泉漱石，自成湍激"，

六、修身励志

用来形容这两首诗,十分恰切。

2017年10月25日,十九届中共中央政治局常委同中外记者见面时,习近平总书记曾引用"不要人夸颜色好,只留清气满乾坤",向世界宣示我们要坚定走中国特色社会主义道路,这既包含坚持信念、不忘初心的自信态度,也代表不慕虚名、一心为民的从政准则。他说:"百闻不如一见。我们欢迎各位记者朋友在中国多走走、多看看,继续关注中共十九大之后中国的发展变化,更加全面地了解和报道中国。我们不需要更多的溢美之词,我们一贯欢迎客观的介绍和有益的建议,正所谓'不要人夸颜色好,只留清气满乾坤'。"[1]总书记的巧妙引用,让王冕的这首小诗为更多人所知。

---

[1] 《习近平在十九届中共中央政治局常委同中外记者见面时强调:新时代要有新气象更要有新作为 中国人民生活一定会一年更比一年好》,《人民日报》2017年10月26日第2版。

曾国藩论修身三则

○ 吾人只有进德、修业两事靠得住。进德,则孝悌仁义是也;修业,则诗文作字是也。此二者,由我做主。得尺,则我之尺也;得寸,则我之寸也。今日进一分德,便算积了一升谷;明日修一分业,又算余了一文钱。德业并增,则家私日起。至于功名富贵,悉由命定,丝毫不能自主。(《曾国藩家书·致澄弟温弟沅弟季弟》,道光二十四年八月二十九日)

○ 古人修身治人之道,不外乎前此所见之"勤、大、谦"。勤若文王之不遑①(huáng);大若舜禹之不与②;谦若汉文之不胜③。而勤、谦二字,尤为彻始彻终,须臾不可离之道。勤所以儆(jǐng)惰也,谦所以儆傲也,能勤且谦,则大字在其中矣。千古之圣贤豪杰,即奸雄欲有立于世者,不外一"勤"字;千古有道自得之士,不外一"谦"字。(《曾国藩日记》,咸丰十年十二月十二日)

○ 静中细思,古今亿万年无有穷期,人生其间,数十寒

---

① 文王之不遑:指周文王勤政,每天从早到晚,忙于政务,没有时间吃饭。遑:闲暇。
② 舜禹之不与:舜、禹虽然拥有天下,但并不以此骄傲自满。
③ 汉文之不胜:汉文帝实行黄老之术,以谦谨为德,认为自己不能胜任天子之职。

暑,仅须臾耳;大地数万里不可纪极,人于其中,寝处游息,昼仅一室耳,夜仅一榻耳;古人书籍,近人著述,浩如烟海,人生目光之所能及者,不过九牛之一毛耳;事变万端,美名百途,人生才力之能办者,不过太仓之一粒①耳。知天之长而吾所历者短,则遇忧患横逆之来,当少②(shǎo)忍以待其定;知地之大而吾所居者小,则遇荣利争夺之境,当退让以守其雌;知书籍之多而吾所见者寡,则不敢以一得自喜,而当思择善而约守之;知事变之多而吾所办者少,则不敢以功名自矜③(jīn),而当思举贤而共图之。夫如是,则自私自满之见可渐渐蠲(juān)除④矣。(《曾国藩日记》,同治元年四月十一日)

【浅解】

曾国藩天资并不突出,却能成为晚清中兴名臣之一,主要靠的是后天的努力。他注重自立自强,进德修业,钝学累功,终成大器。同时,曾国藩强调勤、大、谦在修身中的重要性,认为它们是成功所必备的基本品格和素养。"业精于勤荒于嬉""勤能补拙是良训",任何人要想成功,都离不开"勤"字;"大"是指境界高、格局大,目光长远,不斤斤计较于眼前的蝇头小利;"谦"是指时刻保持谦虚谨慎,不"以富贵功名骄人",亦不"以学问道德骄人"。能做到此三者,则万事可成。而认识到天之长、地之大、书籍之多、事变之多与自己之渺小以及能力之有限,会让自己更为谦逊谨慎,逐渐祛除自私自满之见。这样的见解足以发人深省。

---

① 太仓之一粒:大粮仓中的一粒粮食。太仓:古代设在京城中的大谷仓。
② 少:稍稍,稍微。
③ 自矜:自大,自夸。
④ 蠲除:除去,免去。

七、读书问学

人生有限,知识无限,个人的生活要幸福,集体的事业要发展,永远都离不开学习。对于有追求的个人来说,学习应该成为其乐无穷的人生常态;对于有朝气的组织而言,学习应该成为其常抓不懈的重要举措。学习的途径多种多样,其中最为重要的途径,莫过于读书问学。

读书方能修身养性。"腹有诗书气自华""气质变化学问深时",读书决定一个人的眼界和格局,也决定一个人的修养与素质。"见贤思齐焉,见不贤而内自省也",只有通过读书思考,进而加以自省体察,以修正自己的言行,才能让自己趋于完美。正如康熙所言:"凡人进德修业,事事从读书起。多读书则嗜欲淡,嗜欲淡则费用省,费用省则营求少,营求少则立品高。"重视读书,坚持读书,善于读书,才会气质儒雅,人品高洁,能力出众。

读书方能增长才干。毛泽东曾说,"我们队伍里边有一种恐慌,不是经济恐慌,也不是政治恐慌,而是本领恐慌。"要克服"本领恐慌",就得不断"进货",就得不断增强自己的学习本领。[①]"有了学

---

① 《毛泽东文集》第2卷,北京:人民出版社1993年版,第178页。

问,好比站在山上,可以看到很远很多的东西。没有学问,如在暗沟里走路,摸索不着,那会苦煞人。"①今天,我们要让自己在飞速发展的社会中不被淘汰,最有效、最重要的法宝就是养成终生学习、坚持读书的好习惯。

读书方能传承文明。"盖文章,经国之大业,不朽之盛事""古人已死书独存,吾曹赖书见古人。"从古至今,得以流传下来的丰富而珍贵的典籍,是文明传播和传承的重要载体。唯有阅读经典,好学深思,才能汲取先贤智慧,古为今用,守正出新,才能"不假良史之辞,不托飞驰之势,而声名自传于后"。

读书问学,要有"有益于天下"的志向,要有"锲而不舍、金石可镂"的决心,要有"人一能之,己百之;人十能之,己千之"的态度,要掌握"博学、审问、慎思、明辨、笃行"的步骤,要体会"既耕亦已种,时还读我书""每有会意,便欣然忘食"的乐趣,要达到"知行合一,学以致用,用以促学"的效果。

只要我们珍惜韶华,经典相伴,持之以恒,乐在其中,就一定能进德修业,修己惠人,经世致用。"但使书种多,会有岁稔时。"日积月累,重学、好学、善学的读书种子聚沙成塔,书香弥漫的社会环境便指日可待。

---

① 龚育之、逄先知、石仲泉:《毛泽东的读书生活》,北京:生活·读书·新知三联书店 2014 年版,第 11 页。

《论语》十则

○ 子曰:"学而时习之,不亦说①(yuè)乎?有朋自远方来,不亦乐②乎?人不知而不愠③(yùn),不亦君子乎?"(《论语·学而篇第一》)

○ 子曰:"弟子,入则孝,出则悌④,谨而信,泛爱众,而亲仁。行有余力,则以学文。"(《论语·学而篇第一》)

○ 子夏曰:"贤贤易色⑤;事父母,能竭其力;事君,能致⑥其身;与朋友交,言而有信。虽曰未学,吾必谓之学矣。"(《论语·学而篇第一》)

○ 子曰:"君子食无求饱,居无求安,敏于事而慎于言,就有道而正焉⑦,可谓好学也已。"(《论语·学而篇第一》)

○ 子曰:"朝闻道,夕死可矣。"(《论语·里仁篇第四》)

---

① 说:同"悦",愉快,高兴。
② 乐:与说(通"悦")有所区别。旧注说,悦在内心,乐则现于外。
③ 愠:恼怒,怨恨。
④ 弟:通"悌",敬重兄长,善事兄长。
⑤ 贤贤易色:对妻子,重品德,不重容貌。
⑥ 致:给予,献出。
⑦ 就有道而正焉:求教于有德行的人来端正自己。就:靠近。正:匡正。

○ 子曰:"德之不修,学之不讲,闻义不能徙,不善不能改,是吾忧也。"(《论语·述而篇第七》)

○ 子曰:"三人行,必有我师焉:择其善者而从之,其不善者而改之。"(《论语·述而篇第七》)

○ 子曰:"生而知之者,上也;学而知之者,次也;困而学之,又其次也;困而不学,民斯为下矣。"(《论语·季氏篇第十六》)

○ 子夏曰:"日知其所亡①(wú),月无忘其所能②,可谓好学也已矣。"(《论语·子张篇第十九》)

○ 子夏曰:"仕而优③则学,学而优则仕。"(《论语·子张篇第十九》)

【浅解】

以上内容均选自《论语》,是孔子及其弟子子夏关于学习的相关论述。

以孔子为代表的儒家学派,十分重视学习。因此,"学习"就成为《论语》的重要主题之一。据杨伯峻先生统计,"学"字在《论语》中共出现过64次。《论语》的开篇便讲学习:"学而时习之,不亦说乎?"在儒家先哲看来,学习是完善自我、成就事业的自强之道,也是让社会"止于至善"的重要保障。孔子曾教育其子孔鲤:"可以与人终日

---

① 日知其所亡:每天知道所未知的,即获取新知识。亡:同"无"。清代学者顾炎武的名著《日知录》之名,即取意于此。
② 月无忘其所能:每月不忘记已经掌握的知识。
③ 优:有余力。朱熹解释说:仕与学,理同而事异,仕而学,则所以资其仕者益深;学而仕,则所以验其学者益广。

不倦者,其唯学乎?其容体不足观也,其勇力不足惮也,其先祖不足称也,其族姓不足道也。终而有大名,以显闻四方,流声后裔者,岂非学之效也?"在他看来,与外貌、勇力、先祖、族姓相比,学习才是修身养性、建功立业、垂名后世的更重要的途径。坚信学习是让我们的人生更加美好的正途,这是儒家学派一贯坚持的理念和信仰之一。古往今来,多少人就是在这种理念和信仰的教育和激励下,勤学苦读,奋发有为,用知识改变了自身、家庭乃至国家和民族的命运,也由此而形成了中华民族热爱学习、重视学习、善于学习的优良传统。

  本文所选的十则经典名句,涉及终生学习、以学为乐的学习态度,知行合一、学以致用的学习目的,择善而从、日积月累的学习方法等重要内容。言近旨远,辞约义丰,每一条都可以作为指导我们读书学习的座右铭。

博学、审问、慎思、明辨、笃行

《中庸》

凡事豫①则立，不豫则废。言前定，则不跲②(jiá)；事前定，则不困；行前定，则不疚；道前定，则不穷。

在下位不获乎上，民不可得而治矣。获乎上有道③，不信乎朋友，不获乎上矣。信乎朋友有道，不顺乎亲，不信乎朋友矣。顺乎亲有道，反诸④身不诚，不顺乎亲矣。诚身有道，不明乎善，不诚乎身矣。

诚者，天之道也⑤。诚之者⑥，人之道也。诚者，不勉而中(zhòng)，不思而得，从容中道，圣人也。诚之者，择善而固执之者也。博学之⑦，审问之，慎思之，明辨之，笃行之。

---

① 豫：同"预"，指事先作好计划或准备。
② 跲：牵绊，窒碍，不顺畅。
③ 道：方法、途径。
④ 诸："之于"的合音。
⑤ 诚者，天之道也：真实无妄是上天的自然法则。朱熹注："诚者，真实无妄之谓，天理之本然也。"
⑥ 诚之者：使自身真诚，具有真实无妄的品质。
⑦ 之：指的是学习对象，各种知识。

有①弗②(fú)学,学之弗能,弗措③也;有弗问,问之弗知,弗措也;有弗思,思之弗得,弗措也;有弗辨,辨之弗明,弗措也;有弗行,行之弗笃,弗措也。人一能之,己百之;人十能之,己千之。果能此道矣,虽愚必明,虽柔必强。

【浅解】

本文选自《中庸》。所选内容集中论述"诚"的重要性,并提出了做到"诚"的五个具体途径。在《中庸》的作者看来,真实无妄的"诚"是上天的自然法则,努力做到真实无妄、达到圣人的境地则是人的法则。在这个过程中,"择善固执"是纲,需要选定美好的目标执着追求。而"博学(广泛地学习)、审问(详细地提问)、慎思(缜密地思考)、明辨(明确地辨别)、笃行(扎实地践行)"是目,是追求"诚"的具体步骤和手段。按照朱熹的解释,学、问、思、辨,是"择善而为知",笃行是"固执而为仁"。其实,这五个环节也是我们学习一切知识都应该遵循的基本步骤。从博学到笃行,一方面,学有所依,学以致用;另一方面,用以促学,学用相长。"学问思辨"与"身体力行"相辅相成,知行合一。如果能够这样循序渐进地下功夫,加上"不为则已,为则必成"的学习态度,以及"人一能之,己百之;人十能之,己千之"的学习方法,就必然能够达到"虽愚必明,虽柔必强"的学习效果。尤其是连续五次出现的"弗措"二字,更体现出锲而不舍、不达目的誓不罢休的强大精神力量。正如清人顾炎武所云:"'吾见其进也,未见其止也。'有一日未死之身,则有一日未闻之道。"此外,"凡事豫则立,不豫则废"的思想,告诉我们无论做什么事情,都应该未雨绸缪,防患于未然。

---

① 有:要么、除非。
② 弗:不。
③ 措:搁置,罢休,停止。

学不可以已

《荀子》

　　君子曰：学不可以已①。青，取之于蓝②，而青于蓝；冰，水为之，而寒于水。木直中③（zhòng）绳，𫐓（róu）以为轮④，其曲中规，虽有（yòu）槁暴⑤（gǎo pù），不复挺者，𫐓使之然也。故木受绳则直，金就砺⑥则利，君子博学而日参省（xǐng）乎己，则知⑦（zhì）明而行无过矣。

　　故不登高山，不知天之高也；不临深谿⑧（xī），不知地之厚也；不闻先王之遗言，不知学问之大也。干⑨（hán）、越、夷、貊⑩（mò）之子，生而同声，长而异俗，教使之然也。

---

① 已：停止。
② 蓝：蓼蓝草，其叶经发酵后可提炼制作深蓝色的染料。
③ 中：符合。
④ 𫐓以为轮：把它弯曲成车轮。𫐓：通"煣"，用微火熏烤木料使其弯曲。
⑤ 有，通"又"。槁：枯干。暴，通"曝"，晒。
⑥ 砺：磨刀石。
⑦ 知，通"智"。
⑧ 谿，通"溪"。
⑨ 干，通"邗"，春秋时国名，在今江苏扬州东北，后被吴国所灭，此处代指吴国。
⑩ 夷、貊：古代对我国东方和东北方少数民族的蔑称。

吾尝终日而思矣,不如须臾①之所学也;吾尝跂②(qǐ)而望矣,不如登高之博见也。登高而招,臂非加长也,而见者远;顺风而呼,声非加疾也,而闻者彰。假③舆马者,非利足也,而致千里;假舟楫者,非能水也,而绝江河。君子生④非异也,善假于物也。

积土成山,风雨兴焉;积水成渊,蛟龙生焉;积善成德,而神明自得,圣心备焉。故不积跬⑤(kuǐ)步,无以至千里;不积小流,无以成江海。骐骥(qí jì)一跃,不能十步;驽(nú)马十驾⑥,功在不舍。锲而舍之,朽木不折;锲而不舍,金石可镂(lòu)。蚓无爪牙之利,筋骨之强,上食埃土,下饮黄泉,用心一也;蟹八跪⑦而二螯⑧(áo),非蛇、鳝之穴无可寄托者,用心躁也。

是故无冥冥之志者,无昭昭之明;无惛(hūn)惛之事者,无赫赫之功⑨。行衢(qú)道⑩者不至,事两君者不容。目不能两视而明,耳不能两听而聪。螣(téng)蛇⑪无足而飞,鼫

---

① 须臾:片刻,一会儿。
② 跂:踮起脚跟。
③ 假:借助,依凭。
④ 生:通"性",人的本性,天生的资质。
⑤ 跬:半步。古代称人行走,举足一次为"跬",举足两次为"步",故半步称"跬"。
⑥ 十驾:十天的路程。
⑦ 跪:脚。
⑧ 螯:螃蟹身前如钳形的大爪。
⑨ 冥冥、惛惛:昏暗不明的样子,形容专心致志,埋头苦干。昭昭:光明,明白。赫赫:盛大显著。
⑩ 衢道:岔道。
⑪ 螣蛇:古代传说中的一种能飞的神蛇。

(shí)鼠①五技而穷。《诗》曰:"尸鸠②在桑,其子七兮。淑人③君子,其仪一兮。其仪一兮,心如结④兮!"故君子结于一也。

学恶(wū)乎始?恶乎终?曰:其数⑤则始乎诵经,终乎读礼;其义⑥则始乎为士,终乎为圣人,真积力久则入,学至乎没⑦(mò)而后止也。故学数有终,若其义则不可须臾舍也。为之,人也;舍之,禽兽也。

【浅解】

本文节选自《荀子·劝学篇》。荀子主张"性恶论",认为要使人的本性由恶变善,就必须重视学习,善于学习。通过学习,"人皆可以成尧舜"。所以他特别强调后天学习的重要性,甚至把是否学习作为区分人与禽兽的标准:"为之,人也;舍之,禽兽也"。本文开篇就提出"学不可以已"的命题,这不但是《劝学篇》的中心思想,也是整部《荀子》的核心观点之一。围绕这个中心论点,荀子从学习的意义、作用、目的、态度等多个方面加以论述。文章运用大量的比喻来说明道理,深入浅出、生动巧妙地把抽象的道理具体化、形象化,使深奥的理论浅显易懂。在论述中又采取了大量的排比、对仗等修辞手法,辞采缤纷,使其读起来抑扬顿挫,富有节奏感与音韵美。"青取之于蓝,而青

---

① 鼫鼠:一种形状如兔的鼠类。有多种技能,却不能专心一意做到底。
② 尸鸠:布谷鸟。
③ 淑人:善人。
④ 结:结聚,凝结,喻坚定不移。
⑤ 数:学习的具体科目。
⑥ 义:原则。
⑦ 没:通"殁",死。

于蓝"(后演化成"青出于蓝而胜于蓝"),"不积跬步,无以至千里;不积小流,无以成江海","锲而舍之,朽木不折;锲而不舍,金石可镂"等,都成为激励人们精诚专一、持之以恒、精进不止地学习的名言警句。尤其重要的是,荀子把学习当成终身不可放弃的大事,倡导"学至乎没而后止"的勤学精神,对形成中华民族"活到老,学到老"的优良传统产生了不可忽视的重要作用。

长 歌 行

《乐府诗集》

青青园中葵,朝露待日晞①(xī)。阳春布德泽,万物生光辉。常恐秋节至,焜(kūn)黄②华叶衰。百川③东到海,何时复西归?少壮不努力,老大徒伤悲!

【浅解】

《长歌行》是汉乐府曲题,这首诗选自《乐府诗集》。乐府本为官署机构,汉武帝时设置,职掌为制定乐谱、搜集歌词和训练音乐人员。后人将乐府所采之诗称为"乐府"。按照余冠英先生的说法,作为诗体之名的乐府,又有广狭不同的意义:"狭义的乐府指汉以下入乐的诗,包括文人之作的和采自民间的。广义的连词曲也包括在内。更广义的又包括那些并未入乐而袭用乐府旧题,或摹仿乐府题材的作品。"乐府诗常采用赋、比、兴、反复歌咏的修饰手法状物抒情,歌以咏志。

这首《长歌行》是汉乐府中的代表作,用自然界的变化来比喻光阴如梭,青春易逝,告诫人们应及早努力,莫失年华,免得年老时徒然

---

① 晞:天亮,引申为阳光照耀。
② 焜黄:草木凋落枯黄的样子。
③ 川:河流。

伤悲。耳熟能详的名句"少壮不努力,老大徒伤悲"是这首诗的主旨所在,看似平易的语言中蕴含着丰富的人生哲理,后世的很多诗文名句都以此立意,再造新句。诵读此诗,我们会想到晋代陶渊明的"盛年不重来,一日难再晨。及时当勉励,岁月不待人",也会想到晚唐杜荀鹤的"少年辛苦终身事,莫向光阴惰寸功",更会想到宋代岳飞的"莫等闲,白了少年头,空悲切"。这样的励志劝学名句,其意也深,其情也真,都在语重心长地告诉我们一个亘古不变的道理:岁月匆匆,一去不返,要想成就一番事业,就必须"尺璧非宝,寸阴是竞"。

典论·论文

(三国·魏)曹丕

　　盖文章,经国①之大业,不朽之盛事。年寿有时而尽,荣乐止乎其身,二者必至之常期,未若文章之无穷。是以古之作者,寄身于翰墨,见②(xiàn)意于篇籍,不假③良史之辞,不托飞驰④之势,而声名自传于后。故西伯幽而演《易》⑤,周旦⑥显而制礼,不以隐约⑦而弗务,不以康乐而加思⑧。夫然,则古人贱⑨尺璧⑩而重寸阴,惧乎时之过已。而人多不强力;贫贱则慑⑪(shè)于饥寒,富贵则流于逸乐,遂营目前之

---

① 经国:治理国家。
② 见:通"现",显露,表现。
③ 假:依托,凭借。
④ 飞驰:飞黄腾达、驰骋于仕途的达官贵人。
⑤ 西伯幽而演《易》:史载周文王被殷纣王囚禁于羑里后,曾推演《周易》,成六十四卦,并作卦辞。西伯:周文王姬昌,在殷商时为西伯。
⑥ 周旦:周公旦,周文王之子,周武王之弟,周成王之叔。曾为周朝改定官制,创制礼法。
⑦ 隐约:穷困,不显达。
⑧ 加思:转移兴趣。
⑨ 贱:看轻。
⑩ 尺璧:直径一尺之大璧,极珍贵的玉石。
⑪ 慑:害怕。

务,而遗千载之功。日月逝于上,体貌衰于下,忽然与万物迁化①,斯志士之大痛也!

【浅解】

本文选自曹丕的《典论》,《论文》是其中的一篇。曹丕(187—226年),字子桓,沛国谯县(今安徽亳州)人,曹操次子,三国时魏国的首位皇帝,220—226年在位,史称魏文帝。曹丕还是著名的文学家,是建安(196—220年)文学的代表作家,与其父曹操、其弟曹植并称"三曹"。鲁迅先生在《魏晋风度及文章与药及酒之关系》中说"曹丕的一个时代,可以说是文学的自觉时代"。钱穆认为"曹丕是在中国文学史上讲文学之价值与技巧的第一人"。《典论·论文》就是文学自觉时代中文学批评的自觉表现,它是我国文学批评史上首篇文学理论之作。此文首先批评"文人相轻"的陋习,次论孔融等建安七子的创作与著述,以及不同文体的特征。最后阐述文章的重要价值。这里节选的内容即是文章的最后部分。

春秋时期的叔孙豹曾提出"三不朽"之说:"太上有立德,其次有立功,其次有立言,虽久不废,此之谓不朽",将"立言"列于立德、立功之后。这样的说法长期为人们所接受。但曹丕明确提出文章是"经国之大业,不朽之盛事",不仅有"不朽"的价值,还有"经国"的政治、社会功能,这就大大提高了"立言"的地位。而借文章以立言的作者,"不假良史之辞,不托飞驰之势,而声名自传于后"。在这样的认识下,他鼓励创作者珍惜时光,积极投身文学创作,以求青史留名,永垂不朽。曹丕以帝王之尊,对文学的功用价值有这样独到的认识,对后世文学批评与文学创作的发展有着极为重要的意义。

---

① 与万物迁化:消逝,死亡。迁化:变化。

读《山海经》

(东晋)陶渊明

孟夏①草木长,绕屋树扶疏②。众鸟欣有托,吾亦爱吾庐。既耕亦已种,时还读我书。穷巷③隔深辙④,颇回故人车⑤。欢然酌春酒,摘我园中蔬。微雨从东来,好风与之俱。泛览《周王传》⑥,流观《山海图》⑦。俯仰终宇宙⑧,不乐复何如?

【浅解】

本诗选自《陶渊明集》。《读〈山海经〉》是陶渊明所撰写的组诗,

---

① 孟夏:初夏,农历四月。
② 扶疏:枝叶茂盛,高低疏密有致。
③ 穷巷:偏僻的巷子。
④ 隔深辙:距离大路很远。隔:隔开。深辙:车辙,代指大路。
⑤ 颇回故人车:经常使老朋友的车子掉转回去。颇:很,这里指经常。回:回转,这里是使动用法。
⑥ 《周王传》:《穆天子传》,记载周穆王巡游之事的著作。
⑦ 《山海图》:指《山海经图》。《山海经》是我国古代地理名著,记载海内外绝域山川人物之异,保存了许多古代神话。原有古图及汉代所传图,晋代郭璞曾为其作注,有图及赞。后原图均亡佚。今所见图是清人所画。
⑧ 终宇宙:游遍宇宙之意。终:穷,竟,尽。

共十三首。此为第一首,是组诗的发端,总写幽居期间农耕之余欢然酌酒、快意读书的乐趣。前四句描写环境优美,紧接着写春耕结束,可以"时还读我书",中间插入"穷巷隔深辙"六句,或叙事,或写景,或抒情,具备了天时地利人和的环境,遂可"泛览《周王传》,流观《山海图》",最后以"不乐复何如"作结。通篇洋溢着悠然自得、陶然自乐的喜悦之情,体现了作者俯仰宇宙、天人合一的洒脱襟怀。在《五柳先生传》中,陶渊明讲自己"好读书,不求甚解;每有会意,便欣然忘食。"此诗可作这句话的绝妙注解。将日常生活随意写出,便有动人之处,让人感同身受,回味无穷,这正是陶诗的精彩绝伦之处。故温汝能《陶集汇评》有云:"此篇是渊明偶有所得,自然流出,所谓不见斧凿痕也。大约诗之妙以自然为造极。陶诗率近自然,而此首更令人不可思议,神妙极矣。"今天,我们如果能在繁忙的公务之余,也以如此闲适的心态,在如此幽美的环境下,饱读诗书,想来也是人生至乐也!

师　说

（唐）韩愈

　　古之学者必有师。师者，所以①传道受业解惑②也。人非生而知之者，孰能无惑？惑而不从师，其为惑也，终不解矣。生乎吾前，其闻道也固③先乎吾，吾从而师之；生乎吾后，其闻道也亦先乎吾，吾从而师之。吾师道④也，夫庸知⑤其年之先后生于吾乎？是故无⑥贵无贱，无长无少，道之所存，师之所存也。

　　嗟乎！师道⑦之不传也久矣！欲人之无惑也难矣！古之圣人，其出人⑧也远矣，犹且⑨从师而问焉；今之众人，其

---

①　所以：用以，用来。
②　传道受业解惑：清代曾国藩解释说：传道，谓修己治人之道；授业，谓古文六艺之业；解惑，谓解此二者之惑。受：通"授"。
③　固：本来。此处意谓确实。
④　师道：学习道理。师：动词，学习。
⑤　庸知：岂知，何必知。
⑥　无：无论。
⑦　师道：从师学习的风尚。
⑧　出人：超过一般人。
⑨　犹且：尚且。

下①圣人也亦远矣，而耻学于师。是故圣益圣，愚益愚。圣人之所以为圣，愚人之所以为愚，其皆出于此乎？爱其子，择师而教之；于其身也，则耻师焉，惑矣。彼童子之师，授之书②而习其句读③（dòu）者，非吾所谓传其道解其惑者也。句读之不知，惑之不解，或师焉，或不④（fǒu）焉，小⑤学而大⑥遗⑦，吾未见其明也。巫医乐师百工⑧之人，不耻相师。士大夫之族，曰师曰弟子云者，则群聚而笑之。问之，则曰："彼与彼年相若也，道相似也。位卑则足羞，官盛⑨则近谀。"呜呼！师道之不复可知矣。巫医乐师百工之人，君子不齿，今其智乃反不能及，其可怪也欤！

圣人无常师⑩。孔子师郯（tán）子⑪、苌（cháng）弘⑫、师襄⑬、老聃⑭（dān）。郯子之徒，其贤不及孔子。孔子曰："三

---

① 下：低于。
② 授之书：教他书本上的知识。
③ 句读：古人指文辞休止和停顿处。文辞语意已尽处为句，语意未尽而须停顿处为读。
④ 不：通"否"。这里指不从师学习。
⑤ 小：小事，指不知句读。
⑥ 大：大事，指不明事理，有惑不解。
⑦ 遗：抛弃。
⑧ 百工：各种从事手工技艺的人。
⑨ 官盛：官职很大。
⑩ 常师：固定专一的老师。
⑪ 郯子：春秋时郯国的君主，据说孔子曾向他请教少皞氏以鸟名官的事。
⑫ 苌弘：周敬王时大夫，据说孔子曾向他请教音乐方面的问题。
⑬ 师襄：鲁国乐官，史载孔子曾向他学琴。
⑭ 老聃：老子李耳，史载孔子曾向他问礼。

人行,则必有我师。"是故弟子不必不如师,师不必贤于弟子,闻道有先后,术业有专攻,如是而已。

李氏子蟠(pán),年十七,好古文,六艺①经传②皆通习之,不拘于时,学于余。余嘉其能行古道,作师说以贻③(yí)之。

【浅解】

本文选自《韩昌黎文集校注》。《师说》是韩愈论说"师道"的名文。韩愈所处的时代,社会上存在着严重的"耻学于师"的风气,为了恢复"师道",韩愈不仅身体力行,抗颜为师,而且特撰《师说》一文,提出了"尊师重道"的教育观,对士大夫之族耻于从师的不良风气予以批评。柳宗元在《答韦中立论师道书》中说:在"由魏晋氏以下,人益不事师。今之世不闻有师,有辄哗笑之,以为狂人。独韩愈奋不顾流俗,犯笑侮,收召后学,作《师说》,因抗颜而为师"。这样的言行在当时是触犯流俗的,因而《师说》的观点也是振聋发聩的。

在本文中,韩愈阐述了教师在传道授业解惑方面的重要作用,论述了从师学习的必要性以及选择教师的原则,倡导"道之所存,师之所存也"。同时说明了求师问学应该不论地位贵贱,不问年龄差别,凡是在道与术业方面胜过自己或者有一技之长的人都可以为师。正所谓"圣人无常师""弟子不必不如师,师不必贤于弟子,闻道有先后,术业有专攻"。文章最后一段交代了写作这篇文章的缘由。李蟠"能行古道",就是能从师而学。显然,作者是借赞扬李蟠的"行古

---

① 六艺:《诗经》《尚书》《仪礼》《周易》《春秋》《乐经》,又称六经。
② 经:六艺的原文。传:后世阐释六经之文。
③ 贻:赠给。

道"来进一步批判耻于从师的士大夫阶层。"古道"与"古之学者必有师"遥相呼应。

  本文在写作风格上,观点明确,逻辑严谨,文从字顺,这也是韩愈主张"文以载道",反对骈偶文风,提倡散体古文的具体践行。宋代洪迈评价此文:"如常山蛇势,救首救尾,段段有力,学者宜熟读。"

唐宋读书诗四首

题弟侄书堂
（唐）杜荀鹤

何事居穷道不穷①,乱时②还与静时③同。家山虽在干戈④地,弟侄常修礼乐风。窗竹影摇书案上,野泉声入砚池中。少年辛苦终身事,莫向光阴惰⑤寸功。

冬夜读书示子聿(yù)
（南宋）陆游

古人学问无遗力,少壮工夫老始成。纸上得来终觉浅,绝知此事要躬行。

---

① 居穷道不穷:处于困顿之境仍要注重求学问道,加强修养。
② 乱时:战乱时期。
③ 静时:和平时期。
④ 干戈:干和戈本是古代打仗时常用的两种武器,这里代指战争。
⑤ 惰:懈怠。

观书有感

（南宋）朱熹

半亩方塘一鉴开①，天光云影共徘徊。问渠②哪得清如许？为有源头活水来。

游郭希吕石洞·书院

（南宋）刘过

力学如力耕，勤惰尔自知。但使书种多，会有岁稔③(rěn)时。

【浅解】

《题弟侄书堂》选自《全唐诗》。杜荀鹤(约846—约904年)，字彦之，自号九华山人，池州石埭(今安徽石台)人，晚唐著名诗人。出身寒微，中年始中进士。后朱温取唐建梁，任以翰林学士，知制诰。其诗作平易自然，质朴明畅，清新秀逸。这首诗是杜荀鹤为侄子的书堂所题的诗。其弟侄虽然身处干戈之地、动乱穷困之时，却能静下心来勤奋读书，进德修业，实为难能可贵。"窗竹影摇书案上，野泉声入砚池中"，由人及景，再现弟侄勤于砚池、笔耕不辍的情景。"少年辛苦终身事，莫向光阴惰寸功"，是全诗的主旨所在，既是对弟侄的勉励，也是长者的人生感悟。这也启示我们，无论身在何时何地，无论周遭环境如何，都应该保持一颗求学上进之心，孜孜不倦，持之以恒，尤其是年轻时的勤奋努力必将终生受益。

《冬夜读书示子聿》选自《陆游诗词选》。陆子聿是陆游的小儿

---

① 一鉴开：像一面镜子被打开。鉴：镜子。
② 渠：代词，它，指第一句中的"半亩方塘"。
③ 稔：庄稼成熟，喻获得成功。

子。陆游在诗中告诉儿子古人做学问的方法,年少时多下功夫,坚持不懈,将来才能有所成就。"纸上得来终觉浅,绝知此事要躬行",是全诗的主题所在。书上得来的知识是前人经验的总结,不能纸上谈兵,空对空,要真正认知事物,知晓道理,还必须亲身践行。这就是我们今天所倡导的"读万卷书"与"行万里路"的密切结合。正如毛泽东所讲"如果有了正确的理论,只是把它空谈一阵,束之高阁,并不实行,那么,这种理论再好也是没有意义的。"[①]因此,读书问学,要不尚空言,而贵力行。

《观书有感》选自《宋诗钞》,是朱熹抒发读书体会的著名哲理诗,形象生动,词浅意深。"半亩方塘"不算大,却像镜子一样澄澈明净,天光云影,闪耀浮动,给人以豁然开朗的美感。"方塘"由于有源头活水的不断注入,因此清澈如许。这比喻学问要想不断长进,就要不断吸取新的营养,博览群书,日有所进,日新其境。

《游郭希吕石洞·书院》选自《江湖小集》。刘过(1154—1206年),字改之,号龙洲道人,吉州太和(今江西泰和)人,南宋文学家。曾四次应举不中,流落江湖间,布衣终身。这首诗浅显易懂,琅琅上口,却又思想深刻,富有哲理。将学习喻为耕种,将书喻为种子,形象恰切地阐述了"一分耕耘,一分收获"的深刻道理。天道酬勤,读书治学,只要功夫下到了,自然会有水到渠成、迎来丰收之时。至今读来,仍有催人奋进的力量。

[①] 《毛泽东选集》第1卷,北京:人民出版社1991年版,第292页。

教条示龙场诸生

(明)王守仁

诸生相从于此甚盛。恐无能为助也,以四事相规①,聊以答诸生之意:一曰立志,二曰勤学,三曰改过,四曰责善。其慎听毋忽!

立 志

志不立,天下无可成之事,虽百工技艺,未有不本于志者。今学者旷废隳(huī)惰,玩岁愒②(kài)时,而百无所成,皆由于志之未立耳。故立志而圣则圣矣,立志而贤则贤矣。志不立,如无舵之舟,无衔之马,漂荡奔逸,终亦何所底③乎?昔人有言,使为善而父母怒之,兄弟怨之,宗族乡党贱恶(wù)之,如此而不为善可也;为善则父母爱之,兄弟悦之,宗族乡党敬信之,何苦而不为善,为君子?使为恶(è)而父母爱之,兄弟悦之,宗族乡党敬信之,如此而为恶(è)可也;为恶(è)则父母怒之,兄弟怨之,宗族乡党贱恶(wù)之,何苦

---

① 规:规劝,劝勉。
② 愒:荒废。
③ 底:通"抵",到达。

而必为恶(è),为小人？诸生念此,亦可以知所立志矣。

勤　学

已立志为君子,自当从事于学。凡学之不勤,必其志之尚未笃①也。从吾游者,不以聪慧警捷②为高,而以勤谨谦抑为上。诸生试观侪(chái)辈③之中,苟有虚而为盈,无而为有,讳己之不能,忌人之有善,自矜自是,大言欺人者,使其人资禀虽甚超迈,侪辈之中,有弗疾恶之者乎？有弗鄙贱之者乎？彼固将以欺人,人果遂为所欺,有弗窃笑之者乎？苟有谦默自持,无能自处,笃志力行,勤学好问,称人之善,而咎己之失,从人之长,而明己之短,忠信乐易④,表里一致者,使其人资禀虽甚鲁钝,侪辈之中,有弗称慕之者乎？彼固以无能自处,而不求上人⑤,人果遂以彼为无能,有弗敬尚之者乎？诸生观此,亦可以知所从事于学矣。

改　过

夫过者,自大贤所不免,然不害其卒为大贤者,为其能改也。故不贵于无过,而贵于能改过。诸生自思平日亦有缺于廉耻忠信之行者乎？亦有薄于孝友之道,陷于狡诈偷

---

① 笃:坚定,忠实。
② 警捷:机警敏捷。
③ 侪辈:同辈,同学。
④ 乐易:和悦平易。
⑤ 上人:居人之上,出人头地。

刻①之习者乎？诸生殆不至于此。不幸或有之，皆其不知而误蹈，素无师友之讲习规饬也。诸生试内省（xǐng），万一有近于是者，固亦不可以不痛自悔咎。然亦不当以此自歉②，遂馁③（něi）于改过从善之心。但能一旦脱然洗涤旧染，虽昔为寇盗，今日不害为君子矣。若曰吾昔已如此，今虽改过而从善，将人不信我，且无赎于前过，反怀羞涩疑沮，而甘心于污浊终焉，则吾亦绝望尔矣。

责　善

责善，朋友之道，然须忠告而善道④之。悉其忠爱，致其婉曲，使彼闻之而可从，绎⑤（yì）之而可改，有所感而无所怒，乃为善耳。若先暴白⑥其过恶，痛毁极诋，使无所容，彼将发其愧耻愤恨之心，虽欲降以相从，而势有所不能，是激之而使为恶矣。故凡讦⑦（jié）人之短，攻发人之阴私，以沽直⑧者，皆不可以言责善。虽然，我以是而施于人不可也。人以是而加诸我，凡攻我之失者，皆我师也，安可以不乐受而心感之乎？某于道未有所得，其学卤莽⑨耳。谬为诸生相

---

① 偷刻：刻薄。
② 自歉：愧疚。
③ 馁：泄气，没有勇气。
④ 善道：善加诱导。道：通"导"。
⑤ 绎：理出头绪，仔细寻味。
⑥ 暴白：暴露，显扬。
⑦ 讦：揭发别人的隐私或攻击别人的短处。
⑧ 沽直：沽名卖直，故作正直以猎取好的名誉。
⑨ 卤莽：粗疏，马虎。

从于此,每终夜以思,恶且未免,况于过乎?人谓事师无犯无隐,而遂谓师无可谏,非也。谏师之道,直不至于犯,而婉不至于隐耳。使吾而是也,因得以明其是;吾而非也,因得以去其非,盖教学相长①也。诸生责善,当自吾始。

【浅解】

本文选自《阳明先生集要》。作者王守仁(1472—1529年),字伯安,别号阳明,浙江绍兴府余姚县(今浙江余姚)人,因曾筑室于故乡会稽山阳明洞,自号阳明子,学者称之为阳明先生,谥文成,故后人又称王文成公,明代杰出的思想家、哲学家、政治家、军事家、文学家,陆王心学的集大成者,在儒学发展史上,与孔子、孟子、朱熹并称为"孔、孟、朱、王"。终其一生,文治而后武功,内圣而后外王,集立德、立功、立言于一身,是中国古代儒者中的第一流人物,对后世产生了极为深远的影响。

明武宗正德元年(1506),王守仁因得罪宦官刘瑾,被贬为贵州龙场驿丞。正德三年(1508),王守仁来到龙场就任,当时龙场属于荒蛮之地,交通不便,生活困苦,文教不兴。王守仁却在极端困难的条件下,日夜反省,体悟到"圣人之道,吾性自足,向之求理于事物者误也。"这就是著名的"龙场悟道"。与此同时,他还讲学不辍,当地人特为其建龙岗书院,慕名求学者络绎不绝。因此,他撰写了这一教条作为训示。

教条是古代官学或书院中教导、训诫学生的条规和要求。在本

---

① 教学相长:教和学两方面互相影响和促进,都得到提高。《礼记·学记》:"是故学然后知不足,教然后知困。知不足,然后能自反也;知困,然后能自强也。故曰教学相长也。"

文中,作者以平实恳切的语言娓娓道来,劝勉前来从学者从立志、勤学、改过、责善等四个方面研习学问、进德修业。立志是要目标坚定,立志做君子圣贤;勤学是要勤学好问,笃志力行,谦虚谨慎;改过是要能认识到自身的不足,认真改过从善;责善是同学之间要相互砥砺劝勉,共同向善。他还特别指出,对朋友责善要"忠告而善道之",针对自己,则希望诸生直言相告自己的不足,让自己明白是非,改正缺点,以收"教学相长"之效,体现了作者虚怀若谷、平易近人的态度。在这四者之中,立志是根本和前提,勤学、改过、择善为手段和途径;立志、勤学、改过为一己之事,责善为同学相处之道。可以说,古今治学为人之道,概莫如是。诚如明人施邦曜所言:此教条"不独可为初学规划,夫人而立志不渝,好学不倦也,改过不吝也,嗜善若不及也。作圣之功,尽于此矣。当书以置左右。"

顾炎武论学四则

清谈误国

刘、石①乱华,本于清谈之流祸,人人知之。孰知今日之清谈,有甚于前代者。昔之清谈谈老、庄,今之清谈谈孔、孟,未得其精而已遗其粗,未究其本而先辞其末。不习六艺之文,不考百王之典,不综当代之务,举夫子②论学、论政之大端一切不问,而曰"一贯",曰"无言"。以明心见性之空言,代修己治人之实学。股肱惰而万事荒,爪牙亡而四国乱,神州荡覆,宗社丘墟。昔王衍③妙善玄言,自比子贡,及

---

① 刘、石:刘是指匈奴人刘渊(？—310年)及其子刘聪(？—318年),刘渊是十六国时期前赵政权的建立者。其子刘聪继位后,先后派兵攻破洛阳和长安,俘虏并杀害晋怀帝及晋愍帝,覆灭西晋政权并拓展大片疆土。石指羯人石勒(274—333年),曾为刘聪部下,在灭晋过程中颇有战功,后建立后赵政权,史称后赵明帝。

② 夫子:孔子。

③ 王衍:(256—311年),字夷甫。西晋琅琊郡临沂县(今山东临沂北)人。西晋末年重臣,著名清谈家。王衍外表清明俊秀,风姿安详文雅,虽位高权重,但不以国事为重,惟以玄谈为尚。永嘉五年(311),王衍为石勒所俘,在与石勒交谈时,仍推脱责任,并劝其称帝,石勒大怒,将其与西晋旧臣一同活埋。王衍也因此而成为历史上"清谈误国"的典型人物。

为石勒所杀,将死,顾而言曰:"呜呼,吾曹①虽不如古人,向若不祖尚②浮虚,戮力③以匡天下,犹可不至今日。"今之君子,得不有愧乎其言?

博学于文,行己有耻

愚所谓圣人之道者如之何?曰:"博学于文"④,曰:"行己有耻"⑤。自一身以至于天下国家,皆学之事也;自子臣弟友以至出入、往来、辞受、取与之间,皆有耻之事也。耻之于人大矣!不耻恶(è)衣恶食⑥,而耻匹夫匹妇之不被其泽,故曰:"万物皆备于我矣,反身而诚。"⑦

呜呼!士而不先言耻,则为无本之人;非好古而多闻,则为空虚之学。以无本之人,而讲空虚之学,吾见其日从事于圣人而去之弥远也。

---

① 吾曹:我辈,我们。
② 祖尚:效法崇尚。
③ 戮力:通力合作,尽全力。
④ 博学于文:广泛地学习各种文化知识。出自《论语·雍也》:"子曰:君子博学于文,约之以礼,亦可以弗畔矣夫!"在顾炎武看来,这里的"文"包含的内容非常广泛:"自身而至于家、国、天下,制之为度数,发之为音容,莫非文也"。
⑤ 行己有耻:一个人行事,凡自己认为可耻的就不去做,即用耻辱之心约束自己的行为。出自《论语·子路》:"子贡问曰:'如何斯可谓之士矣?'子曰:'行己有耻,使于四方,不辱君命,可谓士矣。'"
⑥ 恶衣恶食:简陋粗劣的衣食。《论语·里仁》:"士志于道,而耻恶衣恶食者,未足与议也。"
⑦ 万物皆备于我矣,反身而诚:语出《孟子·尽心上》:"万物皆备于我矣,反身而诚,乐莫大焉"。意思是:天下万事万物之理已由天赋予我,如果反躬自省,自己是诚实无欺的,便会感到莫大的快乐。

文须有益于天下

文之不可绝于天地者,曰明道也,纪政事也,察民隐也,乐道人之善也。若此者,有益于天下,有益于将来。多一篇,多一篇之益矣。若夫怪力乱神之事,无稽之言,剿(chāo)袭①之说,谀佞②(nìng)之文,若此者,有损于己,无益于人,多一篇,多一篇之损矣。

人之为学,不日进则日退

人之为学,不日进则日退。独学无友,则孤陋而难成。久处一方,则习染而不自觉。不幸而在穷僻之域,无车马之资,犹当博学审问,古人与稽③,以求其是非之所在,庶(shù)几④可得十之五六。若既不出户,又不读书,则是面墙⑤之士,虽有子羔、原宪之贤⑥,终无济于天下。子曰:"十室之邑,必有忠信如丘者焉,不如丘之好学也。"夫以孔子之圣,犹须好学,今人可不勉乎?

---

① 剿袭:剽窃他人作品,因袭照搬。剿:同"抄"。
② 谀佞:奉承献媚。
③ 古人与稽:与古人相合。稽:相合,相同。《礼记·儒行》:"儒有今人与居,古人与稽。"
④ 庶几:差不多。
⑤ 面墙:面墙而立,一无所见,比喻孤陋寡闻。
⑥ 子羔、原宪之贤:像子羔、原宪那样贤能。子羔:高柴,春秋时期卫国人。原宪:字子思,春秋时期鲁国人。二人都是孔子优秀的弟子。

【浅解】

《清谈误国》(原题《夫子之言性与天道》)、《文须有益于天下》选自《日知录》,《博学于文,行己有耻》(原题《与友人论学书》)、《人之为学,不日进则日退》(原题《与人书》)选自《顾亭林诗文集》。

作为一名"以天下兴亡为己任"的优秀学者,顾炎武身处明清易代之际,目睹了世道衰败、天翻地覆的时代变局,终生都在反思、分析明朝灭亡的原因。在他看来,明末士人承袭王阳明心学的末流,不讲经世致用的实学,束书不观,出入禅老,空谈心性,虽然口头上讲的是孔孟之学,但其实质与儒学的真义相去甚远,而越来越像禅学,导致学风虚浮,气节衰败。士人中的突出者,不过能做到"平时袖手谈心性,临危一死报君王"而已。所以明朝的灭亡,这种"清谈孔孟"的士风难辞其咎。因此,他多次撰文批评。

顾炎武针对时弊,在经世致用思想的指导下,提出了开启一代崭新学风的学术思想纲领:"博学于文"和"行己有耻"。"博学于文",是对学者学问方面的要求,即通过读万卷书、行万里路,达到博通众家、守正出新的大家气象,最终实现"经世济民"的目标。这里所说的"文",既有书本知识,也有实践内容,包含甚广。"行己有耻",是在学者道德品行方面的要求,"自子臣弟友以至出入、往来、辞受、取与之间,皆有耻之事",这就要求学者讲求气节,有担当意识,努力做一个心存耻辱之戒、守住道德底线的"有耻之人"。尤其应该对"匹夫匹妇之不被其泽"而感到羞耻,要以天下为己任。基于上述思想,他明确提出了"文须有益于天下"的观点。而要做到这些,就必须勉学、好学、善学,出户觅友,开阔眼界,读书问学,古人与稽,避免出现"不日进而日退""孤陋而难成"的情况。

顾炎武的学术主张,对于矫正虚浮无用的学风,开启清代征实学风,起到了十分积极的示范和引导作用。更重要的是,他强烈的社会责任感,对士人气节的无比推崇,对后人有极强的感染力,如今诵读其文,想见其为人,仍能让人肃然起敬。梁启超称赞说:"他的感染力所以能历久常新者,不徒在其学术之渊粹,而尤在其人格之崇峻"。钱穆也赞叹云:"其志意之切挚,风格之严峻,使三百年后学者读之,如承面命,何其感人之深耶!"两位国学大师类似的感受,对于有志做大学问、大事业的人而言,应该是"心有戚戚焉"。

康熙论读书为学六则

《庭训格言》

○ 凡人进德修业,事事从读书起。多读书则嗜欲淡,嗜欲淡则费用省,费用省则营求少,营求少则立品高。读书之法,以经①为主。苟经术深邃,然后观史。观史则能知人之贤愚,遇事得失亦易明了。故凡事可论贵贱老少,惟读书不问贵贱老少。读书一卷,则有一卷之益;读书一日,则有一日之益。此夫子所以发愤忘食②,学如不及③也。

○ 人在幼稚,精神专一通利;长成以后,则思虑散逸外驰。是故应须早学,勿失机会。朕七八岁所读之经书,至今五六十年,犹不遗忘。至于二十以外所读经书,数月不温④,即至荒疏矣。然人或有幼年遭逢坎壈⑤(lǎn),失于早学,则

---

① 经:封建时代政府法定的以孔子为代表的儒家所编书籍的通称。至宋代形成"十三经":《周易》《尚书》《诗经》《仪礼》《周礼》《礼记》《左传》《谷梁传》《公羊传》《论语》《孟子》《尔雅》《孝经》。

② 发愤忘食:努力学习或工作,连吃饭都忘了。形容十分勤奋。出自《论语·述而》:"发愤忘食,乐以忘忧,不知老之将至云尔。"

③ 学如不及:学习好像追赶什么,总怕赶不上。形容学习勤奋,进取心强。出自《论语·泰伯》:"子曰:'学如不及,犹恐失之。'"

④ 温:复习。《论语·为政》:"子曰:'温故而知新,可以为师矣。'"

⑤ 坎壈:困顿,不得志。

于盛年尤当励志。盖幼而学者也,如日出之光;壮而学者,如炳烛①之光。虽学之迟者,亦犹贤乎始终不学者也。

〇 人心虚则所学进,盈则所学退。朕生性好问。虽极粗鄙之夫,彼亦有中理②之言。朕于此等决不遗弃,必搜其源而切记之。并不以为自知自能而弃人之善也。

〇《易》③云:"日新之谓盛德"。学者一日必进一步,方不虚度时日。大凡世间一技一艺,其始学也,不胜其难,似万不可成者。因置而不学,则终无成矣。所以,初学贵有决定不移之志,又贵有勇猛精进之心,尤贵精进而又贞④常永固、毫不退转,则凡技艺焉有不成者哉!

〇 道理之载于典籍者,一定而有限,而天下事千变万化,其端无穷。故世之苦读书者,往往遇事有执泥处,而经历世故多者,又每逐事圆融而无定见。此皆一偏之见。朕则谓当读书时,须要体认世务;而应事时,又当据书理而审其事。宜如此,方免二者之弊。

〇 先儒有言:"穷理非一端,所得非一处。或在读书上得之,或在讲论上得之,或在思虑上得之,或在行事上得之。读书得之虽多,讲论得之尤速,思虑得之最深,行事得之最实。"此语最为切当,有志于格物致知⑤之学者,其宜知之。

---

① 炳烛:燃烛照明。
② 中理:切中情理。
③ 《易》:《周易》,儒家推崇的经典之一。
④ 贞:坚定不移。
⑤ 格物致知:推究事物的道理而获得知识。格:推究;致:求得。《礼记·大学》:"致知在格物,物格而后知至。"

【浅解】

本文选自《庭训格言》。此书由清康熙皇帝爱新觉罗·玄烨撰,其子雍正皇帝爱新觉罗·胤禛笔述,共收康熙对诸皇子训诫语246则。内容丰富,涉及读书、修身、为政、待人、敬老等诸多方面。语言朴实生动、顺畅自如,切中要害,以理服人。此书在清代影响甚大,晚清名臣曾国藩曾将其作为教育子弟的教本之一:"吾教尔兄弟不在多书,但以圣祖之《庭训格言》、张公(按:指张英)之《聪训斋语》二种为教,句句皆吾肺腑所欲言。"本文所选内容为康熙关于读书问学的教诲。

爱新觉罗·玄烨(1654—1722年),清朝第四位皇帝,1661—1722年在位,年号康熙,庙号圣祖,是中国历史上在位时间最长的皇帝。在位期间,奠定了清朝兴盛的根基,成为"康乾盛世"的开创者。康熙从青年时代就勤奋好学,以后贵为人君,日理万机,仍好学深思,至死不倦,极为难能可贵。他对皇子讲授的读书问学之道,均是其切身体悟,至今读来,仍觉语重心长,切实可行。

本文所选内容的主要思想可以归纳为以下五点:一是告诫诸子要特别重视读书,只有读书不分老少贵贱,一分耕耘,一分收获,"读书一卷,则有一卷之益;读书一日,则有一日之益"。二是劝诫子弟应珍惜光阴,及早发愤,持之以恒,勇猛精进。因为年轻时,读书效果往往更佳,所学内容多年以后依然记得。年龄越长,身外事越多,需要时常温习才能不生疏。三是在读书学习时,要虚怀若谷,不耻下问,学习别人的长处,"虽极粗鄙之夫,彼亦有中理","并不以为自知自能而弃人之善",对于皇家贵胄而言,做到这一点,尤其难得。四是要将读书与"世务"相结合,学以致用。读书时,需要去体会治世之事,应对世务时,又应当根据书本道理审视举措是否恰当,这样才能将二者融会贯通,相辅相成。这就是今天人们经常讲的"理论与实践相结合"。五是处处留心皆学问,读书、讲论、思考、行事,只要用心探求,均可增长才干,受益不尽。既高度重视读书,又没有将求学问道的方法局限于读书一途,这是十分通达的见解。

七 十

(清)唐甄

唐子①行年七十,处于张氏之馆。当始生之日②,以其余酒,昼而独饮,自庆也。七十者,生之日日远,死之日日近,是弟子之所庆也,非所以自庆也。然则何为自庆?人之老少不同于鸟兽,鸟兽不知修,人则知修。我发虽变,我心不变;我齿虽堕,我心不堕。岂惟不变不堕,将反其心于发长齿生之时,人谓老过学时,我谓老正学时。今者七十,乃我用力之时也。

血气方壮,五欲③与之俱壮;血气既衰,五欲与之俱衰。久于富贵则心厌足,劳于富贵则思休息,且以来日不长,心归于寂。不伤位失,以身先位亡也;不忧财匮,以身先财散也。贫贱之士,亦视之若浮云而非我有,此六十七十之候④也。

---

① 唐子:唐甄自称。
② 始生之日:生日。
③ 五欲:指人与生俱来的五种欲望:身欲美于服,目欲美于色,耳欲美于声,口欲美于味,鼻欲美于香。
④ 候:征兆,事物变化中的状态。

于斯之时，不啻（chì）视富贵如浮云，而且视死生如旦暮。向有闻不可用，今则闻皆可用；向有见不可用，今则见皆可用；向有思不可用，今则思皆可用；向有力不可用，今则力皆可用。五蔽①既撤，一心渐露。如素②坠于泥中，湔③（jiān）之而易复；如珠遗于室中，求之而易获。是故老而学成，如吴农获谷，必在立冬之后，虽欲先之而不能也。学虽易成，年不我假，敏以求之，不可少待。不然，行百里者，九十而日暮，悔何及矣！

【浅解】

本文选自唐甄的《潜书》。唐甄（1630—1704年），初名大陶，字铸万，号圃亭，四川达州人，明末清初与黄宗羲、王夫之、顾炎武、颜元等基本同时的著名学者和启蒙思想家。《潜书》是其代表性著作之一，原名《衡书》，意在"权衡天下"，后因自己连遭不幸，连蹇不遇，改其名为《潜书》，意即"潜存待用"。全书分上下两编，上编50篇主要谈学术，下编47篇主要论政治。《潜书》和黄宗羲的《明夷待访录》相似，在当时很受重视，"每一篇出，人争传写"，对后世也有很大的影响。

唐甄终生勤学不倦，至老不怠。他曾自述："吾少不知学，四十而后志于学。窃闻圣人之道，而略知圣人治天下之法，勤于诵读，笃于筹策。鸡鸣而起，夜分而寝。"本文是唐甄七十岁生日时的述怀之作。

---

① 五蔽：指人对五种欲望的过分追求导致的身蔽、目蔽、耳蔽、口蔽、鼻蔽，从而在品行和精神方面"远于道"。

② 素：白色的丝绢。

③ 湔：濯洗、清除。

唐甄指出,虽然人生七十古来稀,是个"生之日日远,死之日日近"的时候,但也正是壮心不已的"用力于学之时"。"我发虽变,我心不变;我齿虽堕,我心不堕。岂惟不变不堕,将反其心于发长齿生之时。"这样的豪言壮语,表现了作者老当益壮、锐意进取的可贵精神。像唐甄这样的学者,可谓"活到老,学到老"的楷模。本文的论述风格颇有《孟子》遗风,诵读起来,精神、志气往往为之一振。

当代国学大师张舜徽先生对唐甄的这种治学精神赞叹不已,并将本文中名言警句作为自己的座右铭,他晚年在《自强不息 壮心未已》一文中总结自己的治学体会时提到,做学问是终身之事,应该努力不懈地干下去,并引唐甄名言以自励。资料珍贵,精神可敬,兹将张先生的原文转录如下:

> 荀子说过:"学至乎没而后止也。"这说明学问之道,是没有止境的。应该努力钻研,直到生命的结束,才告休止。纵观古今中外大有成就的学者、科学家,也确是如此。从来不满足于已经取得的成就,而是继续前进。孜孜不倦,死而后已。这种精神,是十分感人的。我一生在治学过程中,也就仰慕前贤的治学精神,常用荀子的话鞭策自己。一生自少至老,从来没有晏起过;日历上也从来没有星期天和节假日。在学术研究工作上,没有放松过。经过长期奋斗,不独不感到疲倦,反而觉得精神愈用愈出,聪明愈用愈灵。到了晚年,总觉工作做不完,非努力前进不可。所以现在虽已七十,每晨还是四点钟起床,盥洗、叠被、整顿几案都毕,便开始工作。不自觉其疲困,感到乐在其中。这样的自强不息,自问还可坚持下去。
>
> 清初学者唐甄,年到七十时,人伤其老。唐甄便说:"我发虽变,我心不变;我齿虽堕,我心不堕。岂惟不变不堕,将反其心于

发长齿生之时。人谓老过学时,我谓老正学时。今者七十,乃我用力之时也。……老而学成,如吴农获谷,必在立冬之后,虽欲先之而不能也。学虽易成,年不我假;敏以求之,不可少待。不然,行百里者,九十而日暮,悔何及矣!"(《潜书·七十》)我每读到他这段言论,志气为之一振,把它作为座右铭,经常提醒自己:还要振作精神,好好地干下去。争取晚年在学术研究方面,努力做些有益的工作。

曾国藩论读书二则

○ 盖士人读书,第一要有志,第二要有识,第三要有恒。有志,则断不甘为下流。有识,则知学问无尽,不敢以一得自足;如河伯之观海①,如井蛙之窥天,皆无识者也。有恒,则断无不成之事。此三者缺一不可。诸弟此时,惟有识不可骤几②,至于有志有恒,则诸弟勉之而已。(《曾国藩家书·致澄弟温弟沅弟季弟》,道光二十一年十二月二十日)

○ 学者于看、读、写、作四者,缺一不可。看者,涉猎宜多宜速;读者,讽咏宜熟宜专。看者,日知其所亡(wú);读者,月无忘其所能。看者,如商贾(gǔ)趋利,闻风即往,但求其多;读者,如富人积钱,日夜摩挲,但求其久。看者如攻城拓地,读者如守土防隘,二者截然两事,不可阙,亦不可混。至写字不多则不熟,不熟则不速,无论何事,均不能敏以图功。至作文,则所以瀹③(yuè)此心之灵机也。心常用则活,

---

① 河伯之观海:河伯,河神,传说姓冯名夷。据《庄子·秋水》,河伯未见北海之前,曾欣然自喜,"以天下之美为尽在己",颇为自得。及至见北海之大,方知自己之渺小。
② 骤几:骤然达到。几:接近,达到。
③ 瀹:引导使其畅通明晓。

不用则窒,如泉在地,不凿汲则不得甘醴,如玉在璞,不切磋则不成令器。今古名人,虽韩、欧①之文章,范、韩②之事业,程、朱③之道术,断无久不作文之理。张子④云:"心有所开,即便札记,不思,则还塞之矣。"(《曾文正公书札·覆邓寅皆》)

【浅解】

本文所选的第一则内容出自曾国藩给自己兄弟的家书,第二则出自给儿子曾纪泽的老师邓寅皆的书信,内容都与读书治学相关。曾国藩不仅自己终身嗜好读书,而且十分重视兄弟子侄的教育,期望他们成为读书明理的君子。他曾给儿子曾纪鸿写信说:"凡人多望子孙为大官,余不愿为大官,但愿为读书明理之君子。"表现在具体行动上,就是经常结合自己的读书经验,总结出独到的读书思想与方法,用来悉心指导兄弟子侄读书问学。前文谈读书人当有志、有识、有恒,后文谈读书问学的四门功课"看(涉猎)、读(诵读)、写(写字)、作(作文)",均是他的独到见解。语言平实,娓娓道来,亲切有味,蕴含着真知卓见,对于今天的读书人,也有很强的指导和借鉴作用。

---

① 韩、欧:唐代文学家韩愈、北宋文学家欧阳修。
② 范、韩:北宋政治家范仲淹、韩琦。
③ 程、朱:程指北宋学者程颢、程颐兄弟,朱指南宋学者朱熹。
④ 张子:北宋学者张载。

八、雄武气象

文以载道,武以定邦,崇文宣武,刚柔并济,是历代王朝遵循的基本国策。中华民族历来有重文教、崇儒雅、爱和平的礼乐传统,同时不乏尚雄健、贵自强、讲武道的雄武气象。在民族传统美学风范中,既有"江南春雨杏花"的阴柔婉约之美,更有"塞北秋风骏马"的阳刚豪壮之气。在完美人格的养成方面,也历来重视"文武兼修",毛泽东同志更是强调"文明其精神,野蛮其体魄"的修身之道。① 每当民族危难之际,都会涌现出一批批爱国志士、民族英雄,发出振聋发聩的呼声。满怀热血、鏖战沙场之际,他们能看到未来和希望;出塞边疆、保家卫国之时,他们能找到乐观和旷达。岑参的"忽如一夜春风来,千树万树梨花开",可有出塞边关的离愁和艰苦?陆游的"丈夫五十功未立,提刀独立顾八荒",可有抱负未展的惆怅和哀伤?辛弃疾的"醉里挑灯看剑,梦回吹角连营",有的是杀敌报国、收复失地的男儿壮志;秋瑾的"拼将十万头颅血,须把乾坤力挽回",有的是女中豪杰不惧牺牲、再造乾坤的铁血精神。本章所收,多为积健为雄、大气磅礴、鼓舞志气的经典篇章,昭示了中华民族的自强不息、荡气回肠的雄武气象。

---

① 毛泽东:《体育之研究》,《新青年》1917年4月1日第三卷第二号。

无 衣

《诗经》

岂曰无衣？与子同袍①。王于②兴师，修我戈矛，与子同仇！

岂曰无衣？与子同泽③。王于兴师，修我矛戟，与子偕作④！

岂曰无衣？与子同裳⑤。王于兴师，修我甲兵⑥，与子偕行！

【浅解】

本诗选自《诗经·秦风》，是一首描写秦国人民勤王从军、同仇敌忾、慷慨赴战之诗，也是《诗经》中最为著名的爱国主义诗篇之一，它是秦人抗击西戎入侵者的豪迈战歌。朱熹云："秦人之俗，大抵尚气

---

① 袍：长衣。
② 于：语助词。
③ 泽：通"襗"(zé)，指汗衣，贴身的衣服，亦指套裤。朱熹注："里衣也，以其亲肤近于垢泽，故谓之泽。"
④ 偕作：共同做。作：奋起，动作。
⑤ 裳：下衣，战裙。
⑥ 甲兵：甲：铠甲。兵：兵器的总称。

概,先勇力,忘生轻死,故其见于诗如此。"全诗纯用"赋"法,铺陈直叙,言简意赅,铿锵有力,以复沓形式体现了秦军战士舍生忘死、乐观向上、互助互携的尚武精神和感人友情。诗中所提到的"袍、泽、裳",士兵之间彼此共用,可见生活之艰难、战争之残酷,更反映出战友情谊之珍贵。后遂称军队中战友为"袍泽"。

国 殇

(战国)屈原

操吴戈兮被(pī)犀甲,车错毂①(gǔ)兮短兵接。旌蔽日兮敌若云,矢交坠兮士争先。凌余阵兮躐(liè)余行②(háng),左骖③(cān)殪④(yì)兮右刃伤。霾两轮兮絷(zhí)四马⑤,援玉枹⑥(fú)兮击鸣鼓。天时怼⑦(duì)兮威灵怒,严⑧杀尽兮弃原野。出不入兮往不反,平原忽兮路超远。带长剑兮挟秦弓,首身离兮心不惩⑨。诚既勇兮又以武,终刚强兮不可凌。身既死兮神以灵,子魂魄兮为鬼雄!

---

① 毂:轮轴,指整个战车的车轮。
② 凌:侵犯。躐:践踏。行:行列。
③ 骖:驾在左边的骖马。古代一辆战车,驾四马,中间两匹称服,外面两匹称骖。
④ 殪:死。
⑤ 霾两轮兮絷四马:古代作战,在激战将败时,埋轮缚马,表示坚守不退。霾:同"埋"。絷:绊住。
⑥ 枹:同"桴",鼓槌。
⑦ 怼:怨恨。
⑧ 严:严酷。
⑨ 惩:戒惧,悔恨。

八、雄武气象

【浅解】

本诗是《楚辞·九歌》中的一篇,是一首追悼楚国将士英魂的壮烈挽诗。作者屈原(约前340—前278年),名平,字原,又自云名正则,字灵均。战国时期楚国人,中国历史上第一位伟大的爱国诗人,浪漫主义文学的奠基人。他以楚国方言为基础创作的诗歌体裁"楚辞",又称"骚体",与《诗经》并称"风骚",对后世诗歌产生了深远影响。代表作品有《离骚》《九歌》《九章》《天问》等。千百年来,"长太息以掩涕兮,哀民生之多艰""鸟飞反故乡兮,狐死必首丘""举世皆浊我独清,众人皆醉我独醒""路漫漫其修远兮,吾将上下而求索""亦余心之所善兮,虽九死其犹未悔"等脍炙人口的名句,连同屈原这个伟大、高洁的姓名,一直感动和激励着代代中华儿女。

国殇是指为国捐躯的将士。在《国殇》一诗中,屈原通过对惨烈悲壮的白热化战争场面的描写,谱写了一曲将士们为国英勇战斗、誓死不屈、勇做鬼雄的慷慨悲歌。清代林云铭《楚辞灯》评价此诗:"先叙其方战而勇,既死而武,死后而毅。极力描写,不但以慰死魂,亦以作士气,张国威也。"战争虽然失败了,但全诗毫无伤感和悲观情绪。将士们虽然已殉身沙场,但他们的精神和豪气一直气贯长虹,与日月同在,至今读来,仍让人热血沸腾,回肠荡气,感佩不已。

后世李清照的名句"生当作人杰,死亦为鬼雄"(《夏日绝句》),显然深受此诗的影响。美国大文豪海明威在《老人与海》中的名句:"人不是为了失败而生。一个人可以被毁灭,但不能被打败。"也与此诗的主题有相似相通之处。

白马篇

(三国·魏) 曹植

白马饰金羁,连翩西北驰。借问谁家子,幽并①游侠儿。少小去乡邑,扬声沙漠垂。宿昔秉良弓,楛(hù)矢②何参差。控弦破左的,右发摧月支③。仰手接飞猱,俯身散马蹄④。狡捷过猴猿,勇剽若豹螭(chī)。边城多警急,胡虏数迁移。羽檄⑤从北来,厉马登高堤。长驱蹈匈奴,左顾陵鲜卑。弃身锋刃端,性命安可怀?父母且不顾,何言子与妻?名编壮士籍,不得中顾私。捐躯赴国难,视死忽如归。

【浅解】

本诗选自《曹植集》。曹植(192—232年),字子建,沛国谯县(今安徽亳州)人,生前曾为陈王,去世后谥号"思",因此又称陈思王。建安时代最负盛名、成就最高的文学家,与其父曹操、兄曹丕并称"三曹",在诗歌、辞赋、散文方面都取得了突出的成就。南朝宋文学家谢

---

① 幽并:幽州和并州。在今河北、山西、陕西一带。
② 楛矢:用楛木做成的箭。
③ 摧:毁坏。月支:箭靶的名称。左、右是互文见义。
④ 散:射碎。马蹄:箭靶的名称。
⑤ 羽檄:军事文书,插鸟羽以示紧急,必须迅速传递。

八、雄武气象

灵运曾有"天下才有一石(dàn),曹子建独占八斗"的美誉。这里所选的《白马篇》是曹植前期的重要代表作品,描述了少年游侠纵马杀敌、所向披靡的矫捷身形以及为国效力、视死如归的英雄气概,名句"捐躯赴国难,视死忽如归"尤其具有很强的感染力。诗歌语言生动精练,旋律飞动流走,通篇洋溢着积极向上的慷慨豪迈之气,充分体现了曹植"赡丽尚工""雅好慷慨""骨气奇高"的独特诗风。

木 兰 诗

《乐府诗集》

　　唧唧①复唧唧,木兰②当户织。不闻机杼(zhù)声,惟闻女叹息。问女何所思,问女何所忆。"女亦无所思,女亦无所忆。昨夜见军帖③(tiě),可汗④(kè hán)大点兵⑤。军书十二⑥卷,卷卷有爷⑦名。阿爷无大儿,木兰无长兄。愿为市⑧鞍马,从此替爷征。"

　　东市买骏马,西市买鞍鞯⑨(jiān),南市买辔(pèi)头⑩,

---

① 唧唧:一说为纺织机的声音。一说为木兰的叹息声。

② 木兰:关于是否真有木兰其人,史书没有明确记载。《木兰诗》也没有提到木兰的姓氏,从古至今,关于其姓氏争论不休。有姓魏、朱、花诸说,尤以姓花之说最为流行。最早提出木兰姓花的是明代的徐渭,徐渭推测木兰名字大概源于木兰花,因此冠木兰以花姓,后世根据《木兰诗》改编的文艺作品多承袭了徐渭的说法。

③ 军帖:征兵的文书。

④ 可汗:古代北方少数民族政权君主的称号。

⑤ 点兵:征兵。

⑥ 十二:不是确数,表示很多的意思。下文的"十年""十二转"用法与此相同。

⑦ 爷:父亲。

⑧ 市:买。

⑨ 鞯:马鞍的垫子。

⑩ 辔头:骑马用的嚼子、笼头和缰绳。

北市买长鞭。旦①辞爷娘去,暮宿黄河边。不闻爷娘唤女声,但闻黄河流水鸣溅(jiān)溅。旦辞黄河去,暮至黑山头。不闻爷娘唤女声,但闻燕山胡骑(jì)鸣啾(jiū)啾。

万里赴戎机,关山度若飞。朔气②传金柝③(tuò),寒光照铁衣。将军百战死,壮士十年归。

归来见天子,天子坐明堂④。策勋⑤十二转⑥,赏赐百千强⑦(qiáng)。可汗问所欲,木兰不用尚书郎,愿驰千里足⑧,送儿还故乡。

爷娘闻女来,出郭相扶将⑨(jiāng);阿姊(zǐ)闻妹来,当户理红妆;小弟闻姊来,磨刀霍霍⑩向猪羊。开我东阁门,坐我西阁床。脱我战时袍,著(zhuó)我旧时裳⑪(cháng)。当窗理云鬓,对镜帖花黄⑫。出门看火伴⑬,火伴皆惊惶。同行

---

① 旦:早晨。
② 朔气:北方的寒气。
③ 金柝:刁斗。古代军用铜器,形状像锅,白天用来做饭,晚上用来报更。
④ 明堂:古代帝王所建的最隆重的建筑物,用以祭祀、朝诸侯、教学、选士等。
⑤ 策勋:纪功。
⑥ 十二转:将勋位分为若干等,每升一等为一转。十二转形容木兰的功劳之大。
⑦ 强:有余。
⑧ 千里足:指马、骆驼等代步之物。
⑨ 将:句末助词,无实际意义。
⑩ 霍霍:快速磨刀时发出的声音。
⑪ 裳:古代称下身穿的衣裙,男女皆穿。
⑫ 帖花黄:在额头上贴上流行的花黄妆。帖:通"贴"。花黄:当时流行的黄额妆,在额间涂黄。
⑬ 火伴:古时兵制,十人为一火,火伴即同火之人,也就是用一个锅吃饭的人,后指同行之人。

十二年,不知木兰是女郎。

雄兔脚扑朔,雌兔眼迷离①;双兔傍(bàng)地走②,安能辨我是雄雌?

【浅解】

本诗选自《乐府诗集》,是一首脍炙人口的长篇叙事诗。作者不详,一般认为产生于北魏时期,创作于民间,也有可能经过后世文人的润色加工。因其深刻的思想内容和高超的艺术成就与汉代乐府民歌中的《孔雀东南飞》合称"乐府双璧"。全诗语言简洁灵动,叙事详略得当,情节紧凑起伏,风格高昂明快,叙述了女英雄木兰女扮男装,替父从军,英勇杀敌,建功凯旋后,不贪荣华富贵,但求回家团聚的传奇感人故事,展现了木兰儿女情怀之外的尚武性情与英雄气概,赞颂了木兰孝敬父母、勇于担当、保家卫国的传统美德和崇高精神。千百年来,虽然历史上未必确有木兰其人,但其替父从军的故事广为流传,并被多次改编成戏曲、电视、电影等艺术形式搬上舞台和荧幕。《木兰诗》自民国至今一直被选入中小学语文教材,使木兰的形象深入人心,家喻户晓,已经成为中华民族巾帼英雄的杰出典范。

---

① 雄兔脚扑朔,雌兔眼迷离:据说,提着兔子的耳朵悬在半空时,雄兔前脚时时动弹,雌兔两只眼睛经常眯着,容易辨认出雌雄。扑朔:跳跃的样子。迷离:不明的样子。
② 傍地走:贴着地面跑。

王昌龄诗二首

从军行

青海①长云暗雪山②,孤城遥望玉门关。黄沙百战穿金甲,不破楼兰③终不还。

出　塞

秦时明月汉时关,万里长征人未还。但使龙城飞将④在,不教胡马度阴山。

【浅解】

这两首脍炙人口的边塞诗选自《王昌龄集》,是盛唐时期著名诗人王昌龄的代表作。王昌龄(698—约757年),字少伯,京兆长安(今西安)人。诗以七言绝句见长,尤其以边塞军旅和闺情宫怨为主题的七绝最著,当时人称"诗家夫子王江宁"(曾任江宁丞,故称)或云"诗

---

① 青海:指青海湖,在今青海省。唐朝曾筑城于此,置军戍守。
② 雪山:祁连山,山巅终年积雪,故云。
③ 楼兰:汉时西域的鄯善国,西汉时楼兰国王屡次杀害汉朝通西域的使臣。此处泛指当时唐西北地区的敌对政权。
④ 龙城飞将:指西汉名将李广,骁勇善战,匈奴称之为"飞将军"。龙城是唐代的卢龙城,卢龙城曾为李广练兵之地。另一说,是指奇袭匈奴龙城的名将卫青。

家天子王江宁",后人往往将他的七绝与李白并称,明代王世贞认为"七言绝句,王江宁与太白争胜毫厘,俱是神品。"这里所选的第一首诗表现了将士们奋勇杀敌、保卫家国、志在必胜的豪情壮志与乐观精神;第二首诗则表达了作者希望起用"飞将军"李广一般的良将,成功抵御外敌,实现国泰民安的强烈愿望。

八、雄武气象

白雪歌送武判官归京

（唐）岑参

  北风卷地白草折，胡天八月即飞雪。忽如一夜春风来，千树万树梨花开。散入珠帘湿罗幕①，狐裘不暖锦衾（qīn）薄②。将军角弓③不得控，都护④铁衣冷难着。瀚海阑干⑤百丈冰，愁云惨淡万里凝。中军置酒饮归客，胡琴琵琶与羌笛。纷纷暮雪下辕门⑥，风掣（chè）红旗冻不翻。轮台⑦东门送君去，去时雪满天山路。山回路转不见君，雪上空留马行处。

---

  ① 珠帘：用珍珠串成或饰有珍珠的帘子，状帘子之华美。罗幕：用丝织品做成的帐幕，状帐幕之华美。
  ② 狐裘：用狐皮做的袍子。锦衾：用锦缎做的被子。
  ③ 角弓：用兽角作为装饰的弓。
  ④ 都护：官名。唐代设置安东、安西等六大都护府，管理边政。此处泛指镇守边镇的官员，与上句中的"将军"互文。
  ⑤ 瀚海：指大沙漠。阑干：纵横散乱之貌。
  ⑥ 辕门：古代军队扎营时以两车的车辕相向交接成一半圆形的门，作为营门，称辕门。后泛指古代军营的门或官署的外门。
  ⑦ 轮台：在今新疆维吾尔自治区米泉市境内，取汉西域地名，唐时置县。

【浅解】

本诗选自《岑参集》。岑参(715—770年),荆州江陵(今湖北荆州市荆州区)人,盛唐杰出的边塞诗人,与高适齐名,并称"高岑"。唐玄宗天宝三年(744)进士,曾从军边塞并任要职十余载。后任嘉州刺史,世称"岑嘉州"。多年的边塞从军经历,让岑参对边塞风光、军旅生活,以及少数民族的文化风俗有了切身的感受。他以亲历亲见的真实生活为基础,用诗的形式描写、歌颂雄伟奇丽的大漠风光和艰苦卓绝的军旅生活,诗风乐观豪迈、悲壮奇峭、气势磅礴、色彩明丽,极具阳刚之美,颇能震撼人心。本诗是岑参最著名的代表作之一,描写了西北边疆八月飞雪的壮美景色和军中送别的挚热情感,主题虽为送别之事,却毫无伤感之情,体现了他独有的诗风。其中"忽如一夜春风来,千树万树梨花开"已成为千古传诵的名句,不愧为盛唐时期的黄钟大吕。

八、雄武气象

江城子·密州出猎

(北宋)苏轼

老夫聊发少年狂,左牵黄,右擎(qíng)苍①,锦帽貂裘,千骑(jì)卷平冈。为报倾城随太守②,亲射虎,看孙郎③。

酒酣胸胆尚开张,鬓微霜④,又何妨!持节云中,何日遣冯唐⑤?会挽雕弓如满月,西北望,射天狼⑥。

【浅解】

这首词选自《苏轼词集》。苏轼(1037—1101年),字子瞻,又字和仲,号东坡居士,世称苏东坡,眉州眉山(今属四川省眉山市)人,北宋杰出的文学家、艺术家、政治家,是中国历史上一位大百科全书式的"全才"。作为北宋时期的一位政府官员,他在坚持"为官一任,造

---

① 左牵黄,右擎苍:左手牵黄狗,右臂托苍鹰。
② 太守:作者时任密州知州,相当于汉代的太守。
③ 孙郎:指三国时期的孙权,作者自喻。
④ 霜:白。
⑤ 持节云中,何日遣冯唐:这是与西汉大臣魏尚、冯唐有关的典故。据《史记·张释之冯唐列传》载:汉文帝时,魏尚为云中太守,抵御匈奴有功,只因报功时多报了六个首级而获罪削职。后文帝采纳了冯唐的劝谏,派冯唐持符节到云中赦免了魏尚。作者以魏尚自喻,说什么时候朝廷能像派冯唐赦魏尚那样重用自己呢?
⑥ 天狼:狼星,古人认为,狼星出现,当有外敌侵犯。隐指当时的西夏政权。

福一方"，在不同地方留下良法美政以外，还在诗词、散文、书法、绘画等方面达到了极高的造诣。在词的发展史上，他占有突出的历史地位，形成了多种多样的词风，尤其以豪放刚健的风格为主，于婉约之外，独开豪放一派，与南宋的辛弃疾并称"苏辛"。

这首词是苏轼豪放词中的佳作名篇，作于宋神宗熙宁八年（1075）冬，当时他担任密州（今山东诸城）知州。此词紧扣一"狂"字，先叙其带队出猎、千骑飞奔的雄壮场面，后抒其酒酣气豪、志在杀敌的壮志豪情，表现了作者的满腔英风与冲天豪气。作者对此词也颇为得意，他在《与鲜于子骏书》中说："数日前，猎于郊外，所获颇多。作得一阕，令东州壮士抵掌顿足而歌之，吹笛击鼓以为节，颇壮观也。"唐代诗人王维的《观猎》诗，也是描写出猎的名作，读者可以参读："风劲角弓鸣，将军猎渭城。草枯鹰眼疾，雪尽马蹄轻。忽过新丰市，还归细柳营。回看射雕处，千里暮云平。"

八、雄武气象

满江红·写怀

（南宋）岳飞

怒发冲冠,凭栏处、潇潇雨歇。抬望眼,仰天长啸,壮怀激烈。三十功名尘与土①,八千里路云和月。莫等闲、白了少年头,空悲切。

靖康耻②,犹未雪。臣子恨,何时灭！驾长车,踏破贺兰山缺。壮志饥餐胡虏肉,笑谈渴饮匈奴血。待从头、收拾旧山河,朝天阙。

【浅解】

本词选自《历代词选》。岳飞(1103—1142年),字鹏举,相州汤阴(今河南汤阴)人,南宋初期抗金名将,著名军事家,中华民族家喻户晓的民族英雄之一。岳飞一生,生逢乱世,精忠报国,志在天下。曾有人问岳飞,纷乱的天下何时才能太平,岳飞回答:"文官不爱钱,武官不惜死,不患天下不太平。"在现实生活中,他也时刻遵循这样的至理名言。作为武将,他身先士卒,治兵有方,在抗金斗争中战功卓

---

① 尘与土:指长途跋涉,转战南北。
② 靖康耻:指北宋灭亡的奇耻大辱"靖康之难"。靖康是宋钦宗的年号。靖康元年(1126),金兵攻破北宋都城汴京(今河南开封),次年俘虏宋徽宗、宋钦宗父子及大量赵氏皇族、后宫妃嫔与贵卿、朝臣等三千余人,押解北上。

著,名列南宋中兴四将(岳飞、韩世忠、张俊、刘光世)之首,当时金人流传有"撼山易,撼岳家军难"的评语。

  岳飞还颇具文才,作品虽然不多,但都充满了爱国豪情。尤其是这首流传甚广的《满江红·写怀》,集中表现了作者抗击金兵、收复故土、统一祖国的爱国精神和必胜信念,是一首气壮山河、光照日月的传世名作。清代陈廷焯盛赞此词:"何等气概,何等志向!千载下读之,凛凛有生气焉。"

八、雄武气象

金错刀行

(南宋)陆游

黄金错①刀白玉装,夜穿窗扉出光芒。丈夫五十功未立,提刀独立顾八荒。京华结交尽奇士,意气相期共生死。千年史册耻无名,一片丹心报天子。尔来从军天汉滨②,南山晓雪玉嶙峋③。呜呼!楚虽三户能亡秦④,岂有堂堂中国空无人!

【浅解】

本词选自《陆游诗词选》。宋孝宗乾道八年(1172),陆游曾赴宋、金对峙的前线南郑(今陕西汉中)任职,这段"上马击狂胡,下马草军书"的军旅生活虽然时间不长,但给他留下了终生难忘的印象。一年以后,他在嘉州知州任上,根据这段在南郑的经历和感受,写下

---

① 错:镀镶,装饰。
② 天汉滨:汉水边,这里指汉中一带。
③ 南山晓雪玉嶙峋:南山,指终南山。嶙峋:山石参差重叠之貌。积雪之终南山洁白嶙峋,与刀之光芒四射相映衬。
④ 楚虽三户能亡秦:《史记·项羽本纪》:"秦灭六国,楚最无罪,自怀王入秦不反,楚人怜之至今,故楚南公云:'楚虽三户,亡秦必楚'也"。楚败于秦,楚人欲雪此恨,乃有"楚虽三户,亡秦必楚"之谣。意为即使楚国只剩下三户人家,也能灭掉秦国。诗人借此典故比喻宋人之恨亦非雪不可。

了这首名作。在诗中,作者借金错宝刀来述怀言志,塑造了"提刀独立顾八荒,一片丹心报天子"的英豪形象,抒发了誓死抗金、"中国"必胜的壮烈情怀和乐观精神,具有震撼人心、催人奋进的强大力量。近人梁启超《读陆放翁集》云:"诗界千年靡靡风,兵魂销尽国魂空。集中什九从军乐,亘古男儿一放翁。"此诗无疑就是反映陆游"从军乐"的佳作名篇之一。

八、雄武气象

辛弃疾词二首

破阵子·为陈同甫①赋壮词以寄之

醉里挑灯看剑,梦回吹角连营。八百里②分麾(huī)下炙,五十弦③翻塞外声,沙场秋点兵。

马作的卢④(dí lú)飞快,弓如霹雳弦惊。了却君王天下事,赢得生前身后名,可怜白发生!

南乡子·登京口北固亭⑤有怀

何处望神州?满眼风光北固楼。千古兴亡多少事?悠悠。不尽长江滚滚流。

年少万兜鍪⑥(dōu móu),坐断⑦东南战未休。天下英雄

---

① 陈同甫:作者的好友陈亮,字同甫,刘熙载《艺概》卷四说:"同甫与稼轩为友,其人才相若,词亦相似"。

② 八百里:强壮的牛的名字。这里兼言营寨分布之广。

③ 五十弦:瑟,泛指乐器。

④ 的卢:骏马名,奔跑速度飞快。相传为三国时刘备的坐骑,曾背负刘备跳过宽数丈的檀溪,摆脱了追兵。

⑤ 京口:今江苏省镇江市。北固亭:在今镇江市北固山上,俯瞰长江,三面环水。

⑥ 兜鍪:原指古代作战时兵士所带的头盔,这里代指士兵。这句称颂孙权19岁就为吴主,统帅东吴千军万马,雄据一方。

⑦ 坐断:坐镇,占据。

谁敌手？曹刘①。生子当如孙仲谋②。

【浅解】

这两首词选自《辛弃疾词集》。辛弃疾（1140—1207年），字幼安，号稼轩，历城（今山东济南）人，南宋著名文学家、政治家、军事家，是一位有着多重身份的文化精英人物，尤其在词作方面取得了极为突出的成就，是宋代词坛上与苏轼并称的豪放派词人，被誉为"人中之杰，词中之龙"。辛弃疾的人生经历和思想情怀与陆游多有相似之处。当代史学家白寿彝总主编的《中国通史》评价辛弃疾云："一生以恢复为志，以功业自许，可是命运多舛，备受排挤，壮志难酬。然而，他恢复中原的爱国信念始终没有动摇，而把满腔激情和对国家兴亡、民族命运的关切、忧虑，全部寄寓于词作之中。"当代作家梁衡在《把栏杆拍遍》一文中亦云："中国历史上由行伍出身，以武起事，而最终以文为业，成为大诗词作家的只有一人，这就是辛弃疾。这也注定了他的词及他这个人在文人中的唯一性和在历史上的独特地位。"

辛弃疾的词作艺术风格多样，以豪放为主，沉雄豪迈又不乏细腻柔媚之处。效命疆场、抗金复国的豪情壮志是其作品中一以贯之的主旋律，后世每当国家、民族危急之时，他的词作和陆游的诗篇，共同成为人们提振精神、鼓舞斗志的源源不断的精神源泉。但由于辛弃疾的身世多舛、壮志难酬，所以作品中也多有对国事无望的悲叹与壮士闲置的愤懑。这里所选的两首词雄豪与悲壮并存，既是辛弃疾的代表作，也是他人生的写照。

---

① 曹刘：曹操、刘备。
② 生子当如孙仲谋：据《三国志·吴书·吴主传》裴松之注引《吴历》载：曹操与孙权相持于濡须坞，曹操攻而不能胜，且见吴军阵容整肃，孙权英武异常，颇为羡慕，便发出了"生子当如孙仲谋"的赞语。后人常以此比喻希望晚辈也能成为像孙权那样的杰出人才。

谭嗣同诗二首

夜 成

苦月①霜林微有阴,灯寒欲雪夜钟深。此时危坐管宁②榻,抱膝乃为梁父(fǔ)吟③。斗酒纵横天下事,名山④风雨百年心。摊书兀兀⑤了无睡,起听五更孤角沉⑥。

---

① 苦月:呈寒光的月色。
② 管宁:汉末三国著名隐士。自幼好学,饱读诗书,一生不慕名利。管宁曾与好友华歆同席读书,有达官贵人坐车从门口经过,管宁照旧读书,华歆却放下书本跑出去看。管宁就割开席子分开座位,对华歆说"子非吾友也"。谭嗣同用此典故表达自己像管宁一样专心读书。
③ 梁父吟:原是古代山东一带流传的民谣,内容记述春秋时期齐国宰相晏婴以权谋帮助齐景公铲除功高震主、高傲狂妄的三个功臣的故事。据说诸葛亮喜好梁父吟,在躬耕隐居南阳时期常常吟唱。谭嗣同在这里引用此典,是说自己有诸葛亮一样的济世抱负。
④ 名山:指可以传之不朽的藏书之所。司马迁《报任安书》:"仆诚以著此书,藏之名山,传之其人。"后泛指不朽的著述。这里借指著书立说。
⑤ 兀兀:劳苦的样子。
⑥ 角沉:角:古代军中乐器,报时用。沉:角声低沉。

狱中题壁

望门投止思张俭①,忍死②须臾待杜根③。我自横刀向天笑,去留肝胆两昆仑。

【浅解】

这两首诗选自《谭嗣同全集》。谭嗣同(1865—1898年),字复生,号壮飞,湖南浏阳人,近代著名政治家、思想家、维新志士,"戊戌六君子"之一。谭嗣同出生于官宦之家,却不同流俗,而是心怀国家社稷、百姓苍生。他目睹了列强践踏下中国山河破碎、民不聊生的情景,为寻求国家富强,主张要学习西方资产阶级的政治制度,发展民族工商业,公开提出多项维新变法的主张。1898年6月11日,光绪皇帝颁布《定国是诏》,决定变法,同年8月,谭嗣同应召入京,与康有为、梁启超等共同参与变法新政。变法失败后,谭嗣同原本也有机会逃走,但他决心以死来殉变法事业,来唤醒麻木不仁的国民。他对劝他离开的人说:"各国变法,无不从流血而成,今中国未闻有因变法而流血者,此国之所以不昌。有之,请自嗣同始!"1898年9月28日,谭嗣同在北京菜市口刑场英勇就义,年仅33岁。就义前留下豪言壮

---

① 张俭:东汉名士,因弹劾宦官侯览而遭诬陷,朝廷下令通缉,被迫逃亡,逃亡中凡接纳其投宿的人家,均不畏牵连,乐于接待。谭嗣同引用此典故,是希望出逃的康有为、梁启超等能像张俭一样得到人们的保护。

② 忍死:忍死求生。

③ 杜根:东汉末年人,汉安帝时邓太后摄政、外戚宦官专权,杜根上书要求太后还政,太后大怒,命人将杜根装袋打死。行刑的人仰慕杜根的为人,不用力打,打完把杜根送出城,杜根苏醒过来。太后疑其不死,派人查看,杜根装死装了三天,直到眼里生蛆,太后才信他已死,杜根这才得以逃脱。谭嗣同用此典,是希望逃出者能够像杜根一样忍死以待时机完成变法维新的大业。

语:"有心杀贼,无力回天,死得其所,快哉!快哉!"其人、其事、其言,均无愧于英雄豪杰本色。

　　谭嗣同一生主要成就不在诗文,所存诗作数量并不多,却有很高的造诣,有不少经典之作。《夜成》是谭嗣同在兰州游学时所作,抒发了谭嗣同在少年时期专心读书治学、志在报效国家的雄心壮志。《狱中题壁》是谭嗣同就义前在狱中所作,是他最广为人知的代表作,全诗气势雄浑,慷慨激越,表达了诗人为理想献身的悲壮情怀。"我自横刀向天笑,去留肝胆两昆仑"所体现出的豪迈气概和浩然正气,激励着无数志士仁人为理想信念不畏牺牲,前仆后继。

秋瑾诗词三首

黄海舟中日人索句并见日俄战争地图①

万里乘风去复来,只身东海挟春雷。忍看图画移颜色,肯使江山付劫灰!浊酒不销忧国泪,救时应仗出群才。拼将十万头颅血,须把乾坤力挽回。

对 酒

不惜千金买宝刀,貂裘换酒也堪豪。一腔热血勤珍重,洒去犹能化碧涛②。

---

① 1904年2月日俄战争爆发,双方都把中国的东三省作为战场,这是近代中国遭逢的又一次奇耻大辱。1905年9月战争结束不久,秋瑾第二次由日本归国,途中看到日俄战争地图,心有所感,恰逢日人索句,遂将满腔激愤和报国之志,倾注于诗篇。

② 碧涛:《庄子·外物》:"苌弘死于蜀,藏其血,三年而化为碧。"苌弘是周朝的忠臣,遭奸臣陷害,自杀于蜀,人们把他的血用石匣藏起来,三年后化为碧玉。后世多以碧血指烈士流的鲜血。这两句诗的大意是:珍惜自己的满腔热血,将来献出它时,定能化成碧绿的波涛,暗含掀起革命巨浪之意。

八、雄武气象

鹧鸪(zhè gū)天·祖国沉沦感不禁①

祖国沉沦感不禁,闲来②海外觅知音。金瓯③(ōu)已缺总须补,为国牺牲敢④惜身!

嗟险阻,叹飘零,关山万里作雄行⑤。休言女子非英物,夜夜龙泉⑥壁上鸣。

【浅解】

这三首诗词选自《秋瑾诗文集》。秋瑾(1875—1907年),女,字(或作别号)竞雄,自称鉴湖女侠,浙江山阴(今绍兴)人。近代杰出的民主革命志士,第一批为推翻清政府和数千年封建统治而牺牲的革命先驱,牺牲时年仅32岁。秋瑾平生以"侠"自任,习文练武,性情豪爽,忧国忧民,敢作敢为,其豪情襟怀不逊须眉,堪为女中豪杰、人中龙凤。其诗文气势豪迈,文词洗练朗丽,有慷慨悲歌、杀身成仁的阳刚气象和铁血精神,取得了相当高的艺术成就,是近代文学的杰出代表,尤其是洋溢其间的爱国情怀和雄武气象,让读者在备受感染的同时对作者肃然起敬。这里所选的三首诗词即突出体现了这一风格。

---

① 此词约作于1904年,为作者赴日后不久的作品。
② 闲来:特来。《广韵》解释"闲"有"大"之意,可引申为"特"。
③ 金瓯:金的盆盂,喻疆土完固,亦指国土。
④ 敢:"岂敢""哪敢"之意。
⑤ 关山万里作雄行:指作者女扮男装赴日留学。
⑥ 夜夜龙泉壁上鸣:龙泉:古宝剑名。《拾遗记》载:上古帝王颛顼有宝剑,常于匣中作龙虎之吟。

毛泽东诗二首

七律·长征

红军不怕远征难,万水千山只等闲①。五岭逶迤腾细浪,乌蒙磅礴走泥丸②。金沙③水拍云崖暖,大渡桥横铁索寒。更喜岷山④千里雪,三军⑤过后尽开颜。

---

① 等闲:恰似轻松休闲之意。
② 五岭逶迤腾细浪,乌蒙磅礴走泥丸:五岭紧密相连的山岭就像翻滚的小波浪,而乌蒙山山脉磅礴的山体就好像滚动的泥丸子。五岭:指越城、都庞、萌渚、骑田、大庾等五个横亘于湖南、两广、江西之间较大的山岭,是南岭的主要组成部分。乌蒙:指乌蒙山脉,位于中国云南省东北部和贵州省西部,东北—西南走向,平均海拔 2000 米。
③ 金沙:长江上游的金沙江,古称绳水、泸水,江的两岸是高耸入云的悬崖峭壁。
④ 岷山:绵延于四川、青海、甘肃、陕西之间的山脉,在四川、甘肃交界处,有几十座山峰终年积雪不化,故称"大雪山"。
⑤ 三军:据作者自注,系指红军一方面军、二方面军、四方面军,不是海陆空三军,也不是古代晋国所谓上军、中军、下军的三军。

八、雄武气象

七律·人民解放军占领南京

钟山风雨起苍黄①,百万雄师过大江。虎踞龙盘②今胜昔,天翻地覆慨而慷。宜将剩勇追穷寇,不可沽名学霸王③。天若有情天亦老④,人间正道是沧桑⑤。

【浅解】

这两首诗选自《毛泽东诗词鉴赏》。《七律·长征》作于1935年10月,最早发表在《诗刊》1957年1月号,是毛泽东有正式记载以来的第一首律诗。第五次反围剿失败后,中央军委命令各路红军从第一集中点开始移动。1934年10月间,中央红军主力从中央革命根据地出发作战略大转移,经过福建、江西、广东、湖南、广西、贵州、四川、云南、西藏、甘肃、陕西等十一省,击溃了敌人多次的围追和堵截,战

---

① 钟山:南京东面的紫金山。苍黄:苍色与黄色,有风云变色之意。也有人说通"仓皇",含突如其来之意。
② 虎踞龙盘:南京是中国四大古都(西安、北京、洛阳、南京)之一,古称建业、建康、金陵,时为国民党政府的统治中心。《太平御览·州郡部》引《吴录》记载,三国时诸葛亮看到吴国都城建康的地理形势后,感概说:"钟山龙盘,石城虎踞,此帝王之宅"。石城即石头城,在今南京市西石头山后。
③ 霸王:指西楚霸王项羽,项羽虽为一世之雄,但在与刘邦争霸天下时,常以妇人之仁误事,最终兵败垓下,身死国灭。此句意谓要以史为鉴,不可昧于有人主张的"和平"虚名,以致重蹈项羽覆辙,而是要求解放军务必穷追猛打,不给反动派任何喘息之机,直到把蒋介石政权彻底打垮。
④ 天若有情天亦老:借用李贺《金铜仙人辞汉歌》句。意为天若有情,看到蒋介石政权统治压迫人民,也会因为痛苦而感到衰老。
⑤ 人间正道是沧桑:周振甫先生解释说:沧桑,沧海变为桑田,讲自然界的变化。这里比喻革命所造成的变化,推翻国民党反动政府,建立中国共产党为人民服务的政府,这是人间的正道,正像沧海变桑田那样的巨大变化。

胜了军事上、政治上和自然界的无数艰难险阻,行军二万五千里,终于在1935年10月到达陕北革命根据地。这首七律作于1935年9月红军越过岷山后、长征即将胜利结束前不久的途中。作为红军的领导人,毛泽东在经受了无数次考验后,如今,曙光在前,胜利在望,他感慨系之,满怀豪情地写下了这首带有史诗意味的壮丽诗篇。这首诗以"不怕"为诗眼,以"只等闲"为感情基调,以文学艺术的手法概括了红军长征的战斗历程,热情洋溢地赞扬了红军不畏艰险、英勇顽强的革命英雄主义和革命乐观主义精神。毛泽东在《论反对日本帝国主义的策略》一文中形象、深刻地论述了长征的伟大意义:"长征是历史纪录上的第一次,长征是宣言书,长征是宣传队,长征是播种机。""长征一完结,新局面就开始。"读者可参读。

《七律·人民解放军占领南京》作于1949年4月,最早发表在人民文学出版社1963年12月出版的《毛主席诗词》上。1949年4月21日,毛泽东主席和朱德总司令向中国人民解放军发出《向全国进军的命令》,命令人民解放军奋勇前进,坚决、彻底、干净、全部地歼灭中国境内一切敢于抵抗的国民党反动派,解放全国人民。一声令下,英勇的人民解放军仅用三天时间,便以摧枯拉朽之势强渡长江,占领了国民党中央政府所在地南京,宣告了国民党统治的终结。毛泽东在北京香山双清别墅得知南京解放的消息后异常兴奋,写下了这篇久负盛名的七言律诗。当时,中央军委曾将这首诗电发前线,给三军将士以巨大鼓舞。此诗是在天翻地覆、革故鼎新的大变革时期撰写的乐观豪迈、磅礴大气之作,颇有排山倒海、一泻千里之势。

九、挫折应对

《周易·系辞》云:"一阴一阳之谓道"。在中国古人看来,阴阳交替,盛衰起伏,是宇宙运行的基本规律。自然界寒来暑往,四季更迭,既有天朗气清,惠风和畅,也有狂风骤雨,黑云压城。人世间饮食男女,生老病死,既有春风得意,一马平川,也有英雄末路,寸步难行。快乐与痛苦,顺利与挫折,光明与晦暗,成功与失败,鼎盛与衰败,总是与我们的人生相伴相随。从趋利避害的本性来看,我们都渴望着吉祥如意,拒斥着挫折失败。但自古成人不自在,自在不成人。挫折失败又何尝不是一门挑战和完善自我的必修课、一本沉重但宝贵的教科书、一座促人奋进不止的动力库?正如《菜根谭》所云:"耳中常闻逆耳之言,心中常有拂心之事,才是进德修行的砥石。若言言悦耳,事事快心,便把此生埋在鸩毒中矣。"

宝剑锋从磨砺出,梅花香自苦寒来。挫折与逆境往往能磨砺人的意志,激发人的潜能,增长人生经验,启迪人生智慧,成就人生价值,提升人生境界。生于忧患,死于安乐,古往今来,凡是做出卓越成就的人,往往都经过挫折的砥砺,失败的考验。孔子周游列国,颠沛流离,晚年专心著述育人,成为开宗立派、继往开来的"万世师表";司马迁忍受宫刑之辱,发愤著书,写就了"史家之绝唱,无韵之《离骚》",最终"立言"而不朽;苏东坡才高八斗却仕途坎坷,一连串的磨难让他拥有了更为豁达开阔的人生,书写了更为绚烂多彩的文化篇章;西南联合大学的师生在国难当头、异常艰苦的条件下,坚毅刚卓,弦歌不辍,创造了现代教育史上的奇迹。殷忧启圣,多难兴邦,众多先贤直面挫折、坚韧不屈、勇于抗争的精神早已内化为我们的文化基因,成为中华民族精神的重要组成部分,是中华民族历经沧桑、饱受磨难却又凤凰涅槃、生生不息的重要力量。

  对于现实中的芸芸众生而言,得意时,能够尽情享受成功的喜悦,从胜利走向胜利,又能保持平静如水、谦逊淡泊的心态;失意时,能够坦然应对风雨的洗礼,踏平坎坷成大道,学会应对和消除灰心丧气、怨天尤人的情绪。这样的人生状态,值得我们努力去拥有!

生于忧患　死于安乐

《孟子》

舜发于畎(quǎn)亩①之中,傅说(yuè)举于版筑②之间,胶鬲(gé)举于鱼盐之中,管夷吾举于士③,孙叔敖举于海,百里奚举于市。故天将降大任于是人也,必先苦其心志,劳其筋骨,饿其体肤,空乏其身,行拂④乱其所为,所以动心忍性,曾益⑤其所不能。

人恒过,然后能改;困于心,衡⑥于虑,而后作⑦;征于色⑧,发于声,而后喻⑨。入则无法家拂(bì)士⑩,出则无敌国外患者,国恒⑪亡。然后知生于忧患而死于安乐也。

---

① 畎亩:田间,田地。畎:田间小沟。
② 版筑:筑墙的时候在两块夹板中间放土,用杵捣土,使它坚实。筑:捣土用的杵。
③ 士:这里指主管狱囚的法官。
④ 拂:违背。
⑤ 曾:通"增",增加。益:增加。
⑥ 衡:通"横",梗塞,不顺。
⑦ 作:奋起,有所作为。
⑧ 征于色:脸色上有征验。征:征验,征兆。
⑨ 喻:明白,知晓。
⑩ 法家:坚持法度的世臣。拂士:辅佐君主的贤士。拂:通"弼",辅佐。
⑪ 恒:常常,往往。

【浅解】

本文选自《孟子·告子下》。孟子以能言善辩著称,尤其善用典型事例来阐述道理。本文开篇列举舜帝、傅说、胶鬲、管仲、孙叔敖、百里奚等六位著名人物从逆境中奋起、最终成就功业的事例,阐明忧患与成功的关系,继而从个人的成长成功规律推及国家的兴亡,最后得出"生于忧患而死于安乐"的结论。文章论证精辟、雄辩有力,用类比推理的方式层层递进,具有极强的逻辑性和艺术感染力。尤其是名句"天将降大任于是人也,必先苦其心志,劳其筋骨,饿其体肤,空乏其身,行拂乱其所为,所以动心忍性,曾益其所不能",更是脍炙人口,影响甚广,后人常引以为座右铭,激励了无数仁人志士正确面对挫折,在逆境中奋起,对形成"自强不息"的民族精神起到了十分积极的作用。"生于忧患,死于安乐"的辩证思想,在任何时代都有很强的现实意义,特别是在社会快速发展、人民生活水平显著提高的今天,无论是治国理政,还是修身齐家,都需要我们时刻保持忧患意识,居安思危,奋发图强。这样,当挫折来临时,也能够坦然应对,努力化不利为有利,经历风雨,必见彩虹。

圣人之勇

《庄子》

孔子游于匡①,卫人围之数匝,而弦歌不辍②。子路③入见,曰:"何夫子之娱④也?"

孔子曰:"来,吾语女⑤(rǔ)。我讳⑥穷⑦久矣,而不免,命也!求通久矣,而不得,时也!当尧、舜而天下无穷人,非知得⑧也;当桀、纣而天下无通人,非知失⑨也:时势适然。夫水行不避蛟龙者,渔父之勇也;陆行不避兕⑩(sì)虎者,猎夫之勇也;白刃交于前,视死若生者,烈士之勇也;知穷之有命,

---

① 游于匡:匡为春秋时卫国邑名。孔子从鲁国到卫国,途径此地。
② 弦歌不辍:以琴瑟伴奏而歌诵诗书的活动没有停止,泛指读书或教学活动没有间断。
③ 子路:孔子弟子仲由(前542—前480年),字子路,又字季路,是孔门七十二贤之一。下文的"由"就是指子路。
④ 娱:乐。
⑤ 女:通"汝",你。
⑥ 讳:忌,担忧。
⑦ 穷:不得志,不是指物质上的贫困,而是指其遵奉的"道"不行于世。"穷"与"通"(得志)相对。
⑧ 知得:智慧高超。知:通"智",智慧。
⑨ 知失:智慧丧失,智慧低下。
⑩ 兕:古代传说中类似犀牛的瑞兽,也有说雌性的犀牛。

知通之有时,临大难而不惧者,圣人之勇也。由,处矣①! 吾命有所制②矣!"

无几何③,将甲者④进,辞曰:"以为阳虎⑤也,故围之;今非也,请辞而退。"

【浅解】

本篇选自《庄子·秋水篇》。庄子(前369—前286年),名周,字子休,战国时期宋国蒙(今河南商丘市东北)人,著名的思想家、哲学家、文学家,道家学派主要代表人物,与老子并称为"老庄"。庄子继承和发展了老子"道法自然"的观点,更是把这种自然观推到了社会生活及人性的层面上,形成了独树一帜的人生哲学。《庄子》亦称《南华真经》,道家学派经典著作,由庄子及其后学所著,分为内篇、外篇和杂篇,其中内篇七篇的思想、文风比较一致,一般认定为庄子所著。外、杂篇则兼有其后学之作,个别篇章还属于其他学派。《庄子》在中国文学史上也有极高的地位,代表着先秦时期诸子散文的最高成就,鲁迅先生评价说:"其文则汪洋辟阖,仪态万方,晚周诸子之作,莫能先也",明末清初的金圣叹更是将《庄子》与《离骚》《史记》《杜工部集》《水浒传》《西厢记》等书并称为"六才子书"。

本文记述了孔子在匡地被误认为阳虎而遭围攻,却弦歌不辍、泰然处之的故事。孔子的"听天由命"并不是简单的宿命论,而是顺应

---

① 处矣:安居吧,意思是不要担心。
② 有所制:被天命支配。
③ 无几何:不多一会儿。
④ 将甲者:率领士兵的人。将:率领。甲:身穿甲胄的士兵。
⑤ 阳虎:鲁国贵族季氏的家臣,曾带兵侵略匡地,暴虐匡人,孔子因长相颇似阳虎,所以匡人把他包围起来。

自然,懂得命运的规律,听从命运穷厄或通达的安排,不被外界环境所扰,从容不迫地接受一切危难困苦。这是在看透社会和人生发展规律后的一种淡定而坚毅的人生态度,更是一种强大而勇敢的精神力量,这种勇敢就是比渔夫、猎夫和烈士之勇更高层次的圣人之勇。

报任安书

（西汉）司马迁

　　夫人情莫不贪生恶(wù)死,念亲戚,顾妻子。至激于义理者不然,乃有所不得已也。所以隐忍苟活,函①粪土之中而不辞者,恨私心有所不尽,鄙没(mò)世②而文采不表于后也。

　　古者富贵而名摩③灭,不可胜记,唯倜傥④(tì tǎng)非常之人称焉。盖西伯拘而演《周易》;仲尼厄而作《春秋》;屈原放逐,乃赋《离骚》;左丘失明,厥有《国语》;孙子膑脚,《兵法》修列;不韦迁蜀,世传《吕览》;韩非囚秦,《说难》《孤愤》;《诗》三百篇,大氐⑤贤圣发愤之所为作也。此人皆意有所郁结,不得通其道,故述往事,思来者。及如左丘明无目,孙子断足,终不可用,退论书策以舒其愤,思垂空文⑥以

---

① 函:被包围于。
② 没世:身死之后。
③ 摩:拭去,消亡。
④ 倜傥:卓异不凡。
⑤ 氐:通"抵"。
⑥ 空文:与具体功业相对的著述。

自见①(xiàn)。

仆②窃不逊,近自托于无能之辞,网罗天下放失③(yì)旧闻,考之行事,稽④其成败兴坏之理,凡百三十篇,亦欲以究天人之际,通古今之变,成一家之言。草创未就,适会此祸,惜其不成,是以就极刑⑤而无愠色⑥。仆诚已著此书,藏之名山,传之其人通邑大都,则仆偿前辱之责⑦(zhài),虽万被戮,岂有悔哉! 然此可为智者道,难为俗人言也。

【浅解】

本文选自《汉书·司马迁传》。任安,字少卿,荥阳(今河南荥阳东北)人,曾任益州刺史、北军使者护军等职,司马迁的友人。汉武帝征和二年(前91),任安因为戾太子刘据案被处以腰斩。临死之前,任安曾给司马迁写信希望其"推贤进士"。《报任安书》就是司马迁给他的回信,本文为此信的节选内容。在信中,司马迁向好友解释了自己不能"推贤进士"的原因,叙述了自己因李陵事件而蒙难的经过,倾吐了内心的愤懑与痛苦,说明了自己隐忍苟活的苦衷,在感慨自己的身世的同时,也以众多古圣先贤"发愤著书"的事例来自勉,表达了自己忍辱负重坚持完成《史记》的决心和信念。

汉武帝天汉二年(前99),汉将李陵率领五千步兵,深入匈奴作

---

① 见:通"现"。
② 仆:我。
③ 放失:散佚。失:通"佚"。
④ 稽:考察,推究。
⑤ 极刑:宫刑。
⑥ 愠色:怨怒。
⑦ 责:通"债"。

战,在孤军无助、弹尽粮绝的情况下,不幸被俘投降。消息传回,朝野震动。汉武帝得知后,十分震怒,群臣也趋炎附势,落井下石。司马迁却"不通时变",对汉武帝直言"彼之不死,宜欲得当以报汉也",因此触怒汉武帝,被判死刑。按照当时的律法,死刑有两种减免办法:一是花巨资赎罪,二是接受宫刑。对士大夫而言,宫刑是最残酷最屈辱的一种刑罚,对身体和精神都是极大的摧残。但是司马迁因为家贫,拿不出那么多钱赎罪。为了完成自己"究天人之际,通古今之变,成一家之言"的夙愿,写完《史记》,司马迁在慷慨赴死与隐忍苟活之间,毅然选择了后者。

司马迁早年深受儒家"三不朽"思想的影响,常以立德、立功、立言来自勉。遭受宫刑以后,立德、立功已不可能,只有立言事业还未曾泯灭。所以,他没有因此而气馁,而是将满腔激愤和热情注入到《史记》的写作中。在同一篇文章中,司马迁还说过:"人固有一死,或重于泰山,或轻于鸿毛,用之所趋也"。为了通过"立言"见证生命的价值和生存的意义,不论遭遇多么悲惨,处境多么险恶,都不消沉、不颓废,而是隐忍一切痛苦与屈辱,直至耗尽最后一滴心血,这才是死得其所。司马迁的"发愤著书"思想和实践,不仅使《史记》染上了一种英雄气概和悲情色彩,从而成就了一部史学史和文学史上的名著,而且对后世产生了极为深远的影响。后世的文人学士,当其身处困境时,莫不以司马迁为精神楷模,发愤著述,以寄托其身世之慨和理想追求。从后世的刘知几、司马光、顾炎武、吴敬梓、蒲松龄、曹雪芹等人身上,我们都可以看到对这一思想与实践的历史回应,也由此而产生了无数的经典名著。直至今日,司马迁的这段掷地作金石声的经典篇章,仍在激励和嘉惠着无数有志学人。

从文章写作艺术来说,《报任安书》集叙事、议论、抒情于一体,感情真挚磅礴、行文流畅起伏,运用大量的排比、对偶、比喻、夸张等修辞手法,增强了感情抒发的气势、丰富了感情表达的内涵,具有强烈的艺术感染力,是一篇荡气回肠、感人至深的不朽散文,非大手笔不能为也。明人孙执升说:"史迁一腔抑郁,发之《史记》;作《史记》一腔抑郁,发之此书。识得此书,便识得一部《史记》。盖一生心事,尽泄于此也。纵横排宕,真是绝代大文章。"清人吴楚材说"其感慨啸歌,大有燕赵烈士之风;忧愁幽思,则又直与《离骚》对垒。文情至此极矣!"

赠 从 弟

（东汉）刘桢

亭亭①山上松，瑟瑟②谷中风。风声一何③盛，松枝一何劲(jìng)！冰霜正惨凄，终岁④常端正。岂不罹⑤(lí)凝寒，松柏有本性！

【浅解】

本诗选自《文选》，作者刘桢（186—217 年），字公干，东平宁阳（今山东宁阳）人，东汉末年著名文学家，与孔融、陈琳、王粲、徐干、阮瑀、应玚等人并称"建安七子"，尤以五言诗见称于世，钟嵘《诗品》评其："源出于古诗，仗气爱奇，动多振绝。真骨凌霜，高风跨俗。"今存诗仅 15 首。《赠从弟》三首为其代表作，这里所选的是第二首，也是最享盛名的一首。诗歌借物咏志，描写了松柏在寒风萧瑟、冰霜惨烈的险恶环境下，依旧保持高耸、强劲、端正的伟岸形象，歌颂了松柏四时不谢、永葆坚贞的高洁本性，以此勉励自己的堂弟要不同流俗，不

---

① 亭亭：高耸直立的样子。
② 瑟瑟：形容寒冷的风声。
③ 一何：何其，多么。
④ 终岁：终年，一年四季。
⑤ 罹：遭受，遭遇。

惧险阻,永远都坚持高远的理想,保持高洁的人格和坚贞的操守。孔子云:"岁寒,然后知松柏之后凋也。"这首诗的主旨应该是从这句名言转化而来,相较而言,诗歌的语言更加生动、形象,因此也更有感染力。陈毅元帅的传世名作《青松》:"大雪压青松,青松挺且直。要知松高洁,待到雪化时。"与此诗可谓异代同调,遥相呼应,同样拥有教育、感发、激励人的强大力量。

愚公移山

《列子》

太行、王屋二山,方七百里,高万仞,本在冀州之南,河阳之北。

北山愚公者,年且九十,面山而居。惩①(chéng)山北之塞,出入之迂也,聚室而谋,曰:"吾与汝毕力平险,指②通豫南,达于汉阴,可乎?"杂然相许。其妻献疑曰:"以君之力,曾不能损魁父之丘③,如太行、王屋何?且焉置土石?"杂曰:"投诸渤海之尾,隐土之北。"遂率子孙荷④(hè)担者三夫,叩石垦壤,箕畚⑤(jī běn)运于渤海之尾。邻人京城氏之孀妻⑥有遗男,始龀⑦(chèn),跳往助之。寒暑易⑧节,始一

---

① 惩:苦于。
② 指:通"直",直接,一直。
③ 魁父之丘:小土山,据说在今河南省开封市境内。
④ 荷:挑,担。
⑤ 箕畚:一种用竹蔑或柳条编成的运土器具,这里是名词作动词使用,是用箕畚装土石的意思。
⑥ 孀妻:寡妇。
⑦ 龀:儿童换齿,因指童年。
⑧ 易:变换。

反①焉。

河曲智叟笑而止之,曰:"甚矣,汝之不惠②!以残年余力,曾不能毁山之一毛③,其如土石何?"北山愚公长息曰:"汝心之固,固不可彻④,曾不若孀妻弱子。虽我之死,有子存焉;子又生孙,孙又生子;子又有子,子又有孙;子子孙孙,无穷匮也;而山不加增,何苦而不平?"河曲智叟亡⑤(wú)以应。

操蛇之神⑥闻之,惧其不已⑦也,告之于帝。帝感其诚,命夸蛾氏⑧二子负二山,一厝(cuò)⑨朔东,一厝雍南。自此,冀之南、汉之阴无陇⑩断焉。

【浅解】

本文选自《列子·汤问》。《列子》又名《冲虚经》,是道教经典之一,相传为列子所著,一说为魏晋时期的伪书,但这并不影响其思想和文学价值。列子即列御寇(生卒年不详),战国时期重要的思想家、文学家,是道家学派介于老子与庄子之间的重要代表人物,后人尊称

---

① 反:通"返"。
② 惠:通"慧",聪明,明智。
③ 毛:草木。
④ 彻:贯通。
⑤ 亡:通"无"。
⑥ 操蛇之神:山神,传说山神手里拿着蛇。操:握持。
⑦ 已:停止。
⑧ 夸蛾氏:一作"夸娥氏",传说中的天神,力大无比。
⑨ 厝:通"措",安置。
⑩ 陇:通"垄",高地。

为列子。列子主张清静无为,他一生低调,不重名利,洒脱磊落。《庄子·逍遥游》中说"列子御风而行,泠然善也"。《吕氏春秋》与《尸子》皆载"列子贵虚"。

《列子》一书中记载了许多寓言故事、神话传说等,诙谐有趣,可读性强又寓意深刻。其中,《愚公移山》经过毛泽东的化用,成为最为人熟知的一则寓言,讲述了愚公不畏艰险,子孙相继,挖山不止,最终感动天神将大山背走的故事。文中塑造了愚公和智叟两个鲜明的人物形象,说明了愚与智的辩证关系:愚公迎难而上,苦干不息,看似愚笨,却有大智慧;智叟畏惧艰难,空发议论,看似明智,实则愚蠢。故事展现了中国古代先民不畏艰难的雄伟气魄和锲而不舍的顽强毅力。文章思想浪漫,语言生动,特别是愚公反驳智叟的一段话用了"顶针"的修辞手法,层层紧扣,有很强的说服力。千百年来,愚公移山的故事广为流传,迎难而上、持之以恒的愚公精神已经成为中华民族宝贵的精神财富,激励着一代又一代中华儿女自强不息,奋勇前行。

李白诗二首

南陵①别儿童入京

白酒新熟山中归,黄鸡啄黍(shǔ)秋正肥。呼童烹鸡酌白酒,儿女嬉笑牵人衣。高歌取醉欲自慰,起舞落日争光辉。游说(shuì)万乘②(shèng)苦不早,著(zhuó)鞭跨马涉远道。会稽愚妇轻买臣③,余亦辞家西入秦。仰天大笑出门去,我辈岂是蓬蒿④人。

行 路 难

金樽(zūn)清酒斗十千,玉盘珍羞直万钱⑤。停杯投箸⑥(zhù)不能食,拔剑四顾心茫然。欲渡黄河冰塞(sè)川,将

---

① 南陵:有两说:一说在山东曲阜县南,一说在今安徽省南陵县。
② 万乘:天子,这里特指唐玄宗。周代时,天子地方千里,出兵车万乘,诸侯地方百里,出兵车千乘,故称天子为"万乘",后世用来指称皇帝。
③ 买臣:指朱买臣,西汉会稽(今江苏苏州境内)人。因家贫而遭妻子嫌弃,离开了他。后来朱买臣得到汉武帝的赏识,做了会稽太守,后升为主爵都尉,列于九卿。
④ 蓬蒿:蓬、蒿都是野生杂草,这里借指草野民间。
⑤ 羞:通"馐",珍美的菜肴。直:通"值"。
⑥ 箸:筷子。

登太行雪满山。闲来垂钓碧溪上,忽复乘舟梦日边①。行路难,行路难,多歧路,今安在? 长风破浪会有时,直挂云帆济沧海!

【浅解】

　　这两首诗选自《李白诗选》。《南陵别儿童入京》写于天宝元年(742)李白奉旨入京前回到南陵家中与儿女告别时。怀才不遇多年,终于等到了实现政治抱负的机会,李白异常兴奋,满心欢喜。诗中描写了他与家人饮酒高歌、挥剑起舞的欢快场景,"游说万乘苦不早"句表达了自己想要早日见到皇帝的急切心情。诗人以西汉的朱买臣自比,以为自己会像朱买臣一样,西去长安,从此平步青云。最后一句"仰天大笑出门去,我辈岂是蓬蒿人",把诗人自命不凡、自信满满的形象展现得淋漓尽致。本诗集叙事和抒情于一体,既有正面描写,又有侧面烘托,情感跌宕起伏,层层推进,最终达到高潮,表达了诗人真挚而强烈的感情。

　　李白入京后,供奉翰林,陪伴皇帝身边写诗作赋。然而他的才华遭到了同僚的嫉妒,狂放孤傲的性格也难为官场所接纳,因此被权臣谗毁排挤。再加上李白发现自己只不过是皇帝的御用文人,也渐渐心灰意冷,终日浪迹纵酒,不久被唐玄宗"赐金放还",变相赶出长安。天宝三年(744),李白离开长安时作《行路难》三首,这里选的是第一首。与《南陵别儿童入京》中的踌躇满志相比,可以想象李白在离开长安时心理上的巨大落差。诗中前四句描写了李白在朋友为其设置

---

① 闲来垂钓碧溪上,忽复乘舟梦日边:作者引用了"垂钓碧溪"和"乘舟梦日"的典故。"垂钓碧溪"指姜子牙未遇周文王时曾在渭水河畔钓鱼;"乘舟梦日"指伊尹在受商汤聘请前夕,梦见自己乘船经过日月之旁。

的饯行宴上,面对美酒珍馐却无心品尝、茫然苦闷的心情。接下来两句用"冰塞川""雪满山"来比喻人生道路的艰辛。但他不愿就此放弃,以姜子牙和伊尹的经历鼓舞自己,相信最终一定会"长风破浪会有时,直挂云帆济沧海"。诗中希望与失望、苦闷与追求相互矛盾的感情层层叠叠,激荡起伏,反映了诗人理想抱负难以施展的愤郁和不平,更突出表现了诗人面对挫折不放弃希望,执着于理想的乐观和洒脱。

苏轼词二首

水调歌头·明月几时有

丙辰中秋,欢饮达旦,大醉,作此篇。兼怀子由①。

明月几时有?把酒问青天。不知天上宫阙,今夕是何年?我欲乘风归去,又恐琼楼玉宇②,高处不胜寒。起舞弄清影,何似在人间!

转朱阁,低绮(qǐ)户③,照无眠。不应有恨,何事长向别时圆?人有悲欢离合,月有阴晴圆缺,此事古难全。但愿人长久,千里共婵娟④。

定风波·莫听穿林打叶声

三月七日,沙湖道中遇雨。雨具先去,同行皆狼狈,余独不觉,已而遂晴,故作此词。

---

① 子由:苏轼的弟弟苏辙(1039—1112年),北宋著名政治家、文学家,唐宋八大家之一。与其父苏洵、其兄苏轼合称"三苏"。
② 琼楼玉宇:指想象中的月亮上的华丽宫阙。
③ 低绮户:月影渐渐移动,使锦绣的门窗影子也随之变低。绮户:调绘华美的窗户。
④ 婵娟:指美丽的月亮或月色。

莫听穿林打叶声,何妨吟啸且徐行。竹杖芒鞋①轻胜马。谁怕?一蓑(suō)烟雨任平生。

料峭②春风吹酒醒,微冷,山头斜照却相迎。回首向来萧瑟处,归去,也无风雨也无晴。

【浅解】

这两首词选自《苏轼词集》。北宋熙宁四年(1071),苏轼因与王安石等变法派政见不合,为躲避京城政治漩涡,自求外放,辗转各地为官,熙宁七年(1074)调知密州(今山东诸城)。熙宁九年(1076),苏轼与弟弟苏辙已七年未得团聚。中秋佳节,望着天上的圆月,想到千里之外的亲人,他有感而发,写下千古名篇《水调歌头·明月几时有》。这首词境界开阔、格调清新,极富浪漫主义色彩。上阕写望月,从对明月的向往之情转折到对人间的眷恋之意;下阕写怀人,从月亮的阴晴圆缺想到人间的悲欢离合。最后一句"但愿人长久,千里共婵娟",从惆怅怨恨的情绪转为旷达开阔,不但表达了对亲人的思念,更有对世间所有饱受离别之苦的人的美好祝愿,体现了作者积极乐观的人生态度。

苏轼少年得志,才高八斗,却一生坎坷,数次被贬流放。《定风波·莫听穿林打叶声》作于苏轼因"乌台诗案"被贬至黄州的第三年,即元丰五年(1082)。黄州是苏轼人生中最大的一个转折点,从春风得意到死里逃生,沦落到举目无亲、缺衣少食的境地,为补充家用,他在东坡开荒种地,自称"东坡居士"。黄州清苦艰难却相对自由闲适的生活让苏轼的精神境界得到了砥砺和提升,拥有了更为豁达开

---

① 芒鞋:草鞋。
② 料峭:寒意尚浓,多指刚入春时的寒冷。

阔的人生观,创作生涯也在这一时期达到最高峰,最终成就了"千古一人"苏东坡。正如当代作家余秋雨所说:"这一切,使苏东坡经历了一次整体意义上的脱胎换骨,也使他的艺术才情获得了一次蒸馏和升华。"这首词就是这种转变和提升的真实记录,描写了苏轼与友人出行时忽遇风雨,同行皆狼狈,他却坦然相对,从容高歌,潇洒徐行。该词即景抒情,语言诙谐、收放自如,虽写的是寻常之事,却意境深远,饱含人生哲理,充满豪放旷达之气,自问世以来不知抚慰和激励过多少失意落拓的读者!

郑燮诗二首

题画兰

兰草已成行,山中意味长。坚贞还自抱,何事斗群芳。

竹 石

咬定青山不放松,立根原在破岩中。千磨万击还坚劲,任尔东西南北风。

【浅解】

这两首诗选自《郑板桥全集》。郑燮一生最喜欢画兰、竹、石,他说:"四时不谢之兰、百节长青之竹、万古不败之石、千秋不变之人,四美也。"这两首诗都是他的题画诗,也是借物喻人、托物言志的咏物诗,体现了诗人淡泊名利、不同于流俗的高洁人格和刚正不屈、不畏艰难、执着于理想的勇气和信念。

有时候,寂寞、不为人知也是人生中的一种挫折,《题画兰》描写了兰花在幽深的环境中坚贞自抱、卓尔独立、不与群芳争艳的形象。读之有助于我们在寂寞中坚守人生正道。《竹石》描写了竹子深深扎根在岩石的缝隙中,不论经受多大的风雨打击,依然坚劲挺拔的勇者形象,永远值得我们敬佩和学习。

忧虞之际　蓄气长志

（清）曾国藩

○ 古人患难忧虞之际，正是德业长进之时，其功在于胸怀坦夷①，其效在于身体康健。圣贤之所以为圣，佛家之所以成佛，所争皆在大难磨折之日，将此心放得宽，养得灵，有活泼泼之胸襟，有坦荡荡之意境，则身体虽有外感，必不至于内伤。今来函称外感内伤，同时举发，窃恐心境不能开广，俗见不能摆脱，非豪杰达观之道，亦非孝子爱身之术。（《曾文正公书札·复陈舫仙廉访》）

○ 袁了凡②所谓"从前种种譬如昨日死，从后种种譬如今日生"，另起炉灶，重开世界，安知此两番之大败，非天之磨炼英雄，使弟大有长进乎？谚云"吃一堑，长一智"，吾生平长进，全在受挫受辱之时。务须咬牙励志，蓄其气而长其智，切不可荼（nié）然③自馁④也。（《曾国藩家书·致沅弟》

---

① 坦夷：坦率平易，心地平静。
② 袁了凡：明朝思想家袁黄（1533—1606年），初名表，后改名黄，字庆远，号了凡，有《了凡四训》传世，曾国藩这里的引文即出自《了凡四训》。
③ 荼然：疲倦的样子，形容衰落不振。
④ 自馁：因失去自信而畏缩，此处指精神颓丧、丧失勇气。

同治六年二月二十九日）

【浅解】

  这两段语录分别摘选自曾国藩劝慰友人陈舫仙和弟弟曾国荃坦然、积极应对挫折的书信。曾国藩认为面对挫折和失败，一定要摆正心态，放宽胸襟，在挫折面前不颓唐丧气，而是把挫折和失败当作磨砺自己的机会，善于从中吸取教训并借助它增进才智，砥砺意志。这也是曾国藩一生经历的总结。正如梁启超所总结的那样："文正固非有超群绝伦之天才，在当时诸贤杰中，最称钝拙，其所遭遇事会，亦终身在拂逆之中，然乃立德、立功、立言三不朽，所成就震古烁今而莫与京者，其一生得力在立志自拔于流俗，而困而知，而勉而行，历百千艰阻而不挫屈，不求近效，铢积寸累。受之以虚，将之以勤，植之以刚，贞之以恒，帅之以诚，勇猛精进，坚苦卓绝。如斯而已，如斯而已。"曾国藩的言行告诉我们：挫折和不幸，是人生中最沉重但又必不可少的教科书，如果善于对待和学习，就会成为人生中最宝贵的财富。挫折来临时，我们只要勇敢直面，咬定牙关，永不屈服，攻坚克难，定会磨练意志，增长才干，开启新的人生境界。

西南联合大学校歌

（现代）罗庸

万里长征，辞却了五朝宫阙①。暂驻足衡山湘水，又成离别。绝徼(jiào)移栽桢(zhēn)干质②，九州遍洒黎元③血。尽笳(jiā)吹，弦诵④在山城，情弥切。

千秋耻，终当雪；中兴业，须人杰。便一城三户，壮怀难折⑤。多难殷忧新国运，动心忍性希⑥前哲。待驱逐仇寇，复神京，还燕碣⑦。

【浅解】

1937年全面抗日战争爆发后，奉中华民国教育部之命，北京大

---

① 五朝宫阙：指北京。辽、金、元、明、清5个朝代都以北京为都城。
② 绝徼移栽桢干质：把那些正在成长的栋梁之材，移栽到边远的地方去，保护起来，免受日寇的摧残，积蓄民族未来的希望。绝徼：指荒僻的边土。桢干质：指大树良材。
③ 黎元：黎民百姓。
④ 弦诵：弦歌诵读，古代授《诗》、学《诗》，配弦乐而歌者为弦歌，无乐而朗读者为诵，合称"弦诵"。后用以泛指授业、诵读之事，也以称诗礼教化或学校教育。
⑤ 便一城三户，壮怀难折：典出"楚虽三户，亡秦必楚"，意为即使楚国只剩下三户人家，也能灭掉秦国。比喻即使弱小，团结一致也能取得胜利。
⑥ 希：通"睎"，仰慕，崇敬。
⑦ 燕碣：代表京津地区。燕指北京附近的燕山，碣指天津附近的碣石山。

学、清华大学、南开大学三校历经艰难,先南迁湖南长沙,组建国立长沙临时大学。后因长沙连遭日机轰炸,又西迁云南昆明,成立国立西南联合大学。西南联合大学存在的时间不满九年,学生不过八千,条件异常简陋,生活极端艰苦,却以"坚毅刚卓"的"精气神","内树学术自由之规模,外来民主堡垒之称号",保存了我国在抗战时期的重要科研力量,培养出了一大批杰出的人才,创造了中国现代教育史上的奇迹。由西南联合大学中文系教授罗庸(1900—1950年)作词的《西南联大校歌》,抒写了南迁流亡的艰辛和悲愤,更表达了驱逐敌寇、收拾旧山河的决心和信念,展现了一代优秀学人在民族存亡之际,仍然弦诵不绝、担当国运的精神,被称为岳飞《满江红》八百年后的一个新版。歌词中的"仇寇"二字,原为"倭虏"。

毛泽东诗词二首

七律·冬云

雪压冬云白絮飞,万花纷谢一时稀。高天滚滚寒流急,大地微微暖气吹。独有英雄驱虎豹,更无豪杰怕熊罴(pí)。梅花欢喜漫天雪,冻死苍蝇未足奇。

水调歌头·重上井冈山

久有凌云志,重上井冈山。千里来寻故地,旧貌变新颜。到处莺歌燕舞,更有潺(chán)潺流水,高路入云端。过了黄洋界,险处不须看。

风雷动,旌旗奋,是人寰(huán)。三十八年过去,弹指一挥间。可上九天揽月,可下五洋捉鳖,谈笑凯歌还。世上无难事,只要肯登攀。

【浅解】

这两首诗词选自《毛泽东诗词鉴赏》。《七律·冬云》作于1962年12月26日,正值毛泽东69岁的生日,也是旧历冬至后的第四天。当时,国际上甚嚣尘上的反华思潮和国内暂时的经济困难使国内外的形势就像寒冷的冬天一样严峻。不过"冬至一阳生",虽然寒流滚滚,大雪纷飞,但暖阳之气已经在冉冉升起,即将迎来温暖的阳春天气。不屈不挠、英勇顽强的中国共产党和中国人民也必将以驱虎豹、斗熊黑的勇气和能力,克服眼前的困难,战胜一切反动势力,像傲雪盛开的梅花一样经受住严寒的考验,迎来美好的春天。正如毛泽东在《目前形势和我们的任务》中所讲的那样:"当着天空中出现乌云的时候,我们就指出:这不过是暂时的现象,黑暗即将过去,曙光即在前头。"这首诗交替使用了比喻、象征、对比等艺术手法,借景抒情,托物言志,表达了诗人面对困难坚毅不屈、勇往直前的斗争精神和乐观豪迈、大无畏的英雄气魄。

《水调歌头·重上井冈山》作于1965年5月25日毛泽东重上井冈山游览视察时。此时距1927年10月毛泽东率领秋收起义的工农革命军来到井冈山,开创中国革命的第一个根据地已有38年。阔别38年后,井冈山已是旧貌换新颜,中国也发生了翻天覆地的变化。看到井冈山上社会主义建设取得的骄人成绩,回忆38年来坎坷的革命、建设道路,毛泽东感慨良多,诗兴大发,写下了这首集叙事、写景、抒情、议论为一体的优秀词作。全词笔调轻快明丽,气势磅礴,意境开阔。读者可以从字里行间强烈地感受到作者喜悦舒畅的心情和作为无产阶级伟大革命家自信豪迈的气概。尤其是最后一句"世上无难事,只要肯登攀",激励了当代无数中华儿女不畏艰难困阻,勇往直前,奋斗不息,登攀不止。

十、闲情偶寄

唐人李涉有诗云:"终日昏昏醉梦间,忽闻春尽强登山。因过竹院逢僧话,偷得浮生半日闲。"生活中我们既需要家国天下、经世济民的抱负,也需要闲情逸致、悠然自得的雅趣;既要有闻鸡起舞、精进不止的忙碌,也要有超然物外、适当放松的休闲。正所谓:忙要有价值,闲要有滋味。无论生活给予我们怎样的磨砺,有一天,我们依然能够"行到水穷处,坐看云起时"。看世事沧桑,内心却安然处之。

本章就将此种心境收纳其中。"岱宗夫如何?齐鲁青未了",绘的是神奇秀丽、雄峻磅礴之景;"绿蚁新醅酒,红泥小火炉",酿的是清新淡雅、高山流水之情;"欲把西湖比西子,淡妆浓抹总相宜",道的是潋滟水光、隽永绵长之意;"痴儿了却公家事,快阁东西倚晚晴"展的是辽远阔大、胸襟怀抱之魄;"山重水复疑无路,柳暗花明又一村",有的是峰回路转、豁然开朗之心。

生活中总要有一些美好定格在脑海,总要有一些美景令人陶醉,总要有一些情感触及内心,总要有一些文字拨动灵魂,给予我们温暖和力量。正如有人说:"我们于日用必需的东西以外,必须还有一点无用的游戏与享乐,生活才觉得有意思。我们看夕阳,看秋河,看花,听雨,闻香,喝不求解渴的酒,吃不求饱的点心,都是生活上必要的——虽然是无用的装点,而且是愈精练愈好。"闲情有寄,随处心安,乐莫大焉!

值得一提的是,先贤们在闲情偶寄的同时,都未曾忘记修身、齐家、治国、平天下的这份初心,因为这是个人立身的根本,也是民族力量的源泉。

观 沧 海

（东汉）曹操

东临碣（jié）石①，以观沧海。水何澹（dàn）澹②，山岛竦（sǒng）峙③。树木丛生，百草丰茂。秋风萧瑟，洪波涌起。日月之行，若出其中。星汉④灿烂，若出其里。幸甚至哉，歌以咏志。

【浅解】

本诗选自《曹操集》。汉献帝建安十二年（207），曹操率军北上征乌桓，得胜回师途中，登临碣石山，纵观沧海，兴起而作《观沧海》。这是我国最早的正面描写山水的诗歌佳作。前八句写实景，虽是秋风萧瑟之际，却丝毫没有哀伤的情调，极写大海之雄奇壮丽。接下来四句是诗人的想象："就连宇宙中最灿烂、最充实、最光辉的太阳、月亮和星星、银河，也好像从来没有离开过大海的怀抱"。作者将眼中景与胸中情巧妙地融合在了一起，借大海包孕宇宙、吞吐日月的壮阔气势，展现了自己高远的志向和宽广的胸襟，表达了想要一统天下的宏大抱负。全诗语言质朴，意境开阔，想象丰富，气势雄浑，诵读此诗，我们能感受到杰出的政治家曹操豪迈奔放而又深沉含蓄的诗风。

---

① 碣石：河北昌黎碣石山。
② 澹澹：水波荡漾的样子。
③ 竦峙：高高耸立。竦：通"耸"，高。
④ 汉：银河。

归去来兮辞

(晋)陶渊明

归去来①兮,田园将芜胡②不归?既自以心为形役,奚③惆怅而独悲?悟已往之不谏④,知来者之可追⑤。实迷途其未远,觉今是而昨非。舟遥遥⑥以轻飏⑦(yáng),风飘飘而吹衣。问征夫以前路,恨晨光之熹⑧微。

乃瞻衡宇⑨,载⑩欣载奔。僮仆欢迎,稚子候门。三径⑪就⑫荒,松菊犹存。携幼入室,有酒盈樽。引壶觞以自酌,

---

① 归去来:归去。来:语助词。
② 胡:为什么。
③ 奚:为什么。
④ 谏:止,挽救,改正。
⑤ 追:补救,挽回。
⑥ 遥遥:船摇动的样子。
⑦ 轻飏:谓船只轻快地荡漾前进。
⑧ 熹:通"熙",光明。
⑨ 乃瞻衡宇:终于看到了自己的家。衡宇:简陋的房屋。衡即横,横木为门,言房屋之简陋。
⑩ 载:语助词,且。
⑪ 三径:指院中小路。
⑫ 就:近于。

眄①(miǎn)庭柯以怡颜。倚南窗以寄傲,审容膝之易安②。园日涉以成趣,门虽设而常关。策扶老③以流憩(qì),时矫④首而遐观。云无心以出岫⑤(xiù),鸟倦飞而知还。景翳(yì)翳以将入⑥,抚孤松而盘桓⑦(huán)。

  归去来兮,请息交⑧以绝游。世与我而相违,复驾言兮焉求⑨?悦亲戚之情话,乐琴书以消忧。农人告余以春及,将有事⑩于西畴⑪(chóu)。或命巾车⑫,或棹⑬(zhào)孤舟。既窈窕⑭以寻壑,亦崎岖而经丘。木欣欣以向荣,泉涓涓而始流。善万物之得时,感吾生之行休⑮。

---

① 眄:斜看,闲视。

② 审容膝之易安:觉得住在简陋的小屋也很舒服。审:觉察。容膝:只能容下双膝的小屋,形容房屋之狭小。

③ 策扶老:拄着拐杖。策:拄着。扶老:本竹名,因可用为杖,故称拐杖为扶老。

④ 矫:举。

⑤ 岫:有洞穴之山,这里泛指山峰。

⑥ 景翳翳以将入:阳光黯淡,太阳快落了。景:阳光。翳翳:阴暗的样子。

⑦ 盘桓:徘徊。

⑧ 息交:停止与人交往。

⑨ 世与我而相违,复驾言兮焉求:世事与我想的相违背,还能努力探求什么呢?驾:驾车,出外与世俗交友。言:虚词。

⑩ 有事:指耕种之事。

⑪ 畴:田地。

⑫ 巾车:有车衣遮盖的车子。

⑬ 棹:划船的长桨,这里用作动词。

⑭ 窈窕:幽深曲折的样子。

⑮ 行休:将要结束。

已矣乎①！寓形宇内②复几时。曷(hé)不委心任去留③？胡为乎遑(huáng)遑④欲何之⑤？富贵非吾愿，帝乡⑥不可期。怀良辰以孤往，或植杖⑦而耘耔⑧(zǐ)。登东皋⑨(gāo)以舒啸，临清流而赋诗。聊乘化以归尽，乐夫天命复奚疑⑩！

【浅解】

本诗选自《陶渊明集》。本文为陶渊明辞彭泽令后所作，时年为晋安帝义熙元年(405)，包括小序和正文，小序谈及就职彭泽令和辞官的原因，文中叙述归田后的心情和乐趣，这里所选的是其正文。关于陶渊明辞职的原因，在小序中说的是因为奔程氏妹之丧。但萧统《陶渊明传》却说是因为他"不愿为五斗米折腰"："会郡遣督邮至县，吏请曰：'应束带见之。'渊明叹曰：'我岂能为五斗米折腰向乡里小儿！'即日解绶去职，赋《归去来》。"这次归隐是陶渊明一生的转折点，这篇抒情小赋也是中国文学史上表现归隐意识的巅峰之作，对后

---

① 已矣乎：算了吧。
② 寓形宇内：托身于天地之间。
③ 曷不委心任去留：为何不随心任其生死，即生死有命。曷：何。委心：随心。去留：生死。
④ 遑遑：匆忙不安定。
⑤ 何之：到哪里去。之：动词，到。
⑥ 帝乡：古人指天帝居住的地方，即仙境。
⑦ 植杖：把手杖直插在田边。
⑧ 耘耔：除草培苗。
⑨ 皋：田边高地。
⑩ 聊乘化以归尽，乐夫天命复奚疑：姑且顺其自然走完生命的路程，乐天知命还有什么可疑虑的呢？乘化：顺应生命的自然变化。归尽：死。乐夫天命：乐天知命。《周易·系辞》："乐天知命故不忧。"

世有很大影响。

　　人未归心已归，文中记叙了作者对归程途中和到家后种种情景的想象，通过对农村自然景色和生活细节的描写，营造出一种悠然自得、恬静闲适的意境，表达了作者洁身自好、不同流合污的高尚人格和归隐田园、亲近自然的生活理想，始终洋溢着一种"久在樊笼里，复得返自然"的欣喜之情。全文语言质朴，感情真挚，音节优美，具有一种自然流露、不加雕饰的行云流水之美。欧阳修说："晋无文章，惟陶渊明《归去来兮辞》一篇而已"，此言虽然有些极端，但足以见得它在文学史上的地位。

十、闲情偶寄

与朱元思书

（南朝·梁）吴均

风烟俱净,天山共色。从流飘荡,任意东西。自富阳至桐庐,一百许里,奇山异水,天下独绝。水皆缥(piǎo)碧①,千丈见底;游鱼细石,直视无碍。急湍甚箭②,猛浪若奔。夹岸高山,皆生寒树。负势竞上,互相轩邈③;争高直指,千百成峰。泉水激石,泠(líng)泠作响;好鸟相鸣,嘤嘤成韵。蝉则千转④不穷,猿则百叫无绝。鸢(yuān)飞戾(lì)天⑤者,望峰息心;经纶世务者⑥,窥谷忘反⑦。横柯(kē)上蔽,在昼犹昏;疏条交映,有时见日。

---

① 缥碧:青白色。
② 甚箭:甚于箭,比箭还要快。
③ 互相轩邈:仿佛(高山)都争先恐后地往高处长和向远处伸展。轩:高,本义指古代一种前顶较高而又有帷幕的车子。邈:远,这里当动词用。
④ 转:通"啭",鸟鸣声,此处指蝉鸣声。
⑤ 鸢飞戾天:意思是鸢飞到天上。这里比喻那些为名为利极力攀高的人。《诗经·大雅·旱麓》:"鸢飞戾天,鱼跃于渊。"鸢:一种凶猛的鸟。戾:至,到。
⑥ 经纶世务者:在官场上处理政务的人。经纶:筹划,经营,处理。
⑦ 反:通"返",返回。

【浅解】

本文选自《艺文类聚》。吴均（469—520年），字叔庠，吴兴故鄣（今浙江安吉）人，南朝梁文学家、史学家。吴均博学多才，为文清俊脱俗，当时称为"吴均体"。东晋南北朝时期，政治黑暗，社会动荡，致使不少读书人寄情山水来排解心中的苦闷。此文是吴均给其好友朱元思写的一封书信，作者围绕"奇山异水，天下独绝"这个主题，用简洁、细致、优美、富有条理的文笔描绘出富春江沿途的绮丽风光，抒发了作者寄情山水、热爱自然的思想感情，也含蓄地表露出作者淡泊名利、洒脱自由的高洁情操。文中词美、景美、情美、意境美，将一幅充满生机的大自然画卷描绘得美不胜收，极富画面感，令人叹为观止，被认为是骈文中写景的精品。

孟浩然诗二首

过①故人庄

故人具鸡黍(shǔ),邀我至田家。绿树村边合,青山郭外斜(xiá)。开轩面场圃,把酒话桑麻。待到重阳日,还(huán)来就②菊花。

夏日南亭怀辛大③

山光忽西落,池月渐东上。散发乘夕凉,开轩卧闲敞。荷风送香气,竹露滴清响。欲取鸣琴弹,恨无知音赏。感此怀故人,终宵劳梦想。

【浅解】

这两首诗选自《孟浩然诗集》。孟浩然(689—740年),襄州襄阳(今湖北襄阳)人,世称"孟襄阳",唐代著名山水田园诗人,与王维合称"王孟",在文学史上具有重要地位。李白《赠孟浩然》云:"吾爱孟

---

① 过:拜访。
② 就:接近,靠近。
③ 辛大:孟浩然的好友,姓辛,排行老大,名不详,疑为辛谔。

夫子，风流天下闻。红颜弃轩冕，白首卧松云。醉月频中圣，迷花不事君。高山安可仰，徒此揖清芬。"杜甫则称赞其"清诗句句尽堪传"。孟浩然善于从生活的细节中捕捉诗意，看似轻描淡写，却能臻于佳境。清人沈德潜评其诗"语淡而味终不薄"，这里所选的两首诗正体现了这一特点。

《过故人庄》描写了诗人到老朋友家做客的经过，描绘出一派清新秀美的田园风光和恬静闲适的农家生活场景，表达了诗人淡然处世的情怀和对田园生活的向往。全诗将叙事、写景、抒情完美地融合在一起，语言平淡朴实，没有渲染雕琢的痕迹，但感情深厚真挚，富有亲切自然的生活气息，是田园诗中的佳作。

《夏日南亭怀辛大》是诗人在夏夜纳凉时所作，通过对景物的细致描写营造出了夏夜清幽闲适的意境，并由清幽想到弹琴，由弹琴想到知音，进而过渡到感怀故人，最终以梦境收尾。全诗语言流畅，感情细腻，情景交融，意韵悠长，耐人寻味，给读者一种身临其境的悠闲之感。

王维诗二首

山居秋暝①(míng)

空山新雨后,天气晚来秋。明月松间照,清泉石上流。竹喧归浣(huàn)女,莲动下渔舟②。随意③春芳④歇,王孙⑤自可留。

终南别业⑥

中岁颇好(hào)道⑦,晚家南山⑧陲(chuí)。兴来每独往,胜事空自知。行到水穷处,坐看云起时。偶然值林叟,谈笑无还期。

---

① 暝:日落,黄昏。
② 竹喧归浣女,莲动下渔舟:竹林喧闹,应是洗衣姑娘欢快归来,莲叶轻摇,应是渔船顺流而下。为"竹喧浣女归,莲动渔舟下"的倒装句。
③ 随意:任凭。
④ 春芳:春天的花草。
⑤ 王孙:原指贵族子弟,这里指隐居的人。
⑥ 别业:指王维的辋川别业。别业与"旧业"相对而言,业主往往原有一处住宅,而后另营别墅,称为别业。
⑦ 道:这里指佛教。
⑧ 南山:终南山。

【浅解】

这两首诗选自《王维诗集》,均为王维的代表作。《山居秋暝》通篇运用比兴手法,描绘了傍晚山村秋雨初晴的美丽风光和天人合一的淳朴民风,表现了诗人寄情山水、怡然自得的悠然心境。诗中情景交融,颇具画意和理趣,呈现出一派清明欢快的气象,《唐宋诗举要》点评此诗:"随意挥写,得大自在。"

《终南别业》是王维晚年的作品,其时他已看透仕途的艰险,倾心佛法,过着半官半隐、寄情山水的生活,这首诗就是对此种生活的诗意描画。尤其是"行到水穷处,坐看云起时"一联,看似一幅信手拈来的山水景致,细细品味却意境悠远,颇有禅意,让人回味无穷。

杜甫诗二首

望 岳

岱宗①夫如何?齐鲁②青未了③。造化④钟⑤神秀,阴阳割⑥昏晓。荡胸生层云,决眦⑦(zì)入归鸟。会当凌绝顶⑧,一览众山小。

江 村

清江一曲抱村流,长夏江村事事幽。自去自来堂上燕,相亲相近水中鸥。老妻画纸为棋局,稚子敲针作钓钩。但有故人供禄米⑨,微躯此外更何求。

---

① 岱宗:指位居五岳之首的泰山。
② 齐、鲁:春秋时期齐鲁两国以泰山为界,齐国在泰山北,鲁国在泰山南。
③ 青未了:郁郁苍苍的山色无边无际,走出齐鲁的国境,还望得见。
④ 造化:天地,大自然。
⑤ 钟:结聚,集中。
⑥ 割:分割。
⑦ 决眦:眼角几乎要裂开,形容张目极视。决:裂开。眦:眼角。
⑧ 会当凌绝顶:一定要登上泰山的最高峰。会当:定要。凌:升,登上。绝顶:最高峰。
⑨ 禄米:古代官吏的俸禄,这里指钱米。

【浅解】

这两首诗选自《杜工部集》。《望岳》是杜甫二十五岁落第后游齐鲁时所作,是现存杜诗中最早的一首,虽然是青年之作,但语言警拔,气势雄伟,足证杜甫的诗才非同一般。古人写五岳之首泰山的诗很多,只有杜甫仅用五个字"齐鲁青未了"便囊括千里,恰切地描画出泰山的雄伟壮阔,因此被后人称诵至今。全诗没有一个"望"字,却紧紧围绕诗题"望岳"的"望"字展开,前六句分别写"齐鲁青未了"的远望之色,"阴阳割昏晓"的近望之势,以及"层云""归鸟"的细望之景。末句"会当凌绝顶,一览众山小"则是作者想象中的登高而极望,道出青年诗人的豪情壮志。

《江村》作于杜甫暂居成都草堂时期。当时,作者饱经战乱,在朋友的资助下,在四川成都郊外的浣花溪畔盖了一间草堂,暂时有了安身之所,过上了比较安定的生活。诗中首联"事事幽"三个字提挈全文主旨,与末句"此外更何求"相关合。颔联中堂上燕自去自来,水中鸥相亲相近,欢快而恬静。颈联中"老妻"的"棋局"和"稚子"的"钓钩",展现了难得的天伦之乐,生活条件虽然窘迫,但是诗人笔下的乡村宁静温馨,愉悦和满足之情跃然纸上。这首诗是杜诗中少有的明快之作,清代黄生《杜诗说》评曰:"杜律不难于老健,而难于轻松,此诗见潇洒流逸之致。"

白居易诗二首

问刘十九①

绿蚁②新醅③(pēi)酒,红泥小火炉。晚来天欲雪,能饮一杯无④?

钱塘湖⑤春行

孤山⑥寺北贾亭⑦西,水面初平云脚⑧低。几处早莺争暖树,谁家新燕啄春泥。乱花渐欲迷人眼,浅草才能没(mò)马蹄。最爱湖东行不足,绿杨阴里白沙堤⑨。

---

① 刘十九:白居易在江州时的友人,排行十九,名字不详。
② 绿蚁:浮在新酿的没有过滤的米酒上的绿色泡沫。新酿的米酒,未过滤时,酒沫色微绿,细如蚁,称为"绿蚁"。
③ 醅:没有过滤的酒。
④ 无:相当于"么"。
⑤ 钱塘湖:西湖。
⑥ 孤山:在西湖中后湖和外湖之间的小山,和其他山不相连,故名。
⑦ 贾亭:唐代杭州刺史贾全所建的贾公亭,今不存。
⑧ 云脚:古汉语称下垂的物象为"脚",如下落雨丝的下部叫"雨脚"。这里指下垂的云彩。
⑨ 白沙堤:简称白堤,又名十锦塘,在杭州西城外,沿堤向西南行,直通孤山。

【浅解】

　　这两首诗选自《白氏长庆集》。《问刘十九》作于元和十二年（817）冬，当时作者在江州司马任上。全诗仅二十字，却用朴素亲切的语言生动地展现了一幅雪天邀友小饮畅谈的场景，画面感十足。全诗充满了浓厚的生活气息和温馨舒适的情调，展现了日常生活中的美好诗意，也反映出诗人与朋友之间炽热的情谊。虽似信手拈来，却颇有韵味，给读者一种轻松怡然、温馨暖人之感。

　　《钱塘湖春行》约作于长庆三年（823）春，生动描绘了诗人早春时节漫步西湖所见的明媚风光，表达了诗人游湖的喜悦和对西湖的热爱之情。本诗的巧妙之处在于即景寓情，既写出浓郁的春意，又写出了自然之美给人的强烈感受。全诗结构严谨，衔接自然，对仗精工，语言浅近，是历代吟咏西湖的名篇。

陋 室 铭

（唐）刘禹锡

山不在高，有仙则名。水不在深，有龙则灵。斯是陋室，惟吾德馨①。苔痕上阶绿，草色入帘青。谈笑有鸿儒②，往来无白丁③。可以调素琴，阅金经④。无丝竹⑤之乱耳，无案牍⑥之劳形。南阳诸葛庐⑦，西蜀子云亭⑧。孔子云：何陋之有⑨？

---

① 德馨：指德行美好。《尚书·君陈》："黍稷非馨，明德惟馨。"馨：散布很远的香气。
② 鸿儒：大儒，指博学之士。
③ 白丁：没有功名的平民。
④ 金经：有人认为是指佛教经典《金刚经》，也有人认为是儒家经典。泛指非常珍贵的经典书籍。
⑤ 丝竹：乐器总称，这里指奏乐的声音。丝：指琴瑟等弦乐器；竹：指箫管等管乐器。
⑥ 案牍：官场文书。
⑦ 南阳诸葛庐：南阳有诸葛亮隐居时的草庐。诸葛亮在出山之前，曾在南阳卧龙岗中隐居躬耕。
⑧ 西蜀子云亭：成都少城西南有西汉辞赋家扬雄宅，亦称草玄堂，因扬雄字子云，故称子云亭，是扬雄著《太玄》之处。
⑨ 何陋之有：这有什么简陋呢？隐含"君子居之"之意。《论语·子罕》："子欲居九夷。或曰：'陋，如之何？'子曰：'君子居之，何陋之有？'"

【浅解】

本文选自《全唐文》。刘禹锡(772—842年),字梦得,唐代洛阳(今河南洛阳)人,著名文学家、哲学家、政治家。唐代中晚期著名诗人,有"诗豪"之称。古代刻在器物上用来警诫自己或称述功德的文字,叫"铭",后来就成为一种文体。《陋室铭》就是一篇借物言志的著名骈体铭文。作者运用比兴手法,写陋室以明节操,阐述了"斯是陋室,惟吾德馨"的核心主题。"山不在高""水不在深"比兴陋室,"有仙则名""有龙则灵"则比兴陋室主人的"德馨",蕴含着深刻的哲理,也成为脍炙人口的名言佳句。文中选用"苔痕绿""草色青""鸿儒""素琴""金经"进一步说明"德馨"的内涵,从而点明了"德馨"是"陋室不陋"的原因。末尾两句作者把自己的陋室类比于"诸葛庐""子云亭",表达了作者不同流俗、不羡虚名的处世态度以及闲适高雅、超凡脱俗的人格魅力。清代谢有辉《古文赏音》评云:"陋室但作知足话头,终脱不得个'陋'字。以'德馨'为主,则室以人重,陋而不陋矣。此文殆借室之陋以自形容其不凡也。虽不满百字,而具虎跳龙腾之致。"全文仅81字,但立意高远,文简意丰,层次清晰,音韵铿锵,读来朗朗上口,具有很强的感染力。

钴鉧潭西小丘记

（唐）柳宗元

得西山后八日，寻①山口西北道二百步，又得钴鉧（gǔ mǔ）潭。潭西二十五步，当湍而浚者为鱼梁②。梁之上有丘焉，生竹树。其石之突怒③偃蹇④（yǎn jiǎn），负土而出，争为奇状者，殆不可数。其嵚（qīn）然相累⑤而下者，若牛马之饮于溪；其冲然角列⑥而上者，若熊罴（pí）之登于山。

丘之小不能⑦一亩，可以笼而有之。问其主，曰："唐氏之弃地，货⑧而不售⑨。"问其价，曰："止四百。"余怜而售⑩之。李深源、元克己时同游，皆大喜，出自意外。

---

① 寻：通"循"，沿着。
② 鱼梁：筑堰拦水捕鱼的一种设施，用木桩、柴枝或编网等制成篱笆或栅栏，置于河湖流经处。
③ 突怒：石头突出隆起的样子。
④ 偃蹇：形容石头高耸的姿态。
⑤ 嵚然相累：倾斜重叠。嵚然：倾斜。
⑥ 冲然角列：高耸突出，如兽角斜列往上冲。冲然：向上或向前的样子。角列：像兽角那样排列。
⑦ 不能：不足。
⑧ 货：出卖。
⑨ 售：卖出。
⑩ 售：买进，买下来。

即更取①器用,铲刈②(yì)秽草,伐去恶木,烈火而焚之。嘉木立,美竹露,奇石显。由其中以望,则山之高,云之浮,溪之流,鸟兽之遨游,举③熙熙然④回巧⑤献技,以效兹丘之下。枕席而卧,则清泠(líng)之状与目谋,潆(yíng)潆⑥之声与耳谋,悠然而虚者与神谋,渊然而静者与心谋。不匝(zā)旬⑦而得异地者二,虽古好事之士,或未能至焉。

噫!以兹丘之胜,致之沣(fēng)、镐(hào)、鄠(hù)、杜⑧,则贵游之士争买者,日增千金而愈不可得。今弃是州也,农夫渔父过而陋之⑨。价四百,连岁不能售。而我与深源、克己独喜得之,是其果有遭⑩乎!书于石,所以贺兹丘之遭也。

【浅解】

本文选自《柳宗元集》。柳宗元(773—819年),字子厚,唐代河东(今山西运城)人,著名文学家、哲学家、政治家,唐宋八大家之一。世称"柳河东""河东先生",因官终柳州刺史,又称"柳柳州"。与韩

---

① 更取:轮番取用。
② 刈:割去。
③ 举:全部。
④ 熙熙然:和乐欢快的样子。
⑤ 回巧:运用技巧呈现巧妙的姿态。
⑥ 潆潆:形容流水回旋的声音。
⑦ 匝旬:满十天。匝:周,满。旬:十天为一旬。
⑧ 沣、镐、鄠、杜:均在长安附近,为当时的名胜之地。沣:在今陕西户县东。镐:在今陕西西安市西南。鄠:在今陕西户县北。杜:在今陕西西安市东南。
⑨ 陋之:以之为陋,瞧不上。
⑩ 遭:遇合,机遇。

愈共同倡导古文运动，并称"韩柳"。柳宗元散文峭拔矫健，说理性强，山水游记尤为有名。

元和四年(809)，柳宗元因参与"永贞革新"失败，被贬为永州司马。在永州，柳宗元贫病交加，郁愤难抒，多借山水以排遣，写出了著名的山水游记《永州八记》。这八篇游记各自成章又互有联系，《钴鉧潭西小丘记》是其中的第三篇。这篇游记寄情于景，表达了作者在十天内连续得到两处胜境的喜悦和欣慰，也流露出对自身怀才不遇的愤慨之情。文章开头几句是对前两篇的照应，介绍了发现小丘的过程及其位置，前半部分写小丘新奇独特的景色，接下来详细描写了作者与友人购置小丘并且整理修复使其焕然一新的经过。修复后的小丘，山高云浮，嘉木美竹，溪水流淙，鸟兽遨游，悠远空阔，清爽明朗，令人乐在其中，心旷神怡。最后作者感慨道，如此优美的形胜之地，若置身长安附近，则价值不菲，如今却被弃置于永州这块荒野之地，无人问津。如此描写小丘的处境，作者幽深的身世之慨也就不言而喻。

苏轼诗二首

惠崇春江晚景

竹外桃花三两枝,春江水暖鸭先知。蒌蒿(lóu hāo)满地芦芽短,正是河豚欲上时。

饮湖上,初晴后雨

水光潋滟①(liàn yàn)晴方好,山色空蒙②雨亦奇。欲把西湖比西子③,淡妆浓抹总相宜。

【浅解】

这两首诗选自《苏轼诗集》。《惠崇春江晚景》原有二首,此其一,或题作《惠崇春江晓景》《书衮仪所藏惠崇画》,是苏轼于元丰八年(1085)为惠崇所画的鸭戏图所作的题画诗。惠崇的画作虽未流传下来,但是这首诗展示了一幅早春时节的春江景色。桃花的"三两枝"、江水变暖的"鸭先知""蒌蒿满地"和"芦芽短"都透露出一股春

---

① 潋滟:形容水波相连、波光闪动的样子。
② 空蒙:烟雨迷茫缥缈的样子。
③ 西子:春秋时期越国美女西施,后人称其"西子"。与王昭君、貂蝉、杨玉环并称为中国古代四大美女。

天的活力,惹人怜爱。诗中末句"河豚欲上"是诗人结合时令的合理想象,因为构思巧妙,从而使诗中有画、画中有诗,引人入胜,脍炙人口。

《饮湖上,初晴后雨》原有二首,此其一。苏轼曾写过不少吟咏西湖的诗歌,这一首是脍炙人口的名作。前半首写景诗句虽短,却展现出多幅景色,波光潋滟、山水相映、晴空万里、雨后空蒙,各种角度的西湖映像如蒙太奇一般浮现在眼前。后半首以美人比喻西湖,为西湖之美赋予了生命力,极富神韵,备受后人推崇,以致"西子湖"成了西湖的别名,陈衍在《宋诗菁华录》中说这一比喻"遂成西湖定评",武衍则有诗云:"除却淡妆浓抹句,更将何语比西湖?"

黄庭坚诗二首

牧童诗

骑牛远远过前村,短笛横吹隔陇①(lǒng)闻。多少长安名利客②,机关用尽③不如君。

登快阁

痴儿④了却公家事,快阁东西倚晚晴。落木千山天远大,澄江一道月分明。朱弦已为佳人绝⑤,青眼⑥聊因美酒横。万里归船弄长笛,此心吾与白鸥盟⑦。

---

① 陇:通"垄",田垄。
② 长安名利客:在帝都争名逐利的人。《战国策·秦策一》:"臣闻争名者于朝,争利者于市。"长安:汉唐帝都,这里泛指都城所在之地。
③ 机关用尽:用尽心机争名逐利。
④ 痴儿:作者自称。
⑤ "朱弦"句:《吕氏春秋·本味》:"钟子期死,伯牙破琴绝弦,终身不复鼓琴,以为世无足复为鼓琴者。"朱弦:这里指琴弦。佳人:美人,引申为知己、挚友。
⑥ 青眼:《晋书·阮籍传》:"(阮)籍又能为青白眼,见礼俗之士,以白眼对之。及嵇喜来吊,籍作白眼,喜不怿而退。喜弟康闻之,乃赍酒挟琴造焉,籍大悦,乃见青眼。"青眼指黑色的眼珠在眼眶中间,青眼看人则是表示对人的喜爱或重视、尊重,指正眼看人。
⑦ 与白鸥盟:据《列子·黄帝》:"海上之人有好沤(鸥)鸟者,每旦之海上,从沤鸟游,沤鸟之至者,百住而不止。其父曰:'吾闻沤鸟皆从汝游,汝取来,吾玩之。'明日之海上,沤鸟舞而不下也。"后人以与鸥鸟盟誓表示毫无机心,这里是指无利禄之心,借指归隐。

【浅解】

这两首诗选自《黄庭坚诗集注》。黄庭坚(1045—1105年),字鲁直,号山谷,又号涪翁,洪州分宁(今江西修水)人,北宋著名诗人、书法家。为"苏门四学士"(黄庭坚、张耒、晁补之、秦观)之一,在诗歌创作中与苏轼齐名,世称"苏黄"。提倡学习杜甫,主张"无一字无来处",取古人陈言"点铁成金""夺胎换骨",形成凝练峭拔、瘦硬奇拗的诗风,开创了北宋后期的诗歌流派"江西诗派",后世称其诗为"山谷体"。书法独树一帜,为"宋四家"(苏轼、黄庭坚、米芾、蔡襄)之一。

七言绝句《牧童诗》据说为黄庭坚七岁所作。通过描摹牧童骑牛吹笛的悠然自得,反衬追名逐利者的"机关算尽",在正反对比中,表露出作者对自由自在生活的向往以及不与世俗同流合污的心态。《牧童诗》诗意与后世《红楼梦》的名句"机关算尽太聪明,反误了卿卿性命",颇有异曲同工之妙和警世劝诫之效。

《登快阁》是作者任泰和知县时所作的七言律诗。快阁在吉州泰和县(今属江西)东澄江(赣江)之上,以江山广远、景物清华而著名。作者在公事之余,常到此地游玩。诗中抒发了政治抱负无法实现的无可奈何和孤独神伤的归隐之念。在写作艺术上,充分体现了"山谷体"工于用字和用典的特点。开篇两句"痴儿了却公家事,快阁东西倚晚晴",看似浅显,实际字字有典故:"痴儿了却公家事"典出《晋书·傅咸传》中夏侯济所言"生子痴,了官事,官事未易了也"。"快阁东西倚晚晴"借用了杜甫"注目寒江倚山阁"和李商隐"万古贞魂倚暮霞"的典故。"落木千山天远大,澄江一道月分明"则会让人想到杜甫"无边落木萧萧下,不尽长江滚滚来"和谢朓"余霞散成绮,澄江净如练"的名句。下面的"朱弦""青眼""白鸥"几句均用古书中的典故。句句用典而不觉堆砌、掉书袋,反倒诗意畅达,境界清新高远,这正是"山谷体"的独到之处。

陆游诗二首

游山西村

莫笑农家腊酒浑,丰年留客足鸡豚。山重水复疑无路,柳暗花明又一村。箫鼓追随春社近,衣冠简朴古风存。从今若许闲乘月,拄杖无时夜叩门。

村居书喜

红桥梅市晓山横,白塔樊江春水生。花气袭人知骤暖,鹊声穿树喜新晴。坊场①酒贱贫犹醉,原野泥深老亦耕。最喜先期官赋②足,经年无吏叩柴荆。

【浅解】

这两首诗选自《陆游诗词选》。《游山西村》作于陆游罢官闲居山阴老家时。全诗无一个游字,却处处紧扣诗题。诗人撷取了游村中几个场景:丰收之年村里欢愉的气象、山涧水畔秀美的景色、春社热闹古朴的风俗,最后用月夜叩门之愿体现出诗人游兴未尽之意。

---

① 坊场:指政府设置的专卖场。
② 官赋:政府征收的赋税。

虽然赋闲在家,英雄暂无用武之地,但乡村闲适纯朴的生活给了诗人很多慰藉,他也并未放弃希望,"山重水复疑无路,柳暗花明又一村",表面写景,实则蕴含十分深刻的人生哲理,被后世用来形容已身陷绝境,忽又出现转机的情形,成为千古传颂的名句。

《村居书喜》之"喜"在于"官赋足"和"无吏扣柴荆"的安详,对于这样和谐的官赋征纳方式,诗人从心底里透出一种快慰和欣然。诗文首联"红"和"白"相互映衬,描绘出色彩明丽、鸟语花香的早春乡间风貌。颔联分别从嗅觉"花气"和听觉"鹃声"两个角度描绘春天的气息和声音,给人以身临其境的感觉。诗中"花气袭人"句也是《红楼梦》人物袭人之名的出处。

满井游记

(明)袁宏道

燕地①寒,花朝(zhāo)节②后,余寒犹厉。冻风时作,作则飞沙走砾(lì),局促一室之内,欲出不得。每冒风驰行,未百步辄返。

廿二日,天稍和,偕数友出东直③,至满井。高柳夹堤,土膏微润,一望空阔,若脱笼之鹄④(hú)。于时⑤冰皮始解,波色乍明,鳞浪层层,清澈见底,晶晶然如镜之新开而冷光之乍出于匣也。山峦为晴雪所洗,娟然如拭,鲜妍明媚,如倩女之靧(huì)面⑥而髻鬟(jì huán)之始掠也。柳条将舒未舒,柔梢披风,麦田浅鬣⑦(liè)寸许。游人虽未盛,泉而茗⑧

---

① 燕地:指现在的北京和河北省北部,古代属燕国。
② 花朝节:俗传农历二月十二日(也有说是二月初二或二月十五日)为百花生日,称为花朝节。
③ 东直:东直门,明清时期北京城的东北门。
④ 鹄:天鹅。
⑤ 于时:当时,在这个时候。
⑥ 靧面:洗脸。
⑦ 浅鬣:麦苗长得像短的马鬃一样。鬣:马鬃。
⑧ 茗:茶,这里指烹茶。

者,罍①(léi)而歌者,红装而蹇②(jiǎn)者,亦时时有。风力虽尚劲,然徒步则汗出浃(jiā)背。凡曝(pù)沙之鸟③,呷(xiā)浪之鳞④,悠然自得,毛羽鳞鬣(liè)之间,皆有喜气。始知郊田之外,未始无春,而城居者未之知也。

夫能不以游堕⑤(huī)事,而潇然于山石草木之间者,惟此官⑥也。而此地适与余近,余之游将自此始,恶(wū)能无纪⑦?己亥之二月也。

【浅解】

本文选自《袁宏道集》。袁宏道(1568—1610年),字中郎,号石公、六休,湖广公安(今湖北公安)人,明代著名文学家,与兄宗道、弟中道齐名,时称"公安三袁",他们所代表的文学流派世称"公安派"。袁氏兄弟反对明代文坛的复古模拟之风,主张文学创作要独抒性灵,不拘格套,因此也被称为"性灵派"。"三袁"中以袁宏道的成就最大。

这篇游记作于万历二十七年(1599),是袁宏道久负盛名的一篇游记小品文。满井是北京东北郊的一个地方,因有一古井,"井高于地,泉高于井,四时不落"而得名,周边风景优美,是明代京郊探胜的好地方。本文记述了作者与友人游历满井时所看到的北国早春气

---

① 罍:盛酒器,此处指饮酒。
② 蹇:驴,这里指骑驴。
③ 曝沙之鸟:在沙上晒太阳的鸟。
④ 呷浪之鳞:在波浪里呼吸的鱼。鳞:代指鱼。
⑤ 堕:通"隳",毁坏,这里指耽误。
⑥ 此官:作者当时担任顺天府学教官,是个闲职。
⑦ 纪:通"记",记述。

象,以简练、优美的文字将春光之美和内心之喜尽情写出,情景交融,美不胜言。作者从"欲出不得"想春游又不能游的矛盾心理写起,接着写"天稍和"郊外探春,随后逐层分别从春水、春山、植物、动物和游人等多个角度写出郊外的无限美景,最后总结出:"始知郊田之外,未始无春,而城居者未之知也。"与开头"欲出不得"形成鲜明对比,在写郊外春景时,字里行间都洋溢着悠然自得、喜不胜言的情感,表现了诗人厌弃喧嚣尘俗的城市生活、向往回归大自然的美好愿望。

湖心亭看雪

（清）张岱

崇祯五年①十二月,余住西湖。大雪三日,湖中人鸟声俱绝。是日更(gēng)定矣,余拏②(ná)一小舟,拥毳(cuì)衣③炉火,独往湖心亭看雪。雾凇(sōng)沆砀④(hàng dàng),天与云与山与水,上下一白。湖上影子,惟长堤一痕、湖心亭一点,与余舟一芥⑤(jiè)、舟中人两三粒而已。

到亭上,有两人铺毡对坐,一童子烧酒炉正沸。见余,大惊喜曰:"湖中焉得更(gèng)有此人!"拉与同饮。余强(qiǎng)饮三大白⑥而别。问其姓氏,是金陵人,客⑦此。及下船,舟子⑧喃喃曰:"莫说相公痴,更(gèng)有痴似相公者!"

---

① 崇祯五年:公元 1632 年。崇祯是明朝末代皇帝思宗朱由检的年号(1628—1644 年)。
② 拏:撑持,摇(船)。这里实际是船夫摇船。
③ 毳衣:毛皮所制的衣服。
④ 雾凇沆砀:冰花一片弥漫的景象。雾凇:俗称树挂,《字林》载:"寒气结冰如珠,见日光乃消,齐鲁谓之雾凇。"沆砀:白气弥漫的样子。
⑤ 芥:小草,比喻轻微纤细之物,这里指小舟像一片细小的芥草。
⑥ 白:古代罚酒用的酒杯。
⑦ 客:客居。
⑧ 舟子:船夫。

【浅解】

本文选自《西湖梦寻》。作者张岱（1597—1679年），又名维城，字宗子，又字石公，号陶庵、天孙，别号蝶庵居士，晚号六休居士，山阴（今浙江绍兴）人，明末清初著名文学家、史学家。出生于仕宦世家，少为富贵公子，享尽荣华富贵，明亡后不仕，隐居剡溪山中，著书以终，有《陶庵梦忆》《西湖梦寻》《夜航船》《石匮书》等传世。

本文是张岱的代表作之一，作者回忆自己昔日在"大雪三日""人鸟声俱绝"的一片寂静中，前往湖心亭赏雪，观赏常人所不能观赏的绝美景观，体验常人所不能体验的独到生活，既是一种文人的雅趣，更是一种常人无法理解的痴情。文章叙事精练，情景交融，寓意深沉，用语新奇，写景精妙，如用一痕、一点、一芥、两三粒来形容长堤、湖心亭、所乘之舟与舟中之人，堪称神来之笔，让人过目难忘，再映衬以"上下一白"的广漠天地，具有极强的画面感。文章最后结之以船夫的喃喃之语，文情荡漾，余味无穷。此外，张岱文集中，凡是记述昔年游踪之作，大多仍标明朝纪年，以示不忘故国。这里标"崇祯五年"，也是此意。细品此文，我们能感受到字里行间寄托着作者亡国后的孤寂与忧伤之情。

附录　理论参考

经典的选择与阅读之法

杨 虎

各位同志:

大家下午好!今天我分享的题目为"经典的选择与阅读之法",分享的对象是从事实务工作的各位朋友,所以谈论的问题就尽量避免学术化、理论化,主要是结合实际工作和大家分享自己的一些体会和经验。主要谈三个问题:为何读书?应读何书?经典的阅读之法。粗浅之见,还请大家多多批评指正。

一、为何读书

对于已经工作且不以学术为事业的人来说,为什么还要读书,基本原因有三:修身、立业、乐生。

一是修身的需要

人生是一个不断成长和完善的过程,需要从前人的经验中汲取必要的养分。常言道:"不听老人言,吃亏在眼前",书籍,尤其是优秀的书籍就是人生大学中的重要教科书。开眼界,长本事,提能力,修气质,均要依靠读书。从人的气质修为而言,书卷气最为难得。"腹有诗书气自华""气质变化学问深时",这些耳熟能详的名言,都是在讲读书对一个人气质塑造的重要作用。曾国藩教导其子弟重视读书时说,一个人的气质,主要由天生而来,很难改变,唯有读书可以变化气质。古代精于相面术的人,甚至说读书可以变换一个人的骨相。现实中,我们也会发现,有些人的相貌并不出众,穿着也不甚讲究,但其言谈举止中往往透露着一种儒雅之气,我们与其交往,也会觉得非常舒服,甚至有春风拂面、朗月入怀之感。这就是长期读书、长期熏染的效果。

孔子从是否学习的角度把世人分成四类:第一等人,生而知之。这类人,生下来天赋就好,不用学也可成为智者。第二等人,学而知之。通过学习完善自我,也可以知晓天地万物之理,他认为自己就是这类人。第三等人,困而学之。一般情况下不主动学习,只有在出现问题时,才被动去学,通过学习寻求解决问题之法。第四等人,困而不学。根本就没有学习的意识和习惯,即便出现了困难和问题,也不知道去学习,这样的人简直就无可救药。职场中人,以上四种情况都存在。一般来看,有学习习惯和没有学习习惯,经常读书和根本就不读书或者读书甚少的人,他们的人生境界和气质修为,可能一天两天看不出来,但时间长了,一定能分出高下优劣来。宋代黄庭坚曾说,士大夫如果三天不读书,那么就无法用书中义理浇灌熏染心灵,其结果,照镜子会觉得面目可憎,和人交谈也会语言无味。这样下去,心中自然会增加许多尘俗之气,而世间百病皆可医,唯独这个"俗"字根深蒂固,万难根治。而医俗之法,最好的就是多读书,多读古往今来的有益之书。

当然,也有人会说,不读书,也不会影响一个人的正常生活,也不妨碍其成为好人,甚至在某些方面成为名家专家的可能。中国历史上的确出现过一些不识字的英雄豪杰,比如唐朝的禅宗六祖慧能法师,就一字不识,但成为开宗立派的大师,是中国乃至世界上了不起的思想家。在现实生活中,也的确有许多不识字或文化水平不高的成功人士。这些人的成功,在很大程度上是由天赋悟性好导致的,这类人几乎都是天才。但我相信在这个世界上,天才总是少数人,一般人绝不能单靠天赋,还得靠勤奋努力。要成功,聪明人尚且得下点笨功夫,更何况资质一般的人,更得下些常人所不能下的功夫。而读书学习,就是帮助自己不断成长、不断完善的重要途径。

最近,我在微信上看到一篇文章,大概的意思是,修养与读书关系不大。这个观点有一定道理,的确,读书多的人未必品德修养就好,不读书者未必没有道德修养,在一定程度上,读书、学问的多少的确与品行修养的高低并不成正比。宋代著名理学家陆九渊讲:"若某则不识一个字,亦须还我堂堂地做个人。"从历史上看,天下有些事有时因个别读书人而遭受挫败,而在乡间地头、工厂车间、市井街道,有很多一字不识的普通民众反倒品行很好。这是个客观现实。但由此而否认读书的重要性,因此而弃书不观,无疑就是因噎废食之举。出现这些问题,并非书之错,也并非读书无用。读书甚多而修养不佳,问题应该是出在三个方面:一是读书人的心术不好,根子上就有问题;二是所读之书不同的问题,天天读健康向上、有益身心的书,和读传授歪门邪道、厚黑大法的书,一定不一样;三是把读书和实际生活截然划开,不懂得知行合一,读书只是他装点门面、获取实际利益的敲门砖而已。

二是立业的需要

也就是提高谋生之术,适应社会发展的需要。现代社会发展变化的速度实在太快,知识尤其是科学技术的更新让人常有目不暇接、无所适从之感。面对新形势、新情况、新问题,如何做到心有定力,手有良法,最低限度不被社会淘汰?也得靠不断学习和定期读书。

早在1939年,毛泽东同志就在延安在职干部教育动员大会上,意味深长地指出,在全党开展生产运动以解决物质供应问题的同时,应该同时在全党开展学习运动,把全党建成一个"无期大学""社会大学"。为什么要这么做?一个非常重要的原因是,毛泽东敏锐地看到了随着形势的变化,全党同志都面临着一种前所未有的"本领恐慌",他形象地说:

> 我们队伍里面有一种恐慌,不是经济恐慌,也不是政治恐慌,而是本领恐慌。过去学的本领只有一点点,今天用一些,明天用一些,渐渐告罄了。好像一个铺子,本来东西不多,一卖就空,空空如也,再开下去就不成了,再开就一定要进货。我们干部的"进货",就是学习本领,这是我们许多干部迫切需要的。①

如何去克服这种"本领恐慌"?一个有效的方法,就是重学习,好读书。在这一方面,毛泽东率先垂范,可谓党内酷爱读书而且能把书读好读活、真正做到学以致用的优秀典范,由此而缔造了一个伟大的学习型政党。据毛主席生前的图书报刊管理负责人逄先知回忆,毛泽东除了自己爱读书外,还多次号召干部,养成看书的习惯,使看书占领工作之外的时间。这样的思想和做法仍对我们有很大的启示。

现在我们无论从事什么工作,是不是或多或少也存在着本领不够用、心中无底气的恐慌?答案一定是肯定的。除了个人的本领恐慌之外,我们还面临着越来越多的"行业消亡恐慌",并不是说我们的本领不够,而是说随着技术的不断更新和社会的不断进步,一些原来看似很时兴、很繁荣的行业却整体被淘汰了。比如电报、BP机,还有诺基亚、摩托罗拉等手机的衰亡,以及20世纪90年代传统工人的下岗浪潮,都是我们很多人目睹的行业消亡现象。在行业消亡之后,原

---

① 《毛泽东文集》(第2卷),北京:人民出版社1993年版,第178页。

来在这个行业中的能手、精英,该何去何从,是一个很大的问题。现在这种情况恐怕会越来越多。

面对本领不够和行业消亡的恐慌,作为具体的个人,是无动于衷,听之任之,还是有所醒悟,投入学习?虽然可能就是一念之差,一个习惯之别,却会决定不同的人生走向。时间会证明,那些在工作中或在工作之余善于读书之人,迟早会脱颖而出。因为他们能够通过长期的积累,占领思想的高地,永远不会被淘汰出局。这就好比小鹰、小鸡、小鸭在起初阶段,都是在地上走,但随着时间的推移,雄鹰一定会飞上天空去搏击,打出一片广阔的天地,而鸡鸭之类仍在自己的一亩三分地上,志得意满、悠哉游哉地过着它们自以为幸福的生活。

一个人是成为雄鹰,还是鸡鸭,是否重视读书学习,应该是一个重要的分水岭。要成为雄鹰,恐怕就得借助书籍这个东风,"好风凭借力,送我上青云"。还记得王选先生说过,一个人在上学阶段,不要急于装满口袋,而要先装满脑袋,满脑袋的人最终也会满口袋。从现实情况来看,我们参加工作以后,和上学时会有很大变化,为了谋生立业,重点当然是在想办法装满口袋,但与此同时,仍然需要经常提醒自己,应该时刻心存"困而知学"的自觉性和紧迫感,通过读书往脑袋里装新思想、新知识,让我们的脑袋不要枯涩僵化,甚至被掏空耗干。民国时期,著名学者胡适曾对大学毕业生说,毕业之后,很有可能存在两种堕落的危险:一是容易抛弃学生时代的求知识的欲望,二是容易抛弃学生时代对理想的人生的追求。要抵制这两方面的堕落,一要保求知识的欲望,二要保持对于理想人生的追求。其中一个具体药方就是:"总得时时寻一两个值得研究的问题!"个人如此,单位也是如此,一个不重视学习、不懂得读书重要性、不懂得用知识和理论武装员工的单位,其工作水平一定不会高到哪里去,而其发展前景也一定堪忧。

三是乐生的需要

其目的在养成一种良好的生活习惯,提高生命的整体质量。有一句话讲得很好,闲暇决定人生。把我们宝贵的空闲时光投放在什么地方,是需要认真思考并慎重抉择的大事,这会决定我们的生活习惯,进而影响我们的生命质量和人生方向。工作之余各种正当的消遣都是必要的,这样生活才能丰富多彩,逛街、听戏、旅游、打游戏、看电视,甚至搓麻将、睡懒觉,只要不违背法律条文和社会公德,不影响自己的家庭幸福和身心健康,我看都是无可厚非之举。但我总想说,对于一个有了基本文化储备且有一定梦想的人而言,最好能将读书当成自己的一种生活方式,在"浮生难得半日闲"的状态下,能给读书留下一席之地。这应该是一种费力甚少而获益甚多的文化投资,只要愿意投入时间、精力和感情,总会有潜在或显在的收入。

在实际生活中,我们会发现,但凡有读书习惯的人,每次和他接触,都会觉得他有新的进步,他的思想和见解,就像那源源不断的活水,总会涌出新鲜的甘泉。这也在一定程度上印证了康熙皇帝的一段名言:"凡事可论贵贱老少,惟读书不问贵贱老少。读书一卷,则有一卷之益;读书一日,则有一日之益。此夫子所以发愤忘食,学如不及也。"除此之外,经常读书的人的心态也会非常平和,其精神生活的质量也会非常高。因为他有自得之乐,不徐不疾,眼界高,胸怀广,充满了自信和从容。明代杰出的政治家于谦有一首《观书》诗,很能体现这种生活的趣味和境界:

> 书卷多情似故人,晨昏忧乐每相亲。
> 眼前直下三千字,胸次全无一点尘。
> 活水源流随处满,东风花柳逐时新。
> 金鞍玉勒寻芳客,未信我庐别有春。

大家都知道,每年的 4 月 23 日为世界读书日,该节日的一个重要目的就是定期提示人们阅读的重要性。我则认为,真正的读书人,其生命中的每一天都是读书日,每一处都可成为读书地,因为读书已经成为他生命的重要组成部分。鲁迅先生曾非常风趣地形容这种自觉自发的读书方式:

> 嗜好的读书,该如爱打牌的一样,天天打,夜夜打,连续的去打,有时被公安局捉去了,放出来之后还是打。诸君要知道真打牌的人的目的并不在赢钱,而在有趣。牌有怎样的有趣呢,我是外行,不大明白。但听得爱赌的人说,它妙在一张一张的摸起来,永远变化无穷。我想,凡嗜好的读书,能够手不释卷的原因也就是这样。他在每一叶每一叶里,都得着深厚的趣味。自然,也可以扩大精神,增加智识的,但这些倒都不计及,一计及,便等于意在赢钱的博徒了,这在博徒之中,也算是下品。①

在高校等文化机构工作的人,整天与文化打交道,尤其应该有些这样以读书为乐趣的良好习惯,这样才能具备与学术文化界人士平等对话的知识储备。

有人说,青年学子读书的身影,是北大校园里最美的风景,我特别赞同这个说法。说句心里话,我每天步行上班,经过静园草坪,看到众多师生晨读的场景,都会备受感染。有一年春天的一个雨后清晨,光景一时新,空气格外好,路过静园草坪时,看到牡丹花盛开,层层叠叠,缤纷灿烂,煞是好看,花丛旁边的烈士纪念碑前,松柏之下,聚集着很多学生在集体晨读,齐声朗诵国学经典名篇,我触景生情,赋诗一首:

---

① 鲁迅:《读书杂谈》,载《而已集》,北京:人民文学出版社1980年版,第31页。

咏静园草坪晨读者

匆匆流转已春深,无限风光雨后晨。

松下花丛最想望,满园尽是读书人。

南宋倪思曾言:"松声、涧声、山禽声、夜虫声、鹤声、琴声、棋子落声、雨滴阶声、雪洒窗声、煎茶声,皆声之至清者也,而读书声为最。闻他人读书声,已极可喜;更闻子弟读书声,则喜不可胜言矣。"满园尽是读书人,处处可闻读书声,这才是一所大学应该常有的文化景观。2013年我们开始安排到继续教育学院参加培训的学员,开展经典晨读活动,并为此而编写了《未名湖畔好读书》的晨读手册。虽然每天用时仅有15分钟左右,但其用意在让大家找回亲近经典的感觉,养成一种良好的习惯:在琅琅书声中开始一天的学习和工作,也让我们的工作人员在一片书声中,抖擞精神,开始一天的工作,真正实现大家"未名湖畔好读书,博雅塔下宜聆教"的梦想。这么做,我们的培训也会增加一些北大特色和文化味道。

二、应读何书

与专职的学术研究者不同,工作是我们的主业,读书是我们的副业,因此选择读书的标准就应该有所差异。应该读哪些书呢?我的意见是,重点读自己感兴趣,并且对自己有益有用的经典之作,即坚持趣味性、实用性和经典性三个基本标准。

(一) 趣味

读书是一项个性很强的活动,每个人的读书志趣、习惯和方法绝不能等同划一。即便在同一时间同一地点,很多人在读同一本书,最终所得的效果也会千差万别。在求学和工作阶段,除了一些硬性规定的必读书外,我们应该自主选择其他书籍。需要注意的是,我们读书,需要认真听取并充分借鉴前人、名人和师友的主张和意见,但又不能照单全收,盲目遵从,而是主权在我,必须根据自己的趣味眼光和实际需要去选择。相比之下,趣味应是第一位的标准。因为世间万事皆可勉强,兴趣虽然可以培养,却万难勉强。

我在大学一年级时,曾选修信息管理系孟昭晋先生的"人类文化学"一课。孟老师曾在课上向全班同学推荐一本书和一本杂志:书是费孝通先生的《乡土中国》,杂志是《读书》。孟老师还补充说,衡量一个人爱不爱读书的重要标志,便是看他是否爱读《读书》杂志。这当然是非常重要的指导意见,但也好像给我们全班28人戴上了一副"镣铐"。当时我们都谨遵先生之教,或买或借,分头去读。至今还记得,《乡土中国》读来真是酣畅淋漓,爱不释手,让我和同学都惊叹,学术著作原来还可以这样精彩、有趣。而后者,无论我们怎么去读,总是没有感觉。参加军训时,我买了好几本《读书》杂志,放在枕头底下,得闲便翻阅,但无论怎么硬着头皮去看也看不下去,不知道那些作者在说啥,我和他们之间根本就没有交集。问问周边的同学,大家也有同感。那咋办?索性横下心来,像这样的东西不看也罢。但这毕竟留下了一个不能解开的心结。时隔十多年,后来我在新闻与传播学院给本科生讲授"期刊编辑实务"课时,有学生做期刊案例分析时,就通过比较丰富的论据证明了《读书》杂志由盛而衰的重要原因之一,就是文章越来越晦涩,越来越脱离普通读者。看来我当初的感觉并没有大错,至此,我心中的《读书》心结才得以解开。时至今日,我自认为也是普通人中一个好读书之人,但由于阅读趣味不同(当然也有学术积累不够的原因),几乎不读《读书》这样的杂志,的确是有负老师的教导,但又有什么办法呢?

徐志摩曾告诉青年人,读书时应该把一句话记在心里:

> 舌头是你自己的,肚子也是你自己的,点菜有时不妨让人,尝味辨味是不能替代的;你的口味还得你自己去发现

(比如胡先生说《九命奇冤》是一部名著你就跟着说《九命奇冤》是一部名著,其实你自己并不曾看出他名在哪里,那我就得怪你),不要借人家的口味来充你自己的口味,自骗自决不是一条通道。①

从我的经验来看,如果不是为了做专门的研究,也不是为了完成规定的任务,而是在职场中打拼,对于别人推荐的书,我们可以先拿来翻翻,觉得好便往下读,觉得不合口味,弃之一旁也无妨。原因是我们的空闲时间是有限的,而我们的选择又是多样的,何必胶柱鼓瑟,去自寻烦恼和压力呢?还是多读些能提起自己兴味的好书。不过,前提是,可以不读自己不感兴趣的书,自己感兴趣的书则一定要读,而且要力争读好。

(二) 有益

兴趣之外,还应该重点选择那些对自己有用的书,应该有些"正其谊而谋其利,明其道而计其功"的功利性。那些有助于我们修身养性,有助于应对世务、提高工作水平、应付现实困难的好书、经典书,更要重点读。我们经常会听到一些人说,读书不要有太多的功利性,而应该注重"无用之用",重道而轻术,甚至不言术。对此我一直抱有不同意见。读书固然要重形而上的道,但也不能轻视或者否定形而下的"术",二者应该是相辅相成、互为补益的。比如学习新闻与传播学的学生,大学几年,学了一大堆基本理论,讲起大道理来头头是道,却对如何做专访,如何拍摄、剪辑片子,如何设计产品宣传方案之类的基础操作问题一无所知,难道不是匪夷所思之事么?

我常想,对于衣食无忧、不用考虑稼穑艰难的人来说,当然可以一味凭着感觉和兴趣走。比如我的一位韩国师兄,他是韩国的富豪,

---

① 徐志摩:《再来跑一趟野马》,《京报副刊》1925年2月16日。

家底甚厚,丝毫不为生计担忧。他的一个爱好就是去各国的大学拿博士学位。读完美国的,又读日本的,我上学时,他又来到中国读肖东发老师的博士,整天过得悠哉游哉,望之恍如无关尘世的神仙中人。

像他这样的人毕竟是少数,对于芸芸众生如我之辈,很难做到。在很多情况下,必须读一些功利性很强、能够解决现实问题的书。在我的阅读生活中,功利性的读书还是占有很大比例的。我们很多人在选择书籍时,都会有一个基本的预设判定:读了这本书,对我一定要有启发,有帮助。我们也常讲,读书要能做到知行合一,学以致用。读了学了不能落到实处,不能对实际工作有所助益和促进,不能提升生活的质量和人生的境界,那读它又有何用呢?

(三)择要

不论是听从兴趣还是讲求实用,我们的精力和时间毕竟总是有限的,不可能把自己感兴趣且有一定用处的书都拿来读一遍。事实上,即便真正把这样的书读完了,也未必真有什么好处。郑板桥曾用风趣的语言教导孩子读书要择要求精:"五经、廿一史,藏十二部,句句都读,便是呆子;汉魏六朝,三唐两宋诗人,家家都学,便是蠢才。"在这种情况下,该怎么办?会读书的人都主张把好钢用在刀刃上,集中精力攻读那些好书,甚至是好书中的极品书,这就是读经典。

为什么要这么做?

一是因为古往今来的书籍浩如烟海,而经典之书则有限,真正值得阅读的就是这些经典。二是因为从实用的角度来看,真正会读书的人,在博览群书的同时,尤其要精熟几部书。历史上记载,宋代开国名相赵普曾以半部《论语》辅佐皇帝打天下,又以半部《论语》辅佐皇帝治天下,真正做到了"欲为一世经纶手,止读数篇紧要书"。明代藏书家汪道昆藏书甚多,读书重精读。他的观点是,"人生所用书,只须精熟数种而已",其他的书籍虽然很多,但其作用主要在于"聊备检证"。这无疑是一种非常通达的主张。吾师张积先生就多次教导我,读书一定要有"看家书",作为自己为人为学的根据地。这里所讲的"看家书",是指经典而言。钱理群先生则强调,读书如择友,一定要重点挑选经典名著来阅读,他说:

> 我们提倡阅读经典,就是因为这样你就可以和真正的思想、文化、科学、文学的大师对话,从他们那里直接吸取人类文明的精华,使自己在人生起点就站在"巨人"的肩膀上,占据了精神的制高点。这样,你就为自己的理想、信仰的建立,吸收了广泛的精神资源,打下了最坚实的基础——理想、信念、信仰,不能产生于个人的苦思冥想中,而必须建立在深厚的知识学养和人类文明的精神继承的基础上。①

在我看来,一个人在三十岁前后,如能做到胸有三五本"看家书",精读十来本好书,那么做学问的基本功就算打下了。职场中人,即便不为做学问计,也应在其床头案头,常备一两本经典要籍,经常诵读,以求精熟。

三、经典的阅读之法

关于经典的概念和特质,我和本师肖东发先生曾经共同撰写过《图书经典及其特质论》②一文,大家可以参阅。应该如何阅读经典?前哲时贤就此问题,多有论述。每个人的读书之法也会有很大的差别。但不论采用什么方法,先要解决是否愿意读书、是否认可读书价值的根本问题。廖沫沙先生说过:

---

① 钱理群:《风雨故人来:钱理群谈读书》,北京:商务印书馆2016年版,第4页。
② 《北大新闻与传播评论》第10辑,北京:北京大学出版社2015年版。

> 谈读书方法的第一个问题,是要问一个人要不要读书,爱不爱读书。读书的第一个方法,是要养成读书的习惯,养成读书的兴趣和嗜好。——任何时候地点,只要有可能,就打开书本,毫不犹豫。任何书都愿意读,从历书一直到小摊上的连环画,只要拿得到手,就翻开来认真而有趣的读。[①]

廖先生提到的是一个先决性的问题。与人谈读书,首先就得教其认可读书的价值,以读书为要事、好事、乐事。如果所持的观点是"读书无用""读书穷酸",那么一切具体的方法就无从谈起。

在这一部分,我仅结合自己的阅读经历,从宏观和微观两个层面谈一点粗浅的看法,与那些认可读书价值且有读书习惯的朋友分享。

(一)宏观六要

宏观上,应特别重视以下六个方法:

一是定书目,明计划

也就是根据志趣,立足实用,咨之名师,考之书目,选定自己的攻读对象,最好能制订出一个相对固定的阅读书目和比较可行的阅读计划,或十年廿载,或一年半载。在工作之余,有条不紊、按部就班去读。可以将其列为每日的必做功课,或定时,或定量,不完成决不罢休,如鸡孵卵,久久为功,自有成效。刚开始可能会有山重水复、读之不易的困惑,但只要硬着头皮坚持读下去,则读任何书都会有柳暗花明、豁然开朗的欣喜,那些看起来再难啃的"硬骨头"书也迟早有被攻克之时。欧阳修就说,像《孝经》《论语》《孟子》《周易》《尚书》《仪礼》《周礼》《春秋左传》这些书,如能以中人之资,每天读三百字,用时不过四年半,即可读完。资质愚钝之人减半,每天读一百五十字,

---

[①] 廖沫沙:《我的读书方法》,《博览群书》杂志选编:《读书的艺术:如何阅读和阅读什么》,北京:九州出版社2004年版,第90—91页。

用时也不过九年。清代的梁章钜也曾言:"读书不务多,但严立课程,勿使作辍,则日累月积,所蓄自富。"这都是颇有见地的经验之谈。

至于阅读计划如何去实施,则因人而异,不必强求同一。适合自己的方法才是最好最有效的方法。我近年来读书,深受清人张潮提倡之法,春夏秋冬,四时不同,所读之书也当有异。其说法见《幽梦影》一书:"读经宜冬,其神专也;读史宜夏,其时久也;读诸子宜秋,其致别也;读诸集宜春,其机畅也。"我遵循此法,春天会读一些诗歌、散文、小说等文学色彩比较浓的书籍,夏天会读《资治通鉴》等史学著作,秋天会读《韩非子》《老子》《庄子》等诸子百家的学说,冬天则会重点反复阅读"十三经"等儒家经典。

二是择版本,重交流

制订了阅读书目和阅读计划后,就有一个选择版本的问题。同样一本书,在古代由不同的刊刻者刻印,在今天由不同的出版社出版,均会形成不同的版本。版本不同,书的质量就会有所差别。清代张之洞曾在《书目答问·略例》中说:"读书不知要领,劳而无功。知某书宜读,而不得精校精注本,事倍功半。"这里所说的"精校精注本"就是那些版本好的书籍。现代学者陈垣先生也曾说过"日读误书而不知,未为善学也",这里所说的"误书",当指那些版本差的书籍。古往今来,因择书不善而读误书而闹笑话的例子举不胜举。身处今日,我们读书时,仍要注意精择版本。一般情况下,大家所编著、名社所出之书质量都比较信得过,应该优先选择,一般的出版社就要慎重,盗版书尤不可读。比如中华书局、上海古籍出版社出版的古籍,人民文学出版社、作家出版社出版的文学著作,商务印书馆、三联书店、北京大学出版社出版的学术著作,译林出版社、外研社出版的外语著作,其质量都比较有保障。当然,在选择书籍时,还有一个很现实的因素,就是书籍的价格。一般情况下,这些名社出版的经典之作,价格都比较贵,往往会让人望而却步。但我的购书经验是,"宁吃鲜桃一个,不食烂杏一筐",宁可花大价钱买一本值得反复读并长期珍藏的好书,要远比花小钱买一大堆质量不过关的"误书"划算。

除了选择好的版本以外,读书还应注意与师友之间的交流。《礼记·学记》云:"独学而无友,则孤陋而寡闻。"读书虽然是个性很强的行为,但也应该经常与志同道合者交流心得,以收相互砥砺相互启发之效。与此同时,还尤其要向走在自己前面的优秀人物尤其是自己的老师请教学习,多向他们汲取养分,是非常重要、非常必要之事。

三是勤动笔,做抄读

前人讲,在读书时,好记性不如烂笔头,眼过千遍不如手过一遍,不动笔墨不读书,都是讲读书时动笔的重要性。边读边抄,以抄为读,是谓"抄读法",在古人那里是非常重要的治学之法。以大学者顾炎武为例,其学问素以淹博有识著称,他从小即遵从嗣祖顾绍芾"著书不如抄书"的教诲,养成了抄书不辍的良好习惯。他说自己:"游四方十有八年,未尝干人,有贤主人以书相示者则留,或手钞,或募人钞之。"抄书,看似笨拙,但其重要作用有二:一是读书学习,便于抄写者记忆,所得印象,一定比只用眼观所留印象更为深刻,所得学问,也更为扎实;二是积累资料,长年累月的抄录,为其著书工作积累了大量的文献资料。像《天下郡国利病书》《肇域志》等书,便由长期大量抄辑正史、实录、方志、历代名公文集而成初稿,这显然已经成为一种比较高级的抄书形式。

后来我读梁启超先生《治国学杂话》,看到他特别推荐抄录和笔记的读书法,深受触动:

> 若问读书方法,我想向诸君上一个条陈。这方法是极陈旧的,极笨极麻烦的,然而实在是极必要的。什么方法呢?是抄录或笔记。

我们读一部名著，看见他征引那么繁博，分析那么细密，动辄伸着舌头说道："这个人不知有多大记忆力，记得许多东西，这是他的特别天才，我们不能学步了。"其实那里有这回事。好记性的人不见得便有智慧，有智慧的人比较的倒是记性不甚好。你所看见者是他发表出来的成果，不知他这成果原是从铢积寸累，困知勉行得来。大凡一个大学者平日用功总是有无数小册子或单纸片，读书看见一段资料觉其有用者即刻钞下（短的钞全文，长的摘要记书名卷数页数）。资料渐渐积得丰富，再用眼光来整理分析他，便成为一篇名著。想看这种痕迹，读赵瓯北的《二十二史札记》、陈兰甫的《东塾读书记》最容易看出来。

这种工作笨是笨极了，苦是苦极了，但真正做学问的人总离不了这条路。做动植物的人懒得采集标本，说他会有新发明，天下怕没有这种便宜事。

发明的最初动机在注意，抄书便是促醒注意及继续保存注意的最好方法。当读一书时，忽然感觉这一段资料可注意，把他抄下，这件资料自然有一微微的印象印入脑中，和滑眼看过不同。经过这一番后，过些时碰着第二个资料和这个有关系的，又把他抄下。那注意便加浓一度。经过几次之后，每翻一书，遇有这项资料，便活跳在纸上，不必劳神费力去找了。这是我多年经验得来的实况。诸君试拿一年工夫去试试，当知我不说谎。

梁先生是一代国学大师，他的见解很值得参考遵循。当年我读大学三年级时，课程压力不大，便常在课余时间泡图书馆，于完成课程作业之余，抄读《论语》《孟子》《老子》《楚辞》《汉魏六朝诗选》诸书，这段经历至今难忘，也由此记住了一些重要的东西，打下了一些文史基础。最重要的是引发了自己的兴致，养成了抄书的习惯。现在读书，如遇重要的内容，若不手抄一遍，总觉心中不安，似乎未经我读过一般。在工作中，也常备一些笔记本，看到重要的资料时就随手抄录下来，以备不时之需。所以我也常常建议每人都能拥有自己专门的读书札子或者笔记本，长年累月地，一本接着一本抄录下去。既积累了资料，丰富了学问，又可以将其作为自己酝酿思考、作文演讲时用以取材的宝库。

四是常诵读，体气韵

在阅读经典时，还应养成择其精要、放声诵读的良好习惯。清人曾国藩教导其子弟学习，应该做到"看、读、写、作"四字，"看"即泛读书籍，读一遍即可，求快求广，力争在最短的时间里博览群书。"读"即讽咏朗诵，反复诵读，求精求熟，力求将其中的知识内化为自己治学为人的看家本领。

时至今日，在中小学阶段，日常的课业以"读"为主，而工作以后，则以"看"为主，已经很少有人再像读书时那样诵读经典名篇了。实际上，恢复并养成这样的习惯非常重要。南宋时期的大学者朱熹曾言："观书先须熟读，使其言皆若出于吾之口。继以精思，使其义皆若出于吾之心，然后可以有得尔。"张舜徽先生是一位读书甚广且特别会读书的当代国学大师，他也特别提出"文须朗诵不宜默读"的读书主张：

> 桐城姚鼐，为清乾隆时桐城派古文领袖，每言学文之法，重在多读多作。而《与陈硕士书》中所云："大抵学古文者，必要放声疾读，又缓读，只久之自悟。若但能默看，即终身作外行也。"此乃其平生学文之心得语，足为后人法矣。昔人治学，将看与读分别甚明。学习古代文辞，所重在读。必须熟读深思，然后有悟入处。如仅默看不读，毕竟不能受

用也。余少时读文，悉承父教。先读短篇，取其易熟能背诵耳。后乃朗诵长篇，如王安石、苏轼之《万言书》，以及贾谊《陈政事疏》《过秦论》之类，皆手抄熟读。每篇皆朗诵百遍，历久不忘。故余少时所读之文，至今犹能略举其辞。既早养成耐心读长篇文之习惯，后乃进而看大部书，亦不畏难矣。终身受用，不徒在文辞间耳。①

诵读经典的益处很多，我的一点体悟是，至少可以通过诵读，深刻体味出诗文的文脉气象，进而养出胸中一段诗书气象。梁实秋先生曾以非常生动的文笔，记述了他幼时的国文老师徐锦澄先生讲授文章之道的诀窍之一，就是认真朗诵，现将其中精彩片段摘引如下：

> 徐先生于介绍作者之后，朗诵全文一遍。这一遍朗诵可很有意思。他打着江北的官腔，咬牙切齿的大声读一遍，不论是古文或白话，一字不苟的吟咏一番，好像是演员在背台词，他把文字里的蕴藏着的意义好像都给宣泄出来了。他念得有腔有调，有板有眼，有情感，有气势，有抑扬顿挫，我们听了之后，好像是已经理会到原文的意义的一半了。好文章掷地作金石声，那也许是过分夸张，但必须可以琅琅上口，那却是真的。②

我在读书时，经常有个想法，每个人都可以根据自己的兴趣爱好，将一些义理、词章、考据、经济俱佳的经典名篇，汇集成册，成为自己的诵读集，置于案头，闲暇或困顿之时，拿出来择要诵读，至少也是打发时光的妙法之一。至于具体的诵读之法，我没有做过深入的研

---

① 张舜徽：《爱晚庐随笔》，武汉：华中师范大学出版社2005年版，第168页。
② 梁实秋：《我的一位国文老师》，《梁实秋精选集》，北京：北京燕山出版社2006年版，第79页。

究,只能根据自己的经验谈几点感受:一是在了解文章大意的基础上,宜知人论世;二是做个角色转换,站在作者角度,设身处地去读;三是带着感情色彩去读,得讲求基本的起承转合与抑扬顿挫,速度尽量慢下来;四是在朗诵中要特别体悟文中连绵不断的气息,好的文章,全以气行。韩愈"气盛言宜"的观点,非常有道理。

五是勤背诵,多温习

在熟读经典的过程中,我们还可以有意识地背诵一些东西。中国传统的教学方式,就讲三个字:"念背打。"私塾先生不用讲求太多的教学技巧,重点是让学生们把重要的典籍整篇整部死记硬背下来。待到年龄渐长,知识储备和生活阅历丰富之后,再回过头来像老黄牛吃草一样,慢慢地"反刍"回味,逐步体味出读书的真乐趣。现在很多人说死记硬背不好,我看也要具体问题具体分析,得看死记硬背的内容是什么。如果是立意好、内容好、文辞好的经典名篇,趁着年富力强、记忆力很好的时候,死记硬背一些,又有什么不好?我看倒是多多益善。文史大家吴小如先生曾谈到他对学生的基本要求,也重在精读背诵几本经典:

> 我要求学生懂繁体字,懂草书,懂古文字。有人问我,会中国古典的东西有什么必读书?我说过去清朝有一句话:"诗四观"。诗是《唐诗三百首》,四是"四书",观是《古文观止》。要我说,把这3本书从头到尾都看过、都背过,那你的国学基础就是上乘的。多了解中华传统文化,修养也会提高。①

我们现在都会有一个感觉,工作以后讲话撰文,经常能够运用自如的名言警句、诗词歌赋,还主要是小时候背下来的那些东西,这一

---

① 潘衍习:《吴小如的书房》,载《人民日报(海外版)》2012年10月26日第11版。

点"背"的童子功,会让我们每一个人受益终生。上高中时,语文老师曾对我们讲,学习语言文学,除了听、说、读、写四门基本功以外,还得有个"背"的基本功,古人摇头晃脑背书的习惯,并非一无是处。我看这真是正确的经验之谈。

"背"虽然看似属于笨功夫,但最为管用,因为能记得深刻,悟得真切,能够随时随地,触景生情,融入生活。一直以来,我对唐宋名家的诗歌兴趣甚浓,经常会选择一些自己喜欢的诗歌反复诵读、抄读,以求背诵。自2013年以来,我每年春季,都会阅读背诵杜诗,每天上班下班途中,都会背诵杜甫的律诗,两年下来,已经背下来近二百首,这对陶冶情操、指导自己写古体诗,都有莫大好处。2014年我去成都时,几乎每见一处但凡有些历史的地名和景点,都会吟出杜甫相关的诗句来,为参观游览增添了不少乐趣,所以成都之行,留下了十分深刻的印象。

有人常会抱怨说,年龄大了,工作忙,事情多,记忆力也大不如前,想背也背不下来。那没有关系,背不了长篇大论,可以有意识地背诵一些短小精悍的美文、诗词,或者一些自己喜爱的名言警句。长则一二百字,短则三五句,只要认真去背了,总有能背下来的时候。日积月累,我们的谈吐,我们的文章,一定会有所改观。背的方法很多,我的经验是,闲暇之时,可以随意默写。既温书,又练字,还静心养气,获益良多,又何乐而不为呢?

六是知行合,贵在用

我们在读书时,应该避免两种倾向:

一是尽信书,唯书是从,成为固执偏颇的"本本主义者"。书中所言,并非字字句句都是真理,在了解、吸收知识的同时,不能放弃自己的思考和鉴别,不可在书中淹没了自我。既要学会"我注六经",也要让"六经注我",让所有的知识都为自己来服务。同时还要特别善于用实践去印证、修正书中知识,正所谓,读万卷书,还要与行万里路密切结合起来才行。

二是只知口诵讲说,炫人耳目,而绝不落到实处,知与行仍是两张皮,甚至所行与所知所言完全相反,成为令人厌烦的伪君子、假道学。曾国藩讲读书为文,应特别注意兼顾义理、考据、词章、经济。"经济"就是经世济民,落到实处,真正干实事。对于我们来说,应该首善其身,把自己的人生"经营"好。一定要将学到的好思想、好做法落实到实践中,不可将所学知识仅仅当成口头的谈资,全不落实。尤其是读那些与修身养性、接人待物、经世济民相关的书,更应讲求"知行合一",重在落实。如家父每日的生活习惯,就显然深受《朱伯庐家训》的影响。单说其中的第一句:"黎明即起,洒扫庭除,要内外整洁;既昏便息,关锁门户,必亲自检点",您老人家多年来几乎天天如此执行,这就算是把书读到实处了,非常值得我去学习。

对于从事实务工作的人来说,做到知行合一,还特别要注意将读书和工作很好地结合起来。南朝梁元帝萧绎在国破家亡之际,以"读书万卷、犹有今日"为借口,在江陵城将苦心搜集收藏的14万卷图书付之一炬,上演了"焚书坑儒"之后的另一场文化浩劫。梁元帝才华满腹而治国无术,读书万卷却国破身灭,其惨痛教训,就在于没有很好地将读书与工作结合起来。今天,领导干部加强学习,根本目的是增强工作本领、提高解决实际问题的水平。做好工作是我们的立身之本,是基础性的东西,读书则是服务于工作。强调读书,是为了把工作做得更有水平,产出更多"亮点",而不是除了读书,就没有别的东西。最好的结合就是既把工作做好,又把书读好,二者互为补益,互相促进,实现"业务精致化"与"读书常规化"的双佳效果。

理想的读书效果应该是,读过一本书后,要和未读之前,言行举止、接人待物、干事创业方面有所不同。如无区别,就等于白读。宋代理学家程颐讲不同人读《论语》后的表现说:"读《论语》:有读了全然无事者;有读了后其中得一两句喜者;有读了后知好之者;有读了后直有不知手之舞之足之蹈之者。"还说:"今人不会读书。如读《论语》,未读时是此等人,读了后又只是此等人,便是不曾读。"

(二)微观四要

微观上,阅读经典应该采取精读之法。如何精读?现当代史学家郑天挺先生解释说:"精读要一字不遗,即一个字,一个名词,一个人名、地名,一件事的原委都清楚;精读是细读,从头到尾地读,对照地读,反复地读。要详细做札记;精读不是只读一书,是同一时间只精读一本,精了一本再精一本。"①如何精读一篇古文佳作,我曾总结如下:

> 读古文中的经典名篇,每次至少读四遍方能受益:第一遍,一意读完,醒豁大意,生僻字词,权且放过。第二遍,逐字研读,标注音义,释疑解难,划出重点。第三遍,抖擞精神,高声朗诵,体其气韵,明其深意。第四遍,提炼要点,梳理脉络,择要抄录,略作札记。以上四遍,可总结为"一读,二释,三诵,四抄"。

如何精读一整本书,针对这个问题,我曾发表过《从认真读好一卷书做起》一文,谈到四个关键字:完、熟、透、活,现将全文转录如下:

古人云:"读万卷书,行万里路",是读书人成长成才的必经之路。万里征程,要一步一步地走;万卷好书,也要一卷一卷地读。读,甚至读破万卷书,谈何容易?究竟该从何处入手,得其门而入,应该是困

---

① 郑克晟:《郑天挺传略》,《文献》1989年第4期。

扰许多人的一个问题。就此问题,我曾专门向张积老师请教,恩师叮嘱:做学问要重基础,从经典入手,尤其得读懂弄通一本最为基础的经典著作,作为自己读书治学的"看家书",是很多著名学者的共通之路。后来读书,了解到高亨先生也提倡并坚持"一经通,百经毕"的"一通百通"之法。他早年在清华大学就读时,曾选定《韩非子》一书作为主攻的对象,朝夕研读。《韩非子》作为他的"看家书",成了他研究周秦典籍的起点,从此出发,他读通了一系列经典名著,取得了相当了不起的学术成果,最终成为一代学术名家。

如今年龄渐长,读书愈多,愈觉"看家书"的重要性和"一通百通"读书法的必要性。我的理解,这样的"看家书",就好比干革命创事业的根据地,有此作为牢固的根基,就会心中不慌,越走越稳,越走路越长。胸中是否有"看家书",是决定以后学问格局和气象的关键因素。由此体会到,读书要着眼于读遍乃至读破万卷,但在具体操作层面上,则要"卑之,无甚高论",从老老实实、认认真真地读好一本书做起。

究竟该如何把一卷书读好呢?结合恩师的教诲和自己的经验,我想至少得经过以下四个阶段。

一是读完

选定一本书后,首先要做到的,就是从头到尾、完完整整、一字不落地将其读完。这难道不是很容易吗?看似容易,实则未必。我上课时,经常向同学们提两个问题:一是从小到大,有哪位同学曾彻头彻尾通读过"四大名著"中的任何一本?二是每年寒暑假回家,大家都有带好几本书回家的习惯,但收假归来,有哪位同学曾彻头彻尾地读完其中的一本?满堂少年中,有肯定答案的总是寥寥无几。在我们个人的阅读生活中,随便翻翻浅尝辄止、刚开个头就另觅他书的情况也会经常发生,这种蜻蜓点水、走马观花的读法,作为消遣是可以的,但是要靠这样的路子研究学问、提高水平,恐怕很难有成绩。国学大师黄侃先生对于随随便便翻阅读书、点读数篇中途而废的读书方法很不赞同,讥讽其为"杀书头"。他读书治学讲究"扎硬寨,打死仗",主张"读书贵专不贵博,未毕一书,不阅他书"。他自己读书,从来都是正襟危坐,将选定之书从头到尾一卷一卷地详加评注圈点,从不读"杀头书"。

二是读熟

在读完一书的基础上,要反复读,以至精熟,在精熟之后,还要定期拿出来重读,"温故而知新"。熟能生巧,用在读书上,也是对的。虽然读过或者读完一书,但对其语言、观点、内容、风格不能熟稔于心,时间长了,终会成为过眼烟云,了无痕迹。读书不熟,终是无济。就像仅有一面之雅的朋友和朝夕过从的朋友,其亲密程度根本无法相比。朱光潜先生就讲过,读书"最重要的是选得精,读得彻底,与其读十部无关轻重的书,不如以读十部书的时间和精力去读一部真正值得读的书;与其十部书都只能泛览一遍,不如取一部书精读十遍。"如此花大力气读一本书,其用意和目的就在于读精读熟。在求精求熟的过程中,精彩之处,该动笔头子抄的就要一字不苟地抄,该动嘴皮子的就要一字不落地诵读,该动脑子的时候就要整段甚至整篇地背诵。

三是读透

读完了、读熟了并不意味着就真正读懂弄通、读透彻了。精熟一书后,还要做到读透。"读书破万卷,下笔如有神"的关键在一"破"字,即掌握书中精蕴,勘透书中玄机,真正能够透过书面文字,理解作者的观点、意图,悟出书中的微言大义和弦外之音,了解全书的体例结构和研究方法,并能知其优劣,有所评述。甚至能设身处地,与作者感同身受,产生持久而深刻的共鸣。如读《红楼梦》,没有"满纸荒唐言,一把辛酸泪"的切肤之痛和悲凉之感,即便读得再熟,恐怕也不能算是读透了这本名著。古人云:"读诸葛孔明《出师表》而不堕泪者,其人必不忠。读李令伯《陈情表》而不堕泪者,其人必不孝。读韩退之《祭十二郎文》而不堕泪者,其人必不友。"读此三文而至动情堕泪,其前提也一定是读透读破。

四是读活

读书不能读死书,死读书,读书死,这是古人十分宝贵的读书经验与教训。虽然耗费了很大的精力和时间读懂弄通一本书,但深陷其中,为书所役,死在书下,成为只会掉书袋的"两脚书橱"和不通人情的"书呆子",于己于人,是为迂,于社会于公务,则为害。清人钱泳云:"为官者必用读书人,以其有体有用也。然断不可用书呆子,凡人一呆而万事隳矣。"原因就是前者把书读活读灵了,后者则把书读僵读滞了。那么怎样才能避免这样的陷阱呢?一言以蔽之,就是要以我为主,书为我用,达到"六经注我"的最高境界。在理论方面,努力做到融会贯通,守正创新,提出新知新解,甚至创造出新的理论体系。在实践方面,则要活学活用,学以致用,而且能够用好用对,将书中的理论、方法、观点融入自己的知识体系,结合实际情况,指导和推动工作的科学发展。在这一方面,毛泽东、邓小平等党和国家领导人,都是善于把书读活的优秀典范。

如此看来,读好一卷书也绝非易事,需要有大智慧,下大力气才能做到。在平常的学习工作生活中,选择一本自己喜欢的经典之作,认认真真、老老实实地读下去,读完、读熟、读透、读活,必定会为"读破万卷"打好坚实的基础。即便不为治学计,为了寻求生活中的乐趣,有一本与自己朝夕相处的"知心好书",也未尝不好。"书卷多情似故人,晨昏忧乐每相亲",这种读书境界,是值得每一位读书人努力追寻的优雅生活。

当然,强调认真读好一卷书,并非整日整月整年甚至数十年只守定一本书,而不知博观泛览其他书籍。理想的做法,应该是在"一年读十书"的浅读、泛读、快读的同时,养成并坚持"十年读一书"的深读、精读、慢读的习惯,二者相辅而行,假以时日,必有大益。

四、结语: 阅读经典可以让我们的精神不老

我在讲授"国学经典阅读与人文素养的提升"时,经常会用三句话作结:第一句是颜之推的"若能常保数百卷书,千载终不为小人也";第二句是清代人的一幅名联"数百年旧家无非积德;第一等好事还是读书";第三句是我总结的"经典相伴,幸福一生"。我坚信,坚持阅读经典可以让我们的精神日益充盈,日新其境。

在这里我要特别和大家分享自己读《论语·先进篇》中《子路、曾皙、冉有、公西华侍坐》章的一点感受。据本章记载,孔子让自己的四位学生分别谈谈自己的志向所在,子路、冉有、公西华的志向都在具体的从政事业,曾皙(名"点")则非常潇洒地谈到自己的理想生活:"莫(通'暮')春者,春服既成,冠者五六人,童子六七人,浴乎沂,风乎舞雩,咏而归。"孔子听后,对曾皙大加赞叹,喟然而谈:"吾与点也。"很多人读到这里的时候,往往会有不解:孔子作为积极的入世者,对从政保持着高度的热情,可为什么对这样看似无为的闲适生活情有独钟,倍加赞赏,这岂不是非常矛盾吗?

我的理解是,从政不过是孔子提倡的入世手段,其目的则着眼于用自己的学说改造这个令人不满的现实世界,最终实现理想中的太平世界。革命成功之日,每个读书人,岂不是都可以过上这种悠哉游哉的生活?试想:天下太平无事,天气晴和温润,生活自在潇洒,精神愉悦平和,没有一件烦事挂心头,人生之乐,无过于此,这恐怕就是人类的理想生活吧。直到今天,这样的生活,对我们很多人来说都是可

望而不可即的精神奢侈品。如果在现实生活中无法达到,我们就先从经典中获取。现实有些时候是枯燥累人的,但我们的精神可以丰富而自在。宋元间的学者翁森曾有《四时读书乐》诗四首,分别歌咏春夏秋冬四季读书的情趣,其中春日读书诗,就化用了《论语》的这个典故,诗云:

四时读书乐·春

山光拂槛水绕廊,舞雩归咏春风香。

好鸟枝头亦朋友,落花水面皆文章。

蹉跎莫遣韶光老,人生唯有读书好。

读书之乐乐何如?绿满窗前草不除。

你看春天读书的乐趣,的确就像那"绿满窗前草不除"的景象,欣欣向荣的勃勃生机,是那么的美丽生动,充满希望。春来天气好读书,读书,读经典,的确会让我们精神不老,幸福常在!

最后,给大家推荐十本谈读书的书,我认为不错,大家如果感兴趣,可以闲时一阅:

1. 胡适:《读书与治学》,北京:生活·读书·新知三联书店 1999 年版。

2. 肖东发、杨承运主编:《北大学者谈读书》,北京:北京图书馆出版社 2002 年版。

3.《博览群书》杂志选编:《读书的艺术:如何阅读和阅读什么》,北京:九州出版社 2004 年版。

4. 梁启超:《国学要籍研读法四种》,北京:国家图书馆出版社 2008 年版。

5. 杜松柏:《国学治学方法》,北京:中国人民大学出版社 2011 年版。

6. 朱永新:《我的阅读观》,北京:中国人民大学出版社 2012 年版。

7. 聂震宁：《舍不得读完的书》，北京：商务印书馆 2015 年版。

8. 王余光、徐雁主编：《中国阅读大辞典》，南京：南京大学出版社 2016 年版。

9. 〔日〕斋藤孝：《经典的魅力》，武继平译，厦门：鹭江出版社 2016 年版。

10. 〔日〕斋藤孝：《阅读的力量》，武继平译，厦门：鹭江出版社 2016 年版。

2015 年 6 月 3 日整理，2018 年 3 月 10 日补充

本文选自杨虎：《北大钝学记》，北京大学出版社 2018 年版。收入本书时进行了适当修改。

由导读书目看中国经典著作与传统文化

肖东发　杨　虎

华文出版与传统文化的关系十分密切,可以说,图书出版与社会历史互动前行是图书发展和出版史运行的基本规律。图书与文化的关系十分密切。一方面,不同的文化体系孕育了不同的图书内容和形式。另一方面,图书本身就是文化的重要表现形式之一。和文化的其他部类一样,图书本身也有一个从无到有、从幼稚到成熟的经过,这一历程已构成文化史中一条重要的支脉。各种思想、意识、经验、理论、科学等要想物质化、有形化和社会化,都有赖于图书。图书的形式也是不断变化的,有刻画记录、抄写记录、印刷记录、磁性记录、光电记录等。记录手段的变化反映了技术的发展,也是文化发展的要求。所以说,图书不仅具有文化信息传递的意义,就其本身而言,也有科学和美学的价值。

一、 图书与文化的关系

1. 图书是记录文化信息最直接的工具

据人类学家研究,在没有文字之前,人们表达思想、传递信息十分困难。最初只能靠声音和动作来表达感情、交流意识。在这"有声无言"的阶段,人与其他动物并没有很大的区别。经过长期进化,人们可以利用口中发出的不同声音来表达感情。由声音发展到语言,是人类社会的一大进步,人与人之间可以相互对话,沟通思想,交流经验。但由于文字尚未出现,此时还处在"有言无文"时期,仍有诸多不便。用语言传递信息,只能限于一时一地,距离稍远就不便传达,时间稍久,亦不便记忆,这就使人类在文化交流上具有很大局限性。

为了进一步使感情、信息得到交流传播,人们开始把自己的经验和知识,用简练的、便于记忆的语言编写成歌谣、口诀和故事,以此相告,代代相传,这就是所谓的"传说"。中外许多远古的历史和知识,就是靠传说才传之于后人的。如我国上古时期,关于"黄帝""炎帝""有巢氏""伏羲氏""神农""女娲"的故事,外国的《奥德赛》《伊利亚特》等荷马史诗,都是依靠口耳相传的方式得以流传下来的。利用"传说"来传播信息文化,靠的是人的自然记忆。而人的记忆力总是有限的,一件事经过若干人口传之后,往往会被遗漏或增加某些内容,甚至完全走了样。因此,"传说"虽然为后人保存了古代的知识,但这种知识既零散,又真伪参半。

有了文字,就能比较全面、真实地记录和反映人类的知识文化,而且能克服时间和空间上的障碍和局限,特别是人们用文字把要传播的知识文化记录在一定形式的载体之上。中国的先民,曾使用甲骨、竹木、金石、缣帛等作为记录信息、知识和文化的载体,在汉代还发明并改进了造纸术。将丰富、系统的知识文化记录在各种载体上,即成为图书文献。有了图书文献,容纳、提供的文化信息更为丰富,更为系统,更为精确,更为翔实,传递知识、交流思想的功能也更加完备。发展到今天,人类记录信息的载体和媒介的形式越来越多样,越来越便利,但图书仍然是记录文化信息最直接的工具。

2. 图书文献是积累文化的重要手段

从人类文化发展的垂直继承关系上来分析,有了图书文献,人们就不需事必躬亲,事事从头做起,而可以极其有效地继承前人的知识、经验、认识、技能,以古为鉴,以传统为基础,从已有的认识和成果出发去创造新的认识和成果。在这一方面,中外学者都有共同的认识。

成书于唐初的《隋书·经籍志》盛赞图书在积累文化进而在创造文化方面的重要作用:"夫经籍也者,机神之妙旨,圣哲之能事,所以经天地,纬阴阳,正纪纲,弘道德,显仁足以利物,藏用足以独善。学者将殖焉,不学者将落焉。"1837年,俄国著名作家赫尔岑在维亚特卡公共图书馆开幕式上也特别提到图书在文化积累方面的重要作用:"书,这是这一代对另一代人精神上的遗训,这是将死的老人对刚刚开始生活的青年人的忠告,这是准备去休息的哨兵向前来代替他的岗位的哨兵的命令。人类的全部生活都依次在书本中留下印记:种族、人群、国家消逝了,书却依然存在。它跟人类一起成长,一切使智慧震惊的学说、一切使内心激动的热情都在书本中结晶化起来。"[①]

从人类文化的发展史来看,的确是这样:许多科学家、发明家用一生或者数十年的精力研究得出的定理公式,人们可以在很短的时

[①] 〔俄〕赫尔岑:《赫尔岑论文学》,辛未艾译,上海:上海译文出版社1989年版,第3页。

间内掌握并运用,避免了他们所经历的无数次失败,这就是人类社会能加速发展的原因。时代的进步就是建立在前人经验的基础之上的。前人不断积累,后人得以继承和借鉴,一个重要因素,就是由于有了图书文献。

3. 图书是传播文化的媒介

从横向的交流关系来分析,民族文化的形式,中外文化的冲击、碰撞与交流融合,都离不开图书。无论什么时代,人们总要吸收别人的经验,取长补短,扩大视野,建设、丰富本民族的文化科学。也可以说,文字记录文化和积累文化的作用都是为传播和交流文化服务的,这一点更为重要。在中国历史上,在汉代佛教的传入、明末清初和晚清时期的"西学东渐"活动,以及中国文化向日本、朝鲜、越南等国家的传播活动中,都可以看出,图书是最为重要的载体之一。研究中外文化交流史,可以发现,在海上和陆上除了有著名的丝绸之路以外,还有非常重要的"书籍之路"。今天,随着中国综合国力的不断提升,除了继续积极输入国外优秀图书以外,还在国家战略层面上主动推进实施中国图书"走出去""走进去"的文化输出活动。向内输入什么、向外输出什么,以及如何输入和输出,不仅对中国当代的出版业,更重要的是对当代中国乃至世界文化发展,都有着十分深远的影响。

二、关于"最能体现中国文化的经典图书"的讨论

图书与文化的关系如此密切,而中国图书的数量又是浩如烟海,要通过图书来了解中国的传统文化,就必须择其经典来研究和阅读。那么,究竟哪些书是中国的经典?哪些书是中国人的必读之书?哪些书影响了中国的历史?哪些书最能代表中国文化的精神?要回答这些问题,就必须借助书目,尤其是比较有影响的导读书目。自近代以来,在研究中国传统文化时,很多著名学者和文化机构都曾为学

生、子弟或社会大众开过导读书目。这些书目一般有两个功用：一是告诉人们哪些书应该重点去读；二是告诉人们读书的门径、次序和方法。

最先开出导读书目的是晚清著名学者张之洞。同治十三年（1874），他到四川任学政，发现不少应考的读书士子并不会读书。有些人头发都已花白，但因屡试不中，仍然只能称"童生"，读了几十年书，还没有入门。为给这些生员指引门径，回答他们提出的"应该读哪些书""书以何本为善"这两个问题，张之洞编撰了一部《书目答问》，一下子就列举了2200余种古籍。他还说："诸生当知其少，勿骇其多"。他把这些书按经、史、子、集、丛五部分类编排，每部之下又分若干小类，每类当中的书大体按时间先后为序，告诉初学者该读哪些书，选择什么版本。因为他经过了一番斟酌，选择的书籍反映了中国学术的发展，所以，这部书受到后人的重视，被多次翻印补正。鲁迅先生说过："我以为要弄旧的呢，倒不如姑且靠着张之洞的《书目答问》去摸门径去。"①

1923年，清华学校的一批留学生即将出国，为了在短期内学到国学常识，他们请胡适、梁启超二人各自拟定一个有关国学的书目。胡适编撰了《一个最低限度的国学书目》，工具之部列《书目举要》等14种，思想史之部列《中国哲学史大纲》上卷等93种，文学史之部列《诗经集传》等79种，计186种。当时《清华周刊》的记者致书胡适，一方面，提出这个书目的范围太窄了，似乎只指中国思想史及文学史而言，不能代表国学，即包括氏族史、语言文学史、经济史、政治史等在内的中国文化史；另一方面，所谈的两方面又太深了，不合于"最低

---

① 鲁迅：《而已集·读书杂谈》，《鲁迅全集》第3卷，北京：人民文学出版社1981年版，第411页。

限度"四字,没有顾及清华学生的时间和程度这两种事实。因此,提出希望胡适另外拟一个书目,以求读过那书目中所列书籍以后,对于中国文化能粗知大略。对此,胡适承认关于程度和时间方面,动机虽是为清华的同学,但动手之后就不知不觉地放高了,放宽了。于是,又在原书目上打一些圈,作为《实在的最低限度的书目》,并说:"那些有圈的,真是不可少的了。"以下是加圈的书:

《书目答问》《中国人名大辞典》《九种纪事本末》《中国哲学史大纲》《老子》《四书》《墨子间诂》《荀子集注》《韩非子》《淮南鸿烈集解》《周礼》《论衡》《佛遗教经》《法华经》《阿弥陀经》《坛经》《宋元学案》《明儒学案》《王临川集》《朱子年谱》《王文成公全书》《清代学术概论》《章实斋年谱》《崔东壁遗书》《新学伪经考》《诗集传》《左传》《文选》《乐府诗集》《全唐诗》《宋诗钞》《宋六十家词》《元曲选一百种》《宋元戏曲史》《缀白裘》《水浒传》《西游记》《儒林外史》《红楼梦》。计39种。

对于胡适的书目,比他年长18岁的梁启超直言不讳地提出批评:

> 胡君这个书目,我是不赞成的,因为他文不对题……胡君致误之由:第一在不顾客观的事实,专凭自己主观为立脚点……胡君第二点误处,在把应读书和应备书混为一谈……我最诧异的:胡君为什么把史部书一概屏绝!一张书目名字叫做《国学最低限度》,里头有什么《三侠五义》《九命奇冤》,却没有《史记》《汉书》《资治通鉴》,岂非笑话?还有一层:胡君忘却学生没有最普通的国学常识时,有许多书是不能读的,试问连《史记》没有读过的人,读崔适

《史记探源》,懂他说的什么?连《尚书》《史记》《礼记》《国语》没有读过的人,读崔述《考信录》,懂他说的是什么?连《史记·儒林传》《汉书·艺文志》没有读过的人,读康有为的《新学伪经考》,懂他说的是什么?……(《思想史》之部,连《易经》也没有。什么缘故,我也要求胡君答复。)①

梁启超用三日之力,也开列了《国学入门书要目及其读法》及《最低限度之必读书目》。前者分:(甲)修养应用及思想史关系书籍,计 39 种;(乙)政治史及其他文献学书类,计 44 种;(丙)韵文书类,计 36 种;(丁)小学书及文法书类,计 7 种;(戊)随意涉览书籍,计 30 种。总计 156 种。

后者包括:《四书》《易经》《书经》《诗经》《礼记》《左传》《老子》《墨子》《庄子》《荀子》《韩非子》《战国策》《史记》《汉书》《后汉书》《三国志》《资治通鉴》(或《通鉴纪事本末》)、《宋元明史纪事本末》《楚辞》《文选》《李太白集》《杜工部集》《韩昌黎集》《柳河东集》《白香山集》,其他词曲集随所好选读数种。梁氏认为"以上各书,无论学矿、学工程学……皆须一读。若并此未读,真不能认为中国学人矣。"②

不难看出梁氏所列比胡氏书目在范围上面宽了些,尤其是增加了不少史学著作;在部头上略微精减了一些,删去了不少卷帙浩繁的总集、全书;但仍嫌"博而寡要",实际上,对学理工者还是不合用。

1925 年新年伊始,《京报副刊》的主编孙伏园,在《副刊》上发表启事,征求"青年爱读书十部"和"青年必读书十部"的书目。启事刊

---

① 梁启超:《评胡适之的〈一个最低限度的国学书目〉》,梁启超:《国学要籍研读法四种》,北京:国家图书馆出版社 2008 年版,第 154—159 页。

② 梁启超:《最低限度之必读书目》,梁启超:《国学要籍研读法四种》,北京:国家图书馆出版社 2008 年版,第 152 页。

登后不久,海内外众多的名流学者纷纷参与到"青年必读书"推荐书目的编写与讨论中来,副刊从 1925 年 2 月 11 日开始登载各位学术名流学者开列的书目,一天一位(除 2 月 28 日刊登了 22 位的推荐书目),至 4 月 9 日结束,共刊出 78 位名流学者列出的书目。除胡适、梁启超再度亮相外,周作人、马裕藻、林语堂、沈兼士、顾颉刚、马叙伦、许寿裳、太虚等先后执笔,这些推荐书目在当时社会造成了广泛的影响,指导青年阅读之路。但也有江绍原、鲁迅、俞平伯三位给必读书目交了"白卷",鲁迅写道"从来没有留心过,所以现在说不出"①。鲁迅等三位学者的做法立刻引起了轩然大波,把"青年必读书"事件推向了高潮,展开了一场更为激烈社会争论,鲁迅和反对者辩论的信件也在《京报副刊》和《晨报副刊》公开刊出。

时隔两年后,约在 1927 年前后,鲁迅先生老友许寿裳的儿子许世瑛攻读中国文学,向鲁迅请教应该从哪些方面入手,看些什么书。鲁迅随手给他开了一个书目,书不多,仅有 12 部。

  计有功(宋人) 《唐诗纪事》(四种丛刊本,有单行本)。
  辛文房(元人) 《唐才子传》(今有木活字单行本)。
  严可均 《全上古……隋文》(今有石印本,其中零碎不全之文甚多,可以不看)。
  丁福保 《全上古……隋诗》(排印本)。
  吴荣光 《历代名人年谱》(可知名人一生中之社会大事,因其书为表格之式也。可惜的是作者所认为历史的大事者,未必真是"大事",最好是参考日本三省堂出版之《模范最新世界年表》)。

---

① 鲁迅:《华盖集·青年必读书》,《鲁迅全集》第 3 卷,北京:人民文学出版社 1996 年版,第 12 页。

胡应麟(明人) 《少室山房笔丛》(广雅书局本,亦有石印本)。

《四库全书简明目录》(其实是现有的较好的书籍之批评,但须注意其批评是"钦定"的)。

《世说新语》 刘义庆(晋人清谈之状)。

《唐摭言》 五代王定保(唐文人取科名之状态)。

《抱朴子外篇》 葛洪(内论及晋末社会状态),有单行本。

《论衡》 王充(内可见汉末之风俗迷信等)。

《今世说》 王晫(明末清初之名士习气)。①

应该指出两点:这个书目是鲁迅先生写给一个极熟的子侄辈后生的,原稿写得较随便,始无标点,书名有的也没写全,甚至有误,很像是并没有腹稿,而是想到一部开列一部,而且偏重于中国文学史,不是全面的中国文化史。但这个书目还是能给后人不小的启发和借鉴。其一是列书不多,中心突出,又照顾到各个方面,既有《历代名人年谱》《四库全书简明目录》《唐诗纪事》等工具书,又有《全上古三代秦汉三国六朝文》《全汉三国晋南北朝诗》等大部头作品集;既有《少室山房笔丛》《唐摭言》等笔记杂考之书,又有《抱朴子外篇》《论衡》等论辩之书。读这些书,确实能使初学者掌握必要的历史知识,进而了解各家作品及产生这些作品的时代背景和社会关系,以及文人生活习惯在形成他们各自不同的作品风格之间的因缘。书目的另一个特点是每部书都附有简短的提示,或列出较好的版本,或点明开列此书的目的意图,言简意赅,切中要害,真正起到"提要钩玄、指导治学"

---

① 鲁迅:《开给许世瑛的书单》,《鲁迅全集》第8卷,北京:人民文学出版社1981年版,第441页。

的作用。

1953年,原北京图书馆(今国家图书馆)开列了一个《中国古代重要著作选目》选书21种,分文史和科学两方面。文史方面包括《诗经》《楚辞》、李白诗、杜甫诗、白居易诗、《水浒》《三国演义》《西厢记》《红楼梦》《史记》《大唐西域记》《徐霞客游记》;科学方面包括《论衡》《齐民要术》《梦溪笔谈》《营造法式》《农书》《本草纲目》《天工开物》。这个书目是经过郭沫若、俞平伯、何其芳等人审订过的。既然称为"古代重要著作",那么如《周易》《论语》等哲学、思想方面的著作一本未选,应该说这也是个缺憾。

1981年,胡道静增补《中国古代重要著作选目》10种,使这一书目范围有所扩大。这10种书分别为:《老子》《庄子》《荀子》《孙子兵法》《资治通鉴》《墨子》《孟子》《韩非子》《春秋左氏传》《水经注》等。

1978年,史学家钱穆在其《从中国历史来看中国民族性及中国文化》一文中认为,有7部书最能代表中国文化精神,是中国人的总纲,也是中国人必读之书。这七部书是《论语》《孟子》《老子》《庄子》《六祖坛经》《近思录》《传习录》。

1979年,蔡尚思在他的《中国文化史要论》一书中,开列了一个《中国文化基础书目》,共收古代著作90种、近现代著作47种。后来,他又对这一书目予以精简,提出最能代表中国文化的40种书籍:

文学10种:(1)《诗经》,代表先秦古诗。(2)《楚辞》。(3)《李太白诗集》。(4)《杜工部诗集》。二者代表汉后古诗。(5)《白香山诗集》。(6)《韩昌黎文集》,代表古散文。(7)《宋元戏曲史》,代表古代戏曲。(8)《水浒》。(9)《红楼梦》,代表古代小说。(10)《鲁迅杂感选集》,代表近代文学思想。

史学6种:(1)《左传》。(2)《史记》,代表古代史学中的通史方面。(3)《史通》,代表古代史学中的批评方面。(4)《徐霞客游记》,代表地理游记。(5)《廿二史札记》,代表正史研究。(6)《帝王春秋》,代表历代王朝黑暗统治。

哲学思想方面 20 种:(1)《论语》,代表孔子思想。(2)《墨子》,代表墨家思想。(3)《孙子》,代表古代兵法。(4)《老子》。(5)《庄子》,代表道家思想。(6)《孟子》。(7)《荀子》。(8)《韩非子》,代表法家思想。(9)《论衡》,代表古代唯物论。(10)《金刚经》或《六祖坛经》,代表佛学。(11)《化书》。(12)《李氏焚书》《续焚书》。(13)《明夷待访录》,代表古代民主思想。(14)《读四书大全说》。(15)《四存编》或《习斋先生言行录》。(16)《太平天国文选》,代表农民革命思想。(17)《天演论》,代表西学。(18)《清代学术概论》,代表清代学术。(19)《孙中山选集》,代表资产阶级革命派思想。(20)《五四运动文选》,代表新文化运动。

科学 4 种:(1)《梦溪笔谈》,代表古代科学。(2)《农书》。(3)《本草纲目》,代表古代医药学。(4)《天工开物》。

上开书目计 40 种,尤以其中 20 种应先读:

《诗经》《李太白诗集》《杜工部诗集》《宋元戏曲史》《红楼梦》《鲁迅杂感选集》《史记》《史通》《徐霞客游记》《论语》《墨子》《孙子》《庄子》《韩非子》《明夷待访录》《太平天国文选》《孙中山选集》《五四运动文选》《梦溪笔谈》《本草纲目》。[1]

---

[1] 蔡尚思:《哪些书最能代表中国文化》,《书林》1982 年第 5 期。

1986年由季羡林先生主编、14位北京大学教授合作编写的《中外文学书目答问》是一本为初学者指点自学门径的普及读物。在此前后,高上秦主编的《中国历代经典宝库》(1981年)、张舜徽主编的《中国史学名著题解》(1983年)、李昭恂编的《文史书目手册》(1986年)、知识出版社编辑的《人间天书:宗教典籍举要》(1989年)、王燕钧和王一平编的《国学名著200种》(1992年)、郭勉愈等编的《经典品读:人生必读百部名著》(1999年)等都具有推荐导读国学经典的意图。

21世纪以来,中国文化研究会和华夏出版社正在准备编辑出版《伟大著作·中国卷》。这是一部中国古代经典文献选集,全书30卷,字数约1200万字。内容涵盖中国哲学、历史、宗教、伦理、经济、政治、法律、文学、艺术、医学和自然科学等各文化部类。体例参照《伟大著作·西方卷》,分为范畴卷、著作收录卷、参考书目、扩展书目和索引。以范畴为纲,以扩展和细化的分概念作为目,使分散的文献在此纲目经纬下,成为可阅读学习的教科书。

我们认为,开列一份代表中国传统文化的书目,应该特别注意以下五个问题:一是时间界限要明确。反映中国传统文化,时间的下限大致应该划在1911年,不涉及近现代的体现新思想、新学说的重要书籍。比如晚清"西学东渐"时期国人翻译的一些域外著作,就不能归入其中。二是内容要全面。经史子集四大类目下各个重要学科的书籍都应该有所反映,而不能侧重一点,不及其余。三是历史性要突出。应纵贯中国学术文化史的全部发展历程,从上古到近古,凡是重要的具有创造性、代表性的著作都应列入其中。四是民族性要妥善处理。中国的传统文化是我国56个民族共同创造和发展起来的,因此呈现出"多元一体"的格局和特征,除了汉族的文化典籍外,少数民族创造的重要典籍也应该予以反映。五是数量要合理。经典是书中之书,其数量总不会很多,但也不能过少。基于以上的研究和思考,我们在北京大学讲授北京市精品课"中国图书出版史"期间,参考诸家书目,也推出了一个《中华传统文化名著100种》的书目(由于能力所限,尚未涉及少数民族经典名著)。

儒家经传13种:《周易》《尚书》《诗经》《周礼》《仪礼》《礼记》《大戴礼记》《春秋左传》《春秋公羊传》《春秋穀梁传》《论语》《孟子》《孝经》。

字词蒙书4种:《尔雅》《说文解字》《广韵》《千字文》。

宋明理学2种:《近思录》《传习录》。

诸子百家30种:《老子》《孙子兵法》《墨子》《管子》《晏子春秋》《庄子》《公孙龙子》《六韬》《鬼谷子》《荀子》《韩非子》《吕氏春秋》《淮南子》《春秋繁露》《盐铁论》《说苑》《列女传》《法言》《论衡》《潜夫论》《申鉴》《中论》《人物志》《抱朴子》《颜氏家训》《容斋随笔》《日知录》《明夷待访录》《盛世危言》《大同书》。

史学要典15种:《战国策》《国语》《史记》《汉书》《后汉书》《三国志》《资治通鉴》《通鉴纪事本末》《通典》《通志》《文献通考》《唐律疏议》《史通》《廿二史札记》《文史通义》。

科学技术11种:《黄帝内经》《伤寒杂病论》《本草纲目》《九章算术》《齐民要术》《梦溪笔谈》《营造法式》《王祯农书》《天工开物》《农政全书》《畴人传》。

艺术3种:《法书要录》《历代名画记》《茶经》。

地理6种:《山海经》《水经注》《洛阳伽蓝记》《大唐西域记》《徐霞客游记》《读史方舆纪要》。

文学经典14种:《楚辞》《昭明文选》《文心雕龙》《太平

广记》《乐府诗集》《全唐诗》《西厢记》《世说新语》《水浒传》《西游记》《三国演义》《红楼梦》《聊斋志异》《古文辞类纂》①。

书目源流 2 种:《四库全书总目提要》《书目答问》。

中国图书浩如烟海,要从中准确地选择哪些最能代表中国文化特色并对中国历史产生过重大影响的书籍,是相当困难的。随着中国文化研究的深入和广泛开展,这一选择无论是对初学者,还是对研究者来说,都将是有意义的。本文对此进行探讨,一方面是想从今人的眼光,提出一个比较合适的书目;另一方面也特别希望能有人将 100 多年来,中国新文化发展中涌现出的代表性经典著作,予以梳理和选择,为国人献上一个权威的当代中国文化书目。

传统有经典,现代有创新,古今辉映,再造繁荣,是每一位中国文化人不可推卸的重大责任。

(节选自肖东发、杨虎:《由导读书目看中国经典著作与传统文化》,《河南大学学报(社会科学版)》2016 年第 1 期。)

---

① 原为《经史百家杂钞》,收入本书时改为清代姚鼐编选的《古文辞类纂》。

参考文献

1. (西汉)司马迁:《史记》(全10册),北京:中华书局2013年版。
2. (西汉)司马迁:《史记》(全3册),韩兆琦评注,长沙:岳麓书社2011年版。
3. (东汉)班固:《汉书》(全12册),北京:中华书局2016年版。
4. (东汉)曹操:《曹操集》,北京:中华书局2012年版。
5. (三国·蜀)诸葛亮:《诸葛亮集》,殷熙仲、闻旭初编校,北京:中华书局2017年版。
6. (三国·魏)曹植:《曹植校注》,赵幼文校注,北京:中华书局2016年版。
7. (东晋)陶渊明:《陶渊明集》,逯钦立校注,北京:中华书局2018年版。
8. (南朝·宋)范晔:《后汉书》(全12册),北京:中华书局2015年版。
9. (唐)杜甫:《杜工部诗集》,扬州:江苏广陵书社有限公司2009年版。
10. (唐)陆贽:《陆贽集》,刘泽民点校,杭州:浙江古籍出版社2013年版。
11. (唐)韩愈:《韩昌黎文集注释》(全2册),阎琦校注,西安:三秦出版社2004年版。
12. (北宋)司马光编著:《资治通鉴》(全4册),北京:中华书局2007年版。
13. (北宋)苏轼:《苏轼词选》,李之亮注析,郑州:中州古籍出版社2015年版。
14. (北宋)黄庭坚:《黄庭坚集》,吴言生、杨锋兵解评,太原:三晋出版社2010年版。

15.（南宋）朱熹：《四书章句集注》，长沙：岳麓书社2008年版。

16.（明）王守仁：《阳明先生集要》（全2册），施邦曜辑评，北京：中华书局2008年版。

17.（明）袁宏道：《袁宏道集笺校》（全3册），钱伯城点校，上海：上海古籍出版社2008年版。

18.（清）张岱：《陶庵梦忆 西湖梦寻》，夏咸淳、程维荣校注，上海：上海古籍出版社2010年版。

19.（清）顾炎武：《顾亭林诗文集》，北京：中华书局2008年版。

20.（清）顾炎武：《日知录集释（全校本）》，上海：上海古籍出版社2011年版。

21.（清）玄烨：《庭训格言》，郑州：中州古籍出版社2010年版。

22.（清）唐甄：《潜书校释》，黄敦兵校释，长沙：岳麓书社2011年版。

23.（清）吴楚材、吴调侯编选：《古文观止译注》，李梦生、史良昭等译注，上海：上海古籍出版社2002年版。

24.（清）蘅塘退士等编：《唐诗三百首·宋词三百首·元曲三百首》，陆明注释，长沙：岳麓书社2001年版。

25.（清）孙诒让：《墨子间诂》，北京：中华书局2001年版。

26.（清）曾国藩：《曾国藩家书》（全2册），唐浩明编，长沙：岳麓书社2015年版。

27. 安小兰译注：《荀子》，北京：中华书局2016年版。

28. 陈鼓应注译：《老子今注今译》，北京：商务印书馆2016年版。

29. 陈国民译注：《毛泽东诗词百首译注》，北京：北京出版社1997年版。

30. 陈振鹏、章培恒主编：《古文鉴赏辞典》，上海：上海辞书出版社2014年版。

31. 董楚平：《楚辞译注》，上海：上海古籍出版社2015年版。

32. 杜常善、李洪程、任杰编著：《唐诗三百首今用鉴赏辞典》，上海：上海古籍出版社2007年版。

33. 方勇：《墨子》，北京：中华书局2017年版。

34. 高平叔编:《蔡元培教育论著选》,北京:人民教育出版社2011年版。

35. 曹础基:《庄子浅注(修订重排本)》,北京:中华书局2010年版。

36. 曾凡玉编著:《唐诗译注鉴赏辞典》,武汉:崇文书局2017年版。

37. 程郁缀选注:《历代词选》,北京:人民文学出版社2004年版。

38. 程郁缀:《唐诗宋词(第2版)》,北京:北京大学出版社2017年版。

39. 高维生:《归去来兮陶渊明》,南昌:二十一世纪出版社集团2017年版。

40. 郭延礼选注:《秋瑾选集》,北京:人民文学出版社2004年版。

41. 胡为雄:《毛泽东诗词鉴赏》,北京:红旗出版社2004年版。

42. 刘明华编著:《中华传家读本:经典古文解读》,北京:中华书局2016年版。

43. 刘判遂、郭预衡主编:《中国历代散文选》(全2册),北京:北京出版社2000年版。

44. 缪钺等:《宋诗鉴赏辞典》,上海:上海辞书出版社2015年版。

45. 钱理群:《风雨故人来:钱理群谈读书》,北京:商务印书馆2016年版。

46. 人民日报评论部编著:《习近平用典》,北京:人民日报出版社2015年版。

47. 孙明均评注:《白居易诗》,北京:人民文学出版社2005年版。

48. 上海辞书出版社文学鉴赏辞典编纂中心编:《宋诗三百首鉴赏辞典》,上海:上海辞书出版社2011年版。

49. 上海辞书出版社文学鉴赏辞典编纂中心编:《唐宋词鉴赏辞典》,上海:上海辞书出版社2016年版。

50. 唐浩明:《唐浩明评点曾国藩语录》,北京:华夏出版社2009年版。

51. 唐莫尧:《诗经新注全译(增订本)》,成都:巴蜀书社2004年版。

52. 王国轩译注:《大学·中庸》,北京:中华书局2006年版。

53. 王洪、田军主编:《唐诗百科大辞典》,北京:光明日报出版社1990年版。

54. 王利器:《颜氏家训集解》(全2册),北京:中华书局2013年版。

55. 王文锦:《礼记译解》,北京:中华书局2001年版。

56. 夏征农、陈至立主编:《辞海》,上海:上海辞书出版社2010年版。

57. 谢谦:《国学词典》,北京:中国人民大学出版社2007年版。

58. 熊礼汇评注：《李白诗选》，北京：人民文学出版社 2016 年版。

59. 杨伯峻：《孟子译注》，北京：中华书局 2000 年版。

60. 杨国桢选注：《林则徐选集》，北京：人民文学出版社 2004 年版。

61. 姚春鹏译注：《黄帝内经》，北京：中华书局 2016 年版。

62. 余冠英选注：《乐府诗选》，北京：中华书局 2012 年版。

63. 俞平伯等：《唐诗鉴赏辞典》，上海：上海辞书出版社 2013 年版。

64. 袁行霈、王仲伟、陈进玉主编：《中华传统文化经典百篇》（全 2 册），北京：中华书局 2017 年版。

65. 张双棣、张万彬、殷国光、陈寿注译：《吕氏春秋译注》，北京：北京大学出版社 2015 年版。

66. 张舜徽：《爱晚庐随笔》，武汉：华中师范大学出版社 2005 年版。

67. 张舜徽：《讱庵学术讲论集》，武汉：华中师范大学出版社 2008 年版。

68. 赵逵夫等编：《诗经三百篇鉴赏辞典》，上海：上海辞书出版社 2007 年版。

69. 周振甫：《毛泽东诗词欣赏（插图典藏本）》，北京：中华书局 2013 年版。

70. 朱向前主编：《诗史合一：毛泽东诗词的另一种解读》，北京：人民出版社 2010 年版。

71. 邹志方选注：《陆游诗词选》，北京：中华书局 2005 年版。

72. 中共中央宣传部：《习近平总书记在文艺工作座谈会上的重要讲话学习读本》，北京：学习出版社 2015 年版。

73. 中国社会科学院文学研究所：《唐诗选》，北京：人民文学出版社 1978 年版。

后　记

　　习近平总书记指出:"当高楼大厦在我国大地上遍地林立时,中华民族精神的大厦也应该巍然耸立。"①对于正处在民族伟大复兴进程中的中国来说,当各方面的"硬实力"都在不断强大起来时,我们精神文化方面的"软实力"也应当挺立起来,因此就必须树立文化自信。"周虽旧邦,其命维新",树立文化自信的前提是文化自知,尤其要对我们传承数千年的中华优秀传统文化有必要的了解和温情的敬意,知之深,方能爱之切,进而真正做到推陈出新,古为今用。

　　2017年,中共中央办公厅、国务院办公厅印发《关于实施中华优秀传统文化传承发展工程的意见》,提出传承中华优秀传统文化应"贯穿国民教育始终","传承发展中华优秀传统文化是全体中华儿女的共同责任"。当前,倡导全民阅读,构建书香社会,已经成为提高国民素质、树立文化自信、建设社会主义文化强国的重要国策之一。

---

① 中共中央宣传部:《习近平总书记在文艺工作座谈会上的重要讲话学习读本》,北京:学习出版社2015年版,第7页。

倡导国民阅读国学经典名著,无疑是学习、了解、传承中华优秀传统文化的正途之一。作为学术文化重镇之一的大学,传承和创新文化、服务社会大众是其最为基本的两大功能,理应在这一方面为全社会做出表率,以浓郁雅致的书香熏染、影响全体师生,引领社会风潮。

上海交通大学的刘士林教授曾说过:"关于大学灵魂或精神的讨论已经很多,我的看法是,无需胶粘于各种理念、口号或复杂的指数排名,衡量的标准不妨简单些,一是看有多少人在认真读书,二是有多少人在认真读中国经典。"[1]对此我深表赞同。我一贯认为,随时随处可见的读书身影(尤其是阅读经典名著的身影),应该是大学校园永不可缺的风景之一,更应该是诸多风景中最美丽动人的永恒经典。作为毕业于北京大学的学生,应该永远铭记、遵循各位老师的教诲:不仅要做到爱书、读书、藏书、研究书、编著书,更有责任为这已有的美丽风景再添一道朝霞般的明艳亮色,进而为全社会撒播更多更好的读书种子。

古人云,世间数百年旧家无非积德,天下第一件好事还是读书。"读书,能读其厚,以增知识;能读其薄,以阅经典;能读其透,以明道理;能读其破,以悟得失。"阅读可以帮助我们丰富并创造人生经验。不论我们怎么勤勉,也不可能穷尽每一件事情,我们在极小的范围内经历生活,体验人生。个人经验之于世界乃沧海一粟。唯有读书,可以带我们走出生活的藩篱,进入一个无边疆域;唯有读书,可以让我们告别愚昧,亲近智慧,与高尚人物进行心灵的对话,见识到比眼前更深邃、更辽阔的另一个世界。读书可以让人超越时间与空间,与世界同在,不断向着更高远更雅致的境界攀登。当然,要取得这样的效果,还得遵循冰心先生的读书名言"读书好,好读书,读好书",如果不

---

[1] 刘士林:《在今天,该怎么做一个读书人》,《光明日报》2012年7月3日第13版。

后 记

认可读书的价值,没有读书的热情,方法又不得当,就会事倍功半,甚至有害而无益,前人批评的"读死书,死读书,读书死"就是读书不得法的不良后果。

我对读书素有天然的痴迷,是"开卷有益"的坚定信仰者。一日不读书,便觉六神无主,荒怠殊甚,面目可憎,语言无味。而多年一贯推崇并坚持的读书方法中,最重要的有两种:一是抄读。凡属重要典籍,或遇精彩篇章,总要手抄留存。此法看似笨拙,但效果甚著,确如前人所言"眼过千遍,不如手过一遍":既便于记忆,所得学问,更为扎实;又可积累资料,长年累月的抄录,可以为撰文演说积累大量的文献资料。二是诵读。清代桐城派大家姚鼐云:"大抵学古文者,必要放声疾读,又缓读,只久之自悟。若但能默看,即终身作外行也。"当代国学大师张舜徽先生也坚持"文须朗诵不宜默读"的读书主张。按照这样的理念,我对于经典名篇,常于默读之余,放声朗诵数遍,以体其气韵,悟其精髓,诵读到一定程度,常有"声出金石"之乐和爱不释手之感。

为了个人诵读之便,我久有编撰一本经典诵读集的想法,平日也通过抄读等方式,逐年积累了一些于修身养性、为人处世、治学理政有益且音调铿锵、文辞清通、便于吟诵的名篇佳作,拟待积少成多、篇帙可观时,将其结集出版,分享给有此同好的广大读者。

2013 年 5 月,学校任命我为继续教育学院副院长,主管高端培训、网络远程培训的教学管理工作。当走进课堂与来自各行各业各地区的广大学员接触时,我发现,大家都对了解、学习、研究中华优秀传统文化有着十分浓厚的兴趣和迫切的需求。因此,我一方面开始结合所学专业,为学员开设"国学经典阅读与人文素养提升"的课程,另一方面则尝试在所有培训班上推广晨读经典活动。具体的做法是:每天清晨在开课前 15 分钟,由班主任或学员代表带领全体学员放声诵读一篇经典诗文,让大家在一片琅琅书声中,神清气爽地开始一天的学习,真正体验"未名湖畔好读书"的诗意生活。让中华民族的优秀传统文化充分展示在声音、文字中,回荡在燕园的课堂内外,"望之俨然,即之也温",像空气一样浸润人们的心脾,净化人们的精神家园。

  晨读活动得到了授课老师和学员的一致好评。很多授课老师主动参与到晨读甚至领读活动中。新闻与传播学院的俞虹教授在为学员开课时讲道:"这将是我 30 年来,印象最深的一堂课。晨读将我拉回了很多年以前。"国防大学的马骏教授说:"每次上午上课前,都会看到学生肃立,手捧名篇,诵读经典:'大学之道,在明明德,在亲民,在止于至善'……每逢置此境,不禁想起我之师长昔日谆谆教诲:晨读吐浊气、健口腔、增记忆、明事理、养习惯、蕴正气,嘱我从经典中明白做人的道理和涵养向上的精神气质……"学员则评价说:"晨读是一种很好的形式,百年北大,琅琅书声,这才是知识分子应有的回归。既拓展了阅读的范围、开阔了眼界,又提振了精神,以充沛的精力开始新的一天的学习。"

  随着晨读经典活动的全面推广,在很多人的建议下,我以先前积累的资料为基础,在吴晓峰、李文文的协助下,在工作之余,搜校注解,分类编排,初步编成以各行各业的管理干部为主要对象的诵读手册——《未名湖畔好读书》。这本如今看来还很单薄简陋的内部资料,在一段时间里发挥了两大作用:一是作为开展晨读活动的教材,赠送给每位学员,二是作为我和各位班主任学习提高的读本,得暇讽咏,甚至全部背诵,与学员一起成长进步。推广诵读不易,编成教材更难,其中甘苦,一言难尽。还记得在 2014 年端午节小长假期间,我仍和几位同志一起,在办公室反复校读修改。编定之日,我喜不自禁,遂赋《晨读手册编定志喜,兼寄诸编委》,诗云:

后 记

问君何事费思量,五次三番裁短长。

直为弦歌有教本,争说此地多书香。

批沙故纸搜金玉,点将精兵辨莠良。

编就众名附骥尾,欣随琅琅颂八方。

晨读手册推出以后,很受学员欢迎,在培训结束后,很多学员提出了大批量购买的诉求。但由于是内部资料,无法售卖,只能拿出一小部分赠送,无法满足大家的迫切需要。有鉴于此,很多学员和朋友提出应该择机正式出版的意见,并对晨读手册的形式、内容提了不少建设性的意见。而我在学习、阅读过程中,也深感对其进行大幅度修改甚至重新编撰的必要性和紧迫性。

基于这样的想法,从2016年开始,我又在工作之余,重新编选诵读篇目,撰写小序、注释、解析,增补理论参考文献,最终形成这本全新的经典名篇诵读文本。对我而言,整个工作几乎就是另起炉灶,工作量非常之大。且喜在几位同事和朋友的协助下,本书终于在2018年5月3日定稿,提交北京大学出版社正式出版。

本书的读者对象主要包括各行各业的管理干部、公务人员、中学和大学师生以及对传统文化和经典诵读有兴趣的其他读者。全书分为两大部分:第一部分为经典选读,大致以"平天下、治国、齐家、修身"为序,划分为十个专题:"家国天下""官箴政道""知人用人""家风家训""人间真情""修身励志""读书问学""雄武气象""挫折应对""闲情偶寄",每个专题在序言之后,选诗文十余篇。为了便于诵读,绝大部分文章采取节选的方式,篇幅控制在千字左右。对诗文中较为生僻的字词,随文标出读音,重要的词句,以页下注的方式予以注解。为了便于读者更加深入地理解诗文内容,在正文之后,以"浅解"的方式对诗文的作者和出处、写作背景、诗文内涵及特点做了简单说明。附录部分为理论参考，收录了《经典的选择与阅读之法》《由导读书目看中国经典著作与传统文化》等两篇具有一定理论参考价值的文章，以便对中华经典阅读有兴趣的读者进一步参考借鉴。为了编好此书，我们参考、征引了不少前贤和时哲的研究成果，为了表示感谢，我们在书后列出了主要的参考文献。

在本书出版之前，我特邀恩师李国新、张积先生审读了书稿，并请本师肖东发先生的生前好友、当代出版大家聂震宁先生在审读全书的基础上惠赐佳序。三位先生都是当前全民阅读、经典阅读方面的著名专家和大力倡导者，他们的精心审读和序言为本书增光不少。北大出版社社科室的周丽锦、胡利国两位编辑为了让此书能够以尽善尽美的面貌呈献给广大读者，付出了卓有成效的劳动。对此，我们的感谢之情、敬佩之意，无以言表！

"松下花丛最想望，满园尽是读书人"，这几年来，每当清晨时分，在教室内外，看到来自各行各业的优秀学员，手捧晨读手册，聚精会神，齐声朗诵"大道之行也，天下为公""大学之道，在明明德，在亲民，在止于至善""安得广厦千万间，大庇天下寒士俱欢颜""先天下之忧而忧，后天下之乐而乐""不要人夸颜色好，只留清气满乾坤""士大夫之无耻，是谓国耻""苟利国家生死以，岂因福祸避趋之""红军不怕远征难，万水千山只等闲"这些脍炙人口、打动人心的经典名篇时，每当得知有些学员在培训结束后，还把晨读手册带到单位、带到家中，继续坚持和同事、家人一起诵读时，我就特别激动和欣慰。由书香课堂而书香校园，由书香校园而书香单位、书香家庭，这再次说明了中华经典的永恒魅力和朗读吟诵的独特价值。

南宋士大夫倪思云："松声、涧声、山禽声、野虫声、鹤声、琴声、棋子落声、雨滴阶声、雪洒窗声、煎茶声，皆声之至清者也，而读书声为最。"诵读国学经典，能让我们的生活更加充实美好，让我们的精神更加超凡脱俗，更能让我们永远扎根大地，仰望星空，追怀先贤，关爱苍生，反观内心，提升境界，真乃人生一乐也！阐旧邦以辅新命，霂化乾坤万里春。我们诚恳地希望能够以此书为使者，把未名湖畔的浓郁书香和琅琅书声传播到更多更远更辽阔的地方，从而为构建书香校园、书香单位、书香家庭，进而为推广全民阅读、建设书香社会贡献自己的绵薄之力。可以说，这既是新时代给我们提供的良好机遇，更是我们义不容辞的责任，我们为此而感到无上荣光，其乐无穷。当然，衷心希望读者诸君能对我们的经典诵读活动和本书的内容与形式提出宝贵意见，督促和勉励我们把好事做得更好！

杨　虎

2018年5月3日，北京大学120周年校庆前夕，

于京西燕园